DER JUDE, DER NAZI UND SEINE MÖRDERIN

AF618034

Paul Kohl, geboren 1937 in Köln, studierte Germanistik und Theaterwissenschaft, war Buchhändler und Mitarbeiter bei Fernsehproduktionen. Heute ist er Hörfunk- und Buchautor und schreibt über geschichtliche und sozialkritische Themen, insbesondere über die NS-Zeit. 2014 erhielt er den Axel-Eggebrecht-Preis.

Dieses Buch ist ein Roman. Dennoch sind die meisten Personen (mit Ausnahme von Gustav Heimann und seiner Familie) nicht frei erfunden, sondern existierten wirklich. Ihre Handlungen beruhen auf einem historischen Hintergrund.

PAUL KOHL

DER JUDE, DER NAZI UND SEINE MÖRDERIN

HISTORISCHER ROMAN
NACH EINER WAHREN BEGEBENHEIT

emons:

Bibliografische Information der Deutschen Nationalbibliothek
Die Deutsche Nationalbibliothek verzeichnet diese Publikation in der Deutschen Nationalbibliografie; detaillierte bibliografische Daten sind im Internet über http://dnb.d-nb.de abrufbar.

© Emons Verlag GmbH
Alle Rechte vorbehalten
Umschlagmotiv: mauritius images/Trigger Image/Sharon Wish
Umschlaggestaltung: Nina Schäfer
Gestaltung Innenteil: César Satz & Grafik GmbH, Köln
Lektorat: Marit Obsen
Druck und Bindung: CPI – Clausen & Bosse, Leck
Printed in Germany 2018
ISBN 978-3-7408-0307-0
Historischer Roman
Originalausgabe

Unser Newsletter informiert Sie
regelmäßig über Neues von emons:
Kostenlos bestellen unter
www.emons-verlag.de

Dieses Buch widme ich Hejo Emons,
dem ich viel verdanke.

1

1897: Berlin, nördliche Vorstadt, Prenzlauer Berg, Eberswalder Straße. Hier wohnt der zehnjährige Willi im Vorderhaus. Sein Vater hat als städtischer Steuereinnehmer beim Magistrat und als preußischer Beamter das Privileg, mit seiner Familie eine große, sonnige Wohnung im Vorderhaus mit Balkon zur Straßenseite zu bewohnen. Im Hinterhaus sind vom Dachgeschoss bis in das Souterrain die Armen einquartiert. Willis Mutter ist eine sorgfältige und sparsame Hausfrau, die viel Zeit darauf verwendet, die Hemden und Hosen ihres Mannes und des kleinen Willi zu waschen und zu bügeln und ihre Schuhe zu putzen.

Berlin wächst und wächst und dehnt sich aus, in die Breite und in die Höhe. Neue Chausseen werden strahlenförmig vom Zentrum aus durch die Dörfer im Umland geschlagen, neue Strecken für Untergrundbahnen durch das Erdreich gebuddelt, gigantische Hallen aus Stahl und Glas für neue Bahnhöfe in der Stadt und im Umkreis errichtet. Häuserblocks werden abgerissen, monströse Mietskasernen hochgezogen, die ersten Hochhäuser stehen bereits. Die Stadt ist erfüllt von Lärm und verdreckter Luft.

In dieser Zeit besucht Willi, ein fröhliches Kerlchen, die Gemeindeschule gleich um die Ecke seiner Wohnung, lernt fleißig, bringt stets beste Noten nach Hause und legt sie stolz seinen Eltern auf den Tisch.

Die Eltern erziehen Willi streng im Sinn des evangelischen Christentums. So beschäftigt sich der Zehnjährige mit den biblischen Gestalten des Neuen Testaments, besonders mit Jesus. Eifrig besucht er den Religionsunterricht und in der nahe gelegenen Gethsemane-Kirche den Kindergottesdienst. Der Pastor lobt den kleinen Willi: »Aus dir wird noch ein tapferer Kämpfer für unseren Herrn. Das sehe ich ganz deutlich.« Dem Knaben hüpft das Herz im Leib.

Willi ist auch ein sangesfreudiges Kerlchen. Singen macht ihm großes Vergnügen, gern hört er seine schöne Stimme. Bei einem Gesangswettbewerb erkennt der Direktor des Königlichen Domchors sein Talent, erteilt ihm Gesangsunterricht, nimmt ihn als Chorknaben auf, und schon bald jubelt Willi mit seiner hellen Glockenstimme im Berliner Dom bei Hochämtern sein »Halleluja«.

Er kann nicht ahnen, dass in diesem Dom Jahrzehnte später die Reste seines von Minen zerfetzten Körpers in einem prunkvollen Sarg vor dem Altar liegen werden, bedeckt mit einer Hakenkreuzfahne und überhäuft von prachtvollen Kränzen.

1918: Im Berliner Westend beendet Gustav Heimann erfolgreich seine Realschule. Er ist achtzehn. Was nun? Klar, eine Lehre. Aber was für eine? Fast alle seine Schulkameraden wissen, was sie machen werden. Die meisten wollen eine Banklehre beginnen, um viel Geld zu verdienen und Bankdirektor zu werden. Einige wollen Kraftfahrzeugmechaniker werden, weil sie von Automobilen besessen sind und weil Automechaniker jetzt im Krieg dringend gesucht werden und erst recht nach dem Sieg. Gustav weiß gar nicht, was er werden will. Gern würde er an der Berliner Friedrich-Wilhelms-Universität studieren. Aber dafür müsste er erst sein Abitur machen. Und dann? Was sollte er studieren? Keine Ahnung. Vielleicht etwas mit Kunst. Da sagt bei der Abschlussfeier sein Klassenlehrer zu ihm: »Für dich kommt nur eine Buchhändlerlehre in Frage. Für dich Bücher und sonst gar nichts.«

Nun gut, das wär doch was. Warum nicht?

Gustavs Vater ist Verkäufer im Schuhgeschäft Leiser in Charlottenburg. Er ist entsetzt, als ihm der Sohn seinen Berufswunsch mitteilt. »Buchhändler willst du werden? Einer, der Bücher verkauft? Wie kommst du denn darauf? Den ganzen Tag nur Bücher!«

»Und du?«, hält Gustav dagegen. »Den ganzen Tag nur Schuhe!«

Der Vater will ihn für diesen Vorwurf zurechtweisen, beißt sich aber auf die Lippen und sagt: »Ich hab dich schon bei Leiser als Lehrling angemeldet. Für dich Schuhe und sonst gar nichts.«

Das gefällt Gustav gar nicht. Doch der Vater besteht darauf. »Schuhe brauchen die Menschen immer. Auch im Krieg. Aber Bücher braucht keiner.«

Seine Mutter wendet ein: »Lass doch den Jung selbst entscheiden. Er ist volljährig und kann machen, was er machen will.«

Zerknirscht zieht sich der Vater zurück. Gustavs Mutter ist stolz auf ihren selbstbewussten Sohn und freut sich über seine Entscheidung. Doch wie soll er in einer Buchhandlung eine Lehrstelle finden in diesem katastrophalen Krieg, in dem alle Brot, Kartoffeln und Schuhe brauchen, aber keine Bücher?

Gustav will es trotzdem versuchen. Er kann nicht wissen, dass er über zwei Jahrzehnte später in einem Massengrab bei Minsk verscharrt werden wird.

1921: Jelena wächst in dem kleinen, verkommenen Bauerndorf Masjukowtschina bei Minsk auf. In einer schiefen Hütte am Waldrand. Aus den Wandbalken quillt Harz hervor, an dem die Kleider kleben bleiben, wenn man sich daranlehnt. Und zwischen den Balken klaffen fingerdicke Spalten, die mit Lumpen zugestopft sind. Dazwischen hausen Grillen, sie zirpen die ganze Nacht hindurch und zerren an den Nerven der Familie. Auf den Bodenbrettern liegen die Strohsäcke, auf denen die Sechsjährige mit ihren Eltern schläft. In einer Ecke der Hütte befindet sich ein großer gemauerter Lehmofen, davor wackelt eine Holzbank. Im Stall haben sie drei Kühe, zwei Schweine, einige Hühner und ein Pferd, das den Panjewagen zieht. Im Frühjahr versinken die Felder und Wege im Schlamm, im Sommer verdorren die Weiden in der glühenden Hitze zu staubigen Wüsten, und im Winter liegt dicker Schnee über allem und knackt das Eis. Da hockt die

Familie auf der Bank am Ofen, wärmt ihre Rücken und weiß oft nicht, wie sie sich ernähren und mit was sie ihr Vieh füttern soll.

Jelena weiß nicht, dass man sie über zwanzig Jahre später in Minsk zwingen wird, am Tod Tausender Menschen schuldig zu werden.

1918: Hamburg, Stadtteil Eppendorf, Nissenstraße nahe der Alster. In diesem vornehmen Viertel wurde Anita Katharina Dorothea Lindenkohl geboren, die ihre Eltern zärtlich Nitalein nennen. Anitas Vater Heinrich ist ein ehrlicher, aufrichtiger Mensch und als gewissenhafter Amtmann Leiter des Hamburger Stadtarchivs. Auch zu den Wochenenden bringt er in seiner schwarzen Aktentasche Dokumente mit nach Hause, um sie in seinem Herren- und Raucherzimmer zu bearbeiten. Er ist Sozialdemokrat durch und durch, sogar SPD-Mitglied und gehört der Gewerkschaft an. Ein echter roter Sozi, wie er sich selbst gern nennt. Ihre Mutter Elisabeth hört gern Musik und liest vor allem Gedichte. Lenau und Löns. Liebevoll umhegen und umsorgen sie ihr Nitalein, das zu einem hübschen blonden Mädchen herangewachsen ist.

Anita hat eine Menge Flausen im Kopf. Sie will Pianistin werden. Immer und immer wieder übt die Neunjährige vor und nach ihren privaten Klavierstunden im Wohnzimmer auf den weißen und schwarzen Tasten. Vor sich die Czerny-Etüden »Die Kunst der Fingerfertigkeit« und rechts und links am Klavier die beiden Ständer mit den gelben Kerzen. Doch sosehr sie sich abmüht und wiederholt und repetiert, immer drückt sie die falschen Tasten. Sie ist deprimiert und schmeißt oft mit lautem Knall den Klavierdeckel zu, dass ihre Mutter in ihrem Stuhl hochschreckt.

Jahrzehnte später wird sie, um ihr Leben zu retten, aus der Ruinenstadt Minsk zu ihren Eltern nach Bayern fliehen müssen.

Die Gemeindeschule schließt Willi als besonders guter Schüler mit einem glänzenden Zeugnis ab. Was nun?

»Du wirst Steuereinnehmer und Beamter«, bestimmt sein Vater. »Wie ich.«

Willi ist da anderer Meinung. Er will etwas Besseres, etwas Höheres werden als sein Vater. Aber was?

»Ich will zur Universität, studieren, Akademiker werden«, begehrt das Söhnchen auf.

»Dazu brauchst du Abitur«, wendet sein Vater ein. »Das hast du nicht.«

»Dann hole ich es nach.«

»Also in ein Gymnasium«, lenkt der Vater zögernd ein und seufzt. Die Mutter sagt nichts und lächelt in sich hinein.

»Nicht in irgendein Gymnasium. Ich will ins ›Graue Kloster‹.« Darauf besteht Willi.

Das humanistische Gymnasium »Zum Grauen Kloster« in der Klosterstraße ist das beste in der Stadt. Hier hatten schon Bismarck und andere große Geister ihr Abitur abgelegt und später ihre große Karriere begonnen.

»Das geht nicht«, wehrt Willis Vater ab. »Dafür haben wir nicht das Schulgeld.«

Seine Mutter schlägt vor: »Als Mitglied des Magistrats könntest du für Willi eine finanzielle Unterstützung beantragen.«

Der Vater windet sich, reicht schließlich widerwillig beim Magistrat den Antrag ein, und prompt wird für den zukunftsvollen Sohn eine Zuwendung zum Besuch des »Grauen Klosters« bewilligt. Nun fährt er täglich mit der neuen Elektrischen in die Klosterstraße und erhält eine breit gefächerte humanistische Ausbildung mit Latein, Altgriechisch und musischer Erziehung. Er liest und liest und liest. Mit Vorliebe die deutschen Klassiker, auch die antiken römischen und griechischen Klassiker. Leidenschaftlich verschlingt er Dahns »Kampf um Rom« und ist ganz benommen davon. Auch sein Vater steigt eine Stufe höher. Er wird Kirchenvorsteher und Synodaler der

Gethsemane-Gemeinde. Die Familie wohnt nun im Gemeindehaus, direkt neben der evangelischen Kirche.

Um Geld zu verdienen, gibt Willi Nachhilfeunterricht für zurückgebliebene Schüler und bezahlt damit sein Abonnement der deutschnationalen und antisemitischen »Staatsbürgerzeitung«. Darin liest er: »Es gibt keine Ruhe für die Völker der Erde, wenn nicht das Judentum ausgeschieden wird«, und: »Die Juden sind unser Unglück.« Obwohl er nie einen Juden persönlich kennengelernt hat, setzt er sich als engagierter Klassensprecher dafür ein, dass Juden nicht mehr am Turnunterricht teilnehmen dürfen, und beschließt, nie einen jüdischen Laden zu betreten. Zugleich dichtet er ein Jahr vor seinem Abitur als guter Christ das fromme Weihnachtsspiel »Dr. Martin Luthers Weihnachtsabend«. Ein Stück, in dem der Reformator von einem Bösewicht ermordet werden soll, von einem ergebenen Bibelschüler jedoch gewarnt und damit das schlimme Attentat verhindert wird.

Im »Grauen Kloster« wird Willis Erguss mit großem Erfolg aufgeführt. Alle applaudieren. Willi sonnt sich in seiner Anerkennung. Für seinen Abituraufsatz wählt er das Thema »Kann Fremden unser Deutschland zum Vaterland werden?« und schreibt: »Den Juden kann unser Deutschland nie zum Vaterland werden. Sie werden immer Fremde bleiben. Ihnen ist zu raten, dorthin zurückzukehren, woher sie kamen.«

Die Eltern sind über seinen Antisemitismus entsetzt und ratlos. Sie fragen sich: »Wie kommt er darauf? Woher hat er das? Von uns nicht. Was soll aus ihm nur werden?«

Sein Deutschlehrer dagegen lobt seine Einstellung und gibt ihm dafür dick unterstrichen die Note »sehr gut«. Das bestätigt ihm die Richtigkeit seiner Aussage. Die Königliche Prüfungskommission urteilt in Willis Abschlusszeugnis: »Seine Reife ist unzweifelhaft.« Mit diesem Papier in der Hand besteht er darauf, nicht mehr Willi genannt zu werden, sondern Wilhelm.

Seine Lehrstelle in einer Buchhandlung will Gustav allein finden. Doch seine Mutter besteht darauf, sie mit ihm zusammen zu suchen. Das passt ihm gar nicht. Dazu kauft sie ihm bei Brenninkmeyer einen steifen Anzug mit dem üblichen Pfeffer-und-Salz-Muster, in dem er sich sehr unwohl fühlt, dazu eine graue Krawatte. Bisher hat der Achtzehnjährige noch nie eine Krawatte getragen. Jetzt muss er. Sie findet, dass er für die Vorstellungsgespräche sehr ordentlich aussehen muss; er kommt sich vor wie ein dressiertes Äffchen. Dann zieht sie mit ihm los, von Buchhandlung zu Buchhandlung. In diesem Frühjahr, es ist 1918, begegnen ihnen immer wieder Männer in abgerissenen Reichswehrmänteln, die auf einem Bein auf Krücken dahinhumpeln, sich auf Holzwägelchen mit Stumpen bis zu den Knien vorwärtsschubsen oder in einer Ecke hocken und betteln.

Seine Mutter führt ihn zu Kiepert und Hugendubel, zu Droemer, zu Schoeller und Schropp. Ihm ist es sehr peinlich, dass sie bei allen Vorstellungsgesprächen das Wort führt. Sie lobt seinen Anstand, dass er sehr sauber hält, kein Kommunist ist und sehr tüchtig arbeiten kann. Bald ist er es leid, überall vorgeführt zu werden, und geht allein auf Stellensuche. In der großen Buchhandlung Amelang in der Kantstraße hätte man ihn beinahe genommen, doch da wurden kurz vor ihm drei Lehrlinge eingestellt. Pech. Als er die Heine-Buchhandlung in der Reichsstraße betritt, kommt ihm ein blondes Mädchen entgegen, er schätzt sie auf sechzehn. Vielleicht ein Lehrmädchen, denkt er. Dann wäre es wieder nichts.

»Bitte schön, Sie wünschen?«, fragt sie. Ihre weiche Stimme klingt sympathisch.

Um ihn herum Regale mit dicht vollgestellten Büchern, auch überall auf den Tischen Stapel von Büchern. Und an einer Wand hängt ein großes eingerahmtes Porträt eines jungen Mannes mit einem schmalen Gesicht. Seine langen Haare hängen ihm bis auf die Schultern. Er weiß nicht, wer dieser Jüngling im offenen Hemd ist.

»Was kann ich für Sie tun?«, ermuntert sie ihn und lächelt dabei.

Verlegen druckst er herum. Nur zögernd bringt er hervor: »Kann ich Ihren Chef sprechen?«

»Na klar«, sagt sie und ruft in einen hinteren Raum, dessen Tür offen steht: »Papa, da ist jemand für dich!«

Ein älterer Herr kommt heran, am Kragenknopf seines weißen Hemdes trägt er eine schwarze Fliege. Der Herr begrüßt ihn freundlich, stellt sich mit »Demski« vor und fragt: »Worum geht's?«

Er führt ihn nach hinten in sein kleines Büro.

»Haben Sie Abitur?«

Gustav bedauert. »Nur Realschule.«

»Na ja, das ist ja auch was wert. Haben Sie schon mal was mit Büchern zu tun gehabt?«

Wieder muss Gustav bedauern.

»Was lesen Sie denn gern?«, will Demski wissen. »Was lesen Sie gerade?«

Gustav wird knallrot im Gesicht. Wie ein Blödian kommt er sich vor. Schnell nennt er Bücher, von denen sein Vater schwärmte, die Gustav aber nie gelesen hat.

»Das Leben von Richard Wagner und von Napoleon. Weiß nicht mehr, von wem.«

Demski lächelt. »Na ja, für den Anfang. Und was haben Sie sonst noch gelesen?«

Er will seinen Karl May nicht nennen. Das scheint ihm zu blamabel.

»Sicher haben Sie von Karl May ›Winnetou‹ gelesen.«

Gustav fühlt sich ertappt und nickt.

»Na also. Das andere werden Sie noch kennenlernen.« Dann will er wissen: »Was ist denn Ihr Herr Vater von Beruf?«

Oh Gott, das auch noch. Er geniert sich zu sagen, dass sein Vater einfacher Schuhverkäufer bei Leiser ist, und befördert ihn schnell zum Filialleiter.

»Schön, schön«, sagt Demski. »Leiser. Das ist doch was.«

Fünf Minuten darauf unterschreibt Gustav seinen Lehrvertrag für drei Jahre und kann sofort anfangen. Jubel steigt in ihm hoch. Viel verdient er nicht, aber es reicht zum Leben. Dazu kann er in eine Dachkammer des Hauses ziehen.

»Dann haben Sie keine lange Anfahrt. Ich mag es nämlich nicht, wenn mein Lehrling zu spät kommt.«

Als Demski Gustav aus dem Laden begleitet und die Tochter des Buchhändlers ihn anlächelt, muss er immer auf das Porträtfoto zwischen den Bücherregalen schauen. Unüberlegt fragt er, wer das auf dem Foto ist.

»Das wissen Sie nicht? Und dann wollen Sie bei mir Buchhändler werden?«

Gustav stottert etwas herum.

»Das ist der Heinrich Heine.«

Wieder wird Gustav purpurrot im Gesicht. Er hätte sich denken können, wer das ist, wenn er in der Heine-Buchhandlung steht. Er ärgert sich über seine Dummheit und hätte sich in den Hintern beißen können.

»Na ja«, sagt Demski väterlich, »den werden Sie bei mir auch noch kennenlernen.«

Zu Pfingsten besucht die kleine Jelena ihre Tante im Nachbardorf. Sie schenkt ihr einen Hefekuchen. Ihre Mutter hat ihr verboten, bei der Tante etwas zu essen. Es sei eine Schande, bei anderen Menschen etwas zu essen. Aber bei ihr zu Hause gibt es nie Hefekuchen. Mit schlechtem Gewissen stopft sie ihn in den Mund, da kommt ein Bauer herein und sagt: »Kind, dein Vater ist gestorben. Gott segne ihn im Himmel.«

Schnell wickelt die Tante den restlichen Kuchen für den Heimweg ein und eilt mit der Sechsjährigen über die Felder zur Hütte des Verstorbenen. Immer wieder stolpert Jelena beim Laufen, fällt hin. Als sie ankommen, sind schon alle Nachbarn versammelt und klagen. Auf der Holzbank am Ofen liegt ihr toter Vater. Die Mutter kauert zusammengesunken und wie versteinert neben ihm.

Mit ihren großen dunklen Augen, die schwarzen Haare verdecken halb das Gesicht, starrt Jelena auf ihren leblosen Vater. Sie kann nicht begreifen, was geschehen ist, und hält den eingewickelten Hefekuchen fest in der Hand. Eine alte Nachbarin steckt ihrem Vater eine brennende Kerze zwischen seine auf der Brust gefalteten Hände. Dabei tropft heißes Wachs auf seine Haut. Auf einmal zucken seine gelben Finger. Alle erschrecken. Besonders die kleine Jelena. Ist ihr Vater doch nicht tot? Die Nachbarn betasten seine Hände. Sie sind eiskalt. Hat er noch im Tod das heiße Wachs gespürt?

Ein Jahr nach dem Tod von Jelenas Vaters legt sich ihr einziges Pferd in einer der kältesten Winternächte im Stall nieder und steht am Morgen nicht mehr auf. Die Tschornaja, die Schwarze, ist steif gefroren. Nun muss die Mutter die Lederriemen über ihre Brust und ihre Schultern spannen und selbst den Wagen ziehen. Die Mutter kränkelt immer mehr. Sie kann den Hof nicht allein führen. Das geht über ihre Kräfte. Sie magert ab und hustet schrecklich. Oft kann sie am Morgen nicht aufstehen und muss tagelang im Bett liegen bleiben. Die kleine Jelena steht hilflos daneben und weint.

Nachbarn versorgen die drei Kühe und zwei Schweine im Stall und machen Jelena etwas zu essen. Ein Arzt stellt fest: Die Mutter hat eine schwere Lungenentzündung. Eine Woche später stirbt sie dahin. Zwei Jahre nach dem Tod ihres Vaters. Nun ist die achtjährige Jelena eine Waise.

Anita muss ihren Traum als Pianistin aufgeben. Ihre Finger sind zu kurz. Jetzt will sie Balletttänzerin werden, im Scheinwerferlicht vom Publikum bejubelt werden. Immer wieder legt sie im Wohnzimmer die Schellackplatte mit Tschaikowskys »Schwanensee« auf ihr Grammophon und tanzt mit schwingenden Gebärden vor dem großen Spiegel. Ihre Eltern sehen ihr vergnügt zu und freuen sich über ihre Tänze. Sie erlauben ihr, Ballettunterricht zu nehmen, und schon während ihrer Ausbildung schafft sie es, in einer Tanzgruppe in Operettenaufführungen mitzutanzen. Doch bald stellt sich heraus, dass sie mit ihren fünfzehn Jahren zu alt für eine Ballettschülerin ist. Damit hätte sie als Fünfjährige anfangen müssen.

Ihr acht Jahre älterer Bruder Friedrich, der Friedel, hat es schon weit gebracht. Nach seiner hervorragend bestandenen Schauspielprüfung ist er jugendlicher Darsteller im Thalia-Theater. Anita bewundert und liebt ihren großen Bruder Friedel. Oft darf sie zu den Proben für seine neuen Aufführungen und sitzt bei den Premieren staunend und mit heißen Wangen in der ersten Reihe im Parkett. Nachdem auch ihr Traum von einer Karriere als Balletttänzerin geplatzt ist, will sie nun Schauspielerin werden. Eine berühmte Schauspielerin. Voll Zuversicht gewähren die Eltern ihr Schauspielunterricht am Thalia-Theater. Begeistert absolviert sie die ersten Stunden, Wochen und Monate. Ihre Lehrerin ist Mirjam Horwitz, die Ehefrau des Intendanten. Da ist sie in guten Händen.

In ihrem Schauspielunterricht übt Anita mit ihrer Lehrerin das Gretchen aus Goethes »Faust«: »Ich gäb was drum, wenn ich nur wüsst, wer heut der Herr gewesen ist! Er sah gewiss recht wacker aus und ist aus einem edlen Haus. Das konnte ich ihm an der Stirne lesen – er wär auch sonst nicht so keck gewesen.« Und: »Du lieber Gott! Was so ein Mann nicht alles, alles denken kann! Beschämt nur steh ich vor ihm da und sag zu allen Sachen ja. Bin doch ein arm unwissend Kind, begreife nicht, was er an mir find't.«

Sie übt die Ophelia aus »Hamlet«: »Oh welch edler Geist ist hier zerstört. Das Auge des Klugen, die Zunge des Gelehrten, der Arm des Kriegers, die Blüte und Hoffnung des Staates, der Spiegel der Sitte, das Muster der Bildung – alles hin, alles hin! Und ich, der Frau'n elendeste und ärmste, die Honig sog von seinen Worten, wollte vormals nichts wissen von den Mahnungen der anderen und hörte sie in meiner Schwärmerei nur wie verstimmte Glocken. Wehe mir, wehe! Dass ich nicht voraussah, wie es kommen musste!«

Immer wieder muss sie diese und andere Rollen vortragen, und immer wieder korrigiert ihre Lehrerin: »Du betonst falsch. Du musst Pausen machen zwischen den Sätzen. Du musst so sprechen, als würdest du noch danach suchen müssen, was du sagen willst. Als würdest du erst während des Sprechens die richtigen Worte finden. Bedenke bei jedem Satz, was du sagst. Bedenke den Sinn deiner Worte.«

An der Königlichen Friedrich-Wilhelms-Universität belegt Wilhelm die Fächer Philosophie, Alte und Neue Geschichte, Altphilologie, Kirchengeschichte und Theologie. Er ist nun einundzwanzig Jahre alt und plant seine berufliche Karriere. »Aufstieg« heißt seine Parole. Er will raus aus dem Kleinbürgertum seines Elternhauses, nicht mehr der Sohn eines einfachen Steuereinnehmers sein. Wilhelm Kube will zu den akademischen Kreisen aufsteigen, zur Oberschicht gehören, in den obersten Spitzen der Gesellschaft seinen Platz einnehmen.

Er gründet den »Deutschvölkischen Studentenverband«, den ersten antisemitischen Korporationsverband in Deutschland, der das Nationalbewusstsein der Studenten fördern soll. Mitglieder werden nur aufgenommen, wenn sie nachweisen können, dass kein jüdisches Blut in ihren Adern fließt. Bald ist Kube Vorsitzender dieses Studentenverbandes, veranstaltet mit Propagandisten der deutschvölkischen Ideologie und des Antisemitismus Versammlungen und Vorträge, stürmt mit seinen Studenten gegnerische Veranstaltungen und sprengt sie.

An der Universität unterstützt die jüdische Moses-Mendelssohn-Stiftung bedürftige, würdige und tüchtige Studenten, ohne Unterschied ihres religiösen Bekenntnisses. Der antisemitische Kube beantragt bei der Stiftung ein Jahres-Stipendium und erhält tatsächlich eine Unterstützung von sechshundertfünfzig Mark. Auch für das folgende Jahr wird ihm eine zweite Förderung mit der gleichen Summe gewährt. Mit diesen

Geldern finanziert er seine antisemitische Verbandszeitschrift. Seine »Hochschulblätter« machen Front gegen Polen, gegen Sozialdemokraten, wenden sich gegen Ausländer an deutschen Hochschulen, hetzen gegen die angeblich zu große und zersetzende Rolle der Juden im öffentlichen und politischen Leben Deutschlands und fordern die Zurückdrängung der schädlichen Wirkung der Juden.

Schon bald erkennt Kube, dass er im akademischen Bereich keine Karriere machen kann, nicht nach seinen Vorstellungen. Sein Ziel ist ein Beruf, der ihn aus der Masse heraushebt. Er beschließt, politischer Journalist zu werden, und bricht sein Studium ab. Die Moses-Mendelssohn-Stiftung fordert ihn auf, das gewährte Stipendium für das folgende Jahr zurückzuzahlen. Kube denkt nicht daran und verlässt Berlin mit dem jüdischen Stipendium in der Tasche.

Im ersten Lehrjahr muss Gustav einmal pro Monat im Hof hinter dem Laden alle Bücher ausklopfen, die Fächer auswischen und in den Regalen das Autorenalphabet überprüfen. Er liest die Namen Goethe und Schiller. Gut, die kennt er, hat aber von ihnen nie etwas gelesen. Er sieht auch Namen, von denen er noch nie etwas gehört hat. Dostojewski, Feuchtwanger, Fontane, Jean Paul, Kleist, Ringelnatz, Stifter, Storm, Tolstoi. Er ist beschämt, so unwissend zu sein.

Im Keller muss er die Pakete für die Kundenbestellungen packen und sie zur Post bringen. Dabei verwaltet er schon die Portokasse. Immer öfter kommt die Tochter seines Chefs zu ihm herunter und plaudert mit ihm. Er unterhält sich gern mit ihr, obwohl er darauf achten muss, mit seiner Arbeit nicht zu sehr zu trödeln. Demski kommt es verdächtig vor, dass seine Gertrud so oft zu seinem Lehrling in den Keller verschwindet. Manchmal, wenn zu viele Kunden im Laden sind, muss er sie nach oben rufen. Einmal erzählt Gertrud Gustav, dass ihre Mutter vor vier Jahren gestorben ist. Sie war Krankenschwester und meldete sich 1914 freiwillig an die Front. Dabei wurde sie in Frankreich von einer Granate tödlich getroffen. Gertrud war damals zwölf. Die Mutter fehlt ihr sehr. Ihr Vater, zehn Jahre älter als ihre Mutter, war zu alt, um eingezogen zu werden. So hat er den Krieg überlebt.

Demski beobachtet genau, wie sich seine Tochter und Gustav verlieben. Sollen sie nur, denkt er. Gertrud ist sechzehn und ein freier Mensch. Wenn sie schon keine Mutter hat, soll sie wenigstens einen Freund haben.

Im zweiten Lehrjahr darf Gustav schon bei Treffen mit Verlagsvertretern dabei sein, wenn Demski Neuerscheinungen bestellt, und er darf Kunden bedienen; und im dritten Jahr darf er an die Kasse.

Einmal, als Demski einen Jugendlichen verdächtigt, ein Buch eingesteckt zu haben, muss Gustav ihm auf der Straße nachrennen und ihn auffordern, die Tasche zu öffnen. Dabei sieht ihm sein Chef von der Ladentür aus zu. Der Junge hat tatsächlich Rilkes »Cornet« in der Tasche und zittert am ganzen Leib. Gustav bringt es nicht fertig, ihn Demski vorzuführen.

»Schon gut«, sagt er. »Klau das nächste Mal woanders.«

Der Ladendieb sieht ihn völlig verwundert an und verschwindet schnell.

»Und?«, fragt Demski. »Was ist?«

»Er hat nichts mitgehen lassen.«

»Versteh ich nicht. Dabei hätte ich schwören können, dass er was eingesteckt hat.«

»Er hatte wirklich nichts.«

»Passen Sie nächstes Mal besser auf, wenn sich wieder jemand verdächtig verhält.«

Nach dem verlorenen Krieg läuft in der Buchhandlung ein besonderes Geschäft. Die Generäle und Feldmarschälle Hindenburg, Ludendorff, Seeckt, Blomberg, Mackensen, alle mit dem Adelstitel »von«, bieten ihre heldenhaften Kriegserinnerungen zum Verkauf an. Und sie werden wie verrückt gekauft.

»Passt mir zwar nicht«, sagt Demski, »brauche aber den Umsatz. Sonst kann ich meinen Laden nicht halten.«

Im Hinterhaus wohnt der Taxifahrer Bluhmke, von allen Blümchen genannt, trotz seiner wuchtigen Erscheinung mit seinem mächtigen rostroten Schnäuzer, seiner Lederjacke und ledernen Schirmmütze. Gustav begegnet ihm oft im Hof, wenn er altes Packpapier zu den Abfalltonnen bringt und Blümchen seinen Wagen aus der Garage holt. Seinen Taxistand hat er ganz in der Nähe. Am Reichskanzlerplatz, Ecke Ahornstraße. Bücher hat er im Laden noch nie gekauft. Sie sind nicht sein Ding. Wenn er an seinem Stand auf Kunden wartet, liest er die Zeitungen, die Fahrgäste in seinem Wagen liegen ließen. Die »Morgenpost«, die »BZ« und manchmal auch die »Vossische«.

Dass sich Gustav und Gertrud gut verstehen, hat er schon längst mitbekommen.

»Hübschet Mädchen, die Jetrud«, brummelt er anerkennend und rückt dabei seine Schirmmütze zurecht. »Die möcht ick ooch mal jern in meener Kraftdroschke kutschiern.«

Nach dem Tod von Jelenas Eltern nimmt ein benachbarter Bauer die Achtjährige bei sich auf. Sie bekommt ein Strohbett und zu Weihnachten abgetragene Kleider und ausgetretene Schuhe geschenkt. Im Sommer geht sie ohnehin barfuß. Auch den weiten Weg ins Nachbardorf, um die Volksschule zu besuchen. Von der Bäuerin bekommt sie dafür ein Schreibheft und einen Bleistift. Sie läuft bei jedem Wetter. Ab und zu nimmt sie ein Bauer auf seinem Panjewagen mit. Die Volksschule im Dorfrat besteht aus einem einzigen Raum, in dem ein Lehrer mehrere Klassen zugleich unterrichtet. So versteht sie nichts, wenn der Lehrer den älteren Schülern Dinge erklärt, von denen sie noch nie etwas gehört hat, und langweilt sich, wenn sie mit ansehen muss, wie sich die neu eingeschulten Kinder mühsam mit dem Alphabet abquälen.

Eine warme Jacke für den Winter besitzt sie nicht. Damit sie nicht friert, wickelt die Bäuerin sie für den Schulweg in eine Decke und knotet die Ecken auf dem Rücken zusammen. Vor dem Unterricht löst ihr Lehrer die Knoten, damit sie sich bewegen kann, und nach dem Unterricht bindet er ihre Decke wieder auf dem Rücken zusammen. Einmal passiert es, dass während ihres Heimwegs ältere Jungen sie in einen Schneehaufen stoßen und weitergehen. In der zusammengeknoteten Decke kann sie ihre Arme nicht bewegen. Wie ein Klotz muss sie in dem Schneehaufen liegen bleiben. Sie ruft um Hilfe, aber die verschneite Landschaft ist menschenleer, keiner hört sie. Ihr Körper wird kälter und erstarrt. Dann spürt sie ihn nicht mehr. Nach langer Zeit kommt zufällig ihr Lehrer vorbei. Er befreit sie aus dem Schnee und hebt sie wie ein Stück gefrorenes Holz hoch. Er nimmt sie mit zu sich nach Hause, gibt ihr heißen Tee zu trinken und schenkt ihr eine seiner beiden Jacken, die ihr viel zu groß ist. Nun hat sie etwas Warmes anzuziehen.

»Die kannst du behalten«, sagt er. »Da wächst du noch rein.«

Anita erlebt eine fröhliche Hochzeit. Ihr großer Bruder Friedel heiratet die schöne Lore, eine bejubelte Tänzerin. Lore ist Jüdin, eine geborene Loewenstein. Dass die Familie nun eine jüdische Schwiegertochter hat, ist für sie ohne Bedeutung. Alle lieben die frohe und erfolgreiche Lore. Na wennschon, eine Jüdin im Haus, was soll's? Für die Mutter ist das kein Problem, obwohl die Nationalsozialisten immer mehr gegen die Juden hetzen. Sie nimmt das nicht ernst. »Das geht vorüber«, sagt sie.

Anitas Vater, Friedel und Lore sind anderer Meinung. Sie hassen die Nazis. Wenn die mal an die Macht kommen, wird es schlimm, warnen sie. Dann stehen entsetzliche Zeiten bevor.

Lore hat Angst. Was wird dann aus ihr? Alle nehmen sie in den Arm. Als Sozi fürchtet der Vater nun auch um seine Stellung. Wenn die Nazis Ernst machen mit ihrer Drohung, die Sozialdemokraten zu beseitigen, was wird dann aus ihm? Trotzdem will er seiner SPD treu bleiben. Unbeirrt. Komme da, was da wolle.

Wenn Anita Lore mit ihrem modernen, ungewöhnlichen

Ausdruckstanz auf der Bühne sieht, bedauert sie im Stillen immer noch, dass sie damals schon zu alt war für eine Ballettausbildung. Doch jetzt hat sie mit ihrer Schauspielausbildung einen befriedigenden Ersatz gefunden.

2

Wilhelm Kube lässt sich in Wismar, später in Breslau nieder, wo er in verschiedenen antisemitischen, deutsch-nationalistischen und rechtsradikalen Zeitungen als politischer Redakteur und Publizist arbeitet. In seinen Artikeln agitiert er für einen Krieg gegen die Nachbarländer, fordert, das Reich durch Okkupationen zu vergrößern und die Bodenschätze der besetzten Länder auszubeuten. Zugleich gibt er weiter seine »Hochschulblätter« heraus, in denen er schreibt: »Die Erhaltung der arischen Rasse, ihre Werte und die Reinhaltung des germanischen Blutes sind unsere höchste Pflicht. Jede Vermischung mit niedriger stehenden, nichtarischen Rassen bedeutet Rassenverschlechterung. Gegen die Gefahr der Rassenmischung mit Slawen und Juden sind besondere Maßnahmen zu ergreifen. Die Ausmerzung von Minderwertigen ist anzustreben.«

Feuer fängt Kube, als Kaiser Wilhelm Ende Juli 1914 zum Krieg aufruft. Da darf er nicht fehlen. Um mit seinem persönlichen Einsatz für seine proklamierten Kriegsziele zu kämpfen, meldet er sich freiwillig an die Front. Zusammen mit seinem jüngeren Bruder Walter, der bald darauf als zweiundzwanzigjähriger Fliegerleutnant an der Westfront abgeschossen wird. Auch Kubes Schwager fällt in Frankreich im Kugelhagel. Zwei Kriegstote im engsten Familienkreis, da gefällt Kube der Kampf im Schützengraben gar nicht mehr. Er will zurück in seine Breslauer Zeitung und wird prompt von der Redaktion als politischer Redakteur für »unabkömmlich« reklamiert. Da kann er nun in der warmen Schreibstube Durchhalteparolen verbreiten und fordern: »Den Osten müssen wir für deutsches Siedlungsland erweitern, das Kurland und Litauen erobern und Polen durch deutsches Blut befreien.«

Dazu kommt es nicht. Kube muss seine Pläne für das Reich

vorerst aufgeben. Die Niederlage des deutschen Heeres, die Kapitulation und die Abdankung des Kaisers kann er nicht ertragen. Was für eine Schande! Diese Demütigung Deutschlands, diese Erniedrigung ist für ihn auch persönlich eine Schmach. Er sinnt auf Revanche und gründet in Breslau seinen völkischen »Bismarck-Bund«. Damit will er die heranwachsende Jugend für völkische, nationale Ideale begeistern, sie zur Wiederherstellung der Ehre Deutschlands und zum Kampf gegen den Marxismus und das Judentum aufrufen. Sie macht er für den verlorenen Krieg schuldig.

Nach drei Jahren Lehrzeit ist Gustav Buchhändlergehilfe und berechtigt, gemeinsam mit Demski und Gertrud den Laden zu leiten. Demski kränkelt immer mehr und sagt zu den beiden: »Kinder, wenn ihr mal heiratet, überlass ich euch den Laden.« Vier Jahre später, 1925, ist es so weit. Obwohl Gustav und Gertrud Juden sind, kommt für sie eine jüdische Heirat nicht in Frage. Warum auch? Sie fühlen sich nicht als Juden. Also was soll's? Es gibt auch keine kirchliche Trauung, nur die Prozedur am Standesamt. Nun ist die dreiundzwanzigjährige Gertrud Demski eine Gertrud Heimann und der zwei Jahre ältere Gustav zusammen mit ihr der Inhaber der Heine-Buchhandlung. Er zieht von seiner Dachstube hinab in den ersten Stock zu Gertrud, Demski wechselt in die Wohnung gegenüber. Blümchen gratuliert dem Hochzeitspaar mit fünf freien Taxifahrten und wünscht ihnen, neben all ihren Büchern das Leben nicht zu vergessen.

Am Tag ihrer Heirat kommt Hitlers »Mein Kampf« heraus. Kein Exemplar davon wird im Fenster gezeigt, keines in die Regale gestellt oder auf den Tischen ausgelegt. Das wär ja noch schöner. Strikte Ablehnung dieses Pestgestanks.

Der schwächelnde Demski kann es sich nicht verkneifen, immer noch im Laden herumzukrauchen, doch Gustav und Getrud schmeißen das Geschäft allein und schicken ihn wieder weg. Nach der Inflation und trotz der zunehmenden Wirtschaftskrise läuft ihre Buchhandlung einigermaßen zufriedenstellend. Vor allem, weil sie sich auf billige Taschenbücher konzentrieren und eine Abteilung für vergriffene Bücher mit stark herabgesenkten Preisen einrichten, ihr Modernes Antiquariat. Sie müssen bescheiden haushalten und können sich keine großen Sprünge leisten. Aber es reicht gerade so zum Leben.

Zwei Jahre später schreit in der Wiege ihr Töchterchen Erika, das die blonden Haare ihrer Mutter hat und die blauen Augen ihres Vaters.

Mittlerweile hat sich Kube wieder in Berlin angesiedelt, ist mit der Tochter eines Staatsanwaltssekretärs verheiratet und stolzer Vater zweier Söhne. Der Dreiunddreißigjährige fühlt sich als Dichter berufen und schreibt eine bombastische, schwülstige Historienschnulze: »Totila – Der letzte Gotenkönig«. Sie spielt um 550 nach Christus und zeigt den heroischen Kampf des Gotenvolkes und seines Anführers König Totila gegen das byzantinische Heer, das übermächtig aus vielen Völkern besteht. Alle gegen einen. Totila fordert seine Mannen auf, ihr Leben zu opfern, um ihre Ehre zu retten. Das tapfere Gotenheer wird von den Feinden besiegt. Auch Totila, getroffen von tödlichen Pfeilen, sinkt nieder. Gemeinsam mit seiner geliebten Swanhilde. Seine letzten Worte: »Am Leben liegt uns nichts, an Ehre alles!« Für Kube ein Sinnbild des ruhmreichen Kampfes des germanischen Volkes gegen alle seine Feinde. Eine Verherrlichung seines Heldengeistes.

Für die Uraufführung seines »Totila« sammelt ein Freundeskreis Geld und organisiert in einem Berliner Theater die Uraufführung. Von der Presse werden das Stück und die Aufführung völlig verrissen. In den Gazetten muss Kube lesen: »Ein grauenhafter, pompöser Kitsch! Schwulst über Schwulst.« Kein Theater will mehr etwas von seinem »Totila« wissen, nirgends wird er nachgespielt. Für Kube eine entsetzliche Pleite. Eine Katastrophe. Ihm ist klar: Die Juden sind an allem schuld. Nach seiner Meinung sind alle deutschen Theater völlig verjudet. Da hat er keine Chance.

Der Bauer findet, dass Jelena nun kräftig genug ist, um mit anzupacken. Sie muss die Kühe auf die Weide und zurück in die Ställe treiben, die Schweine auf dem Acker bewachen und die Ställe ausmisten, frisches Stroh aufschütten und schwere Milchkannen schleppen. Sie muss bei der Ernte helfen. Im Sommer brennt die Sonne heiß auf das Feld. Beim Dreschen und Heueinfahren dringen Wolken von Strohstaub in ihre Kleider. Sie kleben auf der verschwitzten Haut, der ganze Körper juckt. Und beim Ährenlesen stechen die harten Stoppeln in ihre nackten Füße. Beißender Schweiß rinnt in ihre Augen, ihr Gaumen trocknet aus. Kein Wasser zum Trinken. Und bei der Kartoffelernte im Herbst regnet es oft den ganzen Tag. Ihre Kleider sind klatschnass. Niedergebückt muss sie in der Kälte mit ihren klammen Fingern die Kartoffeln aus der Erde kratzen. Wenn sie sich aufrichtet, schmerzt ihr gekrümmter Rücken.

Etwas entfernt von den Äckern und Feldern führt eine Bahnlinie vorbei. Sehnsüchtig sieht sie den vorbeirauschenden Zügen nach. Sie fahren über Minsk nach Moskau. Was sind das für glückliche Menschen, die in einem solchen Zug fahren dürfen!, phantasiert sie. So möchte sie auch einmal dahingleiten. Wie schön wäre das! Einfach einsteigen und losfahren. Bis nach Moskau. Einmal im Leben nach Moskau! Das wünscht sie sich so sehr. Lange schaut sie diesen Zügen nach. Bis man sie anschreit, weiterzuarbeiten.

Einmal, im Sommer beim Roggenschneiden mit ihrer Sichel, schaut sie wieder den vorbeifahrenden Zügen nach und merkt nicht, dass die Erwachsenen mit ihrer Arbeit schon weit nach vorne gerückt sind. Sie beeilt sich, den Anschluss zu finden, und schlägt schnell mit ihrer Sichel durch die Halme. Da wird ihr plötzlich schwarz vor den Augen, und sie sieht drehende Kreise. Sie fühlt, dass etwas in ihren Finger gestochen hat. Ihre

Hand ist dunkelrot verschmiert von Blut, auf der Sichel liegt die Spitze eines ihrer Finger. Eine Frau rennt herbei, steckt die Fingerspitze in ihre Schürzentasche, zerschneidet mit der Sichel ihr Kopftuch und verbindet damit die Wunde, damit sie weniger blutet.

Nach der Pleite mit seinem »Totila« entschließt sich Kube, Politiker zu werden. Er muss sich einer Partei anschließen und darin aktiv werden. Zur Auswahl hat er in Berlin neun Parteien, die ihre Namen wie bei einem Würfelspiel aus den Begriffen »deutsch«, »konservativ«, »national«, »nationalistisch«, »Volk«, »völkisch«, »sozialistisch«, »Freiheit« und »Bewegung« zusammensetzen. Fast alle antidemokratisch und antisemitisch. Nur wenige sind demokratisch und liberal. Die interessieren ihn nicht. Er sucht etwas Radikales. Viele lösen sich auf oder werden verboten, bilden sich unter einem anderen Namen neu.

In seiner ersten Partei steigt der Karrieregierige schnell vom einfachen Mitglied zum Geschäftsführer auf. Doch bald kommt es zu Zerwürfnissen. Seine groben Praktiken zerreißen die Partei. Er tritt in die nächste Partei ein, schafft es bis zum Generalsekretär und wird nach kurzer Zeit wegen Betrügereien hinausgeworfen. Er geht zur dritten Partei. Auch hier bleibt er nicht lang. Sie ist ihm nicht radikal genug. Aus seiner vierten Partei schmeißt man ihn als Vorsitzenden wegen seiner Intrigen raus. So hastet der Herrschsüchtige jahrelang weiter von Partei zu Partei, bis er alle neun durchhat.

Da lernt der mittlerweile Vierzigjährige bei einer Versammlung der Nationalsozialistischen Deutschen Arbeiterpartei deren Anführer kennen, einen gewissen Adolf Hitler. Das Programm der NSDAP gefällt ihm sehr. Besonders gefällt ihm dieser Hitler. Von ihm ist er spontan begeistert. Er ist so recht nach seinem Geschmack.

Kube tritt in die NSDAP ein, lässt sich auf der Oberlippe ein kleines Bärtchen wachsen und zieht mit Hitler, Goebbels und Göring für Wahlkämpfe durch das Land. Sie hetzen gegen die Sozialdemokraten und Kommunisten. Sie rufen zum Judenhass auf und provozieren Saalschlachten. Besonders wenn Kube spricht, rasen die Säle. Er reißt derbe Witze über die politischen Gegner. Alle lachen. Schnell hat er die Tausende von Zuhörern auf seiner Seite.

Als Krakeeler bringt er die Versammlungen so richtig in Schwung. Hitler findet Gefallen an diesem Rabauken. Von jetzt an steigt Kubes Karriere steil nach oben. Von jetzt an beginnt für ihn ein neuer Lebensabschnitt.

Die Nationalsozialisten haben Deutschland in Gaue aufgeteilt, um in diesen Territorien NS-Propaganda zu betreiben, neue Mitglieder zu gewinnen, die Partei aufzubauen, sie mit ihrer Verwaltung in den Griff zu bekommen. Goebbels beherrscht schon seit zwei Jahren den Gau Berlin. Kube bekommt 1928 von Hitler zum Dank für seinen bisherigen Parteieinsatz den Gau Ostmark zugeteilt. Ein riesiger Bezirk östlich von Berlin bis zur polnischen Grenze. Das ist nun sein Hoheitsgebiet. Hier hat er alle Vollmachten, kann schalten und walten, wie es ihm gefällt. Hier kann er in seiner braun-goldenen Gauleiteruniform und mit den goldenen Eichenblättern, dem Reichsadler und Hakenkreuz König sein. Nun ist er ein »Goldfasan«, wie man diese Kategorie nennt.

Er gründet sein offizielles Partei-Propagandablatt »Der Märkische Adler«. Als Hauptschriftleiter verkündet er gleich in der ersten Ausgabe: »Volksgenosse kann nur sein, wer deutschen Blutes ist. Ein Jude kann daher kein Volksgenosse sein. Das Judentum ist eine Pest. Die Pestträger müssen ausgerottet werden. Das Ziel unseres nationalsozialistischen Programms ist die Bekämpfung des Judentums und seine totale Vernichtung.«

Seinen Sohn Horst setzt er als Redakteur ein und ernennt ihn zugleich zu seinem Adjutanten.

Er schmeißt Bürgermeister, Stadt- und Landräte, sogar Richter raus, wenn sie nicht nach seiner Pfeife tanzen, und ersetzt sie durch befreundete treue Parteigenossen, auch wenn sie vorbestraft sind. Man wirft ihm Vetternwirtschaft vor. Das stört ihn nicht. Er ist beliebt und sitzt fest im Sattel. Im Berliner Reichstag und im Preußischen Landtag diffamiert er den Innenminister und beschimpft ihn als »Schweinehund«. Dafür muss er eine hohe Geldstrafe zahlen. Damit gilt er als vorbestraft. Doch das kratzt ihn nicht. Lächelnd blättert er die Scheine hin und wiederholt seine Verleumdung. Kube, inzwischen bekannt als Frauenjäger, poussiert mit dem gesamten weiblichen Personal der Gauleitung und nimmt sich, obwohl mit seiner Margarete verheiratet, seine Sekretärin als Geliebte. In seiner Buchhaltung tauchen massive Fehlbeträge auf. Intern weiß man von seinen Unterschlagungen, doch keiner wagt, dagegen etwas zu unternehmen, aus Angst, die Stellung zu verlieren. Kubes Gauleitung wird als »Saustall« bezeichnet. Das ist ihm egal. Andere Gauleiter treiben es ebenso.

Außer der Laufkundschaft kommen auch besondere Buchliebhaber in Gustavs und Gertruds Heine-Buchhandlung. Darunter ein ulkiger Kauz mit einem Kopf wie ein aus Holz geschnitzter Kasperle: der Ringelnatz vom nahen Sachsenplatz oder von seiner eigentlichen Wohnung, der »Westendklause«. Er freut sich immer, wenn er seine Gedichte, Novellen, Romane und Kinderbücher im Regal stehen sieht.

»Verkauft ihr auch was davon?«, fragt er schelmisch.

»Natürlich«, bestätigen die beiden. »Wir müssen immer nachbestellen.«

Nur sein erschienener Berlin-Roman »...liner Roma...« stockt. Ein wildes Großstadtepos, gänzlich unkonventionell, ohne die üblichen Sätze, oft nur Substantive und Verben aneinandergereiht, dazwischengemengt wie Hackfleisch Collagen aus Reklamesprüchen und Tagesmeldungen. Dass sein modernes Werk kaum läuft, verschweigen sie ihm. Doch das weiß er selbst und lässt seine grotesken Gedichte los, dass sich Gustav und Gertrud kugeln vor Lachen.

»Ich bin eben etwas schief ins Leben gebaut«, sagt Ringelnatz und geht wieder.

Auch ein Herr mittleren Alters und mit sehr gepflegtem Äußeren kommt öfter zu ihnen und bestellt Musikbücher. Hindemith heißt er. Auch er wohnt in der Nähe, am Sachsenplatz. Fast neben Ringelnatz.

»Der mit seinen schrägen Tönen«, lässt Gertrud abseits leise fallen.

»Psst«, mahnt Gustav. »Das ist moderne Musik.«

Freundlich bietet Hindemith ihnen Freikarten für seine Aufführungen in der Krolloper an. Gertrud ist verhindert, sie muss die kleine Erika versorgen. Doch Gustav nimmt sie gern an, besucht Hindemiths Premieren und lauscht mit großen Ohren.

Dann ist da noch ein Stammkunde vom nahe gelegenen Kaiserdamm, ein Herr mit einer dicken Brille, der eigentlich ein Arzt ist und dazu wuchtige Romane und merkwürdige Erzählungen schreibt. Döblin. Eben ist mit einem sensationellen Erfolg sein »Berlin Alexanderplatz« erschienen, von dem im Laden ein ganzer Stapel auf dem Tisch liegt. Gustav muss daran denken, dass fünf Jahre zuvor der Großstadtroman von Ringelnatz im gleichen Stil kaum gekauft wurde.

Und noch ein eleganter Kunde kommt regelmäßig, ebenfalls ganz nah vom Kaiserdamm. Er ist groß, sieht sehr attraktiv und reich aus, schlenkert mit einem edlen Stock und trägt zum korrekten Anzug mit Weste manchmal sogar ein Monokel. Eine dandyhafte Erscheinung, dieser Remarque. Auch von seinem neu erschienenen »Im Westen nichts Neues« liegt ein riesiger Stapel auf dem Tisch, die Käufer reißen sich um diesen Antikriegsroman. Gustav und Gertrud müssen immer wieder nachbestellen.

Und dann betritt einmal ein Herr mit Halbglatze die Buchhandlung. Emil Nolde, der Maler von der nahen Bayernallee. Gustav kennt ihn. Obwohl er schöne Bilder malt, will er mit diesem Antisemiten nichts zu tun haben. Nur zögernd erhebt er sich und bedient ihn kühl und abweisend. Nolde spürt die Ablehnung und verlässt den Laden.

Als er draußen ist, sagt Gustav: »Dieser Judenhasser braucht hier nicht mehr zu erscheinen.«

Nolde kommt auch nie wieder.

3

Jelena hält die Plackerei auf dem Hof nicht mehr aus. Sie ist mittlerweile zu einer Jugendlichen herangewachsen und muss schuften wie zwei Erwachsene. Sie will weg von diesem Bauern. Sie muss abhauen. Sie will nach Minsk. Mit sechzehn fühlt sie sich erwachsen genug, um dort selbstständig zu leben. Sie war noch nie in dieser nahen Hauptstadt. In einer großen Stadt muss es doch möglich sein, eine Arbeit mit einem gerechten Lohn zu finden. Normal zu leben wie andere Menschen auch. Doch der Bauer lässt sie nicht gehen. Für ihn und die Bäuerin ist sie eine billige Arbeitskraft. Jelena aber drängt weiter. Schließlich willigen die beiden ein und geben ihr einen Zettel mit der Adresse ihrer Verwandten Olga und Wanja Tomskaja in Minsk. Sie haben eine Gerberei und können Jelena sicher gegen Lohn gebrauchen. Also auf nach Minsk!

Jelena packt ihre wenigen Sachen in ein Köfferchen und besucht vor ihrer Abreise noch einmal ihr Elternhaus. Das baufällige Häuschen, der Stall und die Scheune mit ihren schiefen Wänden sind zusammengestürzt. Lange bleibt sie zum Abschied davor stehen. Sie denkt an den Harz, der aus den Balken quoll und an dem ihre Kleider kleben blieben, wenn sie sich daranlehnte. Wieder hört sie in den Ritzen, die mit Lumpen zugestopft waren, die Grillen zirpen. Sie denkt daran, wie sie sich am Lehmofen den Rücken wärmte, wie sie auf den Knien ihres Vaters saß und er mit seinen rauen Händen ihre kleine Hand hielt, wie ihre Mutter die dampfende Kartoffelsuppe auf den Tisch stellte und ihre Eltern immer wieder ein liebes Wort zu ihr sprachen. Nach all dem, was sie bisher bei den fremden Menschen erleben musste, scheint ihr die heimatliche Hütte wie ein kleines Paradies. Sie denkt auch daran, wie ihr toter Vater damals auf der Holzbank lag und alle zu sehen glaubten, dass seine gelben Finger zuckten, als das heiße Wachs auf seine kalte Hand tropfte. Und sie denkt daran, wie ihre Mutter tot und kalkweiß im Bett lag. Jelena, dürr wie eine Latte, dreht sich um und geht weg. Sie muss nach Minsk.

Ein Lastauto, vollgeladen mit Torf, nimmt Jelena mit in die Stadt. Sie sitzt neben dem Fahrer und hält ihr Köfferchen auf dem Boden mit den Füßen fest. Der alte, knochige Mann hat seine zerbeulte Schirmmütze so tief ins Gesicht gezogen, dass sie seine Augen verdeckt. Sie fragt sich, wie er so etwas sehen kann. Wahrscheinlich muss er gar nichts sehen, denn die Straße führt stundenlang nur schnurgeradeaus, links und rechts nichts als Wälder, Wälder. Hinter ihnen stößt der Laster dicke schwarze Wolken aus. Allmählich tut ihr der Hintern weh. Aus dem zerschlissenen Sitz ragen die Spiralen der Eisenfedern heraus und drücken sich in ihren Po. Immer wieder muss sie sich anders setzen, um den Schmerz zu mildern. Die Landstraße ist voller tiefer Schlaglöcher, in die der Laster voll hineinkracht. Dabei schlagen die Stahlfedern hart in ihre Haut, und der Wagen schaukelt so sehr, dass sie sich am Türgriff festhalten muss, um nicht vom durchgesessenen Sitz zu rutschen.

Die Reise kommt ihr endlos lang vor. Während der ganzen Zeit spricht der Fahrer kein einziges Wort mit ihr, und sie hat keine Lust, mit ihm ein Gespräch zu beginnen. Die Zustände im Dorf kennt er, und was sie in Minsk vorhat, geht ihn nichts an. Das ist ihre Privatsache. Zweimal hält er am Straßenrand an, um neben seinem Laster zu pissen und eine Papirossa zu rauchen. Am Ende wirft er das glühende Ding ins Gebüsch.

Als sie sich der Stadt nähern, verschwindet der Wald zu beiden Seiten, nun reihen sich entlang der Piste alte Holzhäuschen aneinander, wie in ihrem Dorf. Dann wird die Straße breiter und glatter, und die ersten gemauerten hohen Häuser tauchen auf. So hohe Häuser hat sie noch nie gesehen. Sie sieht auch zum ersten Mal in ihrem Leben eine elektrische Straßenbahn und staunt.

Grußlos setzt der Fahrer sie im Stadtzentrum ab, an einer Brücke, die über einen kleinen Fluss führt. Bräunlich wälzt sich das Wasser dahin. Da steht Jelena also mit ihrem Köfferchen mitten in der Stadt, umbraust von lärmenden Autos und Omnibussen, die stinkende Wolken ausstoßen. Sie muss husten. Diesen Gestank ist sie nicht gewohnt. In ihrem Dorf gab es Pferde, die die Karren zogen, und nur ein paar Traktoren, die nicht diesen Gestank hinterließen, der sie jetzt im Hals würgt. Und so viele Menschen hasten um sie herum. Sie wird angerempelt, geschubst, gestoßen. Rücksichtslos, brutal. Auch das ist sie nicht gewohnt.

Die Gesichter der Menschen sehen alle irgendwie gleich aus. Wie aus Beton und leblos. Die meisten Minsker tragen seltsame Uniformen. Dazwischen sieht sie Männer in feinen Anzügen und Frauen in kostbaren Kostümen. Sie sieht aber auch sehr viele Menschen in ärmlicher, zerfetzter Kleidung. Überall ragen hohe Baugerüste empor, lärmen mächtige Bagger und Transporter, zwischen Bergen von Ziegeln wirbeln Kalk und Staub auf. Eine Stadt im Aufbau. Wohin sie auch schaut, überall rasender Autoverkehr, Absperrungen, Umleitungen. Gestank, wohin sie sich auch wendet. Und an den Fassaden hängen riesige Transparente mit Parteipropaganda.

Das also ist Minsk.

Wieder schaut sie auf ihren Zettel mit der Anschrift der Gerberei. Es ist schwierig für sie, sich in dieser großen Stadt zu orientieren. Sie hat keinen Stadtplan und muss sich durchfragen. Schließlich geht sie los mit ihrem Köfferchen. Sie muss an Ampeln stehen bleiben, die im immer gleichen Takt die Farbe wechseln. Auch das ist für sie neu. Sie muss die Autos vorbeisausen lassen, ehe sie die Straße überqueren darf. Dabei brausen sie durch große, schmutzige Regenpfützen und spritzen ihr frisch gewaschenes Kleid voll Dreck. Sie kommt über einen Marktplatz mit Buden. In ihrem Dorf holten sie die Kartoffeln, Rüben und Karotten vom Acker, und die Äpfel pflückten sie von den Bäumen. Hier müssen die Menschen alles in diesen Buden kaufen.

Nach drei Jahren Unterricht kommt für Anita der aufregende Tag der Eignungsprüfung. Sie schlottert am ganzen Körper. Sie nimmt ihr Herz in beide Hände und tritt in ihrem violetten Kleid, das die Mutter für sie ausgesucht hat, auf die riesige Bühne des Thalia-Theaters, angestrahlt von einem grellen Scheinwerfer. Hinter ihr die Kulissen der gestrigen Vorstellung, vor ihr der finstere Zuschauerraum. Die Männer der Prüfungskommission im Parkett kann sie nur als dunkle Schatten erahnen. Sie schluckt, atmet tief durch, bis ihr Zwerchfell schmerzt, und trägt tapfer die Rollen vor, die sie mit ihrer Lehrerin eingeübt hat. Das Clärchen aus Goethes »Egmont«, die Titania aus Shakespeares »Sommernachtstraum« und die Adelheid aus Hauptmanns »Biberpelz«.

Nach ihren Vorträgen langes Schweigen der Kommission. Anita ist schockiert. Sie hat das Gefühl, leichenblass zu werden. Sie fürchtet, zwischen den Brettern der Bühne, die für sie eine Welt bedeuten, zu versinken. Die Kommission schweigt noch immer. Aus, vorbei, Ende. Zerstoben ihr Traum vom Theater. Das steht für die zitternde Anita fest. Zuerst ihre zerplatzten Wünsche, Pianistin oder Balletttänzerin zu werden, und nun das frühe Ende ihrer Theaterkarriere, noch ehe sie begonnen hat.

Dann sagt einer der Männer: »Treten Sie ab. Warten Sie auf dem Flur, bis wir Sie rufen.«

Sie hat kaum noch die Kraft, von der Bühne zu schlurfen und sich auf den Flur zu schleppen.

Neben ihr auf den Bänken zappeln nervöse Prüflinge, denen dieses Fegefeuer noch bevorsteht. Jünglinge und Backfische, alle in ihrem Alter.

»Na, wie war's?«, fragen sie. »Hast du's geschafft?«

Stumm winkt Anita ab. Sie wartet. Die Zeit scheint unendlich lang. Sie hat keine Hoffnung mehr.

Dann endlich wird sie hereingerufen. Sie glaubt, vor dem Jüngsten Gericht zu stehen.

Lächelnd teilen ihr die Männer mit: »Frau Anita Lindenkohl, wir haben die Freude, Ihnen zu bestätigen, dass Sie Ihre

Eignungsprüfung mit Auszeichnung bestanden haben. Herzliche Gratulation.«

Irgendwie sind ihre Ohren taub. Sie zweifelt, ob sie richtig gehört hat. Doch als man ihr feierlich die verzierte Urkunde überreicht und ihre Lehrerin Horwitz auftaucht, sie herzlich umarmt und ihr gratuliert, da weiß sie: Sie hat es geschafft. Jetzt ist sie eine echte Schauspielerin! Jetzt strahlt für sie wieder die Sonne.

Anita überlegt, unter welchem Künstlernamen sie auftreten soll. Anita behalten oder ihre anderen Namen Katharina oder Dorothea in die Programmhefte und auf die Plakate setzen? Sie bleibt bei Anita. Aber Lindenkohl ist kein Name für eine Künstlerin. Das klingt nicht gut. So lässt sie »kohl« weg und nennt sich Anita Linden. Anita Linden. Das klingt viel besser. Mit diesem Künstlernamen besetzt man sie im Thalia als junge Heldin und jugendliche Liebhaberin zuerst in kleinen Rollen, dann in größeren. Ihre Eltern, ihr Bruder Friedel und Lore bewundern sie.

Endlich findet Jelena die Gerberei, direkt an dem Flüsschen Swisslotsch. »Ledergerberei Tomskaja« ist auf eine alte Hausfassade gemalt, von der ein Teil des Verputzes abgefallen ist. Sie geht um das Haus herum zum Fluss und weicht zurück. Fäulnisgestank schlägt ihr entgegen. Am Ufer stehen große Holzgestelle, bespannt mit Tierhäuten. In das Wasser hinein sind Stege gebaut, die wie große Waschbretter aussehen. Darauf knien Arbeiter und schrubben mit Handbürsten nasse Felle. Eine Weile steht sie da und schaut sich das alles an.

Hier also soll sie nun arbeiten.

»Was willst du hier?«

Drohend steht ein Mann in verdreckten Klamotten neben ihr.

»Verschwinde!«

Seine barsche Stimme hat sie so erschreckt, dass sie im Moment nicht antworten kann.

»Hast du nicht gehört? Verschwinde!«

»Ich soll hier arbeiten«, bringt Jelena eingeschüchtert hervor.

»Wir brauchen niemanden.«

»Ich bin Jelena Grigorewna Masanik aus Masjukowtschina.«

Der Mann überlegt kurz.

»Geh da ins Haus.«

Ohne Begrüßung zeigt Tante Olga ihr eine kleine Kammer unter dem Dach mit einer schrägen Luke, durch die Jelena nur den Himmel sehen kann, aber immerhin den Himmel. In der Kammer befinden sich ein Bettgestell mit einer Matratze und einer Decke und ein kleines Waschbecken, jedoch ohne Wasserhahn. Das Wasser muss sie in einem Krug von einer Pumpe im Hof holen. Das ist ihr neues Heim. Als Lohn bekommt sie zwölf Rubel im Monat. Davon wird ihr für die Kammer und das Essen ein Teil abgezogen. Für sie selbst bleiben nur ein paar Kopeken für den notwendigsten Bedarf.

Um fünf Uhr früh muss sie die Holzbottiche, die Schurbretter und die Kessel schrubben. Anschließend Holz hacken, den Herd befeuern, im Haus putzen, für acht Personen kochen, im Gemüsegarten die Beete in Ordnung halten und dazu ein kleines krankes Kind hüten. Die Wäsche der Familie muss sie im Swisslotsch waschen. Aber nur dann, wenn die Arbeiter nicht die Felle und Häute spülen. Als Essen bekommt sie am Morgen eine Tasse Tee und eine Scheibe Brot und eine Gurke. Am Mittag gibt es eine Suppe, in der etwas schwimmt. Und am Abend wieder eine Tasse Tee und ein Stück Brot. Das ist alles.

Onkel Wanja ist der einzige freundliche Mensch in diesem finsteren Haus. Er hört ihr zu, wenn sie ihm ihr Leid klagt, und nickt, sagt aber nichts. Im Winter schlägt er für sie ein Loch in den vereisten Swisslotsch, damit sie darin die Wäsche waschen kann. Wenn sie die Kleidungsstücke aus dem Wasser zieht und sie auswringt, erstarren sie zu Eis.

Auch ihre eigenen, nass gewordenen Kleider sind vereist und hart wie Blech. Onkel Wanja hilft ihr, die vollen, schweren Körbe ins Haus zu schleppen und die Wäsche zum Trocknen auf dem Holzboden auszubreiten. Im Haus gibt es keinen wärmenden Lehmofen wie in ihrer Bauernkate, an dem sie sich den Rücken wärmen kann. Nur einen eisernen Herd. Kaum ist sie aufgetaut, überfällt sie der Hunger. Aus dem Speiseschrank kann sie nichts nehmen. Die Tante hat ihn abgeschlossen und bewahrt den Schlüssel in ihrer Schürze. Oft hat Jelena so einen Hunger, dass ihr schwindelig wird. Zu Hause und bei den Bauern gab es wenigstens genug Borschtschsuppe und Brot. Es gibt keinen Ruhetag. Die Plackerei wird für Jelena immer unerträglicher. Sie muss weg, weg von dieser Familie. Immer wieder nimmt sie sich vor, einfach abzuhauen.

Als die Heimanns eines Abends im September '31 die Kasse abrechnen, stürmt Blümchen herein. Völlig aufgebracht und außer Atem japst er: »Komm grad vom Ku'damm. Junge, Junge, da war wat los! Eene riesje Rotte von SA-Bengels vaprügeltn Passantn, die se für Judn hieltn. Mit Schlagringen und Knüppeln. Ooch uff die Jäste draußen vorn Cafés schlugn se ein und brülltn ›Jude, verrecke!‹ und ›Schlagt de Juden tot!‹. Nee, so wat, nee. Dit Pack wird imma frecher.«

»Einzelfälle, Einzelfälle«, wollen ihn die Heimanns beruhigen.

»Nee, nee. Dit is schon öfters passiert. Dit sind keene Kinkerlitzchen.«

»Die Regierung wird die Lümmel bestrafen.«

»Eua Wort in Jottes Ohr. Und in de Rejierung. Ick muss weita.«

Ein Jahr darauf wird durch ein Gesetz verboten, jüdische Familiennamen zu ändern. Es soll verhindern, dass Juden ihre Abstammung verschleiern.

»Bei uns gibt es nichts zu verschleiern«, beruhigt Gustav

Gertrud. »Unser Name ist nicht jüdisch. Es ist ein ganz normaler deutscher Name. Auch ›Demski‹ ist nicht jüdisch.«

Kube feiert seinen fünfundvierzigsten Geburtstag. »Kommt und singet alle mit, wünscht Gesundheit und viel Glück. Kube hat Geburtstag«, wird gejubelt. Und alle kommen, singen und wünschen ihm viel Glück. Schon seit dem frühen Morgen sind die Straßen um seine Gauleitung an der Apostelkirche in Berlin-Schöneberg von dichten Menschenmassen erfüllt und rufen ihm »Er lebe hoch!« und »Heil!« zu. Vier Kapellen aus der Ostmark spielen vor dem Gauhaus schneidige Weisen. Darunter auch zwei SS-Standartenkapellen. Kreisleiter, Landräte, Ortsgruppenleiter und Bürgermeister stürmen in seine Büros, überhäufen ihn mit Gratulationen und überreichen ihm riesige Blumensträuße. Fotografen der gesamten NS-Presse, vor allem vom »Völkischen Beobachter«, »Angriff« und »Stürmer«, drängen sich nach vorn und knipsen Bilder für ihre Zeitungen. Besonders Kubes Sohn Horst, sein Adjutant und Redakteur, macht Fotos, Fotos, Fotos von seinem strahlenden Vater.

Und immer wieder treffen auf dem Fernschreiber Glückwunschtelegramme ein. Auch Postboten eilen herbei und überreichen ihm Telegramme. Darunter Glückwünsche vom Führer Adolf Hitler, von Göring und Goebbels. Für Kube huldigende Bestätigungen für seine Politik. Er ist überglücklich an diesem Tag.

Nach zwei Jahren packt Jelena wieder mal ihre wenigen Habseligkeiten in ihr Köfferchen und haut ab von dieser Gerberei. Heimlich verlässt sie in aller Frühe das Haus, ohne sich abzumelden. Auf den ausstehenden Lohn von ein paar Kopeken verzichtet sie gern, Hauptsache, sie ist weg.

Irgendeine Arbeit wird sie in dieser großen Stadt schon finden. Überall wachsen große Häuser, sogar Hochhäuser empor, moderne Bauten, mächtige Fabriken. Da muss es doch möglich sein, eine normale Arbeit zu finden mit einem gerechten Lohn und zu leben wie andere Menschen auch.

Tagelang läuft Jelena in der Stadt herum und sucht Arbeit. Irgendeine Arbeit in Fabriken, Lagerhallen, auf den Märkten. Ohne Erfolg. Sie hat keine einzige Kopeke mehr in der Tasche. Um etwas zu essen, klaut sie hin und wieder Kleinigkeiten von den Marktständen. Sie muss doch essen, um nicht umzufallen. Die Nächte verbringt sie im Wartesaal des Minsker Bahnhofs. Er ist überfüllt mit Menschen, die ebenfalls keine Unterkunft haben. Auf dem Bahnsteig sieht sie die langen Züge mit den Schildern »Moskau – Belorussischer Bahnhof«. Die Fenster der Schlafwagen sind mit spitzenverzierten Gardinen verhangen. Auf jeder der Gardinen leuchtet ein großes blaues Segelschiff mit aufgeblähten Segeln. Sonderbar, denkt Jelena, ein Schiff an einem Zug. Vielleicht gleiten diese Züge wie Segelschiffe durch die Nacht bis nach Moskau.

Auch sie will einmal nach Moskau. Sie denkt daran, wie sie bei ihrer Arbeit auf den Äckern und Feldern sehnsüchtig den vorbeifahrenden Zügen nach Moskau nachgesehen hat. Nun steht sie auf dem Minsker Bahnsteig ganz dicht vor diesen Waggons und kann sie sogar berühren. Durch die Berührung hat sie das Gefühl, Moskau schon ein Stückchen näher gekommen zu sein.

Sie wird von einem berauschenden Gedanken erfasst: Einfach in einen Schlafwagen einsteigen, sich in einem leeren Abteil verstecken oder sich in die Toilette einschließen, bis die Fahrkartenkontrolle vorübergegangen ist – einfach einsteigen und nach Moskau fahren. Der Gedanke macht sie ganz schwindelig. Da ertönt ein Pfiff, und der Zug dicht vor ihr fährt langsam los. Ohne sie. Sie hat Mühe, sich von dem leeren Gleis abzuwenden und zurück in den Wartesaal zu schlurfen, der überfüllt ist mit schlafenden Menschen und in dem es stinkt von ihren Ausdünstungen. Gerne würde sie draußen in der freien Nachtluft schlafen, aber dazu ist es viel zu kalt.

Immer wieder verbieten Kirchenleitungen SA-Männern, mit ihren Fahnen an Gottesdiensten teilzunehmen, und schicken sie hinaus. Das bringt Kube in Rage. Außerdem haben nach seiner Meinung die Kirchen viel zu viel Macht über die christliche Erziehung und das christliche Leben. Die Kirche soll nicht mehr über das Christentum entscheiden. Kube fordert, sie zu entmachten.

Im »Völkischen Beobachter« und in seinem »Märkischen Adler« fordert er, die Trennung von Kirche und Staat aufzuheben und die Kirche mit einem nationalistischen Staat zu vereinen. Über das Christentum soll allein der Staat bestimmen. Dafür gründet er eine neue Kirchenpartei und nennt sie »Deutsche Christen«. Für Kube sind sie die SA Jesu Christi.

Er versammelt nationalsozialistische Pfarrer um sich, die seine neuen »Deutschen Christen« organisieren sollen. Ihnen predigt er: »Wir sehen in Rasse, Volkstum und Nation die von Gott geschenkte und anvertraute Lebensordnung. In den Juden sehen wir eine schwere Gefahr für unser Volkstum. Ihr fremdes Blut ist das Eingangstor in unseren Volkskörper.«

Kubes Programm: Ablehnung der jüdisch-marxistischen Ideologie. Rassenreinheit als Bedingung für eine Kirchenmitgliedschaft. Loslösung der Kirche von jüdischen Wurzeln. Entjudung der kirchlichen Botschaft durch Abkehr vom Alten Testament und Umdeutung des Neuen Testaments. Verbot von Mischehen mit Juden, die zur Bastardierung führen. Verkündung eines heldisch-germanischen Jesus.

Kube hat Erfolg. Bei Kirchengemeindewahlen erhalten die »Deutschen Christen« ein Drittel der Stimmen. Stolz verkündet er: »Gott hat mich als Deutschen geschaffen. Deutschtum ist ein Geschenk Gottes. Gott will, dass ich für mein Deutschland kämpfe. Kriegsdienst ist Gottesdienst. Der neue Christ hat das Recht, die Mächte der Finsternis zu bekämpfen. Er hat das Recht, die alte Kirche zu bekämpfen, die den Nationalsozialismus nicht anerkennt.«

Der rauschende Applaus bestätigt seine Forderungen. Für seinen Einsatz wird er neben seinem Amt als Gauleiter der Ostmark zum Vorsteher der Gethsemane-Gemeinde Berlin und der Berliner Stadtsynode befördert.

4

Wieder mal stürmt Blümchen in den Laden, seine Lederjacke trotz der Kälte weit aufgerissen.

»Habta schon jehört? So 'ne Schweinerei!«

Gustav und Gertrud, auch Demski haben es schon im Radio gehört: Reichspräsident Hindenburg hat Hitler zum neuen Reichskanzler ernannt.

»Diese Kanalratte!«, poltert Blümchen. »Dem möcht ick mal de Fresse poliern. Dieser herjelaufene Österreicher! Bis vor eenem Jahr noch Staatenloser und jetzt deutscher Kanzler! Da wird der Hund inna Pfanne verrückt!«

Blümchen ist außer Atem. »Musste den janzen Mittag immer wieder Leute zum Wilhelmplatz chauffieren«, keucht er. »Alle wolln den Adolf sehn, unsern neuen Führer. Hab ooch jehört, dass der Remarque in de Schweiz abjehaun is.«

Und schon stürmt er wieder hinaus. Vorsichtshalber nimmt Gustav die Gedichte und Stücke von Brecht und »Im Westen nichts Neues« von Remarque aus dem Fenster.

Bald darauf muss er Hitlers »Mein Kampf« in die Auslage stellen, dazu Rosenbergs »Der Mythus des 20. Jahrhunderts«, Grimms »Volk ohne Raum« und Kubes Gotendrama »Totila«.

»Das geht nicht gut«, murmelt Gustav. »Das geht nicht gut.«

Am Abend des 27. Februar ist die Stadt erfüllt vom Sirenengeheul der Feuerwehren. Der Reichstag brennt! Gustav, Gertrud und der über siebzigjährige Demski sehen sich entsetzt an, kalkweiß im Gesicht. Im Radio dröhnt es: »Die Kommunisten als Brandstifter entlarvt. Junger Kommunist gesteht seine Tat!«

»Das kann nicht sein«, stammelt Demski. »Nie machen die so was. Die sind doch nicht verrückt. Ich glaub den Meldungen kein Wort.«

Am nächsten Morgen will sich Blümchen in der Buchhandlung eine Zigarette anzünden.

Gustav verbietet es ihm. »Kein Feuer auch noch in meinem Laden«, sagt er. »Eine Ruine reicht.«

Folgsam drückt Blümchen seine Zigarette aus und stöhnt: »Dit war 'n Abend jestern. Junge, Junge. Bis Mitternacht eene Fuhre nach da andern. Alle wolltn den brennenden Reichstag sehn. Noch 'n paar solcher Brände, und ick bin saniert. Und dit Jequatsche über de Kommunisten. Allet Blödsinn. Ick sach euch eens: De SA war's. Die wolln doch die Wahlen jewinnen nächste Woche, und da solln die Kommis als Sündnböcke herhalten. Übrijens hatte ick in der Nacht ooch eene Fuhre zum Anhalter Bahnhof. Berühmtet Kerlchen. Den Brecht. Is nach Prag abjehaun. Mit seiner Frau.«

Bevor Blümchen hinausgeht, um draußen seine Zigarette zu rauchen, sagt er: »Noch eens, wat ick ooch jesehn hab. In een der Kästn von de Beobachter. Een Artikel mit der Übaschrift ›Berliner Spaziergang: Die Wanzen‹. Nanu, denk ick, wieso dit denn? Und les weiter: In Berlin ham sich Juden ausjebreitet wie Wanzen, die sich in Nischn einnistn und sich schnell vermehrn. Nur radikale Ausräucherung kann se vertreibn. So stand dit da. Schwarz uff weiß. Die spinnen wohl, die Nazis. Ick muss weiter.«

Gustav wird kalt.

Ein paar Tage später muss Gertrud zum nahen Kaiserdamm, kurz hinter dem Reichskanzlerplatz, um Döblin seine bestellten Bücher zu bringen. Sie klingelt an der Wohnungstür. Keiner öffnet. Sie klingelt mehrmals. Nichts. Da tritt die Nachbarin von gegenüber aus der Tür.

»Die Döblins sind nicht mehr da«, sagt die Frau.

»Nicht mehr da?«, fragt Gertrud und hält das Bücherbündel in der Hand.

Die Frau schüttelt den Kopf. »Er ist gleich am Tag nach dem Brand verschwunden.«

»Verschwunden?«

»In die Schweiz. Die ganze Familie.«

Endlich findet Jelena Arbeit in einer Möbelfabrik, wo sie Holzteile zusammenleimen muss. Schon bald bekommt sie von dem Geruch des gelben Leims so starke Kopfschmerzen, dass ihr übel wird. Sie bindet sich ein feuchtes Tuch um Mund und Nase, aber das hilft nichts. Die Arbeiterinnen, die alle ohne Schutz den Leimdunst einatmen, lachen sie aus. Jelena schämt sich, so zu versagen, und versucht verbissen, durchzuhalten. Vergebens. Nun quälen sie auch noch Leibschmerzen von den eingeatmeten Giften. Nach und nach bemerkt sie, wie diese und jene Frau, die sie zuvor ausgelacht hat, am Arbeitsplatz fehlt und nicht wiederkommt. Da ist es auch für Jelena Zeit, eine neue Arbeitsstelle zu suchen.

Kube ist inzwischen weiter aufgestiegen zum Oberpräsident der Provinz Brandenburg und von Berlin und zum Mitglied des Preußischen Landtags, des Reichstags und zum Preußischen Staatsrat. Sogar zum SS-Oberführer und Ehrenführer einer SS-Standarte wurde er befördert. Nun ernennt Hitler ihn zum NS-Gauleiter des Großgaues Kurmark, der zusammengelegt wurde aus den Gauen Ostmark und Brandenburg. Damit ist die Kurmark der größte Gau im Reich. Und damit wächst auch Kubes Größe, seine Machtfülle, sein Herrscherwille. Er wird zum Imperator.

War schon die Leitung seines Gaues Ostmark ein Saustall, so weitet er diese Missstände nun aus. In der Buchhaltung fehlen noch größere Beträge. Seine Sekretärin, die seine Geliebte ist, hat alle Mühe, die Bilanzen zu frisieren. Kein Mensch außer ihr weiß, wo seine Unterschlagungen landen. Da sie davon profitiert, schweigt sie eisern. Es wird viel getuschelt, doch es fehlen die Beweise. Wieder entlässt Kube Mitarbeiter, denen er mangelnde Parteitreue unterstellt, und schiebt Freunden die Posten zu. Er wirft widerborstige Bürgermeister und Landräte aus ihren Ämtern und ersetzt sie durch stramme Nationalsozialisten, auch wenn sie vorbestraft sind. Wieder krakeelt er im Reichstag und beschimpft Minister und Abgeordnete als

»Schweinehunde«. Doch seine Immunität als Abgeordneter schützt ihn vor jeder Strafverfolgung.

Seit Hitler Reichskanzler ist, wird Kubes »Totila« auf fast allen Bühnen des Reiches aufgeführt. Sein Hymnus auf den heldenhaften Kampf der Germanen passt so gut in die neue Politik. Intendanten wird es sogar zur Pflicht auferlegt, das Stück in den Spielplan aufzunehmen. In Kubes »Märkischem Adler« schreibt sein Adjutant und Sohn Horst die Premierenkritiken.

Als Gauleiter der Kurmark wird Kube Ehrenbürger von drei Dutzend Städten und Ortschaften. Nach ihm werden Plätze und Straßen benannt. Wenn er in die Städte einzieht, müssen Schulkinder Spalier stehen. Dazu läuten die Kirchenglocken. Kube ist in der Kurmark der »Sonnenkönig«.

Auf den Litfaßsäulen verkünden große Plakate: »1. April ab 10 Uhr Boykott aller jüdischen Geschäfte! Deutsche, kauft nicht bei Juden!« Bereits am Tag davor schmieren SA-Trupps auf die Schaufensterscheiben der Heine-Buchhandlung mit weißer Farbe einen Judenstern, klecksen ein Strichmännchen an einem Galgen und krakeln »Schönen Urlaub in Oranienburg!« darunter. Auch das Herren-Konfektionsgeschäft Gottschalk nebenan kennzeichnen sie mit einem Stern und gegenüber das Hutgeschäft Cohen und an der Ecke das Café Hertzberg. Gustav erfährt, dass man das überall in der Stadt so macht.

Am 1. April, einem Samstag, fahren dann ab zehn Uhr Lkws durch die Straßen und stellen vor den gekennzeichneten Geschäften SA-Männer ab. Auch vor Gottschalk, Cohen und Hertzberg. Vor Heimanns Ladentür wird ein blassgesichtiges, bebrilltes Jüngelchen in einer viel zu großen SA-Uniform mit einem Pappschild abgesetzt. Zögernd hält er die Latte mit seinem Aufruf: »Deutsche! Wehrt Euch! Kauft nicht bei Juden!«

»Junger Mann«, spricht ihn Gustav an, »Sie sehen nach Student aus. Was studieren Sie denn?«

Völlig überrascht über Gustavs Anrede haspelt er: »Geschichte.«

»Da hätt ich was für Sie. ›Mein Kampf‹. Schenk ich Ihnen. Hab genug davon.«

»Ich auch«, stottert der Bursche und zieht mit der einen Hand seine herabhängende Hose hoch, während er mit der anderen sein Schild umgedreht hält. Passanten bleiben stehen, schütteln den Kopf und gehen weiter. Auf einmal ist Blümchen da.

»Ick wusste ja nich, dass du Jude bist«, sagt er zu Gustav, schiebt seine lederne Schirmmütze in den Nacken und schaut ihm ins Gesicht. »Siehst ja nich so aus.« Dann stellt er sich dicht vor das bebrillte Milchgesicht, packt ihn am Uniformkragen und raunzt ihn an: »Hör mal, du Männeke, du lässt mich jetzt da rinn. Ick bin Taxifahrer und muss 'n Stadtplan koofen, um deine Freundchen zum Adolf zu kutschiean.« Dabei zittert sein mächtiger rostroter Schnauzbart.

Das SA-Bübchen ist so verdattert, dass er beiseitetritt und Blümchen in den Laden lässt. Natürlich kauft er bei Gertrud keinen Stadtplan. Er hat schon einige in seinem Taxi liegen. Ständig werden die jüdischen Straßennamen in sogenannte deutsche Namen umgeändert. Als er die Buchhandlung verlässt, grinst er Gustav an und sagt: »Siehste, so jeht dit.«

Zuerst Hitler Kanzler, dann der Reichstagsbrand, dann die gewonnene Wahl der Nazis und jetzt der Boykott. Verstört fragen sich Gustav, Gertrud und Demski: »Wie soll das weitergehen?«

Am nächsten Tag nimmt Gustav vorsichtshalber die Gedichte von Erich Mühsam aus dem Fenster. Auch seine »Brennende Erde«. Er weiß, dass Mühsam in das neu errichtete KZ Oranienburg bei Berlin verschleppt wurde. Auch die Schriften von Ossietzky lässt er aus dem Schaufenster verschwinden. Er wurde eben in das neu errichtete KZ Sonnenburg bei Küstrin eingeliefert. Gustav und Gertrud überlegen, welche Autoren sie noch aus der Auslage nehmen sollen. Man muss die Wölfe nicht mit Fleisch anlocken.

emons: verlag **Tel. 0221-569 77-0 · info@emons-verlag.de**

- [ ] **Bitte senden Sie mir das aktuelle Verlagsprogramm zu**
- [ ] **Ich möchte den Newsletter von emons: per E-Mail erhalten**
- [ ] **Ich habe Interesse an Krimis aus folgender Region:**

Besuchen Sie uns auch auf www.facebook.com/EmonsVerlag

Name

Straße

PLZ/Ort

E-Mail

02/18

emons: verlag
Cäcilienstraße 48

50667 Köln

MICHAELA KASTEL, DER NEUE SUPERSTAR

MICHAELA KASTEL

SO DUNKEL DER WALD

emons: thriller

ISBN 978-3-7408-0293-6 · € D 18,00/€ A 18,50 · ET: 15.3.2018

»Ein Psychothriller, so ungewöhnlich wie intensiv, düster und verstörend. Leise steigert sich das unterschwellige Grauen zu einem schier unaushaltbaren Sog.«
Daria Gaberdan, Lektorat

GEFANGEN IM TIEFSTEN ALLER WÄLDER
GEFANGEN IN DER EIGENEN SEELE

emons:
www.emons-verlag.de

Fotos: Iain Sargeant/Trevillion Images

Bald darauf drückt Blümchen Gustav den »Märkischen Adler« in die Hand. »Hat een Fahrjast in meim Taxi liejen jelassn.«

»Was ist das?«, fragt Gustav.

»So 'ne Nazizeitung.«

Gustav liest: »Die Abrechnung mit dem Judentum. Die angeborene Judenfeindschaft der Deutschen ist begründet und notwendig. Es ist die gesunde Lebensäußerung des deutschen Menschen. Um das deutsche Volk vor dem Untergang zu bewahren, hat die nationalsozialistische Regierung die Ausmerzung des Judentums beschlossen. Es ist unser fester Wille, dass das Judentum in unserem Deutschland endgültig ausgespielt hat!«

Verfasser des Artikels: Wilhelm Kube. Gustav hat keine Ahnung, wer dieser Kube ist.

»Den kennste nich? Den Kube? Ooch uff seim höchstn Thron sitzt er nur uff seim Hintern.«

Schnell wirft Gustav die Zeitung in den Mülleimer.

In diesem April wird Erika in die Volksschule in der Kastanienallee eingeschult und erzählt nach wenigen Tagen: »In meiner Klasse sind auf einmal ein paar Schülerinnen nicht mehr da. Auch eine Lehrerin ist weg.«

»Juden?«, fragt Gustav.

Und Gertrud will wissen: »Sind sie ausgewandert?«

»Weiß ich nicht«, sagt Erika.

Kube verdächtigt die Eigentümerin des Hauses, in dem er wohnt, Jüdin zu sein. Sie sieht genauso aus, wie er sich eine Jüdin vorstellt. Dunkle Haare, gebogene Nase, schräge Augen, gebückte Haltung, schleichender Gang. Sie kann nur Jüdin sein. Sollte das zutreffen, wäre es ihm unerträglich, dass ihr das Haus gehört. Er muss sie raushaben, muss selbst Eigentümer werden und schreibt an seinen NS-Freund und Chef der Preußischen Polizei Daluege im Innenministerium: »Mein lieber Kurt! Hierdurch bitte ich Dich, festzustellen, ob diese Frau Jüdin ist. Wenn ja, wäre ihre Entfernung aus

Deutschland begrüßenswert. Mit herzlichem Heilgruß – Dein Wilhelm.«

Schnell antwortet Daluege: »Mein lieber Wilhelm! Bezüglich der genannten Hauseigentümerin habe ich beim zuständigen Polizeirevier ermitteln lassen. Es wurde festgestellt, dass über sie ein lückenloser Ariernachweis vorliegt und sie Reichsdeutsche ist. Wir müssen uns mit ihr abfinden.«

Mist, denkt Kube und legt die Antwort beiseite.

Schon seit Tagen durchstöbern Studenten der Deutschen Studentenschaft mit Listen verbotener und unerwünschter Bücher die Bibliotheken der Stadt, die Leihbüchereien und Buchhandlungen, räumen die angeblich regierungsfeindlichen Werke aus den Regalen, laden sie auf Lastwagen und transportieren sie ab.

»So wie jetzt die Bücher hat man während des Fackelzugs Menschen auf Lastwagen geladen und weggeschafft«, sagt Gustav. »Auch nach dem Reichstagsbrand und nach der gewonnenen Wahl der Nazis.«

Vorsichtshalber verstecken er und Gertrud ein paar der gefährdeten Bücher unter dem Ladentisch. Sie kennen ihre Kunden. Ein Blick, ein Wort, und sie wissen, wem sie vertrauen können. Den großen Rest, auch ihre Heine-Ausgaben, bringen sie in den Keller, verstauen sie in einer Kammer und verschließen die Tür. Große Lücken klaffen nun in der Auslage und in den Regalen. In einer Ladenecke häufen sie alte Ladenhüter auf, die sie seit Jahren nicht verkaufen konnten, und versehen sie mit einem Zettel »Zur Abholung«. Sollten die Schnüffler auch zu ihnen kommen, werden sie auf diesen Stapel zeigen und sie auffordern, dieses Zeug mitzunehmen. Die Nazi-Studenten, die keine Ahnung von Literatur haben, werden dann die Pakete als Erfolgsbeweise mitnehmen. Merkwürdigerweise kommt niemand zu den Heimanns. Vielleicht ist ihnen ihr Laden zu klein.

Am Abend des 10. Mai regnet es in Strömen. Lastwagen rollen zum Opernplatz, vollgeladen mit Tausenden von verhassten Büchern. Auf dem Platz sind Balken zu einem Scheiterhaufen errichtet. Darunter wurde Sand gestreut, um das Pflaster zu schonen. Aus Kanistern schütten die Studenten Benzin auf den Holzstoß, werfen lodernde Pechfackeln darauf, der Scheiterhaufen flammt auf. Sie halten ein Transparent hoch: »Wider den undeutschen Geist!« Im grellen Scheinwerferlicht beginnt ein Student zu schreien: »Gegen Dekadenz und moralischen Verfall! Für Zucht und Sitte in Familie und Staat! Ich übergebe dem Feuer die Schriften von Heinrich Mann und Klaus Mann, von Erich Kästner und Else Lasker-Schüler!« Dann wirft er ihre Bücher in die Flammen. Die Magnifizenzen, Direktoren und Professoren der gegenüberliegenden Friedrich-Wilhelms-Universität in ihren Talaren applaudieren begeistert.

Der nächste Student brüllt: »Gegen literarischen Verrat am Soldaten des Weltkrieges! Für Erziehung des Volkes im Geist der Wehrhaftigkeit! Ich übergebe dem Feuer die Schriften von Erich Maria Remarque und Bert Brecht!«, und schleudert ihre Bücher ins Feuer. Wieder ertönen Beifall und Gejohle von allen Seiten. Der dritte deklamiert: »Gegen Frechheit und Anmaßung! Für Achtung und Ehrfurcht vor dem unsterblichen deutschen Volksgeist! Verschlinge, Flamme, auch die Schriften von Tucholsky und Ossietzky!«

Dazu spielen SA- und SS-Kapellen Heimat- und Marschlieder. Im prasselnden Regen brennen die kompakten Bücher sehr schlecht. Immer wieder müssen die Studenten neues Benzin nachschütten. Auch ein Feuerwehrmann hilft mit Brandbeschleuniger. Johlend werden die Werke von Anna Seghers und Feuchtwanger ins Feuer geworfen und verbrannt, von Irmgard Keun, Kafka, von Kerr, Freud, Marx, Döblin, Ringelnatz. Die Masse der Schaulustigen applaudiert und jubelt. Gustav und Demski schaudert es. Auch Heinrich Heine wird in die Flammen geworfen. Ihr Heine!

Heiße Würstchen werden verkauft und Glühwein, damit das Volk bei Laune bleibt. Ein turbulentes Volksfest bei hell flackerndem Feuerschein.

Gustav schaut in die Flammen. »Zuerst der Reichstag«, sagt er leise. »Und jetzt dieser Scheiterhaufen. Was brennt als Nächstes?«

Demski flüstert: »Das ist ein Vorspiel nur. Dort, wo man Bücher verbrennt, verbrennt man am Ende auch Menschen.«

Gustav schaut ihn erschrocken an. »Wie kommst du darauf?«

»Sagt Heine in seiner Tragödie ›Almansor‹.«

Davon hat Gustav noch nie gehört.

»Musst du lesen.«

Wenig später meint Gustav, in der Menge Erich Kästner zu sehen. Schaut er sich das Verbrennen seiner Bücher an? Das kann nicht sein. Viel zu gefährlich für ihn. Er kennt zwar Kästners Gesicht von den Fotos auf seinen Büchern, kann aber in der Dunkelheit nicht sehen, ob er es wirklich ist. Dazu hat er den Mantelkragen hochgeschlagen und den Hut tief in die Stirn gedrückt. Erst als eine Flammenfontäne hell hochschießt, kann Gustav ganz deutlich sehen: Es ist tatsächlich Kästner! Mit dem Ellbogen stößt er Demski leicht an, flüstert: »Da steht der Kästner«, und will auf ihn zugehen, da dreht sich Kästner um und verschwindet im Regen, in der Dunkelheit.

Auf einmal steht Goebbels auf einem Podest und setzt zu einer Jubelrede an. Das reicht ihnen. Schnell hauen sie ab. In der Buchhandlung angekommen, nimmt Gustav geängstigt das Heine-Porträt von der Wand. Den Jüngling mit den langen Haaren und dem offenen Hemd. Ein heller rechteckiger Fleck bleibt an seiner Stelle zurück.

Wenige Tage darauf wird den Heimanns befohlen, das Firmenschild »Heine-Buchhandlung« zu entfernen. Es muss durch einen arischen Namen ersetzt werden. Sie aber wollen den Namen »Heine« bewahren und denken sich einen Trick aus. In einem alten Literaturlexikon finden sie den Eintrag »Marie Cäcilie Heine, 1778–1854, Sammlerin von Volksliedern und altem deutschen Liedgut«. Das ist es, sagen sie sich. Bei Goebbels neu geschaffenem Ministerium für Propaganda und

Volksaufklärung erklären sie, dass es sich bei ihrem Firmenschild um die altehrwürdige Volksliedsammlerin Marie Cäcilie Heine handelt, deren hochgeschätztes deutsches Liedgut sie bewahren wollen.

Zahlreiche penetrante, quälende Schreiben gehen hin und her. Schließlich will Goebbels das alte deutsche Liedgut schützen, sie dürfen das Firmenschild »Heine-Buchhandlung« behalten.

Doch sein Porträt wieder an die Wand zu hängen, wagen sie nicht.

Mit Ende der Spielzeit im Juni 1933 steht für Anita Linden fest: Im Thalia-Theater hat sie nach drei Jahren genug praktische Erfahrung gesammelt. Sie muss sich von ihrer heimatlichen Bühne lösen, in die Provinz hinausziehen und sich dort bewähren. Sie muss zeigen, was sie kann.

Wie jedes Jahr treffen sich auch jetzt wieder alle Theateragenten und Intendanten Deutschlands in Berlin, um neue Schauspieler zu entdecken und zu engagieren. Da muss sie hin und reist nach ihrer Abschiedsvorstellung im Thalia unternehmungsfroh in die Reichshauptstadt. Schweren Herzens lassen ihre Eltern sie ziehen.

Das Vorsprechen findet im pompösen Schauspielhaus am Gendarmenmarkt statt. Trotz ihrer langen Bühnenpraxis ist Anita wahnsinnig aufgeregt. Es geht um ein neues Engagement, um ihren weiteren Berufsweg.

Sie nimmt sich vor, routiniert das vorzutragen, was sie eindrucksvoll beherrscht. Was sie so draufhat. Trotzdem, als sie die vielen bebrillten Herren in ihren dunklen Anzügen vor sich im Zuschauerraum sieht, bebt sie vor Nervosität. Wie damals bei ihrer Eignungsprüfung bibbert sie am ganzen Leib. Bis zum Hals spürt sie ihr Herz pochen. Schweiß tritt auf ihre Stirn, verschmiert ihre Schminke. Und das Schlimmste: Kurz bevor sie in das Scheinwerferlicht tritt, vergisst sie ihren Text! Sie will als Erstes das Gretchen aus Goethes »Faust« vortragen, und nun hat sie den Text vergessen!

Doch kaum steht sie im hellen Licht, erinnert sie sich an den ersten Satz und trägt ihn vor. Ihre Stimme flattert wie ein Papierdrachen in der Luft. Dann der zweite Satz. Da hat sie ihre Stimme schon besser im Griff. Beim dritten und vierten Satz trifft sie ihre gewohnte Tonlage – und schon ist sie mitten in der Szene. Gleich anschließend präsentiert sie keck und mit viel Witz die Franziska aus Lessings »Minna von Barnhelm«. Sie will gerade mit der Luise aus Schillers »Kabale und Liebe« beginnen, da winken die Herren ab – »Danke, das genügt« – und klatschen heftig Beifall. Sie sind von ihr begeistert und bitten sie um ein Gespräch für Vertragsangebote für die neue Spielzeit. Besonders ein Intendant drängt sich vor und komplimentiert sie in ein Büro. Es ist der Intendant des Landestheaters Schneidemühl. Auf der Stelle engagiert er Anita für die kommende Spielzeit als jugendliche Heldin und Liebhaberin. Überglücklich unterschreibt sie ihren Vertrag. Dabei fällt ihr ein, dass sie gar nicht weiß, wo dieses Schneidemühl liegt. Diesen Namen hat sie noch nie gehört.

»Das Stück für Ihre Premiere im September schicken wir Ihnen zu.«

Zurück in Hamburg zeigt sie ihren Eltern strahlend ihren Vertrag, doch sie stutzen.

»Schneidemühl?«, fragt ihre Mutter. »Wo liegt denn das?«

»Irgendwo im Osten«, sagt ihr Vater, holt den Atlas aus dem Bücherregal und sucht darin herum. »Da, da ist es«, sagt er und zeigt mit dem Finger auf das Städtchen an der Küdde. »Provinz Grenzmark Posen-Westpreußen. Bei der polnischen Grenze. Weit über fünfhundert Kilometer entfernt.«

»So weit weg von uns«, klagt ihre Mutter. »Da seh ich dich überhaupt nicht mehr.«

Einen Moment wird es auch Anita bang. Schnell tröstet sie ihre Eltern und sich damit, dass sie die beiden im nächsten Jahr während der Spielzeitpause besuchen kann. Voller Glück ruft sie am Abend ihren Bruder Friedel und Lore in München an, wo Friedel inzwischen beim Verlag Langen-Müller als Lektor arbeitet. Sie gratulieren ihr zu ihrem Engagement, und als sich Anita nach Lore erkundigt, hört sie von ihr, dass sie nicht mehr tanzen darf. Als Jüdin darf sie keine Bühne mehr betreten. Anita muss erst mal schlucken.

Bald erhält Anita eine dicke Briefsendung vom Landestheater Schneidemühl. Sie reißt den Umschlag auf und hält das Stück in der Hand, in dem sie die weibliche Hauptrolle spielen soll: »Totila – Der letzte Gotenkönig« von Wilhelm Kube.

Sie erinnert sich, wie ihr Vater wütend auf ihn schimpfte, als er seine Schrift »Die Verdummung des deutschen Volkes durch die Sozialdemokratie« in die Hände bekam. Er nannte ihn ein Nazischwein, das ihnen nur Unglück bringen werde. Für Politik aber interessierte sich Anita damals nicht, und jetzt ist sie erstaunt, dass dieser Kube auch ein Dichter ist. Als ihr Vater den Namen des Autors liest, wirft er das Stück zornig weg.

»Dieser Obernazi hat meine SPD verboten!«, fährt er die erschrockene Anita an. »Und meine Gewerkschaft! Seinesgleichen hat unserer Lore die Bühne verboten! Und jetzt spielst du in seinem Stück eine Hauptrolle? Unmöglich!«

Beigefügt ist ein langer Brief des Intendanten. Er freut sich, ihr mitteilen zu können, dass es für das Landestheater eine große Ehre sei, mit diesem hervorragenden Drama des NS-Gauleiters der Kurmark Wilhelm Kube die neue Spielzeit eröffnen zu dürfen. Neben dem hohen politischen Amt, das Kube bekleide, sei der bedeutende Autor auch Oberpräsident von Berlin und Brandenburg, Fraktionsführer der NSDAP im Reichstag, Preußischer Staatsrat und SS-Oberführer. Nach zahlreichen Aufführungen des »Totila« im ganzen Reich und hervorragenden Presseechos sehe es das Landestheater als seine Pflicht an, diese gewaltige Dichtung ebenfalls in einer glanzvollen Inszenierung zu würdigen. Auch für sie sei es eine große Auszeichnung, mit ihrer Hauptrolle der Swanhilde einen wichtigen Teil dazu beizutragen.

Anita ist ganz benebelt von dieser Ehre. Sie in der Hauptrolle des erfolgreichen Stückes eines so berühmten Autors! Damit kann sie als junge Schauspielerin schnell bekannt werden. Was für ein grandioser Start ihrer Bühnenkarriere!

Sie liest das Stück und streicht alle Texte ihrer Swanhilde an. Der Rest interessiert sie nicht. Obwohl sie die anderen Rollen überfliegt, begreift sie nichts von diesem Stück. Zu konfus und zu viele Personen, von denen sie nicht versteht, was für eine Bedeutung sie haben sollen. Was ihr allerdings gefällt, ist die pathetische Liebesgeschichte zwischen dem Gotenkönig Totila und ihr, der Swanhilde. Wenn auch beide am Ende sterben, findet sie es ganz wunderbar, die Geliebte eines solchen Helden zu sein, von diesem König geliebt zu werden, sich ihm hinzugeben bis in den gemeinsamen Tod. Darin sieht sie die Erfüllung der wahren Liebe.

Mehrmals liest sie ihre Rolle und hat beim Eintauchen in die überbordenden Verse das Gefühl, der Autor habe diese Hymnen der Liebe für sie allein gedichtet. Eine wunderbare Rolle für sie.

Erika ist im ersten Schuljahr und hat nun große Ferien. An einem sonnigen, heißen Wochenende im August fahren Gustav und Gertrud mit ihr zum Strandbad Wannsee und freuen sich, mit ihr schwimmen zu gehen. Vor dem Einlass wartet eine lange Schlange von Eltern mit ihren Kindern. Die Heimanns reihen sich ein. Schon hören sie das fröhliche Stimmengewirr im Strandbad, das Jauchzen der Kinder und das Lachen der Erwachsenen. Erika zappelt vor Ungeduld. Dann stehen sie endlich vor dem Kassenhäuschen. Jetzt sind sie dran. Da sehen sie neben der Preistafel ein großes Schild: »Juden unerwünscht!«

Erstaunt sind sie darüber nicht. Nach Hitlers Ernennung zum Reichskanzler, nach dem Boykott ihrer Buchhandlung und der Bücherverbrennung, bei der auch jüdische Bücher ins Feuer geworfen wurden, wundert sie das nicht.

»Pfeif drauf«, sagt Gustav zu Gertrud und zahlt. Sie können

ins Strandbad, Erika rennt freudig voraus und wählt auf der Wiese eine Stelle aus, wo sie ihre Decke ausbreiten können.

»Und nun?«, fragt Gertrud ängstlich.

»Nichts«, sagt Gustav. »Keiner weiß, dass wir Juden sind. Sieht man uns doch nicht an.«

Problemlos können sie im Wannsee schwimmen und den Sonnenschein genießen. Keiner weist sie hinaus.

Auf dem Weg zur S-Bahn kommen sie an einer Eisdiele vorbei. Auch hier neben dem Eingang ein großes Schild »Juden unerwünscht!«

»Pfeif drauf«, sagt Gustav wieder und entscheidet: »Wir gehen da rein.«

Problemlos können sie den Laden betreten, ihr Eis bestellen, niemand schickt sie fort. Genussvoll löffelt Erika ihre Portion Schoko mit Vanille. Gustav und Gertrud schmeckt das Eis nicht so gut wie sonst.

»Na, siehst du«, beruhigt er sie. »Geht doch.«

»Noch«, erwidert sie.

Beim Zentralkomitee der weißrussischen Kommunistischen Partei hat Jelena Glück. Es ist ein riesiges Gebäude, ein gewaltiger Koloss mit fünf Etagen, neben dem Weißrussischen Theater in der Karl-Marx-Straße. Sie wird als Putzfrau angestellt und ist nun eine der hundert Frauen, die die zweihundert Büroräume und die Flure jeden Tag wischen, schrubben und scheuern. Angestellt wird sie unter der Bedingung, dass sie sich wie alle anderen verpflichtet, Parteimitglied zu werden und dem Jugendverband »Komsomol« beizutreten. Na wennschon, denkt sie, dann bin ich eben politisch organisiert. Hauptsache, ich habe Arbeit und kann mich ernähren.

Als Komsomolzin ist sie verpflichtet, jeden Samstag am Subbotnik teilzunehmen. Da müssen alle Mitglieder ohne Bezahlung die Straßen und Bürgersteige kehren, Müll wegbringen, in den Parks die Wege säubern und neue Bäumchen pflanzen. Die Stadt muss ordentlich aussehen. Und sie erhält die »Komsomolskaja Prawda«, die offizielle Zeitung ihrer Partei. Das Blatt interessiert sie nicht, sie wirft es jedes Mal in den Mülleimer. Außerdem soll sie die regelmäßigen Versammlungen und Paraden besuchen, geht aber selten hin; von Politik will sie nichts wissen. Für sie ist ihre Arbeit wichtiger, und Putzen ist sie gewohnt. Überall hat sie bisher geputzt. Bei den Bauern in Masjukowtschina, in der Gerberei ihrer Verwandten Tomskaja, und jetzt putzt sie in diesem Zentralkomitee. Hier bekommt sie wenigstens genug zu essen. Dazu muss sie als Aushilfe in der Kantine arbeiten und darf die Reste, die in den Töpfen und Pfannen auf dem Herd übrig bleiben, mit nach Hause nehmen.

Ihr Zuhause ist ein Zimmer im Arbeiterheim des Zentralkomitees. Endlich bekommt sie auch einen ausreichenden Lohn. Von diesem Geld kauft sie sich einen warmen Mantel. Es ist der erste Mantel in ihrem Leben.

Auch das kleine, beschauliche Städtchen Sonnenburg östlich der Oder, kurz hinter Küstrin, ernennt den hochgeschätzten Gauleiter, Oberpräsident, Staatsrat, SS-Oberführer und Ehrenführer einer SS-Standarte Wilhelm Kube zum Ehrenbürger. Zur Entgegennahme seiner Auszeichnung reist er mit seinem Tross nach Sonnenburg. Schon auf dem Weg dorthin sind die Straßen der Dörfer und Nester, die er in seinem Gau Kurmark durchquert, festlich mit Hakenkreuzfahnen geschmückt. In Sonnenburg aber bereitet man ihm einen besonderen Empfang. Entlang der Zufahrt zum prächtigen Schloss stehen die Schüler mit ihren Lehrern Spalier. Sie jubeln und schwingen kleine Fähnchen. Hinter ihnen zusammengedrängt eine Menge begeisterter Bürger der Stadt. Alle wollen Kube sehen. Es wehen die Fahnen der Schützenvereine, Sportvereine, der Kriegsveteranen und der Feuerwehr. Dazu die roten Fahnen mit dem schwarzen Hakenkreuz. Sogar auf dem Turm der mächtigen Kirche flattert das Hakenkreuz. Feierlich läuten die Glocken. Die Sonnenburger rechnen es ihrem Kube hoch an, dass er sich so vehement für die »Deutschen Christen« und den Nationalsozialismus in der Kirche eingesetzt hat. Für sie ist er auch der »Kirchenmann«.

Im Festsaal des Schlosses, umrahmt von ausgewählten Stadtverordneten, Honoratioren, Professoren und Richtern, von SA und SS in ihren Galauniformen, überreicht der über das ganze Gesicht strahlende Bürgermeister Kube die braune Ledermappe mit der Ehrenurkunde.

Kube bedankt sich artig und hält mit seiner Trompetenstimme eine kurze Rede, die er schon Dutzende Male bei seinen Verleihungen zum Ehrenbürger gehalten hat. Er streift seine weißen Manschetten zurück und trägt sich mit seinem dicken Füllhalter in das Goldene Buch der Stadt ein. Es folgt ein fröhlicher Umtrunk, bei dem er einige seiner Witze reißt, über die alle schallend lachen. Dann muss er mit seinem Tross weiter. Er will das Konzentrationslager Sonnenburg besichtigen. Das KZ interessiert ihn. Das will er sehen. Früher war es ein Zuchthaus, in dem katastrophale Zustände herrschten. Nach dem Reichstagsbrand war in Berlin für die massenhaft verhafteten Kommunisten, Sozialdemokraten und NS-Gegner in den hastig improvisierten Folterkellern kein Platz mehr. Sie waren total überfüllt. Da bot es sich an, das heruntergekommene Sonnenburger Zuchthaus zu einem Konzentrationslager herzurichten und die Berliner Inhaftierten hier unterzubringen. Kube ist stolz darauf, dass dieses erste staatliche KZ im nationalsozialistischen Preußen in seinem Gau Kurmark gegründet wurde.

Als Kube sich dem ehemaligen königlichen Zuchthaus nähert, ist er beeindruckt von der gewaltigen Anlage. Es ist ein kolossaler Bau mit mehreren Seitenflügeln und sieht aus wie eine mittelalterliche Festung, umgeben von einer hohen Mauer. Kube kannte den Komplex von Fotos, doch als er nun selbst davorsteht, ist er begeistert von der Wucht des Monstrums. Inzwischen sind hier weit über tausend »Schutzhäftlinge« zusammengepfercht. Und es sollen noch mehr werden.

Der KZ-Kommandant empfängt Kube herzlich und doch

ehrfurchtsvoll und bietet ihm eine Besichtigung unter seiner persönlichen Leitung an. Kube weiß, dass nach seiner Anmeldung die Häftlinge bis in die Nacht hinein das ganze KZ auf Hochglanz bringen mussten. Dass über die Holzpritschen frische Bettwäsche gezogen wurde, die nach seiner Abreise wieder weggenommen wird. Dass in das Krankenrevier nur saubere und gut gepflegte Patienten gelegt wurden. Gesunde Angehörige der Wachmannschaften haben sich für diese Komparserie zur Verfügung gestellt. Das alles weiß Kube von seinen Zuträgern, lässt sich aber nichts anmerken.

Der Kommandant erklärt ihm, dass das Lager von SA-Hilfspolizisten, von SA, SS und Polizei bewacht werde, und führt ihn in eine der Zellen. Etwa sechzig Häftlinge springen automatisch auf, nehmen militärische Haltung an und stehen stramm. Alle tragen saubere, gepflegte Kleidung. Kube weiß, dass sie sonst aufgeplatzte Schuhe, zerrissene Hosen und verschlissenes Drillichzeug am Leib haben und ihre Körper unter der Kleidung voller Peitschenstriemen und geronnenem Blut sind. Er hat seine Informanten.

Unter den Gefangenen erkennt Kube frühere Abgeordnete vom Reichstag und Preußischen Landtag, mit denen er oft heftige Dispute führte. Nun sind sie also hier. Recht so.

»Das übliche Gesocks«, erklärt der Kommandant. »KPD, SPD, Gewerkschaftler. Alles Miesmacher.«

Stolz zeigt er Kube die Folterkeller, jedoch nicht die Gefolterten mit ihren gelb, grün, blau angelaufenen Gesichtern, mit ihren verquollenen Köpfen, die aussehen wie Kürbisse. Er zeigt ihm auch nicht die Dunkelzellen und den Arrestbunker. Kube weiß, warum.

In einer Einzelzelle führt der KZ-Kommandant Kube einen adrett gekleideten Gefangenen vor.

»Ihn können Sie befragen«, bietet er an.

Kube fragt: »Sind Sie mit dem Essen zufrieden?«

»Jawohl, Herr Gauleiter«, posaunt der Häftling fröhlich. »Sehr zufrieden.«

»Ist es ausreichend?«

»Jawohl, Herr Gauleiter. Sehr ausreichend.«

»Na, dann ist ja alles in Ordnung.«

»Jawohl, Herr Gauleiter. Alles in Ordnung.«

Kube weiß, was für einen Fraß die KZler hier bekommen, sagt aber nichts.

Er wird in einen der Höfe geführt, auf dem Häftlinge erschöpft exerzieren, zu den gebrüllten Kommandos »Hinlegen!«, »Auf!«, »Laufen!«, »Hinlegen!«, »Auf!«, »Laufen!«.

»Sport«, sagt der Kommandant. »Sport.«

Er zeigt ihm den Schießstand, den die Häftlinge für die Ausbildung der SS-Männer gebaut haben.

»Gute Arbeit«, lobt Kube.

Zum Abschied überreicht ihm der Kommandant ein großes Foto des KZs.

»Für Ihr Arbeitszimmer«, sagt er lächelnd. »Und als Erinnerung an Ihren ermutigenden Besuch.«

Kube ist mit der Besichtigung sehr zufrieden, und der Kommandant fühlt sich geehrt, dass sein KZ dem Gauleiter so gut gefallen hat. Kube würdigt seine Arbeit und wünscht, dass das Lager noch größer ausgebaut wird.

Ende August ist es dann so weit. Anita verlässt zum ersten Mal ihr schützendes Elternhaus und fährt mit dem Zug nach Schneidemühl. Das Nesthäkchen ist flügge geworden und zieht hinaus in die Welt, in das erste große Abenteuer ihres Lebens. Ganz heiß wird ihr dabei. Sie ist zweiundzwanzig, hübsch und blond und hat noch nie einen Mann kennengelernt. Auch nicht nur als Freund oder Kamerad. Der einzige Mann, den sie kennt, ist ihr treu sorgender Vater. Sonst kennt sie nur die Männer aus ihren Textbüchern: Hamlet, Faust, Egmont, Don Carlos.

Als sie vor dem Landestheater eintrifft, erschrickt sie über das riesige Gebäude. Ein gigantischer Koloss ragt vor ihr auf. Hier also ist in drei Wochen Premiere. Hier soll sie in ihrer ersten großen Hauptrolle als jugendliche Liebhaberin Swanhilde in »Totila« auf der Bühne stehen. Während der Proben versinkt sie immer wieder in die wunderbaren, überschwänglichen Verse der Dichtung, von denen sie schon beim ersten Lesen in Hamburg das Gefühl hatte, der Autor habe diesen Lobgesang der Liebe für sie allein gedichtet. Für sie ganz persönlich.

Zur Premiere hat der Intendant natürlich den Autor eingeladen. Alle Schauspieler sind wahnsinnig aufgeregt, jeder will dieses hohe Tier sehen. Alle spähen, kurz bevor sich der Vorhang hebt, durch das kleine Loch im Samt, das für derartige Ausspähungen vorgesehen ist. Um einen Blick zu erhaschen, schubsen sie sich gegenseitig von diesem Guckloch weg. Besonders neugierig ist Anita, diesen Dichter zu sehen. Gemessen an seinen Ämtern stellt sie sich einen großen, athletischen, heldenhaft aussehenden Mann mit blauen Augen und dichtem blonden Haar vor. Und wirklich, da sitzt er nun in der ersten Reihe in der Mitte, direkt vor ihr!

Anita ist bitter enttäuscht. Er ist klein, etwas dicklich, hat einen runden Kopf wie eine Kugel und nur wenige, ganz kurz geschnittene Haare. Und er ist schon ziemlich alt! Mit so einem will sie nichts zu tun haben. Das ist kein Mann für sie. In seiner SS-Uniform jedoch sieht er sehr imposant aus. Diese Uniform beeindruckt sie sehr. Links und rechts neben ihm sitzen der Bürgermeister und der Intendant des Theaters und noch einige andere Nazi-Größen der Stadt.

Das dritte Klingelzeichen ertönt, der Inspizient ermahnt leise alle Schauspieler und Bühnenarbeiter, ihre Positionen einzunehmen, das Arbeitslicht erlischt, die Scheinwerfer ziehen langsam ihr Licht hoch, der Vorhang öffnet sich, durch den Zuschauerraum weht ein Raunen. Hörner und Fanfaren blasen drohend zum Kampf. Krieger treten auf, reißen wie auf Kommando ihre Schwerter aus der Scheide und skandieren schmetternd ihren Text.

Gespannt wartet Kube auf seine Swanhilde. Endlich hat

sie ihren ersten Auftritt. Die mädchenhafte Darstellerin mit den geflochtenen blonden Zöpfen und dem weißen, wallenden Kleid ist wunderschön anzusehen. Swanhilde begegnet Totila. Kube kennt seinen Text auswendig und spricht ihn innerlich mit: »In allen tausend Jahren einmal trifft ein Paar sich wieder, das seit Ewigkeiten füreinander ward bestimmt. Dann schweigen lauschend der Sphären rauschende Akkorde. Uns kam heut der Tag. Und nichts mehr trennt uns nun in Ewigkeit.«

Darauf Swanhilde: »Wahrlich nichts. Nun weiß ich es gewiss. Und schlüge Donars Hammer uns zu Boden: Ich fand ja dich, bei dir bin ich daheim.«

Darauf Totila: »Nun bist du ewig mein, und ich bin dein!«

Kube schwelgt in seiner Schöpfung, hingerissen von der Darstellerin seiner Swanhilde, von ihrer Stimme, ihrer Schönheit, ihren Bewegungen und von ihrem Körper. Immer wieder liest er auf dem Besetzungszettel den Namen dieser jungen, wunderschönen Schauspielerin: Anita Linden! Ein hübscher Name. Er ist berauscht von ihr. Er muss sie kennenlernen! Ganz gierig ist er darauf, sie nach der Vorstellung zu treffen. Er brennt nach ihr. Er ist zwar verheiratet und hat von Margarete auch zwei Söhne. Seine Ehe aber ist schon lange nicht mehr so, wie eine Ehe sein soll. In seinem Stück ist diese Anita Linden die Idealbesetzung. Und er ist überzeugt, dass sie nun auch in seinem Leben die Idealbesetzung sein wird. Kaum kann er das Ende der Vorstellung abwarten, um ihr endlich gegenüberzustehen.

Während der Aufführung ist Anita so aufgeregt, dass sie in der Pause nicht weiß, ob sie gut oder schlecht gespielt hat, ob sie Stellen ihres Textes vergessen oder sich versprochen hat. Die ganze Vorstellung geht für sie dahin wie in einem Rausch. Der Vorhang fällt, und im Zuschauerraum bricht Jubel los, wie sie ihn noch nie erlebt hat. Immer wieder wird der rote Samt aufgezogen, immer wieder muss sie mit den anderen an die Rampe treten und sich verbeugen. Der Applaus des Publikums brandet ihr entgegen, Bravos überschütten sie, und mit Freudentränen und mit ausgebreiteten Armen nimmt sie die Beifallsstürme entgegen. Und die Blumensträuße, die ihr zugeworfen werden. Darunter auch ein großer Strauß weißer Chrysanthemen vom Autor und Gauleiter. Sie kann seine Blumen gerade noch auffangen und verneigt sich zum Dank mit rasendem Herzklopfen, während er ihr enthusiastisch applaudiert.

Für Anita erfüllt sich in diesen Minuten ein Lebenstraum. Jahrelang hat sie auf diesen Moment hingearbeitet, und jetzt ist er da. Endlich ist sie eine erfolgreiche Schauspielerin und voller Glückseligkeit! Ihr erstes Engagement in der Provinz und schon ein solcher Triumph! Sie hat es geschafft. Sämtliche Bühnen des Reiches stehen ihr nun offen. Ihre große Karriere beginnt. Von jetzt an wird sie nur noch spielen, spielen, spielen – und stürmischen Applaus ernten.

Nach der Vorstellung lädt Kube alle Schauspieler zu einer fröhlichen und sehr flüssigen Premierenfeier ein. Er hat es bei der Sitzaufteilung an der langen Tafel geschickt so eingefädelt, dass er neben seiner Swanhilde sitzt. Man trinkt viel und lacht viel und freut sich über den Erfolg dieser Premiere. Alle fühlen sich sehr geehrt, dass der berühmte Autor in seiner Uniform bei ihnen ist und dass man sich mit ihm unterhalten kann wie mit einem ganz normalen Menschen. Man lacht auch deshalb so viel, weil Kube so spaßig ist. Bestens gelaunt und voller Witz unterhält er die Tischgesellschaft, dass manch einer schon Leibschmerzen hat vor Lachen über seine Witze. So einen humorvollen Politiker haben sie noch nie erlebt. Kube erzählt, dass Hitler und Göring und Himmler und Goebbels gute Freunde von ihm sind und dass er mit Göring und Himmler sogar per Du ist. Der Mund bleibt ihnen vor Staunen offen stehen. Alle sind hingerissen von Kube und himmeln ihn an. Besonders Anita. Dicht an seiner Seite ist sie erhitzt und mit heißen Wangen fasziniert von ihm. Er ist so voller Temperament, so geistreich und so charmant. Und seine SS-Uniform ist so schick. Was für ein wunderbarer Mann!

Es kommt, was kommen muss. An diesem Abend verliebt sich Anita in Kube. Wie ein Blitz schlägt die Liebe ein. Sie steht in Flammen, brennt lichterloh in Liebe zu ihm. Der berühmte Autor und die gefeierte Schauspielerin, ein ideales Paar. Sie fühlt es ganz deutlich: Sie sind füreinander bestimmt. Wie Totila und Swanhilde. So steht es auch in seinem Text: »In allen tausend Jahren einmal trifft ein Paar sich wieder, das seit Ewigkeiten füreinander ward bestimmt.« Und die Frau in diesen Zeilen ist sie. Sie müssen zusammenbleiben. Bis zu ihrem Tod. Wie Totila und Swanhilde.

Da muss er ihr gestehen, dass er schon sechsundvierzig Jahre alt ist, also vierundzwanzig Jahre älter als sie. Er könnte ihr Vater sein. Doch das stört sie nicht. Durch seine Vitalität hat sie diesen Altersunterschied gar nicht bemerkt. Er gesteht ihr auch, dass er schon seit zwanzig Jahren verheiratet ist, sehr unglücklich verheiratet. Und dass er bereits zwei große Söhne hat. Der ältere von den beiden ist drei Jahre jünger als sie. Auch das stört Anita nicht. Im Gegenteil, es amüsiert sie. Das alles nimmt sie lachend hin. Für sie gibt es nichts anderes mehr als Wilhelm.

Plötzlich taucht bei ihr ein Schatten auf. »Und wie ist das mit deiner Frau?«, fragt sie ängstlich.

Das scheint für ihn kein Problem zu sein. Er will sich scheiden lassen und dann sie heiraten.

In dieser Nacht schläft Anita nicht in ihrer Wohnung, sondern bei Wilhelm im Hotel.

Kaum ist Kube zurück in Berlin bei seiner Frau, seinen beiden Söhnen und seinen Dienstgeschäften, ruft er sie in Schneidemühl an. Er beteuert, dass er in ihr die Frau seines Lebens gefunden hat und es in Berlin ohne sie gar nicht mehr aushalten kann. Auch sie gesteht, dass jener Abend und die gemeinsame Nacht für sie der Wendepunkt in ihrem Leben ist. Nun telefonieren sie ständig, auch mitten in der Nacht, und schreiben sich lange Briefe. Und was für welche! Weil sie fürchten, ihre Post könnte zu lange unterwegs sein, senden sie sich Telegramme. Er schickt ihr heftige, selbst gereimte Liebesgedichte, die sie unter ihr Kopfkissen legt, und schreibt dazu: »Wie lange ich leben werde, weiß ich nicht. Aber dass ich, solange ich lebe, Dich lieb haben werde, das weiß ich.«

Auch sie möchte mit ihm glücklich leben bis an ihr Lebensende.

An Sonntagen, wenn auf dem breiten Bürgersteig der Reichsstraße nicht so viel Betrieb ist, kann Gustav vom ersten Stock aus sehen, wie sich Erika freut, mit den anderen Kindern Hopse zu spielen. Mit Kreide haben sie auf das Pflaster Kästchen gemalt, wobei das oberste Feld einen Halbkreis bildet und »Himmel« genannt wird. Das Kästchen davor ist die »Hölle«. Vom unteren Ende werfen sie einen Stein in eines der Felder, dann hüpfen sie auf einem Bein los, dürfen dabei nicht das Gleichgewicht verlieren, müssen die »Hölle« überspringen, um schließlich mit beiden Beinen im »Himmel« zu landen. Dann müssen sie die ganze Hopse auf einem Bein zurückhüpfen.

Die Hölle überspringen und mit beiden Beinen im Himmel landen, das ist gut, denkt Gustav, während er seiner Tochter zuschaut.

Eines Tages sieht er, wie Erika von einigen Kindern weggedrängt wird, als auch sie hopsen will. Sie lassen sein Töchterchen nicht mehr mitspielen. Auch ihre Freundin Erna stößt sie weg. Es gibt Streit, die beiden zanken sich, Erika rennt weg. Weinend kommt sie nach oben. Sie kann nicht verstehen, warum sie plötzlich ausgeschlossen wird. Sie hatten sich doch bisher immer so gut verstanden.

»Warum wollen sie nicht mehr, dass ich mit ihnen spiele?«, fragt Erika unter Tränen.

Gertrud und Gustav wissen es, sprechen es aber nicht aus und versuchen, ihre Tochter zu trösten. Vergeblich.

Gleich nach Wilhelms Abreise schreibt Anita ihren Eltern nach Hamburg von ihrem berauschenden Premierenerfolg und von ihrer ersten großen Liebe. Leidenschaftlich berichtet sie, wie sehr sie diesen Kube liebe und wie heftig er sie mit Liebe überschütte. Was für ein wertvoller, kluger und großartiger Mann er sei. Auch in seinen Gedanken und Ansichten. Was für ein wunderbarer Mensch! Und so ein gottergebener Kirchenmann, so ein gläubiger Christ. Er sei zwar verheiratet und habe auch zwei Söhne, doch werde er sich scheiden lassen und dann sie heiraten.

Die Eltern sind entsetzt. Ihr Nitalein, das sie umhegt und wohlerzogen haben, die Tochter, die sie vor jedem Schaden beschützen wollten, ist nun vernarrt in diesen berüchtigten Gauleiter! In diesen radikalen Obernazi, der bekannt ist für seine Intrigen und Affären, seine Weiberjägerei und für seinen fanatischen Antisemitismus. Sie will ihn sogar heiraten! Ist sie denn völlig verrückt geworden? Sie können es nicht fassen. So naiv kann ihre Tochter doch nicht sein. Und wie wird das mit Lore werden?, fragen sie sich. Eine Jüdin und ein prominenter Antisemit in derselben Familie! Wie soll das gehen? Für die Eltern unvorstellbar.

Zu ihrer Rechtfertigung schreibt Anita: »Wer ihn einmal kennengelernt hat, ist fasziniert von ihm. Auch ich bin fasziniert von ihm und von seiner Lebenserfahrung. Er hat das berühmte humanistische Gymnasium zum Grauen Kloster in Berlin besucht. Hat Geschichte, Philosophie und Theologie studiert. Er ist hochgebildet, sehr belesen, klug und intelligent. Das beeindruckt mich sehr.«

Das kränkt ihren Vater. Auch er hat schließlich Lebenserfahrung, ist klug und intelligent. Gern hätte auch er in Hamburg ein berühmtes Gymnasium besucht und studiert. Doch dazu reichte das Geld der Familie nicht. Weiter schreibt sie: »Er ist so charmant, witzig und temperamentvoll. Hat einen strahlenden Humor und lacht so gern. Er ist musikalisch, liebt die Musik. Besonders Mozart und Beethoven, Offenbach und Mendelssohn Bartholdy. Er geht oft in die Oper. Wenn er allein ist, singt er gern und schmettert ›Holde Aida‹ und Arien aus der ›Zauberflöte‹. Wer so gebildet ist und die Musik so sehr liebt, kann kein schlechter Mensch sein.«

Ratlosigkeit und Hilflosigkeit bei ihren Eltern.

Auch ihrem Bruder Friedel und Lore berichtet sie von ihrer großen Liebe. Beide sind fassungslos und schütteln den Kopf über Anita.

»Mein liebes, kleines Schwesterchen, Du dumme Kuh!«, schreibt Friedel. »Wie kannst Du Dich in dieses Nazischwein verlieben? Ich habe Dir schon vor Jahren gesagt, was seine Partei mit uns vorhat. Hast Du das vergessen? Bist Du denn völlig blind?«

Und Lore schreibt ihr: »Man hat mir gekündigt. Ich habe Berufsverbot. Ich darf nicht mehr als Tänzerin auftreten, weil ich Jüdin bin. Du hattest doch selbst eine Ballettausbildung, und wie glücklich warst du, als du endlich auf der Bühne tanzen durftest! Nun stell Dir vor, man hätte Dir plötzlich verboten, weiterzutanzen! Ich darf seit Monaten in kein Theater, in kein Kino, in keine Ausstellung mehr. Darf in kein Konzert, kein Café mehr. Ich darf nicht einmal mehr im Wald spazieren gehen, weil da ein Schild steht: ›Deutscher Wald. Für Juden verboten.‹ Und wenn ich mich auf eine Parkbank setzen will, steht da: ›Nur für Arier.‹ Und so einen Mann, der so eine Politik betreibt, liebst Du?«

Obwohl Anita das alles einsieht, schmerzen sie die Briefe der beiden sehr. Ihre Vorwürfe kränken sie tief. Nun weiß sie überhaupt nicht mehr, was richtig und was falsch ist. Sie liebt ihren Bruder und Lore, und dennoch kann sie es nicht ertragen, dass sie ihren Wilhelm so scharf kritisieren. Jegliche Kritik an ihm wehrt sie ab.

In ihren Antworten führt sie alle guten Argumente für ihn an, die ihr einfallen. Friedel und Lore geben es auf. »Dann mach, was du willst. Dir ist nicht mehr zu helfen. Wenn das mit seiner Politik so weitergeht, werden wir Deutschland verlassen müssen, um nicht in einem KZ ermordet zu werden. In Oranienburg und Dachau gibt es schon solche Lager.«

»Ihr übertreibt. Dazu wird es nicht kommen«, schreibt Anita trotzig zurück.

In seinem »Märkischen Adler« veröffentlicht Kube begeisterte Kritiken über die Gastspiele seines »Totila«, die das Landestheater Schneidemühl im gesamten Gau Kurmark unternimmt. Natürlich unter dem Namen seines Sohnes und Chefredakteurs Horst. Besonders überschwänglich lobt Kube in seinen Rezensionen die so hoch talentierte Darstellerin Anita Linden und veröffentlicht Fotos von ihr mit dem Hinweis: »Die noch junge Künstlerin ist der Typ jener neuen Generation von Schauspielerinnen, die bewusst das Deutsche in seiner edelsten Art in den Vordergrund stellt.«

Dass ihre Schauspielkunst in einem fanatischen Naziblatt gepriesen wird, stört Anita nicht. Für sie ist wichtig, dass ihr Name genannt wird und dass man sie feiert. Kubes hymnische Theaterkritiken treiben ihre Liebe zu ihm bis zur Verrücktheit. Sie schwebt aus der Gegenwart hinein in Phantasien. So geschieht es während der Theaterproben anderer Stücke oft, dass sie verträumt ihr Stichwort und ihren Einsatz verpasst oder ihren Text vergisst, weil sie nur an ihren Wilhelm denkt. Schon mokiert sich das Ensemble über ihre Verliebtheit und reißt hinter ihrem Rücken Naziwitze.

Während der gesamten Spielzeit besucht er sie in Schneidemühl, sooft er es irgendwie ermöglichen kann. Stets als Dienstreisen auf Spesen. In seiner Gauleitung kennt man den Grund seiner Spritztouren und schweigt. Auch seine Frau Margarete weiß längst, was ihn so oft nach Schneidemühl treibt. Sie hat Anitas Briefe gefunden, doch sie schweigt darüber. Er ist froh, dass sie ihn nicht zur Rede stellt und er nichts erklären muss. Margarete kennt ihren Mann. Schon in den Jahren davor durchschaute sie verbittert seine vorgetäuschten Inspektionsreisen zu Gaudienststellen mit Übernachtungen.

Bei einem seiner Besuche zeigt Kube Anita stolz einen Artikel, den er im »Märkischen Adler« veröffentlichte: »Warum wir Antisemiten bleiben«. Anita liest: »Das Judentum in Deutschland ist die frechste Bande der Welt. Das Gesindel speit Unrat gegen Deutschland und hetzt alle Welt zum Krieg auf. Wir kennen die jüdischen Methoden: Man bietet dieser geschmeidigen, frechen Gesellschaft den kleinen Finger, und schon hat man die Pest im Haus. Der Jude soll nicht glauben, dass er in unserem Deutschland seine alte Rolle spielen kann. Volksgenosse kann nur sein, wer deutschen Blutes ist. Kein Jude kann daher Volksgenosse sein. Auch kein Staatsbürger! Wir fordern den rücksichtslosen Kampf gegen die jüdischen Verbrecher. Wenn wir als Nationalsozialisten ehrlich bleiben wollen, dann müssen wir Antisemiten bleiben.«

Anita erschrickt, als sie das liest. Sie ist verwirrt. Das hat ihr Wilhelm geschrieben? Ihr geliebter Wilhelm, der für sie so wunderbare Liebesgedichte ersonnen hat? Ist das wirklich seine Meinung? Das kann sie nicht glauben. Was hat er gegen die Juden? Sie haben ihm doch nichts getan. Und Lore! Sie gehört zur Familie. Es war nie ein Problem, dass sie Jüdin ist. Alle lieben Lore, auch Anita. Und nun soll Lore zu einer frechen Bande, zu einem Gesindel gehören, das alle Welt zum Krieg aufhetzt? Nun soll ihre Familie die Pest ins Haus bekommen, weil sie Lore die Hand gereicht hat? Und Lore soll keine deutsche Staatsbürgerin mehr sein? Eine Verbrecherin, die bekämpft werden muss? Unmöglich. Das kann nicht sein. Wie kommt er nur auf solche Gedanken?

Sie fragt ihn: »Warum schreibst du so etwas?«

Er antwortet: »Du bist noch zu jung, um das zu verstehen.«

»Ich bin kein Kind mehr«, protestiert sie heftig.

»Später werde ich dir alles erklären«, sagt er ruhig und lächelt dabei. »Dann wirst du es begreifen.«

»Das werde ich nie begreifen. Niemals!«, widerspricht sie heftig.

Sein Artikel schmerzt Anita sehr. Was er da schreibt, ist ihr unerträglich. Sie versteht ihren Wilhelm nicht. Er lacht nur, nimmt sie zärtlich in die Arme und küsst sie. Dann holt er etwas aus seiner Tasche und reicht es ihr. Ein neues Liebesgedicht.

»Habe ich für dich geschrieben. Gestern Nacht.«

Anita liest die Zeilen auf dem rosa Büttenpapier.

»Ich hab Dich lieb, mehr weiß ich nicht,
mein Liebchen, Dir zu sagen.
Und jeder Gruß ist mir Gedicht
und Sehnsucht, süßes Fragen.
Ich hab Dich lieb, und ohne Dich
kann ich mich nicht mehr denken.
Du fühlst dergleichen sicherlich
und willst Dich froh mir schenken.
Ich hab Dich lieb und bitte Gott:
Erhalte mir ihr Leben,
in Glück und Leid, in Lust und Not
kann's Schön'res nicht geben.
Ich hab Dich lieb, und sinkt die Nacht
herab mit ihren Sorgen
und ich wieder bin erwacht,
grüßt meine Lieb den Morgen.
Wenn ich einmal nicht mehr bin
und Du allein musst wandern,
bleibt meine Lieb in Deinem Sinn
und schützt Dich vor den andern.«

Anita ist zu Tränen gerührt. Da weiß sie nur noch eines: Sie will nicht mehr fragen, nichts über so politische Dinge, von denen sie nichts versteht. Sie will ihren wunderbaren Wilhelm weiterlieben, und nichts wird sie davon abbringen, was auch kommen mag. Die anderen Artikel, die er für sie mitgebracht hat, will sie gar nicht lesen, aus Angst, sie könnten ihre Liebe zu ihm zerstören. Sie will von seiner Politik nichts wissen, um ihn nicht zu verlieren. Sie hat nur eines im Sinn: Am Ende der Spielzeit will sie Schneidemühl verlassen, ihre Bühnenkarriere aufgeben, zu ihm nach Berlin ziehen und ihn heiraten. Vorbei ist ihr Lebenstraum vom Theater. Ihm zuliebe verzichtet sie gern darauf. Ihr neuer Lebenstraum heißt nun Wilhelm. Sie will nur noch für ihn da sein und von ihm viele Kinder haben. So schnell wie möglich muss sie zu ihm nach Berlin und kann es nicht erwarten, mit ihm zusammenzuleben, obwohl sie nicht weiß, was ein gemeinsames Leben mit einem Mann bedeutet. Noch ist sie für ein Jahr vertraglich gebunden, noch muss sie eine ganze Spielzeit in Schneidemühl bleiben. Sie kann es kaum aushalten bis zum nächsten Sommer, um endlich zu Wilhelm nach Berlin zu eilen.

5

Anfang Januar 1934 erlebt Anita einen Schock. Ihr Vater Heinrich wird als Leiter des Hamburger Stadtarchivs wegen seiner SPD-Parteimitgliedschaft von den Nationalsozialisten fristlos entlassen. Kurz vor seinem dreißigjährigen Dienstjubiläum. Außerdem wird ihm ab sofort seine Pension gestrichen. Alle Beträge, die er sein Leben lang eingezahlt hat, sind plötzlich für ihn verfallen. Die Nazis beschlagnahmen die gesamte Summe für ihre Zwecke. Über Nacht ist ihr Vater arbeitslos und ohne Einkommen. Die Eltern stehen völlig mittellos da.

Heinrich und seine Frau Elisabeth verfluchen das braune Pack. Im Mai vergangenen Jahres haben sie seine Gewerkschaft verboten, im Juni seine geliebte SPD, und jetzt ist er entlassen. Wovon sollen sie leben, ohne Pension? Für sie bricht eine Welt zusammen. Sie können die Miete nicht mehr bezahlen und müssen ihre schöne Wohnung im vornehmen Viertel Eppendorf aufgeben. Alles müssen sie aufgeben. Wo sollen sie nun hin? Ihr Sohn Friedel hat ein kleines Häuschen in Hechendorf am Pilsensee. Friedel und Lore schlagen vor, dass sie zu ihnen ziehen. Sie verkaufen alle teuren Möbel, auch das Klavier, auf dem ihr Töchterchen seit Jahren nicht mehr gespielt hat. Dann Umzug nach Hechendorf. Dort richten sie sich in zwei Räumen im Erdgeschoss ein, Friedel und Lore ziehen in die obere Etage.

Empört schildert Anita Wilhelm das Schicksal ihrer Eltern. Sie fleht ihn an, sich für ihren Vater einzusetzen. Er ist doch Gauleiter und Oberpräsident und Preußischer Staatsrat, da muss es ihm doch möglich sein, die schlimme Entscheidung seiner Parteigenossen rückgängig zu machen. Er kann zwar die Entlassung ihres Vaters nicht aufheben, verspricht aber, alles Mögliche zu unternehmen, damit ihr Vater doch noch seine Pension erhält. Schließlich wird er Anita heiraten, da will er den Eltern zeigen, was für einen einflussreichen Schwiegersohn sie demnächst in der Familie haben. Anita atmet auf. Wieder einmal ist sie glücklich, einen so mächtigen Mann an ihrer Seite zu haben.

»Unter einer Bedingung«, schränkt er ein.

Anita zuckt zusammen. »Und die wäre?«

»Deine Eltern müssen in die Partei eintreten.«

»Muss das sein?«

»Anders kann ich ihnen nicht helfen.«

»Sie sind überzeugte Sozialdemokraten.«

»Dann kann ich auch nichts machen.«

»Ich werde mit ihnen reden.«

»Es wäre gut, wenn auch du Mitglied unserer Partei werden würdest.«

»Muss das sein?«

»Es wäre gut für dich und auch für mich.«

»Schön, wenn es gut für dich ist«, sagt Anita, »trete ich ein.« Ihr ist es egal, dieser Partei anzugehören. Kann so schlimm nicht sein. Es sind schon so viele Mitglied. Warum nicht auch sie? Außerdem hat Wilhelm viel für sie getan. Dafür will sie ihm dankbar sein mit einer Mitgliedschaft. Und wenn ein Beitritt auch ihrem Vater nützt, umso besser.

Lange windet sich Anitas Vater. Parteieintritt ablehnen und ohne Pension bleiben? Wie dann aber weiterleben ohne Geld? Oder NSDAP-Mitglied werden und Pension beziehen? Schließlich treten er und Elisabeth in die Partei ein.

»Hat nichts zu bedeuten«, sagen sie. »Ist nur Formsache.« Es dauert nicht lange, da kann Kube stolz den gewünschten Erfolg vorweisen. Sein zukünftiger Schwiegervater erhält nun die verdiente Pension.

Anita jubelt, fällt ihrem Wilhelm um den Hals und küsst und küsst ihn. Und Heinrich ist begeistert von Kube und kann ihm nicht genug danken. Schnell sind seine früheren sozialdemokratischen Überzeugungen weggeschmolzen. Vergessen, dass Kubes Nazis seine SPD und Gewerkschaft verboten haben, dass er und Elisabeth ihretwegen ihre schöne Wohnung in Hamburg räumen mussten und nun gezwungen sind, sich mit den beiden Zimmern im Häuschen ihres Sohnes abzufinden. Aus dem roten Sozi wird ein freudiger Nationalsozialist. Er schwärmt von seinem künftigen Schwiegersohn, auch wenn ihm schwerfällt, sich vorzustellen, dass sein Nitalein einen so alten Mann heiraten wird, der nur zehn Jahre jünger ist als er. Doch in dieser unsicheren Zeit ist es sehr nützlich, einen wie ihn in der Familie zu haben. Ein so hohes Tier, einen Gauleiter und Oberpräsidenten, einen Staatsrat und SS-Oberführer, da kann einem nichts mehr passieren. Immer wieder betont er, wie gutmütig Kube sei, was für ein weiches Herz er habe und was für ein universeller Geist und gottesfürchtiger, gläubiger Mensch er sei. Begeistert lauscht er Kubes Reichstagsreden mit seinem kleinen Volksempfänger.

In dem Häuschen gibt es nun oft heftigen Streit zwischen Heinrich und seinem Sohn. Friedel will nicht akzeptieren, dass sein Vater alle Bedenken über Bord geworfen und die Seiten gewechselt hat.

»Wenn auch du einmal in einer solchen Situation steckst und man dir die Gurgel zudrückt, wirst du genauso handeln«, verteidigt sich Heinrich.

»Dazu wird es nicht kommen. Wenn die Nazis mich und Lore in die Enge treiben, hauen wir ab aus diesem Deutschland.«

Lore steht stumm daneben. Bleich im Gesicht.

Seit einem Jahr arbeitet Jelena nun im Zentralkomitee der weißrussischen Kommunistischen Partei der Sowjetunion. Schon bei ihrer Einstellung hingen überall an den Bürowänden, standen auf fast jedem Schreibtisch und flatterten an den Fassaden in den Straßen Stalin-Bilder. Sie hat den Eindruck, dass sie immer größer werden und sogar farbig. Auch in ihrem Umkleideraum, wo sie ihre Putzklamotten abstreift, um ihre feinen Kleider als Kantinen-Serviererin anzuziehen, hängt ein

Porträt dieses Schnauzbärtigen mit seinem väterlichen Blick. Ihr ist unbehaglich zumute, wenn er so gütig auf sie herabschaut. Bei seinem milden Lächeln fröstelt sie. Sie kann nicht begreifen, was Väterchen Stalin mit den Bauern gemacht hat. Jeder Bauer, der ein paar Tiere besaß und ein Stückchen Land, um seine Familie zu ernähren, galt plötzlich als Kapitalist, als Klassenfeind und Parasit und wurde enteignet. Wer sich der Zwangskollektivierung widersetzte, wurde umgesiedelt, mit der gesamten Familie in ein Arbeitslager deportiert oder erschossen. Stalin nannte diese Bauern Kulaken, und die mussten bekämpft werden. Sie versteht das nicht.

Auch ihre Eltern hatten drei Kühe und fünf Schweine und ein Stückchen Land, um sich notdürftig am Leben zu erhalten. Demnach wären auch sie Kulaken, Klassenfeinde, Parasiten gewesen. Man hätte sie womöglich ebenfalls in ein Arbeitslager gesteckt oder sogar erschossen, wenn sie noch gelebt hätten. Der Bauer, bei dem sie nach dem Tod ihrer Eltern wohnte und arbeitete, besaß noch mehr Vieh und viel mehr Land, und sie wäre seine Kulakensöldnerin gewesen. Gut, dass sie da weg ist. Was ist wohl aus ihm und seiner Familie geworden? Leben sie noch?

Wenn sie durch die Straßen geht, sieht sie immer mehr sowjetische Prachtbauten aufragen und dazwischen alte Häuser, die nach und nach abgerissen werden. Als Ersatz errichtet man riesige Mietskasernen, in denen sie nicht wohnen möchte. Und überall stehen große Stalin-Statuen. Aus Beton und Eisen. Auf den Plätzen, in den Parks, sogar auf Kinderspielplätzen. Viele Straßen heißen jetzt Stalin-Prospekt, Stalin-Allee, Stalin-Chaussee, sogar eine Stalin-Gasse gibt es. An den Fassaden hängen große Transparente mit der Aufschrift »Die Partei hat immer recht«.

Wenn die Partei immer recht hat, wie kann sie dann das mit den Bauern machen? Wenn sie immer recht hat, wie kann sie ihnen dann ihre Äcker und ihr Vieh wegnehmen, ihre Höfe enteignen, ihre Ernte, ihr Getreide und ihre Kartoffeln beschlagnahmen, die sie verkaufen müssen, um zu überleben? Wie kann sie dann die Bauern zwingen, riesigen Kollektiven beizutreten, in denen sie privat nichts mehr besitzen? Wenn die Partei immer recht hat, wie kann sie dann dieses Unrecht tolerieren und die entsetzlichen Hungersnöte dulden, die es nun auch in ihrem Land gibt? Die restlichen Bauern sterben weg wie die Fliegen, und die Partei macht nichts dagegen. Hat die Partei doch nicht immer recht?

Immer öfter verschwinden im Zentralkomitee Parteigenossen, die als linientreu gelten, jedoch hin und wieder ein kritisches Wort gegen Stalin und die Partei wagen. Sie sind von einem Tag auf den anderen weg und nicht mehr zu sehen. Wo sind sie jetzt?

Jelena wird unheimlich zumute. Sie überlegt, ob sie abhauen soll von diesem Zentralkomitee, bevor es zu spät ist. Doch sie ist sich keiner Schuld bewusst und bleibt. Trotzdem rumort es in ihr. Wenn sie sich in ihrer Umkleidekammer umzieht und den Schnauzbart gütig auf sie herabschauen sieht, hätte sie Lust, sein Bild umzudrehen, damit er die Wand anlächelt.

Doch dann würde sie bald mit dem Rücken zur Wand stehen.

Um Anita in Schneidemühl zu halten, bietet ihr das Theater große Rollen an, dazu Tourneen durch das Reich, sogar ins Ausland. Doch sie lehnt alle Angebote ab. Sie will zu ihrem geliebten Wilhelm. Am Ende der Spielzeit ist es endlich so weit. Mit zwei großen, schweren Koffern reist sie Anfang Juli nach Berlin.

Kube holt sie mit seinem Dienstwagen am Schlesischen Bahnhof ab, sie fallen sich in die Arme, und beiden ist etwas taumelig bei dem Gedanken, dass sie nun endlich zusammen sind und gemeinsam ihr Leben gestalten werden. Anita ist selig. Kube nicht so sehr. Für ihn ist ihre Anwesenheit in Berlin mit vielen Schwierigkeiten verbunden. Er muss noch so einiges klären. Wie kann er die dauernde Anwesenheit seiner geliebten

Anita vor Margarete verheimlichen? Was sagen die Parteigenossen, wenn er bei offiziellen Empfängen statt mit seiner Frau in Begleitung einer so jungen und hübschen Dame auftritt? Zuerst aber muss er seine Liebschaft mit seiner Sekretärin beenden. Davon darf Anita auf keinen Fall etwas erfahren. Sie spürt, wie nervös er ist.

Während der Fahrt durch die Stadt sehen sie ein Meer von Fahnen. An fast jedem Gebäude hängen, flattern, wirbeln die großen roten Fahnen mit dem schwarzen Hakenkreuz. Auch von den Balkonen des »Adlon« hängen sie tief herab. In diesem Nobelhotel wird sie logieren, bis Wilhelm ihr eine eigene Wohnung beschafft hat. Der Gauleiter zeigt sich äußerst großzügig. Alles auf Spesen der Gauleitung. Anita gefällt das luxuriöse Hotelleben samt der stets aufmerksamen Bedienung sehr. Neu in Berlin angekommen und schon im »Adlon« beim Brandenburger Tor!

Sie wünscht einen genauen Plan, wann er um wie viel Uhr zu ihr kommt, wie lange er bleiben kann und wohin sie gemeinsam ausgehen werden. Doch Kube weicht allen konkreten Festlegungen aus. Er will sich spontan entscheiden, will frei sein von verpflichtenden Bindungen. Anita soll ihre Zeit selbst einteilen, erst mal die Stadt kennenlernen, sich einleben und genießen, ohne ihn. Damit ist sie gar nicht einverstanden. Ohne ihn kann sie nicht genießen. So ist Kube gezwungen, sie jeden zweiten Tag zu besuchen. Öffentlich darf er sich mit ihr noch nicht blicken lassen. Parteifreunde oder Bekannte könnten ihnen begegnen. Pressefotografen könnten sie entdecken, dann würde ein Bild von ihnen in den Boulevard-Zeitungen erscheinen. Das muss Kube unbedingt vermeiden. Auch eine zufällige Begegnung mit seiner Frau Margarete wäre für ihn fatal. Er hat noch nicht einmal die Scheidung eingereicht. Anita sieht das ein. Auch sie will auf keinen Fall zufällig gemeinsam mit ihm seiner Frau Margarete begegnen.

Schließlich muss er doch einen Zeitplan ausklügeln, um seine Treffen mit Anita zu organisieren. Zuerst sind da seine zahllosen beruflichen Termine für seine Gauleitung, für seine Partei, für seine Sitzungen und Veranstaltungen, in denen er als Redner auftritt. Dann ist da seine Familie, seine Frau und seine beiden Söhne Horst und Wulf-Dieter. Auch für sie muss er sich Zeit nehmen.

»Was bleibt da noch für mich?«, fragt Anita enttäuscht. Er vertröstet sie damit, dass sich das alles einrenken werde in den nächsten Wochen, besorgt ihr eine schöne Wohnung nahe seiner Dienststelle, um immer schnell bei ihr sein zu können, und lässt sie auf Kosten der Gauleitung nach ihren Wünschen einrichten, damit sie sich darin wohlfühlt. Eine gemeinsame Wohnung ist erst nach seiner Scheidung möglich, und das kann noch Jahre dauern.

Mit der Zeit genießt Anita die Stadt. Sie ist berauscht vom Tempo der Reichshauptstadt und von den vielen Theatern, die sie fast jeden Abend besucht, immer in Gedanken daran, dass sie ihre Bühnenkarriere für ihn weggeworfen hat. Sie ist begeistert von den Konzerten, von den Cafés und von den verlockenden Mode- und Juweliergeschäften, in denen sie reichlich einkauft. Mit den großen Scheinen, die ihr Wilhelm immer wieder zusteckt. Sie hat ja kein eigenes Einkommen mehr. Sie lebt nur von ihm und von der Hoffnung, bald mit ihm verheiratet zu sein, ihn dann ganz für sich allein zu haben, gemeinsam in einer großen, schönen Wohnung zu leben und viele Kinder von ihm zu haben.

Er zeigt ihr Briefe, die er von seinen Freunden Göring, Goebbels, Himmler und Heß erhalten hat. Es sind vertrauliche Briefe, in denen sie Kube duzen, ihn »Mein lieber Wilhelm« nennen und die er in seinen Antworten mit »Dein Wilhelm« unterschreibt. Diese Leute will Anita unbedingt kennenlernen. Immer wieder bettelt sie, er solle sie zu einem der Empfänge dieser Parteibonzen mitnehmen. So gern will sie die Großen der Politik, mit denen er ständig zu tun hat, persönlich erleben.

Kube lässt sich erweichen, seine Vorsicht schwindet, und immer öfter nimmt er sie mit zu offiziellen Einladungen, auch weil er dabei stolz seine neue Eroberung zeigen kann. So steht Anita staunend vor seinen Freunden Göring, Goebbels, Himmler, Heß. Namen, die sie täglich in den Zeitungen liest. Alle sind seine Freunde, alle sind freundlich zu ihr, lächeln ihr zu, küssen ihr sogar die Hand. Kube steht in seiner goldbesetzten braunen Gauleiter-Galauniform daneben, strahlt über das ganze Gesicht und präsentiert seine junge und hübsche Begleiterin, die er als Schauspielerin vorstellt. Das imponiert Anita mächtig. Es fasziniert sie, von diesen berühmten Männern umgeben zu sein, über die jeder spricht oder auch nur flüstert. Sie genießt es, an diesen Abenden große Dame zu sein und im Mittelpunkt zu stehen. Sie fühlt sich wie auf einer großen Bühne und trägt an ihrem Kleid deutlich ihr Parteiabzeichen zur Schau. Gern möchte sie auch Adolf Hitler kennenlernen, mit dem Kube oft telefoniert, Briefe wechselt und sich zu Besprechungen trifft. Doch sosehr sie Wilhelm bittet, mit ihm ein Treffen zu arrangieren, so sehr wehrt er ab: »Um Gottes willen, der Führer! Da kommt man so schnell nicht ran.«

Allmählich begreift Anita seine Abwehr. Hitler hat Kube schon mehrfach gewarnt, nicht so offen mit seiner »neuen Anschaffung« in der Öffentlichkeit aufzutreten, solange er noch nicht geschieden ist. Dieses unmoralische Verhältnis könnte der anständigen NSDAP schaden. Das sieht Kube anders. Auch die anderen Parteigenossen zeigen sich bei offiziellen Anlässen mit ihren Geliebten anstatt mit ihren Ehefrauen. So stellt er bei Empfängen immer ungenierter seine schöne Schauspielerin Anita Linden vor, obwohl sie nicht mehr auftritt. Für sie hat ein neuer Traum begonnen. Ein Leben an der Seite ihres künftigen Ehemannes in den Salons der berühmten Nazi-Politiker und im eigenen luxuriös eingerichteten Heim, umgeben von vielen Kindern von ihm, die alle so werden sollen wie er.

Durch Zufall erfährt sie, dass ihr bewunderter Wilhelm Weibergeschichten hat. Dass er sogar jetzt, während sie bei ihm in Berlin ist, eine Liebesaffäre mit einer seiner Sekretärinnen pflegt.

Anita wagt nicht, ihn darauf anzusprechen. Sie hat Angst, er könnte ihr seine Liebe entziehen und sich ganz seiner Sekretärin zuwenden.

Sie erfährt auch, dass in der Buchhaltung seiner Gauleitung »schwere Unregelmäßigkeiten« aufgedeckt wurden und Prozesse gegen ihn geführt werden. Doch stets kann er die Verfahren kraft seiner hohen Ämter niederschlagen. So werden die Richter oft von höherer Stelle angewiesen, die Prozesse gegen ihn einzustellen. Für die Partei wäre es zu peinlich, wenn der Herr Gauleiter, Oberpräsident, Staatsrat und SS-Oberführer tatsächlich einmal verurteilt werden würde.

Immer deutlicher fühlt sie: Wenn es um Politik geht, gerät ihre Liebe zu ihm in Gefahr. Auf keinen Fall will sie ihre Liebe gefährden oder gar verlieren. Sie ist ihr unvergleichlich mehr wert als jede politische Diskussion, und so fragt Anita nicht nach, lässt die Sachen auf sich beruhen. Insgeheim lassen ihr seine politischen Anschauungen jedoch keine Ruhe. Sie gehen ihr immer wieder im Kopf herum. Sie denkt an ihren Vater und seine verbotene SPD. Und sie denkt an Lore, die angeblich eine Pest ist und ausgerottet werden soll. Sosehr sie alle politischen Fragen verdrängt, platzt es manches Mal trotzdem aus ihr heraus, und sie streitet sich mit ihm. Das aber tut ihr sofort wieder von Herzen leid, und sie bittet ihn um Verzeihung.

Schnell wird Anita schwanger. Sie freut sich auf das Kind. Für sie ein Schritt näher an ihre Heirat. Immer öfter und länger hält er sich nicht mehr bei seiner Frau Margarete auf. Die weiß seit Langem von Anita, und was sie noch nicht weiß, wird ihr zugetragen.

Im Jahr darauf gebärt Anita ihren ersten Sohn von Wilhelm. Sie nennen ihn Harald. Da reicht es Margarete. Nach über zwanzig Jahren Ehe schmeißt sie ihn aus ihrer gemeinsamen Wohnung raus. Er muss sich eine neue Bleibe suchen und reicht endlich seine Scheidung ein. Anita sieht sich ihrem Ziel noch einen Schritt näher, auch wenn sie sich weiterhin mit getrennten Wohnungen abfinden müssen. Solange er nicht geschieden ist, dürfen sie nicht zusammenziehen. So pendelt er auf unabsehbare Zeit zwischen seiner neuen Wohnung und ihrem Appartement hin und her. Für Anita oft unerträglich.

Verstört kommt Gertrud vom Sachsenplatz zurück. Sie wollte Ringelnatz seine bestellten Bücher bringen.

»Der Ringelnatz ist tot«, stammelt sie. »Gestern gestorben.«

Die Heimanns wussten, dass der Schriftsteller und Kabarettist schwer an Tuberkulose erkrankt war. Seit Hitlers Machtübernahme hatte er Auftrittsverbot. Seine wichtigste Einnahmequelle war abgeschnitten. Er und seine Frau verarmten völlig. Nur durch Spendenaufrufe von Freunden konnten sie mit dem Nötigsten versorgt werden. Auch die Heimanns spendeten kräftig. Nun ist er elendig gestorben. Er war gerade etwas über fünfzig.

Im folgenden Jahr tauchen an Eisdielen, Cafés, Restaurants, Kinos immer mehr Schilder auf: »Juden unerwünscht«.

»Wir lassen uns nicht abschrecken«, sagt Gustav.

Doch Gertrud scheut mit Erika zurück. »Wenn die uns nicht haben wollen, gehen wir da auch nicht rein.«

»Noch ist es für uns nicht verboten«, will Gustav sie überreden. »Keiner weiß, dass wir Juden sind.«

»Nach dem Boykott schon.«

Gertrud hat Angst. Gemeinsam kehren sie um.

Auch am Grunewald stehen Tafeln: »Deutscher Wald. Nicht für Juden.« So gern wären die Heimanns um den Grunewaldsee spazieren gegangen. Doch wieder stockt Gertrud mit Erika an der Hand. »Das ist jetzt nicht mehr unser Wald.«

»Wir lassen uns von niemandem einschüchtern«, beharrt Gustav.

Nichts zu machen. Sie fahren wieder nach Hause. Schweigend.

Mitte September '35 werden auf einem der Nürnberger Reichsparteitage wieder mal eine Menge Gesetze erlassen. Darunter auch das Reichsbürgergesetz. Laut diesem »Ariergesetz« sind Juden nicht »deutschblütig« und keine deutschen Staatsbürger, sie haben nun keine Rechte mehr.

»Keine deutschen Staatsbürger?«, fragt Gustav. »Was sind wir denn dann?«

»Deutschblütig? Was soll das denn sein?«, fragt Gertrud. »Wie sieht denn deutsches Blut aus?«

Als sie sich ein paar Tage später beim Zwiebelschneiden in den Finger ritzt, tropft rotes Blut. »Hat deutsches Blut eine andere Farbe?«

Als Jelena eines Abends nach ihrer Arbeit ihr Zimmer im Wohnheim betritt, steht der Küchenstuhl vor dem Kleiderschrank. Den hat sie da nicht hingestellt. Und ein halb ausgetrunkenes Glas Milch findet sie in ihrer Toilette. Nie trinkt sie ein Glas Milch nur halb aus und stellt es schon gar nicht in die Toilette. Jelena ist verwirrt. Wer war während ihrer Abwesenheit in ihrem Zimmer? Die Tür wurde nicht aufgebrochen. Einbrecher können es nicht gewesen sein. Wer dann? Ihr wird klar, dass es nur der Geheimdienst NKWD gewesen sein kann. Man will ihr zeigen, dass man hier war.

Warum war der NKWD heimlich hier? Beklemmung erfasst sie. Ihr Zimmer ist nicht mehr ihr Zimmer. Ihr Raum nicht mehr ihr privater Bereich. Sie ist hier nicht mehr zu Hause, nicht mehr geschützt. Sie fühlt sich ausgeliefert.

Man mischt sich in ihr Leben ein, als würde es nicht mehr ihr gehören. Wann werden sie wiederkommen? Was suchen sie? Was wollen sie von ihr?

Auch in der folgenden Woche muss sie nach ihrer Rückkehr feststellen, dass ein Teller mit Essen auf ihren Nachttisch steht. Nie stellt sie ihr Essen dorthin. Und ihr Bett ist zerwühlt. Sie macht immer ihr Bett, bevor sie am Morgen zur Arbeit geht.

Wieder eine Woche darauf liegt auf ihrem Küchentisch eine aufgeschlagene Broschüre des stalinistischen Parteiprogramms. Nie hat sie sich für diese Parolen interessiert und nie eine solche Broschüre in den Händen gehabt. Nun liegt sie aufgeschlagen vor ihr. Sie blättert darin, um nachzusehen, ob gewisse Parolen angestrichen sind. Nichts.

Angst beschleicht sie. Sie fragt sich, ob sie im Zentralkomitee etwas falsch gemacht, sich nicht parteigerecht verhalten hat, ob ihr ein kritisches Wort entwichen ist. Sosehr sie auch grübelt, sie kann sich an nichts Antisowjetisches erinnern. Trotzdem fürchtet sie, dass man sie irgendwann abholen wird.

Mit aller Macht will Kube beim Landgericht Berlin seine Scheidung erzwingen. Margarete soll der allein schuldige Teil sein. Als Begründung trägt er dem Scheidungsrichter vor: »In Anbetracht meiner Stellung in der Partei und im Staatsdienst muss ich auf die Zeugung weiterer Kinder entscheidendes Gewicht legen. Doch meine Frau lehnt seit vielen Jahren beharrlich jeden weiteren Kinderwunsch ab. Meiner Frau fehlt jedes Verständnis für meine Lebenshaltung und für meinen Aufgabenbereich. Meine Frau verabsäumt ihre Pflichten als Hausfrau und Mutter. Meine Frau hat zweimal Ehebruch begangen.«

Vehement bestreitet Margarete alle vorgebrachten Vorwürfe. Sie betont: »Ich wäre für seinen Kinderwunsch bereit gewesen, wenn er von seinen zahlreichen außerehelichen Beziehungen abgelassen hätte, wie es sich für ihn als Ehemann gehört. Mittlerweile aber bin ich in meinem Alter nicht mehr imstande, ihm Kinder zu gebären.«

Kube kann keine seiner Anschuldigungen beweisen. Das Gericht bestätigt die Glaubwürdigkeit der Angeklagten und weist die Scheidungsklage auf Kosten des Klägers ab. Nun können Anita und ihr Wilhelm immer noch nicht heiraten. Kube aber gibt nicht auf und klagt erneut.

Dieser Abend im Mai 1936 ist für Anita eines der schmerzlichsten Erlebnisse. Friedel und Lore sind von Hechendorf nach Berlin gekommen, um sich von ihr zu verabschieden. Zusammen mit ihrem sechsjährigen Mädchen Dorit. In zwei Wochen werden sie emigrieren. Nach den Nürnberger Rassengesetzen vom fünfzehnten September ist Lore als Jüdin nun keine Deutsche mehr. Sie und Friedel sind in diesem Land nicht mehr sicher. Auch Lores Eltern, die in Göttingen wohnen, werden Deutschland mit ihnen zusammen verlassen. Die Überfahrt nach Argentinien auf der »General San Martin« ab Cuxhaven ist schon gebucht. Noch ist für sie eine Auswanderung möglich. Besonders jetzt. Die Olympischen Spiele stehen vor der Tür. Da müssen die Nazis der Welt zeigen, was für ein herrliches, liberales und großzügiges Land Deutschland ist.

Zu ihrem Abschiedstreffen sitzen Anita, Wilhelm, Friedel, Lore und die kleine Dorit in Anitas Wohnung beisammen, in der sie während des Scheidungsprozesses getrennt von Wilhelm leben muss. Eine Art Letztes Abendmahl. Wilhelm ist bester Laune und hat sich zwischen Lore und Friedel gezwängt. Er weiß seit Langem, dass Friedel und Lore die Nazis hassen und dass Lore Jüdin ist. Das stört ihn nicht. Im Gegenteil. Er schätzt sie und betont lachend: »Solche Menschen wie euch muss es geben. Umso deutlicher wird die Welt sehen, dass wir im Recht sind.«

Den ganzen Abend flirtet er mit der schönen Lore. Er lässt seinen Charme sprühen, macht ihr galant Komplimente und bedauert, sie nie als Tänzerin auf einer Bühne gesehen zu haben. Sie hätte ihm sicher gut gefallen. Deutlich ist ihm anzusehen, dass er sich in die Jüdin verliebt. Anita ist seine Schwärmerei für Lore peinlich, sie kann ihn jedoch nicht mit dem Ellbogen anstoßen. Sie sitzt zu weit abseits. Was treibt ihr Wilhelm da? Sie ist im fünften Monat schwanger. Wieder mal. In vier Monaten wird sie ihr zweites Kind gebären. Er wünscht sich unbedingt wieder einen Jungen. Und wenn es ein Junge ist, soll er Peter heißen. Das hat er mit Anita so ausgemacht. Und nun tändelt er ungeniert mit Lore. Wilhelm findet es in Ordnung, dass sie wegen seiner Politik Deutschland verlassen. Er hatte ihnen sogar geraten, zu emigrieren.

»In Argentinien seid ihr sicher«, betont er auch jetzt wieder. »Wirklich schade, dass eine so bezaubernde Frau unserem herrlichen Deutschland den Rücken kehrt. Aber es ist besser, wenn ihr jetzt geht. Man weiß ja nicht, was hier noch alles geschehen wird. Und wenn alles vorüber ist und wir das neue Reich aufgebaut und mit den Juden aufgeräumt haben, dann kommt ihr zurück. Dann habt ihr hier eine saubere Heimat.«

Friedel und Lore sehen sich an und schweigen.

Anita zerreißt dieser Abschied das Herz. Die meiste Zeit sitzt sie nur stumm am Tisch und kann kaum einen Bissen hinunterbringen. Wird sie ihren Bruder je wiedersehen? Und Lore, die sie so lieb gewonnen hat? Und die kleine Dorit? Argentinien ist so weit weg! Sie weiß gar nicht, wo dieses Land überhaupt liegt. Irgendwo in Südamerika.

Zum Abschied bedauert Wilhelm, dass Friedel und Lore im August nicht mehr die Olympischen Spiele sehen können. Dieses großartige Ereignis. Aber er wird in drei Monaten auf der Ehrentribüne des Deutschen Stadions ganz nah bei seinem Führer sitzen und die große Feier genießen. Darauf freut er sich schon.

Als Anita wieder allein mit ihm ist, versinkt sie in Traurigkeit. Zweifel plagen sie. Wenn ihr Bruder und Lore Deutschland verlassen müssen, weil sie hier nicht mehr sicher sind, geht es ihr durch den Sinn, kann Wilhelms Politik so gut nicht sein. Dazu schreibt er so widerliche Artikel in seinem »Märkischen Adler«. So voller Hass. Und zugleich ist er so lieb zu ihr und zu ihrem kleinen Harald. Er lässt Gegner seiner Politik verhaften und ins Zuchthaus werfen und küsst sie so zärtlich. Er lobt begeistert das KZ Sonnenburg und sorgt sich so gutherzig um sie. Sie ist mit seiner Politik gar nicht einverstanden, und doch liebt sie ihn über alles. Das passt nicht zusammen. Was stimmt denn nun? Wie ist er wirklich?

Anita ist hin- und hergerissen. Sie fragt sie sich, wen er mehr liebt. Seine Nazis oder sie.

6

Die Beschwerden über Kubes Gauleitung häufen sich. Seine Unterschlagungen von Geldern, seine chaotische Buchhaltung, die Intrigen und die Liebschaft mit seiner Sekretärin missfallen auch dem Obersten Parteirichter Walter Buch. Dazu Kubes Vetternwirtschaft. Sein erster Sohn Horst ist sein persönlicher Adjutant und sein zweiter Sohn Wulf-Dieter Angestellter in der Gauleitung. Unmöglich. Buch verwarnt Kube scharf und erteilt ihm eine Abmahnung. Kube schert sich einen Dreck darum und macht weiter. Buch leitet ein Parteigerichtsverfahren gegen ihn ein. Es scheitert an Kubes Immunität als Reichstagsabgeordneter. Buch greift zu einer härteren Maßnahme. Er drängt darauf, Kube aus der Partei auszuschließen. Doch Hitler stellt sich dagegen mit dem Argument, auch wenn Kubes Verhalten zu rügen sei, so habe er doch als »alter Kämpfer« während ihrer »Kampfzeit« große Verdienste erworben.

Die Geheime Staatspolizei hat einen Verdacht. Kube könnte ihn belastende Akten in seiner Wohnung versteckt haben und weitere vor dem Zugriff der Partei in Sicherheit bringen. Wochenlang observiert sie die Häuser von Kube und Anita und notiert genau, wer dort wann ein und aus geht. Dann, während Anitas Abwesenheit, dringt die Gestapo in ihre Wohnung ein und durchsucht Schränke, Schubladen, Kisten und Truhen. Sie durchwühlen alles und finden nichts.

Wütend protestiert Kube gegen diese Durchsuchung bei seinem alten Duzfreund Heinrich Himmler, tritt aus der SS aus und gibt seine Titel SS-Oberführer und Standartenführer, seine SS-Uniform und seinen Ausweis zurück. Anita verlässt empört die Partei.

Walter Buch, der Oberste Parteirichter und die personifizierte Moral der NSDAP, nimmt Kubes Beziehung mit Anita aufs Korn, von der er dazu noch ein außereheliches Kind hat. Und das, bevor er geschieden ist. Für Buch ist das skandalös. Er entschließt sich, gegen Kube ein Exempel zu statuieren, und schickt ihm und zahlreichen hohen NS-Funktionären ein Schreiben.

»*Wer* Ehebruch, außerehelichen Geschlechtsverkehr für vereinbar hält mit der sittlichen und weltanschaulichen Auffassung der NSDAP,

Wer sich stolz seines aus diesem ehebrecherischen Verhältnis erwachsenen Kindes rühmt,

Wer ehebrecherische Beziehungen mit Angestellten, von ihm wirtschaftlich abhängigen Frauen unterhält,

Wer schließlich in einem öffentlichen Scheidungsprozess gegen seine Ehefrau wissentlich und absichtlich falsche Behauptungen aufstellt,

Der entwürdigt und beschmutzt die Verehrung der Frau durch uns Nationalsozialisten.

Heil Hitler!«

Kube hat verstanden. Buch verurteilt seine Liebe zu Anita. Das lässt er sich nicht gefallen und rächt sich. Auf seiner Schreibmaschine tippt er einen verleumderischen, anonymen Brief an Buch, obwohl er weiß, dass seine Behauptung nicht stimmt: »Sie bekämpfen infam jeden anständigen Juden. Das sollten Sie als unser Glaubensbruder nicht tun. Sie wissen, dass Ihre Frau Gerda jüdisches Blut hat. Ihr Schwiegervater weiß, dass er, seine Frau und seine Tochter Gerda nicht arischer Abstammung sind. Auch das Reichssippenamt weiß es. Sie, Herr Buch, haben Hunderte von Menschen verurteilt, wegen des gleichen tragischen Schicksals, das Ihre Frau trägt. Gibt Ihnen das nicht über Sie selbst nachzudenken? Dennoch freuen wir uns, Sie zu den Unseren zählen zu dürfen. – Einige Berliner Juden.«

Damit diffamiert er den Obersten Parteirichter, mit einer Jüdin verheiratet zu sein. Dazu verleumdet er Buchs Schwiegervater, Reichsleiter Martin Bormann, Jude zu sein. Das ist natürlich gelogen. Sehr schnell findet die Gestapo heraus, wer dieser anonyme Briefschreiber ist. Kube muss zum Verhör. Alles Leugnen hilft nichts. Die Letterntypen seiner Schreibmaschine sind identisch mit den Anschlägen auf dem Briefpapier. Der Beweis ist eindeutig. Er muss seine Tat gestehen.

Sofort enthebt Hitler Kube aller seiner Ämter. Von einem Tag zum anderen ist er nicht mehr Gauleiter der Kurmark, des größten Gaues des Reiches, nicht mehr Oberpräsident, nicht mehr Staatsrat. Was für ein Sturz! Anita ist fassungslos. Von einem Tag zum anderen ist er nun arbeitslos. Versetzt in den einstweiligen Ruhestand. Man lässt ihm eine ausreichende Pension für seinen Lebensunterhalt, und er darf seinen Titel Gauleiter und seine Gauleiteruniform behalten, doch mit dem Zusatz »a. D.«, außer Dienst. Immerhin schließt Hitler ihn nicht aus der Partei aus. Und er darf Mitglied des Reichstags bleiben. Dennoch, was für eine Schande für ihn nach all den Jahren seines leidenschaftlichen Einsatzes für das Reich! Und das gerade, als in Berlin die Olympischen Spiele beginnen. Wie sehnsüchtig stellte er sich vor, im Deutschen Stadion auf der Ehrentribüne ganz nah bei seinem geliebten Führer zu sitzen. Nun muss er zu Hause hocken.

Immer wieder fleht er Hitler an, ihn zu rehabilitieren, ihm irgendeinen neuen Auftrag zu erteilen, um sich zu bewähren. Keine Antwort aus der Reichskanzlei. Hitler empfängt ihn nicht mehr. Er bettelt bei Goebbels um eine neue Stelle. Nichts zu machen.

Im Frühjahr 1937 wechselt die zehnjährige Erika von der Volksschule zur Realschule, zur Westendschule in der Westendallee. Schon nach wenigen Tagen kommt sie aufgeregt nach Hause und fragt Gustav: »Was ist Rassenhiäne?«

»Du meinst Rassenhygiene?«

»Oder so was.«

»Wie kommst du darauf?«

»Heute kam ein Lehrer in die Klasse und sagte, dass er uns jetzt Rassenkunde beibringt, und hat mit Instrumenten eine

Stunde lang unsere Köpfe, Nasen und Ohren abgemessen. Bei mir stellte er fest, dass ich eindeutig eine reinrassische Arierin bin. Auch weil ich blonde Haare und blaue Augen habe. Auch bei Erna hat er den ganzen Kopf abgemessen und dann behauptet, dass sie Jüdin ist. Sie war wütend und schrie: ›Ich bin kein Jud! Bin kein Jud! Das ist eine Lüge!‹ Der Rasselehrer brüllte sie an: ›Das ist Wissenschaft! Davon verstehst du nichts, du kleine Laus!‹«

Nach einer Pause sieht Erika ihren Vater verwirrt an: »Was ist denn Rassenhygiene? Ich versteh das nicht. Was stimmt denn nun? Bin ich jüdisch oder nicht?«

Während Jelena im Zentralkomitee die Büros putzt, treten plötzlich zwei Männer in Zivil an sie heran und fordern sie auf, mitzukommen. Sie wringt ihren Lappen aus und fragt: »Warum? Wohin?«

Die beiden antworten nicht und wiederholen: »Kommen Sie mit.«

»Was ist los?«, will Jelena wissen.

»Das erfahren Sie später. Los jetzt.«

Sie muss ihren Eimer mit dem Putzzeug stehen lassen, hat nicht mal Zeit, sich umzuziehen, und wird in ihren Arbeitsklamotten von den Männern nach draußen zu einem schwarzen Auto geführt und hineingedrängt. Durch die abgedunkelten Scheiben der Limousine kann sie nicht sehen, wohin man sie fährt. Schließlich hält der Wagen, und man führt sie in ein großes, nüchternes Bürogebäude, das erst vor wenigen Monaten errichtet wurde. Jelena muss durch lange, scharf nach Desinfektionsmittel riechende Flure gehen, an vielen Türen vorbei. Schließlich stoßen die zwei Männer sie in einen kalten, kahlen Raum, in dem nur ein Holztisch und zwei Stühle stehen. Sie befehlen ihr, stehen zu bleiben, und verschwinden.

Jelena muss lange warten, bis etwas geschieht. Allmählich schmerzen ihre Beine. Ängstlich grübelt sie, warum sie hierher, zum Geheimdienst des NKWD, gebracht wurde. Sie befürchtet, dass es daran liegen könnte, dass sie die Parteizeitungen »Komsomolskaja Prawda« so oft in den Mülleimer warf und nicht immer zu den Versammlungen und Paraden ging. Was könnte es sonst sein? Sosehr sie grübelt, sie findet keinen anderen Grund.

Endlich tritt ein Mann ein, wieder in Zivil, und bittet sie höflich, sich ihm gegenüber an den Holztisch zu setzen. Er ist um die vierzig, dick und hat ein gutmütiges, rundes Gesicht. »Schön, dass Sie hier sind, Fräulein Masanik«, beginnt er freundlich. »Dann können wir uns in Ruhe unterhalten.«

Jelena weiß nicht, worüber sie sich mit ihm unterhalten sollte.

»Warum schauen Sie so ängstlich?«, fragt er sanftmütig.

»Warum hat man mich hierhergebracht?«

»Das werden wir nach und nach in aller Freundschaft klären«, säuselt der Dicke väterlich.

Jelena muss an Väterchen Stalin in ihrer Umkleidekammer denken.

»Was soll da zu klären sein?« Sie versucht, ihre Hände ruhig zu halten.

»Warum sind Sie so nervös? Haben Sie ein schlechtes Gewissen?«

»Nein. Ich habe kein schlechtes Gewissen.«

»Umso schlimmer für Sie. Normalerweise müssten Sie ein schlechtes Gewissen haben bei dem, was Sie getan haben.«

»Was habe ich denn getan?«

»Fräulein Masanik, Sie können uns viel Mühe und Ihnen große Unannehmlichkeiten ersparen, wenn Sie schon jetzt Ihre Verfehlungen gestehen und sie aufrichtig bereuen.«

»Was für Verfehlungen?«, bringt Jelena ängstlich hervor.

»Uns liegen Informationen über Ihr antisowjetisches Verhalten vor.«

»Ich habe mich nie antisowjetisch verhalten.«

»Das sagen Sie. Wir wissen es besser.«

»Wer hat das behauptet?«

»Auch über Ihre konterrevolutionären Agitationen wissen wir Bescheid.«

»Was für Agitationen?«

»Das wissen Sie genau.«

»Das ist eine Lüge.« Sie muss sich zusammenreißen, um nicht aufzubrausen.

»Nun erzählen Sie mir mal, was machen Sie so den ganzen Tag?«

Was geht ihn das an?, denkt sie erbost. Warum mischt er sich in mein Leben ein?

»Ich putze und helfe in der Kantine beim Servieren.«

»Ist das alles? Wir wissen da noch einiges andere.« Wieder liegt ein sanfter Ton in seiner Stimme.

»Was denn? Was habe ich denn getan?«, schreit sie ihn an und ist erstaunt, dass sie es wagt, ihre Stimme gegen ihn zu erheben. Doch er bleibt ganz ruhig und sagt freundlich: »Schade, dass Sie kein Geständnis ablegen wollen. Schade für Sie, Fräulein Masanik.«

Der Dicke geht zur Tür und ruft zwei Wachen herein. Dann zischt er auf einmal scharf und lächelt dabei: »Es gibt auch Verkehrsunfälle. Kommt ja mal vor.«

Er gibt den Wachen ein Zeichen, sie packen sie hart an den Unterarmen.

»Sie werden nun genug Zeit haben, über Ihre Verfehlungen nachzudenken.«

Was für Verfehlungen?, will sie fragen, kommt aber nicht dazu, die Wachen haben sie schon zur Tür hinausgedrängt.

Um ihn aus seiner Trübsal herauszureißen, schlägt Anita ihrem Wilhelm vor, über Pfingsten eine Wanderung durch Franken zu unternehmen, das er so sehr liebt. Sie bringt Harald und Peter nach Hechendorf zu ihrer Mutter, dort werden sie während der kurzen Zeit gut versorgt. Bei ihrer Rückkehr werden sie ihre Knirpse wieder abholen. Dann wandern sie mit Rucksäcken bepackt durchs Frankenland. Sie übernachten in Gasthäusern, picknicken im Wald und an Bächen, genießen den Sonnenschein und die Natur, und Anita stellt erfreut fest, dass Wilhelm wieder lachen kann. An besonders schönen Aussichtspunkten setzen sie sich auf eine Bank, um zu rasten, die Füße auszustrecken und sich über die Aussicht zu freuen. Anfangs macht Anita ihn noch auf die angebrachten Schilder aufmerksam: »Nur für Arier«.

»Na und?«, sagt Kube. »Wir sind doch keine Juden.«

In Dinkelsbühl schreibt Kube seinen zukünftigen Schwiegereltern eine Ansichtskarte.

»Liebe Familie Lindenkohl, Nitalein und ich wünschen Ihnen ein frohes Pfingstfest! Auf unserer Wanderung durch das wunderschöne Frankenland laben wir uns am deutschen Lenz. Der Mai umgibt uns verschwenderisch mit Wiesengrün und Waldesduft. Nun erfreuen wir uns am Zauber des paradiesischen Ortes Dinkelsbühl. Wie unendlich schön ist unser Deutschland! Morgen wollen wir nach Rothenburg ob der Tauber aufbrechen. Nürnberg haben wir gemieden. Meine schönen Erinnerungen an die Reichsparteitage, an denen ich oft lebhaft und mit Begeisterung teilnahm, sind mir zu schmerzlich. Wir haben viel von Gottes ewiger Sonne, Heiterkeit und Glück in uns, sodass wir das gewesene und künftige Leid leichter ertragen. Sonst wären der Groll und der Hass unser Weggesell. Mit frohem Frühlingsgruß und einem herzlichen Heil Hitler grüßt Sie Ihr Wilhelm Kube«.

Seit einem Monat sitzt Jelena nun schon in ihrer Zelle des NKWD-Gefängnisses in Einzelhaft.

Sie hockt auf ihrer Pritsche und versteht die Welt nicht mehr. Nichts ist seit ihrer Einlieferung geschehen. Keine Vernehmung, keine Ausfragerei, keine Anschuldigungen, keine Drohungen. Nichts. Immer wieder hört sie, wie neue Gefangene in die Nebenzellen gestoßen werden, wie sie schreien und gegen die Eisentüren treten. Zweimal täglich bekommt sie durch die Türklappe ihr Essen zugeschoben. Suppe, Brot,

Brei, Wasser. An den Nachmittagen muss sie sich auf dem Hof in die Schlange der Gefangenen einreihen und eine Stunde lang im Kreis herumgehen, bewacht von Aufsehern. Sprechen ist verboten. Stummes Dahintrotten bei jedem Wetter, auch wenn es in Strömen regnet. Gehen sie zu langsam, werden sie von ihren Aufpassern mit Knüppeln angetrieben. Dann muss sie wieder zurück in ihre Zelle.

Sie kann sich nicht erklären, warum sie hier eingesperrt ist. Sie durchwühlt ihren Kopf, kramt in ihrer Erinnerung. Immer wieder fragt sie sich, warum man das mit ihr macht. Sie hat Angst, dass man sie eines Tages herausholt und in ein Arbeitslager schafft. In einen Gulag, aus dem sie so schnell nicht mehr herauskommt. Vielleicht ihr ganzes Leben lang nicht mehr. Doch nichts geschieht. Jelena glaubt, man habe sie vergessen. Für die anderen gebe es sie nicht mehr. Das wäre schön. Dann würde man sie nicht irgendwohin deportieren.

Nach und nach gibt sie es auf, ihre Gefangennahme erklären zu wollen. Sie wird apathisch. Willenlos und ganz ihrem Schicksal ergeben hockt sie da. Es ist so, wie es ist. Die Welt ist so, wie sie ist. Die Bäume sind so, wie sie sind. Das Wasser ist so, wie es ist.

Im November feiert Kube seinen fünfzigsten Geburtstag. Von Feier aber kann keine Rede sein. Vor eineinhalb Jahren wurde er schmählich aus allen seinen Ämtern entlassen. Nun fühlt er sich verlassen und vergessen. Von allen, für die er sich als Gauleiter so engagiert einsetzte, die er unterstützte und beförderte. Keiner kommt, um ihm zu seinem runden Geburtstag zu gratulieren. Wenn er da an seinen fünfundvierzigsten Geburtstag denkt, als er noch in Amt und Würden stand, ist er den Tränen nah. Damals hieß es: »Kommt und singet alle mit, wünscht Gesundheit und viel Glück.« Und alle kamen, sangen und wünschten ihm viel Glück. Jetzt kommt keiner.

Nur seine Söhne Horst und Wulf-Dieter gratulieren ihm, und seine Anita bereitet ihm ein liebevolles Geburtstagsfest.

Von ihren Eltern erhält er einen langen Gratulationsbrief. Er bedankt sich bei ihnen und schreibt zurück: »Sie haben mir mit Ihren lieben Zeilen eine große Freude bereitet. Sonst ist es sehr still um mich geworden, und ich glaube nicht mehr daran, dass man sich wieder an mich erinnern wird. Von mir aus unternehme ich nichts mehr. Meine Zukunft liegt nicht in meinen Händen, sondern beim Allmächtigen. Ich glaube an ihn und an seine Gerechtigkeit. Ich glaube, dass Gottes höchste Offenbarung mir einen glücklichen Ausweg aus meinem derzeitigen Unglück zeigen wird. Mein liebevolles Nitalein, das Sie herzlich grüßen lässt, verbindet mit der Anmut der einst erfolgreichen Bühnenkünstlerin alle ihre Gaben einer tüchtigen deutschen Hausfrau und Mutter. Leider immer noch getrennt von mir in einer eigenen Wohnung. Jedes echte Weib ist doch erst dann auf dem Höhepunkt ihres Seins, wenn sie Mutter ist. Das Göttliche auf Erden offenbart sich in der wahren Mutter am göttlichsten. Der Herrgott hat es recht gut mit mir gemeint, mir dieses zarte blonde Frauchen zu schenken. Harald und Klein-Peterlein sind fidel und erfüllen die Wohnung mit fröhlichem Geschrei. – Heil Hitler! Ihr Wilhelm Kube«.

Seinem Brief legt er eine Fotografie aus dem Jahr 1935 bei, die ihn und Anita bei Görings Hochzeit mit der Schauspielerin Emmy im Berliner Hotel Kaiserhof beim Galadiner an der Hochzeitstafel zeigt. Das waren noch Zeiten.

Eines Tages wird Jelena aus ihrer Zelle herausgeholt. Jetzt ist es so weit, denkt sie. Jetzt transportiert man mich in einen Gulag. Sie zittert am ganzen Leib. Doch sie wird entlassen. Unbegreiflich für sie. So wie man sie ohne Begründung eingewiesen hat, wird sie ohne Begründung entlassen. Sie kann kaum fassen, dass sie nun frei ist. Und glaubt es auch noch nicht. Wer weiß, was da dahintersteckt? Sie rechnet mit allem. Neue Verhaftung, endgültige Abschiebung in ein Straflager oder Schlimmeres. Sie ist auf alles gefasst. Doch sie kann sich frei auf den Straßen bewegen. Keine NKWD-Männer in Zivil treten wieder an sie heran.

Jetzt muss sie eine Arbeit suchen und kehrt für eine Neueinstellung zu ihrem Zentralkomitee zurück. Dort weist man sie ab. Eine politisch Unzuverlässige wie sie wollen sie nicht haben.

Alle ihre Beteuerungen, dass sie unschuldig verhaftet und eingesperrt wurde, nützen nichts. In den Papieren des Zentralkomitees steht »antisowjetisch« und »konterrevolutionär«. Für Jelena unbegreiflich, wer das eingetragen hat.

Überall, wo sie sich um Arbeit bemüht, lehnt man sie ab. In ihrem Arbeitsnachweis für die vergangenen drei Monate ist »Gefängnisaufenthalt« eingestempelt. Nichts zu machen. Sie schläft in halb fertiggestellten Neubauten und ernährt sich von dem, was nach dem Abräumen der Märkte auf dem Boden liegen bleibt.

Die Fassaden der neuen Prachtbauten sind vollgehängt mit politischen Parolen. Wohin Jelena auch schaut, überall Propaganda. In übergroßen Buchstaben steht neben dem väterlichen Stalin-Porträt: »Die Partei steht an deiner Seite!«, oder: »Die Partei verschafft dir Arbeit!«

Lüge! Lüge! Lüge!, dröhnt es in ihrem Kopf. Die Arbeit in dieser elenden Möbelfabrik und im Zentralkomitee hat sie sich nach langer Suche selbst besorgen müssen. Und jetzt wird sie wegen dieser tückischen Verleumdung abgewiesen. Auch der Spruch »Die Partei sorgt für deine Wohnung!« ist gelogen. Trotz ihrer vielen Gänge zu den Behörden hat sie keine Wohnung bekommen, nicht mal eine schäbige Unterkunft.

Und was ist mit »Die Partei hat immer recht«?

Wenn die Partei immer recht hat, warum wurde ich dann schuldlos verhaftet und eingesperrt?, fragt sich Jelena.

Drei Jahre dauert Kubes Scheidungsprozess nun schon an. Anita schwebt während dieser Zeit in einem ständigen Wechselbad der Gefühle. Teils ist sie glücklich, bei ihm zu sein, teils fällt sie in Depressionen. Ihr Wilhelm ist entlassen, immer noch ohne irgendeine Position. Sie kann nicht mehr wie früher verschwenderisch mit Geld umgehen, das er ihr ständig zusteckte. Von seiner Pension muss er drei Wohnungen bezahlen. Ihre, seine und die seiner Frau Margarete, aus der sie ihn rausgeschmissen hat. Außerdem muss er, während die Scheidung läuft, ihr einen üppigen Unterhalt zahlen und für seine beiden Söhne Horst und Wulf-Dieter, die nach seiner Absetzung aus der Gauleitung entlassen wurden, eine Unterstützung. Da bleibt fast nichts mehr übrig.

Oft kann Anita nicht schlafen. Schwarze Gedanken quälen sie. Sie hat immer noch kein geordnetes Zuhause, keinen festen Boden unter den Füßen. Alles hängt in der Schwebe. Manchmal ertappt sie sich bei dem Gedanken, ob es vielleicht doch besser gewesen wäre, beim Theater zu bleiben, als berühmte Schauspielerin Karriere zu machen. Dann scheucht sie das Geschrei des kleinen Peter aus ihren Gedanken. Sie muss ihm neue Windeln umlegen und ihn füttern.

Kube hängt herum, hält sich stundenlang in der Staatsbibliothek auf und in Cafés. Dort kennt man ihn schon und reserviert für ihn halb ehrfürchtig, halb verächtlich seinen Stammplatz. In seiner ihm verbliebenen Gauleiterunform mit dem aufgenähten »a. D.« geht er in Parks spazieren, schiebt im Kinderwagen das kleine Peterle und hält den nur wenig älteren Harald an der Hand. Kaum jemand grüßt ihn. Man weiß Bescheid. Sein Sturz ging groß durch die Presse.

Nach langem Hin und Her nähert sich in seinem Scheidungsprozess 1938 endlich der Tag der Urteilsverkündung. Schon davor verleitet Kube seinen Sohn Horst, Parteigenosse, SS-Mann und Jurist, durch Falschaussagen seine Mutter wissentlich zu belasten. Und prompt bezeugt der Sohnemann die angeblichen Ehebrüche seiner Mutter und stellt sich ganz auf die Seite seines Vaters. Er darf es sich mit ihm nicht verderben. Schließlich ist er seit seiner Entlassung von ihm finanziell abhängig.

Margarete will einer Scheidung zustimmen. Allerdings nur unter der Bedingung, dass er ihr als Abfindung zehntausend Reichsmark zahlt. Unmöglich für Kube. Das Geld hat er nicht.

Wieder steckt er in der Klemme. Da hilft ihm sein alter Duz-Freund und Reichsminister Hermann Göring aus der Patsche. Der dicke Hermann in seiner Operettenuniform legt diese Summe auf den Tisch und gibt Kube augenzwinkernd zu verstehen, die Rückzahlung habe lange, lange Zeit. Er schenkt ihm die zehntausend Mark, damit er sich von Margarete freikaufen und sich endlich scheiden lassen kann. Trotzdem hat Kube noch Schulden. Er muss seinem Anwalt die Gebühren von fast zweitausend Mark zahlen. Es bleibt ihm nichts anderes übrig, als den größten Teil seiner schönen Handschriftensammlung zu verkaufen. Briefe des Judenhassers Heinrich von Treitschke, des Hitler-Freundes Knut Hamsun, von Hermann Löns, Sven Hedin und der englischen Königin Victoria.

Jetzt endlich können er und Anita heiraten und in eine große, gemeinsame Wohnung ziehen. Am Ende des Hohenzollerndamms, beim Roseneck gleich hinterm Grunewald. Bald kommt Anitas dritter Sohn zur Welt, Wilhelm, Willi genannt. Sie geht völlig auf in ihrer neuen Rolle als Ehefrau und Mutter von mittlerweile drei Kindern. Sie ist glücklich und hat mit dem Haushalt alle Hände voll zu tun. Kube dagegen wird immer unzufriedener. Er lechzt nach Aufgaben, nach Einsatz, nach Bewährung. Aber nichts geschieht. Seine alten Freunde wollen oder können ihm keinen neuen Posten verschaffen. Dafür hat er zu viel Dreck am Stecken.

Nach viel Rennerei findet Jelena endlich Arbeit im Betonwerk »Aufbau«. Der Firma ist egal, was in ihren Papieren steht, sie sucht dringend Arbeitskräfte für den Aufbau von Minsk. So viel muss gebaut werden. Fabriken, Bürohäuser, Parteibauten, Mietskasernen, Kasernen, Schulen, der neue Flugplatz, auch ein neues Theater und eine große Bibliothek. Da wird jede Hand benötigt. Jelena wird im Betonwerk zur Einteilung der

Schichten für die Fahrer der Betonmischer eingesetzt und erhält wieder ein Zimmer im werkseigenen Wohnheim.

Bei ihrer neuen Arbeit lernt Jelena den Fahrer Sascha kennen. Er ist gleich alt wie sie, vierundzwanzig, groß, hat braune Haare, schöne graue Augen und eine stattliche Figur. Sie freunden sich an, gehen nach Feierabend im Gorki-Park spazieren, holen sich an den Kesselwagen für ein paar Kopeken einen Becher Kwass, schlürfen diesen dunklen, erfrischenden Brotsaft und schlecken selbst im Winter süße Eiscreme.

Sascha muss noch in der Wohnung bei seinen Eltern wohnen. Als Unverheirateter steht ihm keine eigene Wohnung zu. Und sei sie noch so winzig. Erst wenn er verheiratet ist, eine Familie gegründet hat und Kinder geboren werden, hat er Anspruch auf eine eigene Wohnung in einem der riesigen Wohnblocks, die ihre Firma eilig hochzieht. So sprechen Jelena und Sascha oft darüber, ob sie heiraten sollen. Dann hätten sie ein eigenes Nest, nach dem sich beide sehen. Jelena müsste nicht mehr im Arbeiterheim der Betonfabrik wohnen und Sascha nicht mehr bei seinen Eltern.

Bald darauf ist es so weit. Sie feiern eine bescheidene, doch fröhliche Hochzeit. Umgeben von klatschenden und schreienden Arbeitskollegen muss das Paar dreimal um den Tisch herumgehen, auf dem zwei Brothälften mit Salz, zusammengebunden mit einem weißen Band, liegen. Es folgen viele Trinksprüche mit gehobenen Wodkagläsern, bis man endlich zum Essen kommt und zum Leeren einiger Flaschen. Jelena ist glücklich und stolz auf ihren Sascha, und Sascha ist froh, eine so tüchtige Frau an seiner Seite zu haben, und schwört ihr ewige Treue.

Erst nach langer Wartezeit bekommen sie von der Stadtverwaltung eine eigene Wohnung zugewiesen. In einem gigantischen Neubaublock am Stalin-Prospekt. Zwei Zimmer, eine schmale Küche und eine winzige Dusche. Auch wenn ihre Wohnung sehr klein ist, sind sie glücklich, endlich in einem eigenen Heim leben zu können. Bald wird Jelena schwanger. Sie freuen sich auf ihr erstes Kind.

An arbeitsfreien Samstagen müssen Jelena und Sascha auch weiterhin den kollektiven Subbotnik leisten. Diese unbezahlte Pflichtarbeit ist normal und soll dem Volkswohl dienen. Sascha muss mit seinem Betonmischer Extratouren fahren, und Jelena wird zu einem kurzen Lehrgang als Traktoristin verpflichtet. Auf dem holprigen Gelände wird ihr Körper hin und her geworfen, auf und nieder gestoßen. Sie wird kräftig durchgeschüttelt. Nach kurzer Zeit verliert sie ihr Ungeborenes. Sie leidet schrecklich unter diesem Verlust und macht sich schwere Vorwürfe.

Sascha tröstet sie: »Wir werden es noch mal versuchen.«

Im November 1938 sitzen Gustav und Gertrud spätabends im Wohnzimmer beisammen und rechnen die Tageseinnahmen ab. Lächerliche Beträge. Die Umsätze schrumpfen immer mehr. Besonders nach dem Verkaufsverbot unerwünschter Literatur und von Büchern jüdischer Autoren. Keine Vicki Baum mehr, keine Lasker-Schüler, keine Seghers, kein Brecht, kein Kästner, Kafka, Remarque, kein Klaus und Thomas Mann mehr. Ihre Ersparnisse schmelzen dahin. Eigentlich sollte jetzt das Weihnachtsgeschäft beginnen. Damit hatten sie früher immer ein Drittel des gesamten Jahresumsatzes eingenommen. Doch dieses Jahr ist mit dem Weihnachtsgeschäft nicht zu rechnen.

Plötzlich hören sie Lärm auf der Straße. Sie schauen durchs Fenster zur dunklen Reichsstraße hinunter. Gegenüber wird mit Gejohle das Hutgeschäft Cohen zertrümmert und an der Ecke das Café Hertzberg. Demski stürmt herein, schreit: »Auch bei uns!«

Sie rennen nach unten und zur Haustür hinaus und treten auf dem Bürgersteig in Glasscherben. Nebenan verwüsten SA-Männer den Laden der Herren-Konfektion Gottschalk, sie werfen die Anzüge heraus. Sie haben auch die Schaufensterscheiben ihrer Buchhandlung zerschlagen, zerhacken mit Äxten die Regale, schleudern johlend Bücher auf die Straße. Polizisten stehen daneben und sehen zu.

»Helfen Sie doch!«, schreit Gustav sie an. Sie zucken nur mit den Schultern. Da stolpert er in seine zerstörte Buchhandlung, packt einen der SA-Männer und wirft ihn zu Boden. Schon holt ein anderer mit seiner Axt aus, um Gustav den Schädel zu spalten, da reißt Gertrud ihn beiseite, die Axt saust dicht an seinem Kopf vorbei. Mit der Faust schlägt Gertrud dem SA-Kerl ins Gesicht, vor Schmerz lässt er sein Beil fallen. Die Bande will über Gustav und Gertrud herfallen, die Polizisten schreiten nicht ein, die beiden können sich von den Kerlen losreißen, fliehen die Treppen hoch in ihre Wohnung und verschließen die Tür. Die elfjährige Erika steht völlig verstört im Nachthemd im Flur, neben ihr der zitternde Demski. Noch lange hören sie unten das Gegröle der SA, das Zerschlagen von Glas und Holz.

Nachdem es still geworden ist, sammeln sie stundenlang ihre auseinandergeborstenen und verschmutzten Bücher vom Bürgersteig auf, kehren die Scherben ihres Schaufensters vom Pflaster, werfen im Laden die Trümmer auf einen Haufen und stapeln die herumliegenden Bände.

Da steht Blümchen vor ihnen, verschwitzt, mit offener Lederjacke. »Wundert mir nich, wat se bei euch jemacht ham«, keucht er. »Hab schon so wat befürchtet. Nach all dem, wat ick jesehn hab. War die janze Nacht uff Tour. All die Jeschäfte! Und die Synagoge inna Fasanenstraße brennt. Lichterloh! Wenigstens lebt ihr noch. Zehntausende ham se nach Sachsenhausen transportiert. Ins KZ.«

Später hören die Heimanns im Radio, dass überall in Berlin und im gesamten Reich jüdische Geschäfte demoliert, Synagogen in Brand gesteckt und Juden ins KZ geschafft wurden. Angst packt sie, und sie fragen sich: Wie soll das enden?

Den Schaden und die Instandsetzung ihrer Buchhandlung müssen die Heimanns selber zahlen. Die Versicherung verweigert Schadenersatz. Kurz darauf wird allen Juden der Besuch von Theatern, Museen, Kinos und Konzerten endgültig untersagt. Das ist den Heimanns nun auch egal. Darauf hätten sie jetzt sowieso keine Lust mehr. Ohnehin waren mittlerweile auch die Aufführungen von Hindemith verboten. Er floh in die Schweiz.

Wenige Tage nach diesem Pogrom erhält Gustav ein Schreiben des Direktors der Westendschule. Er liest: »Es kann keinem deutschen Lehrer und keiner deutschen Lehrerin mehr zugemutet werden, jüdischen Schulkindern Unterricht zu erteilen. Auch versteht es sich von selbst, dass es für deutsche Schüler und Schülerinnen unerträglich ist, mit Juden in einem Klassenzimmer zu sitzen. Ihre Tochter Erika wird somit ab sofort vom Unterricht ausgeschlossen und darf die Westendschule nicht mehr betreten.«

Sie darf auch keine andere öffentliche Schule mehr besuchen. Ihr bleibt nichts anderes übrig, als in eine der noch wenigen existierenden jüdischen Schulen zu gehen. Nach langem Suchen findet Gustav für sie einen Platz in der Privatschule Goldschmidt am Ende des Hohenzollerndamms, beim Roseneck. Das Schulgeld kratzen sie irgendwie zusammen, Hauptsache Erika bekommt Unterricht. In der Goldschmidt-Schule lernt Erika auch eifrig Englisch, um später ins Ausland emigrieren zu können.

Mitte Dezember erhält Gustav einen Einschreibebrief von Goebbels' Ministerium für Volksaufklärung und Propaganda. Er muss seine Buchhandlung bis Jahresende verkaufen. Fassungslos lesen er und Gertrud immer wieder diese Anordnung, mehrmals flackert im Text das Wort »Arisierung« auf. In den Tagen davor hat Gustav von anderen Geschäftsinhabern über deren Zwangsschließungen gehört. Alle jüdischen Läden sollen liquidiert werden. Nun haben auch die Heimanns ihre Existenz verloren. Gustav wird schlecht, er muss sich setzen, den Verkaufsbefehl in Händen.

Gertrud stammelt: »Wovon sollen wir dann leben?«

Keine Ahnung. Vor ihnen ein schwarzes Loch, in das sie hineinstürzen.

Wenig später ist es so weit. Den neuen arischen Eigentümer bekommen sie nicht zu Gesicht. Ein Treuhänder wickelt den

Verkauf ab. Er zwingt ihnen einen lächerlich geringen Preis auf, den sie akzeptieren müssen. Weit unter dem wirklichen Wert der Buchhandlung. Der neue Eigentümer wechselt fast den ganzen Bestand aus, lässt mit einem Lkw abholen, was ihm nicht gefällt. Gustav und Gertrud zerreißt es das Herz, als ihre Bücher weggeschafft werden. Ihr Heine, ihr Kafka, Rilke, Hesse, ihr Thomas Mann. Alles, woran ihr Herz hängt.

»So werden auch wir weggeschafft«, sagt Gertrud mit Tränen in den Augen. Schweigend legt Gustav den Arm um sie und drückt sie an sich.

Der neue Eigentümer bestückt das Sortiment mit Nazi-Büchern. Abscheuliches Zeug, das sie gar nicht sehen wollen. Und über den Laden schraubt er ein neues Schild an die Fassade: »Hamsun-Buchhandlung«.

Sie wissen, wer dieser norwegische Schriftsteller Knut Hamsun ist. Er ist bekannt als begeisterter Nationalsozialist und Verehrer Hitlers.

Im Radio hören die Heimanns, dass Hitler die Vernichtung der jüdischen Rasse in Europa prophezeit hat, falls ein neuer Weltkrieg ausbrechen sollte.

»Das können sie nicht machen«, sagt Gustav ungläubig. »Das geht gar nicht. Unmöglich. Wer soll denn das tun?«

Gertrud kann kaum atmen vor Angst. »Wir müssen abhauen aus Deutschland.«

»Emigrieren?«, fragt Gustav.

»Bevor es zu spät ist«, drängt Gertrud. »Denk an Döblin, an Brecht, Feuchtwanger, Remarque, Hindemith. Und an die Schüler in Erikas Klasse, die mit ihren Eltern geflohen sind. Noch sind die Grenzen nicht geschlossen.«

»Wo sollen wir denn hin?«

»Nach Frankreich. Nach England.«

»Auswandern kostet was«, wendet Gustav ein, »dafür haben wir gar nicht das Geld.«

»Wir müssen es irgendwie auftreiben.«

»Im Ausland können wir keine Buchhandlung eröffnen. Bekommen keine Lizenz dafür. Außerdem die Sprache. Wovon sollen wir denn leben?«

»Wir müssen es versuchen.«

»Wie denn?«

»Irgendeine Anstellung werden wir schon finden.«

»Ich als Straßenkehrer? Zur Müllabfuhr gehen? Du als Fabrikarbeiterin?«

»Warum nicht?«

»Und dein Vater? Er ist achtzig.«

Sie überlegen hin und her. Niemand leiht ihnen das Geld für eine Auswanderung. Zwei Monate darauf wird in ihre Kennkarten ein rotes »J« gestempelt und als zusätzliche Vornamen »Israel« und »Sara« eingetragen. Beim Fotografieren müssen sie das linke Ohr frei machen. Angeblich sieht bei Juden das linke Ohr anders aus als bei Deutschen. In ihre Kennkarten wird ihr Fingerabdruck gepresst wie bei Kriminellen.

»Jetzt sind wir gekennzeichnet«, sagt Gertrud. »Wie Bäume, die man demnächst fällen wird.«

Oder wie Vieh, das man zum Schlachten freigibt, denkt Gustav, spricht es aber nicht aus.

Wieder kurz darauf erhalten sie ein Schreiben vom Wohnungsamt. Ihr Mieterschutz ist aufgehoben, sie können jederzeit fristlos gekündigt werden.

»Wo sollen wir dann hin?«, klagt Gertrud verzweifelt. Gustav ist ratlos. Demski nimmt die Nachricht willenlos und apathisch hin.

Einen Monat später steht Erika mit den anderen Schülern am Hohenzollerndamm vor dem verriegelten Portal ihrer jüdischen Privatschule. Die Schulleiterin Leonore Goldschmidt muss ihnen sagen, dass die Nationalsozialisten die Schule geschlossen haben. Sie und die anderen Lehrer dürfen nicht mehr unterrichten. Jetzt steht die zwölfjährige Erika wieder ohne Schule da.

»Immer werde ich herumgeschubst«, heult sie zu Hause. »Kann ich denn nicht mal wo bleiben?«

Kube reibt sich die Hände. Hitler macht nun doch Krieg gegen Polen. Schon lange hat er so was angekündigt. Nun also schlägt er zu. »Jetzt sprechen die deutschen Kanonen«, liest Kube im »Völkischen Beobachter«, im »Stürmer« und »Angriff« und ist bester Laune.

Sein ältester Sohn Horst meldet sich freiwillig zur Front und wird zur Artillerie abkommandiert. Sein jüngerer Sohn Wulf-Dieter wird ebenfalls eingezogen, zur Infanterie. Auch Kube will beim Überfall auf Polen dabei sein. Da gibt es auch für ihn endlich was zu tun. Was für eine Chance! Seine Fähigkeiten werden gebraucht. So einen alten Kampfgefährten des Führers hat man jetzt nötig. Er will reaktiviert werden. Er hofft auf einen Einsatz an der Front.

Es vergehen die ersten Septembertage. Die Wehrmacht ist schon tief ins Land eingedrungen. Kein Anruf von der Neuen Reichskanzlei.

Es vergeht die erste Septemberhälfte. Die Wehrmacht marschiert flott auf Warschau zu. Noch immer nichts. Keiner ruft ihn an.

Kube wird nervös. Keiner wünscht seine Dienste. Keiner holt ihn. Alle seine früheren Parteifreunde werden in kriegswichtige Positionen berufen, machen Karriere durch den neuen Krieg. In Polen ein Sieg nach dem anderen, und da soll für ihn nichts zu vergeben sein? Immer nur Siege, und er geht leer aus? Das kann nicht sein.

Er meldet sich als Freiwilliger zum Kriegsdienst, er will an die Front, wird jedoch wegen seines Alters abgelehnt. Er ist zweiundfünfzig. Da ist man doch nicht zu alt, um für das Vaterland zu kämpfen. Als er immer noch nicht gerufen wird, bittet er seinen Führer in einem langen Brief um seinen Einsatz und schließt mit den Sätzen: »In alter Dankbarkeit und Treue wünschen meine Frau und ich Ihnen für diesen Krieg von Herzen Glück und Sieg! Der Allmächtige segne Sie und Ihr Werk. Ich wäre sehr stolz, Ihnen recht bald in diesem Kampf mit der Waffe dienen zu dürfen. Heil Ihnen, mein Führer! In Gehorsam, Treue und Dankbarkeit Ihr stets ergebener Wilhelm Kube«.

Keine Antwort aus der Neuen Reichskanzlei.

Kurz nach dem Überfall auf Polen schließen die Nationalsozialisten die europäischen Grenzen. Kein Entkommen mehr in ein Nachbarland. Die Heimanns können nun nicht mehr fliehen, selbst wenn sie das Geld dazu hätten. Sie sitzen in der Falle. Wieder ergehen neue Erlasse, neue Gesetze, neue Durchführungsverordnungen. Es geht weiter, Schlag auf Schlag.

Wie alle anderen Juden müssen auch die Heimanns alle entbehrlichen Kleidungsstücke abliefern. Was heißt »entbehrlich«?, fragen sie sich. Genügt für jeden ein Mantel, ein Paar Schuhe, eine Hose, ein Hemd, ein Rock? Sie müssen ihr Rundfunkgerät abliefern, um keine Nachrichten mehr hören zu können. Dazu ihre Schreibmaschine. Auch ihre Fahrräder. Nach acht Uhr abends dürfen sie ihre Wohnungen bis zum Morgen nicht mehr verlassen. Ausgangsverbot. Im Jahr darauf werden auch ihre Lebensmittelkarten mit einem »J« gekennzeichnet, um ihnen wesentlich geringere Rationen zuzuteilen. Sie erhalten keine Kleiderkarten mehr für neue Kleider und Schuhe. Sie dürfen nur noch in der Zeit zwischen sechzehn und siebzehn Uhr Lebensmittel einkaufen. Innerhalb dieser Stunde müssen sie von Geschäft zu Geschäft rennen, um das Allernötigste zu besorgen. Dann ist schon das meiste weg. Sie können nur noch das ergattern, was die anderen übrig gelassen haben. Sie dürfen keine Milch, keine Butter, keinen Käse, kein Obst mehr kaufen. Um sie zu versorgen, kauft Blümchen für sie ein und bringt ihnen fast jeden Tag Tüten voller Lebensmittel.

»Da habta wat zu futtern. Ihr könnt doch nicht vahungern.«

Den Heimanns wird der Fernsprechanschluss gekündigt und das Telefon weggenommen.

»Dit krieg ma hin«, sagt Blümchen. »Ihr könnt zu mir rübakomm, wenna telefonieren müsst.«

Bald nach der angedrohten Kündigung müssen sie ihre

Wohnung räumen. In der Begründung heißt es: »Da Juden nicht zur Volksgemeinschaft gehören, stellen sie eine erhebliche Belästigung für die friedliche Hausgemeinschaft dar. Verständlicherweise lassen sich arische Mieter diese Störung des Hausfriedens durch Juden nicht mehr gefallen. Ihre Wohnung wird für arische Volksgenossen benötigt.«

»Wo sollen wir nun hin?«, schluchzt Gertrud.

»In ein Obdachlosenheim«, befürchtet Gustav, und Erika protestiert: »Ich will hier nicht weg!«

Der alte Demski sackt in sich zusammen und schweigt.

»Dit schaffn wir ooch noch«, beruhigt sie Blümchen. »Bei mir im Hinterhaus sind zwee Zimmer frei jewordn. Die Familie war plötzlich weg. Keene Ahnung, wo se jebliebn is. Vielleicht abjehaun nach Übersee. Da könnt ihr nun wohn. Ick melde euch als meene Untamieter an. Is zwar nich erloobt, aber scheiß drauf.«

Von ihrer schönen Vierzimmerwohnung verkaufen die Heimanns Möbel und Hausrat und behalten nur, was in ihre neuen zwei Zimmer reinpasst. Gertrud kocht für Blümchen mit.

»Prima«, freut er sich. »Dann broouch ick nich mehr jedn Tach am Wurststand anstehn.«

Und Gustav wäscht sein Taxi.

»Prima«, sagt Blümchen. »Dann muss ick mir nicht mehr meene Chauffeursklamotten vollspritzen.«

Demski versinkt in Verzweiflung.

Kube sitzt unter einem Sonnenschirm im Garten seines Hauses. Es ist ein wunderschöner Maientag. Die Sonne scheint warm. Er lockert seinen Krawattenknoten und löst den obersten Knopf seines weißen Hemdes. Von gegenüber hört er die fröhlichen Stimmen und das laute Lachen der Gäste seines Nachbarn. Dazu Schlagermusik. Viktor de Kowa feiert den Erfolg seiner Filmkomödie »Casanova heiratet«. Früher, vor der Entlassung aus seinen Ämtern, hat de Kowa ihn und Anita oft zu seinen Feiern eingeladen. Da haben sie mit den Stars der

Ufa getrunken, gelacht und geplaudert. Auch diesmal lud man ihn und Anita zu diesem Gartenfest ein, doch als öffentlich Gedemütigter wollte er nicht bei den frohen Menschen sein. Anita ging ebenfalls nicht hinüber. Sie schämt sich, als ehemalige Schauspielerin und dazu als Frau eines so schändlich entlassenen Mannes inmitten der ausgelassenen Feiernden zu sein. Lieber geht sie wieder mal mit den Kindern im nahe liegenden Grunewald spazieren.

Vor Kube stapeln sich Zeitungen, die er eine nach der anderen durchblättert. Immer wieder liest er die Meldungen über den Einmarsch der Wehrmacht in die Niederlande und Belgien. Wieder folgt Sieg auf Sieg. Da müsste doch verdammt noch mal auch für ihn was dabei sein. Er muss an die Front.

Er sieht auch die vielen Todesanzeigen. Die meisten mit dem Eisernen Kreuz. »Unser einziger Sohn fiel an der Westfront«, heißt es da, »Ein junges, blühendes Leben im Alter von nur fünfundzwanzig Jahren«, »In soldatischer Pflichterfüllung« und »In stiller Trauer«, »In tiefem Schmerz«, »Mein geliebter Mann«. Das schreckt ihn nicht. Für ihn steht fest: Ein Kube überlebt.

Als Anita mit den Kindern vom Grunewald zurückkehrt, bringt sie Post aus dem Briefkasten mit. Ein Brief von Friedel und Lore aus Argentinien ist darunter, mit Farbfotos darin. Anita und Wilhelm lesen, dass die beiden Spanisch lernen mussten und in Buenos Aires in einer deutschen Schule Arbeit gefunden haben: Friedel als Deutschlehrer und Lore gibt Tanzunterricht. Dazu darf sie in der Oper als Tänzerin auftreten. Auf den Fotos sehen sie Friedel und Lore und ihre Tochter Dorit lachend unter seltsamen südlichen Bäumen. Sie sehen so glücklich aus. So voller Freude in diesem sonnigen, heißen Land. Die Fotos zeigen sie auch vor ihrer Schule, umgeben von ihren argentinischen Schülern, umrankt von großen roten und blauen Blüten. Es scheint dort ewiger Sommer zu sein. Und sie sehen Bilder von Lores jüdischen Eltern, die ebenfalls noch rechtzeitig emigrieren konnten.

»Gut, dass sie alle abgehauen sind aus Deutschland«, sagt Kube.

Die Wehrmacht marschiert in Frankreich ein, Paris wird genommen. Kube will endlich an die Front. Obwohl sein Bruder Walter als Fliegerleutnant 1914 im Westen abgeschossen wurde.

Um sich seinem Führer würdig zu erweisen und ihm zu gefallen, war Kube extra in die Waffen-SS eingetreten. So ein Schritt müsste Hitler doch imponieren und ihm einen neuen Posten verschaffen, glaubte er. Aber auch das nützte nichts. Er blieb arbeitslos. Kube versteht die Welt nicht mehr. Sein Zustand wird ihm unerträglich. Er hält es nicht mehr aus. Auch Anita kann seine Verdammnis nicht mehr ertragen.

In seiner Verzweiflung schreibt Kube an seinen geliebten Führer einen weiteren Brief und fleht um Bewährung: »Mein Führer! Als Ihr alter Gefolgsmann, der sich in der Kampfzeit ums Dritte Reich für Sie einsetzen durfte, und als Ihr in jeder Stunde getreuer Gauleiter der Ostmark und Kurmark erlaube ich mir, Ihnen in Treue und Gehorsam zu Ihrem Sieg über Paris meinen herzlichsten Glückwunsch darzubringen. Gott segne Deutschland und Sie, meinen Führer! Mit Stolz und Wehmut gedenke ich als alter Nationalsozialist der vielen Versammlungen, in denen ich die Ehre hatte, gemeinsam mit Ihnen, meinem geliebten Führer, sprechen zu dürfen, so wiederholt in Berlin, in vielen deutschen Städten und in meinem unvergesslichen Gau. Deutschland tritt nun ins siebente Jahr seiner und Ihrer nationalsozialistischen Schicksalsgestaltung. So erbitte ich auch diesmal wieder, endlich mitarbeiten zu dürfen an Ihrem großartigen Werk, und stehe Ihnen, mein Führer, mit der alten Treue und Tatkraft und mit der ganzen Inbrunst meiner Seele zu Ihrer Verfügung. Gott schütze meinen einmaligen großen Führer! Heil Ihnen, mein Führer! – In Treue, Dankbarkeit und Gehorsam Ihr Wilhelm Kube – Gauleiter a. D.«

Auch dieser Bettelbrief stößt auf des Führers taube Ohren.

Zum ersten Mal bombardieren die Engländer Ende August 1940 die Stadt. Und von da an jede Nacht. Den Heimanns ist es verboten, in den Bombennächten zusammen mit Nichtjuden im Luftschutzraum des Hauses zu sitzen.

»Denen pust ick wat«, sagt Blümchen und nimmt sie mit in seinen ausgebauten Keller.

Wie alle Berliner Juden werden nun auch die Heimanns zur Zwangsarbeit verpflichtet. Zuerst müssen sie die Trümmer der bombardierten Häuser von den Straßen räumen, in den Ruinen nach Blindgängern suchen. Dann werden ihnen andere Arbeiten zugewiesen. Gustav muss zum GBI. Der Generalbauinspektor Albert Speer baut im Auftrag Hitlers Berlin zur gigantischen Welthauptstadt des »Großgermanischen Reiches Germania« um. Am Rand von Spandau muss Gustav auf dem zentralen Sammelplatz des Baumaterials Zementsäcke schleppen, schwere Balken und Eisenträger. Zusammen mit anderen Juden, Polen, Franzosen und Kriegsgefangenen. Gertrud wird im Rüstungsbetrieb Siemens eingesetzt. In diesem Elektrokonzern muss sie als Löterin arbeiten. Ohne Schutzbrille.

Durch die Bombardements sind viele Strecken der S- und U-Bahnen und Straßenbahnen zerstört. So brauchen sie oft zwei Stunden, um zu ihrer Arbeitsstelle zu kommen. Um sie und die anderen Juden von den übrigen Zwangsarbeitern zu unterscheiden, müssen sie gelbe Armbinden tragen. Es ist ihnen verboten, mit nichtjüdischen Arbeitern zu sprechen. Die Vorarbeiter halten einen Meter Abstand zu ihnen. In den Pausen dürfen sie sich nicht setzen. Zehn Stunden lang müssen sie stehen, bei einem Stundenlohn von achtzig Pfennigen.

Die dreizehnjährige Erika hat es da besser. Sie muss bei der Maschinenfabrik Teves in Wittenau arbeiten, wo Teile für Flugzeuge, Panzer und U-Boote hergestellt werden. Der Werkmeister Daene gibt ihr nur leichte Arbeiten. Sie muss ohne gelbe Armbinde Öl in die kleinen Kannen für die Fräsen nachgießen, die Späne zusammenkehren, die defekten Bohrer aussortieren. Dazu bekommt sie gutes Essen. Daene geht mit seinen Juden liebevoll um. Er weiß, was los ist. Als heimlicher Widerstandskämpfer hat ihn die Gestapo schon mehrmals verhaftet und ins Gefängnis geworfen, musste ihn aber immer wieder freilassen, weil ihm nichts nachzuweisen war. Nun betreibt er seinen Widerstand, indem er seinen jüdischen Schützlingen auf der Straße entgegengeht, wenn er weiß, dass die Gestapo am Morgen wieder Juden zum Transport abholt. Sie sollen umkehren und erst wiederkommen, wenn die Luft wieder rein ist.

Endlich erhält Kube vom Führer einen Auftrag. Im Februar 1941 wird er zur Bewährung in das KZ Dachau abkommandiert. Degradiert zum SS-Rottenführer soll er dort zum Wachmann ausgebildet werden und nach seinem Lehrgang als SS-Mann Konzentrationslager bewachen.

Voller Begeisterung widmet er sich seiner neuen Aufgabe. Jetzt kann er wieder zeigen, was für ein treuer Parteisoldat er ist, und beweisen, dass er jede ihm aufgetragene Aufgabe zuverlässig und tatkräftig meistert.

Zur selben Zeit trifft auch der SS-Obersturmführer und Waffen-SS-Mann Karl Wildenstein in Dachau ein. Er stammt aus Kandern bei Lörrach, besuchte die Volksschule, machte eine Bäckerlehre, meldete sich 1914 freiwillig an die Front, wurde am Bein verwundet und aus dem Kriegsdienst entlassen. Danach war er Gefängnisaufseher, arbeitete im Steinbruch und in einem Kalkwerk und schließlich als Aufseher im KZ Hinzert bei Trier, einem Arbeitserziehungslager für straffällig gewordene Westwallarbeiter. Nun muss der hochgewachsene, schlanke, blassgesichtige und einen Hitler-Schnäuzer tragende Karl Wildenstein als Kommandant einer Wachkompanie Aufseher für das KZ Dachau und für andere Konzentrationslager ausbilden. Darunter auch den acht Jahre älteren Neuzugang Kube.

Wildenstein weiß, wer Kube ist. Er weiß, dass er Gauleiter war, preußischer Oberpräsident, Staatsrat und Mitglied des

Reichstags. Oft genug muss er dulden, dass sein Anzulernender ihm weit überlegen ist, auf allen Gebieten. Wenn es um geschichtliches Wissen geht, um politische Kenntnisse, ideologisches Argumentieren oder um Redegewandtheit, immer muss er hinnehmen, dass der ältere und viel kleinere Kube hoch über ihm steht. Es dauert nicht lange, da beauftragt Wildenstein Kube mit der politischen Ausbildung der Wachsoldaten, und schnell erhält er einen harschen Rüffler aus Berlin. Er dürfe dem degradierten und zur Bewährung strafversetzten Kube eine solche Aufgabe nicht anvertrauen.

Während seiner Patrouillengänge entlang der Stacheldrahtzäune sieht Kube immer wieder ein Schreckensbild vor sich. Er stellt sich vor, wie es wäre, wenn er hier plötzlich seinem Schwager Friedel und seiner schönen jüdischen Schwägerin Lore gegenüberstehen würde, in die er sich bei jenem Abschiedsessen so verliebt hatte. Sie als Häftlinge und er als ihr Wachmann. Nicht auszudenken. Wären sie nicht nach Argentinien abgehauen, hätte man sie sicher in dieses KZ gesteckt. Und er müsste sie bewachen. Natürlich hätte er versucht, sie herauszuholen. Aber als einfacher SS-Rottenführer ist das unmöglich. Ein Glück, dass sie Deutschland frühzeitig verlassen und ihm diese peinliche Situation erspart haben.

Anita kann es nicht fassen, dass ihr geliebter Wilhelm nach Dachau strafversetzt und »ins KZ gesteckt« wurde. Sie muss ihn zurückholen. Nächtelang quält sie sich mit der Frage, wen sie um Hilfe bitten könnte. An den Führer zu schreiben, wagt sie nicht. Schließlich wendet sie sich an den Chef der Reichskanzlei, den Reichsminister Lammers: »Sehr geehrter Herr Reichsminister! In meiner großen Not und Sorge um meinen Mann schreibe ich Ihnen diese Zeilen. Mit Ihrem großen menschlichen Verständnis werden Sie mich verstehen. Gestern erhielt ich wieder Post von ihm, aus der ich ersehe, wie seelisch deprimiert er ist. Für einen Mann seines Geistes ist seine Versetzung in das Lager Dachau sehr bitter! Ich möchte meinen Mann von seinen Qualen erlösen. Bitte helfen Sie mir. Ich weiß, dass mein Mann freudig und mit stolzem Gefühl seinen Dienst und auch im Kriege für Führer und Vaterland seine Pflicht tun wird. Er hat weiterhin die Hoffnung, dass der Führer und auch Sie, verehrter Herr Reichsminister, ihn nicht vergessen haben und ihn zu gegebener Zeit wieder auf einen angemessenen Posten stellen. Der Führer ist der gütigste Mensch. Gibt es denn keine Möglichkeit für meinen Mann, vom Führer erhört zu werden? Man kann doch diesen Mann, der mit allen Fasern seines Herzens am Führer hängt, nicht zugrunde gehen lassen! Verehrter Herr Minister, ich ersuche Sie, sprechen Sie mit dem Führer! Helfen Sie mir und meinem Mann aus dieser Not! Da mein Mann von meinem Brief an Sie nichts erfahren darf, bitte ich Sie, ihm gegenüber davon nie etwas zu erwähnen. Ich danke Ihnen für Ihr großes Verstehen und grüße Sie aus übervollem Herzen ganz ergebenst mit Deutschem Gruß und Hitler Heil! Anita Kube«.

Lammers antwortet ihr verständnisvoll, wenn auch sehr amtlich, man werde sehen, wie man weiter verfahren werde.

7

Es ist Sonntag, früh am Morgen. Jelena und Sascha sind schon wach. Umarmt liegen sie nebeneinander und sehen, wie die Sonne durch das Fenster scheint. Draußen leuchtet ein wolkenloser blauer Himmel. Heute haben sie noch viel vor. Am Vormittag wollen sie zur Einweihung des neuen Sees gehen, der Minsk mit Trinkwasser versorgen soll. Monatelang haben die Jugend des Komsomol und Kolonnen von Erwachsenen tiefe Gräben ausgehoben, Dämme aufgeschüttet und den Staudamm errichtet. Auch Jelena und Sascha haben mitgearbeitet. Und nun soll endlich dieser neue See am Stadtrand eingeweiht werden. Sie wollen die festliche Einweihung genießen, Freunde treffen und am Ufer in der Sonne liegen. Es soll ein wunderschöner Sonntag werden.

Da schrillt das Telefon. Sie schrecken hoch. Sechs Uhr in der Früh. Sie sind verärgert. »Wer ruft so früh am Morgen an?«

»Ich geh nicht ran«, sagt Sascha und drückt sie fest an sich. Auch sie hält ihn fest umschlungen, spürt seinen warmen Körper und möchte ihn nicht loslassen. Aber das Telefon schrillt penetrant weiter. Da löst er sich von ihr, springt aus dem Bett und greift zum Hörer. Der Anrufer schreit so laut, dass Sascha den Hörer etwas vom Ohr weghalten muss. Eine männliche Stimme brüllt aufgeregt. Saschas weiches Gesicht wird mit einem Schlag kantig. Er sagt immer nur: »Ja, ja, ja«, und legt auf.

»Wer war das? Was ist passiert?«, fragt Jelena und streicht sich ihre langen braunen Haare aus der Stirn. Fassungslos und todernst steht er vor ihr. So hat sie ihn noch nie erlebt.

»Ich muss sofort ins Volkskommissariat.« Sascha zieht sich eilig an.

»Was ist passiert?«, will sie wissen.

»Krieg. Es ist Krieg.«

Ihre dunklen Augen weiten sich. »Was für ein Krieg?«

»Ich rufe dich vom Kommissariat aus an.«

Er umarmt sie heftig, dann ist er weg. Sie muss sich Mühe geben, den Frühstückstisch zu decken, auch für ihn. Zwei Tassen, zwei Teller, Besteck, Brot und Wurst. In ihrem Kopf drehen sich die Gedanken im Kreis: Krieg? Wieso Krieg? Was für ein Krieg?

Sie überlegt, ob sie beim Wohnungsnachbarn gegenüber klopfen soll. Doch so früh am Sonntagmorgen die Leute aus dem Schlaf holen? Vielleicht ist alles nur ein Irrtum. Sie starrt auf das Frühstück, kaut, bekommt kaum einen Bissen runter. Dann klopft sie doch. Die schlaftrunkenen Nachbarn schütteln den Kopf. »Krieg? Unmöglich.«

Wieder setzt sich Jelena an den Tisch und wartet starr. Stunden vergehen, Sascha meldet sich nicht. Erst gegen Mittag kommt sein Anruf. Seine Stimme klingt sehr fremd: »Warte nicht auf mich. Ich komme nicht zum Essen. Es ist Krieg mit Deutschland. Hitler hat uns überfallen.«

Jelena kann es nicht glauben. Sie will es auch nicht glauben. Er versucht, sie zu beruhigen. »Nur ein kleines Gefecht. Nichts Schlimmes. Man hat allen befohlen, sich bereitzuhalten.«

»Wann kommst du wieder?«

»Weiß nicht.«

Sie ruft Freunde an. Es sind nur die Frauen zu Hause. Von allen hört sie das Gleiche: Auch ihre Männer wurden einberufen, an die Westgrenze.

Am Nachmittag steht auf einmal Sascha vor der Tür. »Ich muss sofort wieder weg. Ich hole nur ein paar Sachen. Unten wartet das Auto auf mich. Die Deutschen haben den Bug überschritten. Sie sind schon weit ins Land eingedrungen. Teile unserer Armee gibt es gar nicht mehr.«

Hastig sucht er ein paar Kleider und seine Papiere zusammen. Dann drückt er Jelena eng an sich. »Ich liebe dich«, beteuert er und hat Tränen in den Augen. Nie zuvor hat sie ihn weinen sehen. »Ich melde mich von unterwegs.«

Er rennt aus der Wohnung, lässt die Tür hinter sich offen und stürmt die Treppe hinab. Als sie ihm nachsieht, verschwimmt ihr Blick. Nun stehen auch ihr Tränen in den Augen. Wie betäubt schwankt sie zurück in die Küche, sackt auf den Stuhl. Sie ist unfähig, irgendetwas zu tun. Da ist nur noch ein Gedanke: Jetzt ist er weg.

Über der Stuhllehne hängt sein blaues Wollhemd, das er immer so gern getragen hat. Sie nimmt es an sich, presst es an ihr Gesicht und zieht es an. Es wärmt sie. Sein blaues Wollhemd soll mich beschützen, wünscht sie sich. Wie eine Rüstung.

Noch am selben Nachmittag ziehen Kolonnen von Rotarmisten, rollen Lkws, Geschütze, Munitionstransporte durch die Hauptstraße. Dazu Panzer, die riesige schwarze Wolken ausstoßen. Alle nach Westen. Am nächsten Tag schleppt sich aus der Richtung, in die sie verschwanden, ein endloser Strom von Flüchtlingen durch Minsk. Staubbedeckte Frauen, alte Menschen und Kinder. Sie sind bepackt mit Bündeln und Säcken. Mütter zerren ihre kleinen Kinder hinter sich her. Einige ziehen mit Stricken über Schultern und Brüste Karren, die mit Koffern und Körben voller Habseligkeiten schwer beladen sind, bis kurz vor dem Achsenbruch. Auf vielen kauern erschöpfte Alte und Kinder. Auch Kranke. Dazwischen trotten Pferde mit Leiterwagen voller Hausrat und Menschen. Dazu Lastwagen, beladen mit Fabrikeinrichtungen, Industriegeräten, Verwaltungsakten. Weg von der Front, nach Osten. Nach Osten in Sicherheit.

In Minsk bereiten die Betriebe ihre Evakuierung vor. Auch Jelena wird zu ihrem Betonwerk »Aufbau« bestellt. Sie muss beim Packen helfen. Sämtliche Büros werden geräumt. Auch die Kantine. Hastig packt man alles in Kisten und wuchtet sie auf Lastwagen. Maschinen, die sich irgendwie transportieren lassen, zerlegt man in ihre Einzelteile und lädt sie auf die wenigen Lkws, die die Armee noch nicht beschlagnahmt hat. Den ganzen Tag und die Nacht hindurch, auch in den folgenden Tagen und Nächten wird nach und nach alles leer geräumt. Dann geht es raus aus der Stadt, nach Osten, ins Landesinnere. Die meisten Bewohner werden evakuiert. Nur das Militär bleibt noch da, um Minsk zu verteidigen.

Am Himmel tauchen deutsche Flugzeuge auf und bombardieren die Stadt. Welle um Welle geht auf Minsk hernieder. Überall fallende Bomben. Wer eben noch packte, flieht nun in die Keller des Betonwerks. Auch Jelena. Obwohl die Räume tief unter der Erde liegen und die Wände und die Decke sehr dick sind, hören sie die Einschläge der Bomben ringsum, als würden sie direkt über ihnen explodieren. Ein Einschlag nach dem anderen. Und bei jedem Einschlag zittern die Keller.

Bald darauf geht der Krach der einzelnen Detonationen über in einen andauernden Lärm. Die Räume beben. In der Decke öffnen sich fingerbreite Spalten, aus denen der Verputz herabrieselt. An einigen Stellen hat sich die Decke schon gesenkt. Jeden Moment kann sie einstürzen. Bald werden sie alle verschüttet sein. Diese Gruft wird ihr Grab werden.

Da, ganz in der Nähe, ein krachender, ohrenbetäubender Einschlag, als würde das Gebäude über ihnen zusammenbrechen. Der Lärm zerreißt ihnen fast das Trommelfell. Eine Bombe muss über ihren Köpfen eingeschlagen sein. Die Wände vibrieren. Neuer Staub rieselt von der Decke herab. Sie bekommen keine Luft mehr, fürchten, ersticken zu müssen. Keiner glaubt mehr, dass sie standhält.

Jelena hockt in ihrer Ecke, ganz in sich zusammengekrochen in ihrem blauen Baumwollhemd. Die Hände fest vor ihr Gesicht gepresst denkt sie nur eines: Saschas blaues Hemd wird mich schützen.

Nach einer Stunde ist es plötzlich still. Keine Bomben mehr. Dicht aneinandergedrängt verharren alle, immer noch unter Schock, bewegungslos. Erst nach einer Weile raffen sie sich auf, einer nach dem anderen. Für Jelena steht fest: Saschas blaues Wollhemd hat sie beschützt!

Nur mit Mühe können sie die klemmende Eisentür öffnen. Feuer und Rauch schlagen ihnen entgegen. Kaum etwas zu sehen. Trotzdem wagen sie sich stolpernd hinaus auf die Straße.

Das Gebäude ihres Betonwerks »Aufbau« ist nur noch eine Ruine. Alles Feuer und Rauch.

Jelena muss zu ihrer Wohnung am Stalinprospekt. Sie rennt durch die lichterloh brennende Stadt. Von der Sowjetskajastraße bis zum Bahnhof steht alles in Flammen. Es brennt in der Stalinallee, in der Komsomolskajastraße, in der Karl-Marx-Straße, in der Leninallee und in den Seitenstraßen. Überall Feuer und beißender schwarzer Rauch. Er legt sich auf ihre Augen, sticht und ätzt. Beim Rennen dringt er in ihre Lungen. Sie kann kaum atmen. Flammen schlagen aus den Häuserruinen auf die Gehwege. Sie kann nur in der Mitte der Straße laufen. Feuer fließt über den Asphalt. So etwas hat sie noch nie gesehen.

»Phosphor«, hört sie jemanden sagen.

Einige wollen das flüssige Feuer löschen, doch es lässt sich nicht löschen. Nun brennen auch ihre Kleider. Sie reißen sich die Fetzen vom Leib. Menschen versuchen, in die Ruinen zu klettern, um irgendetwas aus ihren Wohnungen zu retten. Andere schreien, rennen verwirrt umher. Neben Jelena stürzen brennende Balken herab. Ein paar Meter weiter zerren Männer leblose Körper aus dem Schutt heraus und legen sie auf dem Bürgersteig nieder. Sie rennt weiter und wäre beinahe über schwarze Klumpen gestolpert. Es sind verbrannte Menschen. Sie hat noch nie verbrannte Menschen gesehen. Sie sind so klein, zur Hälfte geschrumpft, zusammengeschmort. Ihre Haut ist mit dem Rest ihrer Kleidung schwarz verschmolzen.

Dann steht sie am Stalinprospekt, wo sich ihr Neubaukomplex befand. Sie steht vor einem riesigen Schutthaufen, aus dem Rauch quillt. Das war ihre Wohnung. Hier lebten sie und Sascha in den zwei kleinen Zimmern. Dann musste Sascha an die Front. Sie hat nun nichts mehr. Nur noch die Kleider, die sie am Leib trägt, und Saschas blaues Wollhemd. Sie muss sich in der Trümmerstadt eine notdürftige Bleibe suchen.

Bis zum Abend läuft sie durch ihre Stadt, die sie nicht wiedererkennt, und sucht einen Unterschlupf. Wo Häuser standen, ragen jetzt Ruinen, verrußte Fassaden empor. Innerhalb von wenigen Stunden wurde die ganze Stadt zerstört.

Einige Steinbauten sind stehen geblieben. Das Gebäude der Kommunistischen Partei, neben dem Park der mächtige Bau der Roten Armee mit den Säulen und das Weißrussische Theater. Schräg gegenüber in einer Häuserruine entdeckt Jelena in der beginnenden Dämmerung im Souterrain einen Unterschlupf. Da muss sie rein, egal, ob er von anderen Schutzsuchenden belagert ist, da muss sie übernachten. Vor dem tief gelegenen Eingang räumt sie den Schutt weg, zerrt an der schief hängenden Tür, kann sie öffnen und tritt in den dunklen Raum. Er ist unbewohnt. Mit den Füßen tastet sie sich voran, stößt auf eine Matratze. Am nächsten Morgen wird sie sehen, wo sie sich befindet. Völlig erschöpft und mit heiß pochendem Kopf schläft sie auf der Matratze ein.

Nach drei Monaten ist Kubes Ausbildung im KZ Dachau beendet. Er hat sich bewährt. Nun kann er als SS-Wachmann in Konzentrationslagern eingesetzt werden. Er sehnt sich nach einer solchen Aufgabe. Dafür wurde er ausgebildet. Er weiß, wie man das macht. Doch nichts geschieht. Er ist wieder arbeitslos.

Da bietet man ihm die Stelle eines Landrates an. Anita ist begeistert. Auf dem Land ein bequemes Leben führen, endlich zur Ruhe kommen mit ihm und ihren drei Kindern, nach all den vergangenen Strapazen und Depressionen der letzten Jahre. Sie redet ihm gut zu und bittet ihn, diese Stelle anzunehmen. Doch das Angebot gefällt ihm gar nicht. Als Landrat in der Provinz versauern? Mit seinen Fähigkeiten und Verdiensten im Hinterland verkümmern? Kommt nicht in Frage. Niemals. Er lehnt ab. Er will an der Front seine vaterländische Pflicht erfüllen. Anita versteht ihren Wilhelm nicht.

Wieder schlägt man ihm eine Position vor. Diesmal die Stelle des Kurators der Universität Königsberg. Wieder ist Anita begeistert. Ein Leben als Gattin des Kurators der Universität zu

Königsberg stellt sie sich so angenehm und friedlich vor. Aber auch dieser Posten gefällt ihm nicht. Er will nicht zwischen Akademikern verdorren. Wieder lehnt er ab. Er will an die Front, egal wohin. Anita ist verzweifelt.

Als Jelena am nächsten Morgen erwacht, muss sie ein paar Sekunden lang überlegen, was gestern geschehen ist und wo sie sich jetzt befindet. Frühes Sonnenlicht fällt durch die verdreckten Souterrainfenster. Langsam erhebt sie sich, ihr Rücken schmerzt. In einem der beiden feuchten Räume entdeckt sie ein Waschbecken mit einem Wasserhahn, und auf dem Boden findet sie einen zerbrochenen Spiegel. Sie hebt ihn auf und betrachtet ihr Gesicht. Es ist mit Ruß verschmiert. Ihre Haare sind verklebt von Asche und Staub, ihre Augen dunkelrot entzündet. Sie will ihr Gesicht waschen, dreht den Hahn auf, kein Wasser läuft heraus. Nicht mal ein Rinnsal. Sie hat Hunger. Wo kann sie etwas Essbares auftreiben?

Jelena läuft durch die Stadt, irrt zwischen Ruinen umher, vorbei an Schuttbergen, sucht nach Kollegen, Bekannten, nach Freunden. Wo sind sie alle? Vielleicht aus der Stadt geflohen. Oder sie liegen unter den Trümmern.

Überall graben Menschen im Schutt nach Resten, die sie noch verwenden können, bauen aus Blech, aus angekohlten Balken und Brettern eine provisorische Bleibe. Andere wühlen zwischen eingestürzten Fassaden und in Mauerhöhlen, aus denen ihnen Gluthitze entgegenschwillt, die Reste ihrer Habe hervor. Viele haben die Suche aufgegeben und stehen stumm in den Trümmern ihrer Wohnungen. Schon ziehen die ersten Obdachlosen und Bettler durch die Straßen. Auch Plünderer.

Drei Tage darauf marschieren die deutsche Wehrmacht und die SS in Minsk ein. Mit ihnen kommen die Reichsbahn, die Reichspost, die Bautrupps der Organisation Todt, der Sicherheitsdienst der SS. Jelena und die meisten Minsker glauben, sie würden nun Weißrussland von der Diktatur Stalins befreien, sie von der Fessel Moskaus lösen und ihrem Land Freiheit bringen. Viele gehen den Deutschen entgegen und bieten ihnen zum Empfang nach altem Ritus Brot und Salz an. Doch es kommt anders, ganz anders. Die Truppen besetzen alle noch erhaltenen Steingebäude. Im erstaunlicherweise kaum zerstörten Lenin-Hochhaus, dem früheren Sitz der weißrussischen Regierung, lässt sich die Wehrmachtskommandantur nieder. Im Universitätsgebäude gegenüber richtet sich die SS mit ihrer Sicherheitspolizei und dem Sicherheitsdienst ein. Den riesigen Bau daneben belegt die Reichsbahn. Die Wehrmacht raubt die Lenin-Bibliothek aus, verbrennt die Bücher auf riesigen Scheiterhaufen und benutzt das Gebäude als Lager. Die Synagoge und die katholische Kirche baut sie in Pferdeställe um, die Schulen sind nun ihre Kasernen. Die deutschen Behörden benennen die Straßen um, geben ihnen deutsche Namen. Der breite Sowjetskajaprospekt, der mitten durch die Stadt führt, heißt nun Hauptstraße, die Leninallee Infanteriestraße, die Stalinallee Siegesallee, die Oktoberstraße Panzerstraße, die Atheistenstraße Daimlerstraße und die Engelsstraße Theaterstraße, weil sich dort das nur zum Teil zerstörte Weißrussische Theater befindet. Die Deutschen lassen sich in der Stadt nieder, als wollten sie ewig hierbleiben.

Mitten in der Stadt errichtet die Wehrmacht auf dem Daumannplatz ein riesiges Zivilgefangenenlager. Weit über hunderttausend Minsker Männer und Jugendliche werden auf engsten Raum zusammengepfercht, umgeben von Stacheldraht, bewacht von Soldaten mit Maschinenpistolen und nachts angestrahlt mit Scheinwerfern. Die Deutschen durchkämmen das Lager und erschießen gleich am Anfang tausend Personen, die man verdächtigt, Kommunisten zu sein oder einer Widerstandsgruppe anzugehören. Auch in den folgenden Tagen gehen die Liquidierungen weiter. Kolonnen von sowjetischen, meist verwundeten Kriegsgefangenen werden durch die Stadt getrieben. Man schafft sie beim nahe gelegenen Ort Drosdy auf ein offenes Feld und umzäunt das Gelände mit mehrfachem Stacheldrahtverhau. Mit einem gestohlenen

Fahrrad radelt Jelena zu diesem Kriegsgefangenenlager. Sie hofft, dort ihren Sascha zu finden. Schon von Weitem sieht sie Hunderte von Frauen am Stacheldraht. Alle suchen ihre Männer, ihre Söhne. Nun steht auch sie am Stacheldraht, hinter dem Tausende Männer auf einer Wiese lagern. Die Frauen rufen ihre Namen.

Jelena kann Sascha nicht entdecken. Alle Gefangenen sehen mit ihren kahl geschorenen Schädeln gleich aus. Über ihre eingefallenen Wangen wuchern Stoppelbärte. Ihre Leiber sind abgemagert. Hunger springt aus ihren Augen. Ausgezehrte Männer, auch Jugendliche, kriechen zum Stacheldraht, strecken ihre zitternden Hände hindurch. Nun schreit auch Jelena: »Sascha! Sascha! Sascha!«

Da kommt ein Mann zum Zaun und sieht sie an. »Ich bin Sascha«, sagt er.

Doch es ist nicht ihr Sascha. Wieder und wieder ruft sie seinen Namen, und wieder schleppen sich fremde Männer heran.

»Ich heiße Sascha«, sagen sie. »Wer bist du?«

Jelena hört von den Frauen um sie herum, dass die meisten Gefangenen an ihren Verletzungen sterben, an Krankheiten, Hunger und Seuchen und dass ihre Kameraden Karren mit den Leichen aus dem Lager ziehen und sie in tiefe Gruben kippen müssen. Auch in den nächsten Tagen fährt sie zum Stacheldraht, immer vergebens.

Sie muss dringend Geld verdienen, um zu leben. Alle Fabriken, Werke, Betriebe sind zerstört. Aber die Deutschen brauchen Personal zum Putzen, Heizen, Kochen, Waschen. Wenn sie für sie arbeitet, ist sie eine Kollaborateurin. Bei der Rückkehr der Roten Armee wird sie dafür erschossen. Arbeitet sie nicht für die Deutschen, weiß sie nicht, wie sie überleben kann. Soll sie verhungern? Sie ist gezwungen, für sie zu arbeiten. Am Tor einer Kaserne, die früher eine Schule war, spricht sie einen Wachposten an: »Arbeit, Herr. Arbeit.«

Er grinst und schreit etwas zu einer Gruppe von Soldaten. Einer von ihnen tritt heran.

»Komm«, sagt er.

Sie folgt ihm und wird in einen Raum geführt, anscheinend das Arbeitszimmer des damaligen Schuldirektors. Ein Offizier in perfekt sitzender Uniform mustert sie scharf. Dann sagt er: »Du kannst ab morgen hier putzen.«

Jelena ist erleichtert und bedrückt zugleich. Jetzt ist sie eine Kollaborateurin. Wie wird das enden? Sie putzt nun alles, was man ihr aufträgt. Sie putzt die langen Gänge, die ehemaligen Klassenräume, die mit dreifach übereinandergebauten Betten vollgestellt sind. Vor dem Wischen muss sie den Dreck der Soldaten, ihre Nazi-Zeitungen und leeren Flaschen wegräumen, ihre Zigarettenkippen zusammenkehren. Auch die große frühere Turnhalle, in der nun die Wehrmachtswagen stehen, muss sie sauber machen. Sie gibt sich alle Mühe, ihr Fleiß wird belohnt, sie kann bleiben. Sie verdient wenig, aber immerhin so viel, dass sie damit bei der Essensausgabe zusammen mit anderen Minskerinnen ihr Essen holen und bezahlen kann. Erbsensuppe, Bohnensuppe, dazu Kartoffeln und Brot. Auch warmen Tee gibt es. Und am Abend kann sie sogar Suppe in ihrem Kochgeschirr mit in ihr Souterrain nehmen.

Am westlichen Stadtrand gibt es ein Viertel, das aus Holzhäusern und einigen Steinbauten besteht und bei der Bombardierung der Stadt nur wenig zerstört wurde. Die nichtjüdischen Bewohner dieses Bezirks müssen ihre Wohnungen räumen und in andere Stadtteile ziehen. In den frei gewordenen Behausungen werden achtzigtausend Juden aus Minsk und Umgebung auf engsten Raum in katastrophalen Zuständen zusammengepfercht. Tagelang dauert diese gewaltige Umschichtung. Die Deutschen kennzeichnen die Juden auf Brust und Rücken mit einem weißen Stofffetzen, riegeln das Ghetto von der übrigen Stadt mit Stacheldraht ab und nennen es »Jüdischen Wohnbezirk«. Den zentralen großen Platz schildern sie um in »Festplatz«. Hier müssen sich die Juden jeden Tag um fünf Uhr früh aufstellen zum Appell, von hier werden sie in Kolonnen zu ihren Arbeitsstellen geführt. Zu den deutschen

Dienststellen der Reichsbahn und Reichspost, zu den Baustellen der Organisation Todt und zu den niedergelassenen Firmen Telefunken, Siemens und Daimler. Auch zu den Dienststellen der Wehrmacht und der SS. Sie alle benötigen die Juden als Arbeitskräfte.

Zur Abschreckung von Widerstand wird auf dem Festplatz ein großer Galgen aus dicken Balken errichtet. Bald hängen dort an Stricken diejenigen, die man des Widerstands verdächtigt. Und bald wird der eigentliche Zweck dieses Ghettos deutlich: Nach und nach holt man die Juden zur Erschießung heraus. Die Kranken, Alten und nicht Arbeitsfähigen schafft man zuerst weg. Die arbeitsfähigen Männer, Frauen, Jugendlichen und die Kinder verschont man vorerst. Wenn sie die Zwangsarbeit nicht mehr leisten können, werden auch sie liquidiert.

Schnell bilden sich in der Stadt und auf dem Land Partisanengruppen und leisten Widerstand. Sie schlagen zurück. Sie sprengen Eisenbahnschienen und Brücken. Holzbrücken übergießen sie mit Petroleum, stecken sie in Brand. Die Wehrmacht kann tagelang keinen Nachschub transportieren. Die Partisanen schmuggeln als Kohleklumpen getarnte Minen in die Tender der Lokomotiven. Schaufeln die Heizer die Kohlen in die Feuerung, fliegen die Loks samt Führer und Heizer in die Luft. In Minsk zerreißt es die beiden Elektrizitätswerke, die die Organisation Todt kurz zuvor notdürftig instand gesetzt hatte. Wieder ist die Stadt Tage und Nächte ohne Strom. Das Wasserwerk, von der Organisation Todt ebenfalls gerade erst wieder hergerichtet, zerfetzt es als Nächstes. Erneut ist die Stadt ohne Wasser. In der Post gehen Minen hoch. Die Deutschen können nicht mehr telefonieren. Kaum ist die Post repariert, durchschneiden die Partisanen überall die Kabel. Explosionen auch in der Heeresbäckerei. Sie kann die Kasernen nicht mehr mit Kommissbrot beliefern. Die Sendemasten des Landessenders werden gesprengt. Die Deutschen haben keinen

Rundfunk mehr, können nicht mehr senden und empfangen. Im Minsker Güterbahnhof brennen Waggons mit den Nachschubgütern.

Die Partisanen überfallen auch das Stadtgefängnis und holen die Gefangenen heraus. Sie überfallen Außenposten der Wehrmacht, beschaffen sich ihre Uniformen, um so getarnt in Militäreinrichtungen Minen zu legen. Seit dem Einmarsch der Deutschen gibt es fast jeden Tag Anschläge in der Stadt und im ganzen Land. Eine Attacke nach der anderen. Immer fliegt etwas in die Luft.

Nachts kommen die Partisanen in die Bauernhöfe und fordern Milch, Eier, Kartoffeln, Fleisch und Speck. Übergeben die Bauern ihnen die Lebensmittel, brennen die Deutschen am Tag darauf ihre Höfe und Dörfer ab, mitsamt den Bewohnern. Lehnen die Bauern die Herausgabe aus Angst vor den Vergeltungsschlägen der Deutschen ab, holen die Partisanen gewaltsam ihre Schweine und Kühe aus den Ställen. Die Bauern stecken zwischen Amboss und Hammer. Die meisten flüchten mit ihren Familien zu den Partisanen in die Wälder.

Drei Wochen nach dem Einmarsch der deutschen Truppen in Minsk überbringt ein Kurier der Neuen Reichskanzlei Kube Mitte Juli eine Depesche. Von Hitler persönlich unterschrieben. Er möge sich baldigst beim »Reichsminister für die besetzten Ostgebiete« Alfred Rosenberg einfinden. Kube ist elektrisiert. Sein Führer meldet sich und überträgt ihm eine Aufgabe! Anita steht sprachlos da.

Er kann sich nicht schnell genug zurechtmachen. Obwohl schon am Morgen rasiert, rasiert er sich nochmals. Sehr vorsichtig, um sich mit seiner zitternden Hand nicht zu schneiden, tatscht beißendes Rasierwasser auf seine Wangen und schlupft hurtig in seinen besten Anzug. Von seiner Wohnung am Roseneck bis zum klobigen Amtssitz des Reichsministers in Berlin-Tiergarten benötigt er mit dem Taxi unendlich lang. Dann endlich steht er Rosenberg gegenüber. Der »Reichsminister für die besetzten Ostgebiete« überreicht Kube feierlich eine Urkunde mit dem Großen Reichssiegel und Hitlers eigenhändiger Unterschrift. Der Führer ernennt ihn zum Generalkommissar für Weißruthenien. Amtssitz Minsk. Antritt am 1. September 1941. In sechs Wochen ist er Chef der Zivilverwaltung von Weißrussland!

Zu Hause angekommen schwenkt er triumphierend die Urkunde. Er ist überglücklich. Anita erkennt ihn nicht wieder. So voller Schwung hat sie ihn schon lange nicht mehr erlebt. Immer wieder liest er seine Ernennung. Freudentränen stehen in seinen Augen beim Anblick der Unterschrift seines geliebten Führers. Was für eine Ehre! Jetzt hat er wieder Wind unter den Flügeln. Alle Segel hat er aufgezogen. Seine große Berliner Wohnung ist für ihn mit einem Schlag heller. Jetzt beginnt seine neue große Karriere. Ein neues Leben. Also doch an die Ostfront. Mitten hinein in den heißen Kampf! Alle seine Kränkeleien sind wie weggeblasen. Er fühlt sich wieder gesund und kräftig – und jung, trotz seiner vierundfünfzig Jahre. Er fühlt sich wieder groß, trotz seiner eins fünfundsechzig.

Anita ist nicht so glücklich über seine Ernennung. Sie hält ihren kleinen Willi auf dem Arm und bittet ihn: »Nimm das nicht an. Lehne das ab. Verzichte darauf.«

Sie hat Angst um ihn. Sie hat Angst, dass er da umkommt.

Er lacht sie aus. »Ein Kube hat keine Angst. Ich werde dort kämpfen und meinem Führer beweisen, dass er sich auf mich verlassen kann.«

Noch in derselben Stunde telegrafiert er Karl Wildenstein, seinem Karlchen, nach Dachau. Er berichtet seinem ehemaligen Vorgesetzten und Ausbilder im KZ von seiner Ernennung und bittet ihn, mit nach Minsk zu kommen und dort sein persönlicher Adjutant zu werden. Wildenstein sagt freudig zu, doch muss dies noch von Dachau und Berlin genehmigt werden. Es wird genehmigt.

Kube ist in seinem Element. Jetzt geht es wieder rund bei ihm. Er platzt geradezu vor Energie und Elan. Für die Zusammenstellung seines Mitarbeiterstabes schafft er sich ein Büro an und eine Sekretärin, die alle Hände voll zu tun hat, den ganzen Tag herumzutelefonieren.

Voller Eifer stürzt er sich in Studien über Weißrussland. Stapel von Büchern lässt er aus der Staatsbibliothek kommen und liest alles über dieses Land. Er liest, dass die Weißrussen im Grunde ein germanisches Volk sind, nahezu Arier. Dass sie durch ihr Blut immer schon dem deutschen Kulturkreis angehörten und nur durch die slawische Okkupation vom Germanentum getrennt wurden. Das gefällt ihm. Kube liest auch, dass in diesem Land noch Hügelgräber der Waräger vorhanden sind. Von jenem Germanenstamm, der sich dort vor tausend Jahren angesiedelt hatte. Die Gräber beweisen ihm, dass dieses Land immer schon ihnen gehörte und dass das Großdeutsche Reich es zu Recht wieder in Besitz nimmt.

»Wir holen es uns wieder, dieses Mal für ewig«, triumphiert er Anita gegenüber.

Ende August fliegt Kube nach Minsk, hinaus in die Welt, in sein Abenteuer Weißrussland. Zusammen mit seinem Adjutanten Wildenstein fliegt er mit einer dreimotorigen Ju 52, einer Junkers. Er schaut hinab auf das Land. Er sieht die Felder, die Wälder, die Flüsse und Seen, die niedergebrannten Dörfer und die zerbombten Städte.

Er holt seine grüne Mappe hervor und liest ein weiteres Mal die Aufträge, die Hitler ihm als Chef der Zivilverwaltung erteilt hat: das Land besiegen, unterwerfen und ausbeuten für das Deutsche Reich. Alle Juden erfassen, in Ghettos konzentrieren und vernichten. Der nichtjüdischen Bevölkerung das Hakenkreuz aufzwingen, sie als Arbeitskräfte einsetzen und als Zwangsarbeiter in das Reich deportieren. Razzien durchführen. Widerstandsgruppen und Partisanen radikal liquidieren. Weißruthenien auslöschen, damit es die Wehrmacht für immer besetzen kann. Seine Aufträge will er zum besten Wohlgefallen seines geliebten Führers erfüllen. Er will sich und seinem Führer beweisen, dass er dieses Amtes würdig ist.

Wieder schaut er hinab auf die Verwüstungen und rauchenden Trümmer. Er ist nun der Herrscher über Leben und Tod. Also ran an die Arbeit. Das ist nun mein Land, denkt Kube zufrieden. Jetzt bin ich hier der Herr. Durch mich wird Deutschland noch größer und mächtiger werden. Ich fliege einer strahlenden Zukunft entgegen. Auch Wildenstein schaut hinab auf das zerstörte Land und lächelt.

»Der Sieg ist zum Greifen nah«, sagt Kube. »Wir bezwingen den Raum. Wir leisten Blutarbeit im Osten.«

»Minsk«, gibt der Pilot durch und bereitet die Landung vor. Die Junkers fliegt immer tiefer.

Sie sehen die näher rückende Stadt, die Ruinen, die Trümmer. Von den meisten Häusern stehen nur noch die Fassaden, innen ausgebrannt, die meisten eingestürzt. Oft ist gar nicht mehr zu erkennen, wo früher die Straßen waren. Nur Schuttberge. Das also ist Minsk.

Sie landen. Abgeholt werden sie von Abgesandten der Wehrmacht, die sie in einem gepanzerten Fahrzeug in das Zentrum bringen. Kube verflucht Görings Luftwaffe. Wo soll er in diesen Verwüstungen seine Dienststelle einrichten? Grausen beschleicht ihn.

Kurz nach seinem Abflug schreibt Anita einen Brief an ihren Mann: »Mein Liebster! Jetzt bist Du weg! Und alles ist so still hier. Die Kinder fragen immer, wo Du denn jetzt bist und ob Du bald zurückkommst. Sie wollen Dich wiederhaben. Wie war Dein Flug? Wie war Deine Ankunft in Minsk? Ich hoffe, Du bist gut untergebracht. Wie geht es Dir? Ich hoffe, es geht Dir gut. Das wünsche ich Dir von Herzen. Was macht Deine anstrengende Arbeit? Alles in Ordnung? Du schaffst ja immer alles. Die Engländer und auch die Russen bombardieren weiter die Stadt. Du hast es ja selbst erlebt, als Du noch hier warst. Eben wurde ein großes Wohnhaus am Pariser Platz getroffen. Hundert Tote. Wie soll das nur weitergehen?«

Weiter schreibt sie: »Hier hatte der Film ›Komödianten‹ Premiere. Mit der Dorsch, der Krahl und der Henny Porten. Ich war nicht dort. Mir ist nicht nach Komödie zumute. Mit Dir wäre ich hingegangen. Aber ohne Dich unmöglich. Ich kann mich gar nicht damit abfinden, dass Du jetzt weg bist. Wenn die Zeit mit Dir auch manchmal anstrengend war, so war sie doch sehr schön. Was wird nun mit uns, so getrennt? Wie stellst Du Dir unsere Zukunft vor? Wir sind doch ein Ehepaar und gehören zusammen. Herzliche Küsse von Deinem Nitalein und liebe Umarmungen von Harald, Peter und dem kleinen Willi.«

Untergebracht werden Kube und Wildenstein provisorisch im nur wenig zerstörten Lenin-Hochhaus, vor dem in Bruchstücke zerschlagen die gigantische und wegweisende Statue des Revolutionsführers liegt. Gleich nach ihrem Einmarsch haben die Bautruppen der Organisation Todt das riesige Gebäude der ehemaligen Regierung behelfsmäßig wiederhergerichtet. Sie ersetzten die zerborstenen Scheiben und Türen, reparierten die Heizung, betrieben die Stromversorgung durch lärmende Dieselaggregate, montierten die Telefonanschlüsse und die Wasserversorgung neu. Trotz Instandsetzung fliegt permanent der Dreck von den Trümmern ringsum durch die Flure und Räume und bedeckt alles mit Staub.

In der Überzeugung, nun der Herr in diesem Land zu sein, erfährt Kube, dass er nur über die Hälfte des Territoriums herrschen kann. In der östlichen Hälfte kommt die Wehrmacht nicht wie geplant voran. Sie kämpft noch gegen die Rote Armee. Kube muss sich für seine Zivilverwaltung mit der westlichen Hälfte Weißrusslands zufriedengeben. Er ist ein halbierter Herrscher. Eine arge Enttäuschung für ihn. Seinen Amtsantritt hat er sich anders vorgestellt.

Mit Wildenstein muss er nun für sein Generalkommissariat ein geeignetes Quartier suchen, chauffiert von einem Fahrer der Wehrmacht. Am Freiheitsplatz, wie der Platz nun heißt, entdecken sie den wenig beschädigten Bau einer ehemaligen Parteiverwaltung, ein primitives zweistöckiges Gebäude am

Marktplatz. An der Fassade lässt Kube ein Transparent mit der großen Aufschrift »Generalkommissariat für Weißruthenien« anbringen, zum Schutz gegen Partisanenangriffe um das Gebäude einen hohen Bretterzaun mit Stacheldraht errichten und vor dem Haupteingang einen Wall aus Sandsäcken. Seine fünf Privaträume im ersten Stock richtet er mit den Möbeln aus Minsker Museen ein, die Wehrmacht und SS übrig gelassen haben. Barocksessel, Jugendstilsofas, Rokokotischchen, Empirestühle. Dazu ein großes Holbein-Gemälde mit einem religiösen Motiv, das er in seinem Salon aufhängt, wo er seine Gäste empfangen wird. Nach seinem Einzug lässt er vor dem Generalkommissariat einen großen Galgen bauen. Zwei Balken in die Erde gerammt und darüber ein Querbalken.

Nach und nach treffen seine Mitarbeiter ein. Als Arbeitsräume müssen ihnen vorerst ihre Schlafräume genügen. Noch haben sie keine Schreibmaschinen, keine dienstlichen Briefbögen, nicht genügend Telefone und Anschlüsse. Nur zwei Personenwagen und Motorräder stehen dem Generalkommissar zur Verfügung. Benzin dafür kann er zudem kaum beschaffen. Sprit wird vorerst nur der Wehrmacht und der SS zugeteilt. Auch das hatte er sich in Berlin anders vorgestellt. Man verspricht ihm: Bald wird alles besser.

Das ganze Zimmer steht in Flammen. Alles brennt. Die Möbel, die Vorhänge, die Teppiche, der Kleiderschrank, der Wäscheschrank. Auch ihr Bett brennt. Sie liegt mitten im Feuer, springt aus dem Bett. Ihr Nachthemd brennt, die langen Haare, ihre Haut beginnt zu verschmoren. Sie schlägt auf die Flammen ein, schlägt auf ihren Kopf, hat schwarze Asche in den Händen. Sie muss raus aus dem Schlafzimmer. Rennt zur Tür. Sie klemmt. Durch das Feuer hastet sie zur Balkontür, haut sich durch den lodernden Vorhang. Steht auf dem Balkon. Ein Stockwerk unter ihr in der Nacht der Garten. Sie wagt nicht, in die Finsternis, in die Schwärze hinabzuspringen. Alles um sie herum ist flammend gelb. Grellgelb und glühend heiß.

Schreiend wacht Anita auf. Nass geschwitzt. Im Zimmer ist es stockdunkel. Einen Moment lang ist sie wie gelähmt. Zitternd greift sie nach dem Schalter ihrer Nachttischlampe. Dämmriges Licht flackert auf. Ihr Blick gleitet durch das Schlafzimmer. Kein Feuer, keine Flammen. Alles im Raum ist so wie sonst. Sie braucht eine Weile, um aus diesem Traum herauszutaumeln. Langsam richtet sie sich auf, versucht, die Schreckensbilder abzuschütteln. Doch immer wieder huschen Fetzen dieses Traums durch ihr Gehirn. Sie nimmt aus dem Wasserglas, das immer neben ihrem Bett steht, einen großen Schluck. In ihrer Kehle spürt sie das kühle Nass, hart, hölzern. Mühsam steht sie auf, schaut in das Kinderbettchen, in dem ihr kleiner Willi friedlich schläft. Dann tastet sie sich schwankend in das Nebenzimmer. Auch Harald und Peter schlafen ruhig.

Noch lange liegt sie wach, kann nicht einschlafen. Immer wieder fragt sie sich: Warum träume ich so etwas Entsetzliches? Ihrem Wilhelm will sie von diesem Traum nichts schreiben. Sie will ihn nicht erschrecken.

Tagsüber können Kube und seine Mitarbeiter nur mit Konvoischutz der Wehrmacht durch die Stadt und über Land fahren. Bei Dunkelheit ist der Aufenthalt auf den Straßen für sie lebensgefährlich, sie müssen damit rechnen, aus dem Hinterhalt beschossen zu werden. Zu seiner persönlichen Sicherheit rekrutiert Kube eine weißrussische Privatgarde aus jugendlichen Kollaborateuren. Sie ist seine »Schutzmannschaft«, seine »Schuma«. Trotzdem ist vor den Partisanen keiner sicher. Schnell tauchen sie auf, schnell schlagen sie zu und sind ebenso schnell wieder verschwunden. Sie sind überall. Und es werden immer mehr. Kube flucht. So geht es nicht mehr weiter. Jeden Tag Attacken, Anschläge, Explosionen. Er braucht Ruhe im Land, um es beherrschen zu können. Er beschließt, noch mehr Razzien durchführen zu lassen. Jeder, der auch nur verdächtig ist, Partisan und Widerstandskämpfer zu sein, wird in den Straßen gehängt.

Für Kube steht fest, dass die Partisanen, diese Banden, Juden und Kommunisten sind. Wenn er seinen Herrschaftsbereich von ihnen säubert, ist Ruhe. Davon ist, obwohl zunächst zögerlich, auch sein Adjutant Wildenstein überzeugt. Mit ihm bespricht er seine Maßnahmen. Kube ordnet auf großen Plakaten an: Die Sperrstunden gelten vom Einbruch der Dunkelheit bis zum Morgen. Zivilpersonen, die während der Sperrzeit ohne Sondererlaubnis auf der Straße anzutreffen sind, werden erschossen. Es ist verboten, jüdisch-bolschewistischen Banden Unterschlupf zu gewähren. Sie mit Lebensmitteln oder Bekleidung zu unterstützen. Radio Moskau zu hören. Waffen jeglicher Art zu besitzen. Wer diese Befehle nicht befolgt und Zuwiderhandlungen nicht meldet, wird erschossen. Jede Person ab vierzehn Jahren muss einen Personalausweis bei sich führen. Verdächtig erscheinende Personen müssen bei Überprüfung ihrer Ausweise die Hände hochhalten. Bei Nichtbefolgung wird von der Schusswaffe Gebrauch gemacht.

Um Überfälle von Partisanen zu verhindern, ordnet Kube an, auf dem Land beiderseits der Straßen und Eisenbahnstrecken den Wald zu roden, damit man freies Sicht- und Schussfeld hat. Doch bald muss diese Aktion eingestellt werden. Es stehen nicht genügend Arbeitskräfte für die Rodung zur Verfügung. Stattdessen werden nun nach jedem Anschlag fünfzig Männer aus dem nächstgelegenen Dorf gehängt und das Dorf mitsamt den Bewohnern niedergebrannt. Das wiederum verstärkt die Angriffe der Partisanen.

Nach Partisanenüberfällen in Marina Gorki und Talka, in Puchowitschi und Borissow befiehlt Kube den SS- und Polizei-Kommandos, in diesen Orten Tausende Juden und vermeintliche Kommunisten zu erschießen. Er verlangt ordentliche und korrekte Liquidierungen. Es muss sauber vernichtet werden. Weit außerhalb der Ortschaften, in den Wäldern. Doch die Kommandos halten sich nicht daran. Sie holen Männer, Frauen, Kinder und Alte, ganze Familien mit Gewalt aus den Wohnungen, schaffen sie direkt an den Ortsrand, wo sie vor ihrer Erschießung ihre eigenen Gruben graben müssen. Dann beginnen sie mit dem Gemetzel.

Wieder mal eilt Gustav zu seinen Eltern. Er will sehen, ob auch sie nun wie er, Gertrud, Erika und Demski diesen gelben Stern tragen müssen. Diesen sechseckigen Stern mit der Aufschrift »Jude«, krumm geschrieben in einer Schrift, von der man glaubt, dass Juden so schreiben. Dieses Zeichen müssen sie tragen, damit man sie als Juden erkennt. Sonst würde man es ihnen nicht ansehen. Der »Judenstern« muss auf ihrer Kleidung fest angenäht sein. Auf der linken Brustseite und deutlich sichtbar. Jede Verdeckung wird bestraft.

Schon nach der Pogromnacht im November lief er zu ihnen und sah die eingeschlagenen Schaufensterscheiben von Leisers Schuhgeschäft, wo er auf Drängen seines Vaters die Kaufmannslehre machen sollte. Er wusste gar nicht, dass auch Leiser Jude war. Auch nach seiner Wohnungskündigung hastete Gustav zu seinen Eltern und erfuhr, dass auch sie ihre Wohnung räumen mussten und bei einem Nachbarn einen Unterschlupf fanden. Nun steht er vor diesem Nachbarn.

»Die sind weg«, sagt er.

»Weg?«

»Vor drei Tagen. Abgeholt zur Sammelstelle.«

»Was für eine Sammelstelle?«

»In der Levetzowstraße. Die alte Synagoge.«

Gustav will sofort zu dieser Sammelstelle.

»Zu spät.«

»Warum?«

»Die sind dort nicht mehr. Wurden mit tausend anderen Juden zum Bahnhof Grunewald gebracht.«

»Und dann?«

»Abtransportiert nach Litzmannstadt.«

»Wo ist denn das?«

»Irgendwo in Polen. Hieß früher Łódź. Zur Erntehilfe.«

»Im Oktober?«

»Sagt man. Da soll ein Ghetto sein.«

Gustav wird leichenblass. Seine Eltern sind weg. Weggeschafft nach Polen. Ghetto. Wieso Ghetto? Und dort? Was macht man da mit ihnen? Weg ohne Abschied.

»Sie haben mir gar nicht gesagt, dass sie abgeholt werden.«

»Sie konnten Sie nicht anrufen. Hatten ja kein Telefon mehr.«

Auch Gustav hatte man den Apparat weggenommen.

»Dann sind sie zu Ihnen gelaufen. Aber Sie waren nicht da.«

Natürlich. Sie waren bei ihrer Zwangsarbeit und Blümchen mit seinem Taxi unterwegs.

Gustavs Eltern plötzlich weg. In Polen. Im Ghetto. Wie betäubt kehrt er zurück.

Kube ist empört. Er tobt. Vom Sluzker Gebietskommissar hat er erfahren, dass die SS und Polizei in Sluzk innerhalb von zwei Tagen im Ghetto und in der Stadt mehrere tausend Juden erschossen haben. Vor den Augen der Bevölkerung. Und das ohne sein Wissen und ohne seine Genehmigung! Unfassbar! Jede Liquidierung muss mit ihm abgesprochen werden. Jede einzelne. Jetzt keine Absprache. Man hat ihn übergangen. Nach dem Massaker lagen die Toten auf den Straßen, wühlten sich verschüttete Überlebende aus den Gruben heraus. Hunde schleppten Leichenteile durch die Stadt. Es wurden auch sämtliche Handwerker mit ihren Familien erschossen. In Sluzk stehen nun alle Betriebe und Werkstätten still. Eine Versorgung der übrigen Bevölkerung ist unmöglich.

Als Chef der Zivilverwaltung ist er für die öffentliche Ordnung zuständig. Doch wenn solche Schweinereien passieren, breitet sich Chaos im Land aus. So kann er das ihm anvertraute Weißruthenien nicht beherrschen. Um einen Aufruhr zu meiden, hätte er auch hier ordnungsmäßige, saubere Liquidierungen befohlen. Wie es sich für anständige Deutsche gehört. Korrekt und möglichst geräuschlos. Weitab der Städte und Dörfer, damit die Bevölkerung davon nichts sieht. Und jetzt das Massaker mitten in Sluzk, mitten in der Stadt!

Erbost beschwert sich Kube beim Reichminister für die besetzten Ostgebiete Rosenberg in Berlin über dieses Gemetzel der SS und Polizei: »Das ist kein Ruhmesblatt für Deutschland! Aufruhr und Revolte herrschen seitdem in der Stadt. Die Ruhe ist kaum wiederherzustellen. Ich fordere Sie auf, die Verantwortlichen für ihre Disziplinlosigkeit aufs Härteste zu bestrafen. Dem Führer ist ein solches undeutsches Verhalten unverzüglich zu melden.«

Kube ist auch wütend darüber, dass die Wehrmacht und die SS fast alle Kunstschätze, Gemälde und antiken Möbel aus den Minsker Museen geraubt haben. Heftig beschwert er sich bei Rosenberg auch darüber und fügt seinem Schreiben hinzu: »Minsk besaß eine große, sehr wertvolle Kunst- und Gemäldesammlung. Auf Befehl des Reichsführers SS Heinrich Himmler wurde das meiste davon ins Reich geschafft. Darunter wertvollste Bilder und Stilmöbel aus dem 18. und 19. Jahrhundert, Vasen, zahlreiche Porzellane, alte Uhren, Edelsteine und so weiter. Zum Teil wurden sie auch sinnlos zerstört. Die Minsker Museen befinden sich in einem total verwüsteten Zustand. Im Ganzen handelt es sich um unersetzliche Millionenwerte, die dem Generalbezirk Weißruthenien entzogen worden sind. Auch diese Plünderer und Zerstörer sind aufs Schwerste zu bestrafen. – Heil Hitler! Ihr sehr ergebener Wilhelm Kube.«

In Berlin schüttelt man den Kopf über Kubes Beschwerden und beginnt, an seiner Eignung als Generalkommissar zu zweifeln.

Ende Oktober ist die Sonne noch wohlig warm. So entschließt sich Anita wieder einmal, mit ihren Kindern im nahe gelegenen Grunewald spazieren zu gehen. Ihr Weg führt sie am S-Bahnhof Grunewald vorbei. Die Station mit ihrem schönen Fachwerkbau und ihrer großen Uhr mit dem römischen Ziffernblatt über dem Eingang sieht aus wie ein idyllischer alter Dorfbahnhof. Auch dieses Mal sieht sie hier wieder Massen von Menschen.

Seitlich des kleinen Bahnhofs haben sich etwa tausend Männer, Frauen, Alte, Kinder und Gebrechliche in Rollstühlen versammelt, gehüllt in erbärmliche Mäntel und Jacken. Sie tragen dicke Rucksäcke, große Taschen und Beutel. Zwischen ihnen stapeln sich Berge von Koffern, Kartons und Säcken. Und bei allen ist dieser große gelbe Stern an die Kleider genäht. Stumm stehen die Menschen auf der breiten Zufahrt bis hinauf zu den Gleisen. Viele hocken auf ihrem Gepäck, manche liegen auf den Pflastersteinen.

Anita bleibt mit Harald und Peter stehen, den Kinderwagen mit dem zweijährigen Willi vor sich, und schaut sich diese Menschenansammlung an. Verdeckte Lastwagen kommen herangefahren, einer nach dem anderen, laden alte Menschen und kleine Kinder aus und treiben sie zu der Menge. Auf Tragen zieht man Kranke heraus und setzt sie irgendwo zwischen den Wartenden ab.

Anita hat in den Zeitungen gelesen und im Rundfunk gehört, dass man Berliner Juden zur Erntehilfe in den Osten transportiert. Erntehilfe jetzt, Ende Oktober?, fragt sie sich. Sie hat auch gelesen und gehört, dass Berliner Juden im Osten die zerbombten Städte wieder aufbauen sollen. Alte, Kranke, kleine Kinder werden zum Wiederaufbau eingesetzt? Da erinnert sie sich, dass Reichspropagandaminister Goebbels in ihrer abonnierten Wochenzeitschrift »Das Reich« geschrieben hat, dass den Juden im Osten kein Leid geschehen werde.

Plötzlich kommt Bewegung in die Menge. Mit Schlagstöcken treiben Polizisten die etwa tausend Menschen die Zufahrt hinauf zu den Gleisen. Anscheinend ist dort jetzt der Zug der Reichsbahn eingetroffen. Wenn Wilhelm bei seiner nächsten Dienstreise nach Berlin kommt, will sie ihn fragen, was es mit diesen Transporten auf sich hat. Während sie zuschaut, muss sie an Lore denken. Ein Glück, dass sie und Friedel mit ihrem Töchterchen nach Argentinien abgehauen sind.

Sie löst sich von dem Geschehen und schiebt den Kinderwagen mit Willi, begleitet von ihrem kleinen Harald und Peter, durch die Unterführung in den herbstlich bunt leuchtenden Grunewald. Das Schild »Deutscher Wald. Kein Zutritt für Juden« bemerkt sie gar nicht mehr. Sie hat es schon so oft gesehen.

Anfang November erhält Kube ein Fernschreiben aus Berlin, das ihn erschreckt: In den folgenden vier Wochen werden sieben Transporte mit über siebentausend Juden aus dem Reich in Minsk eintreffen. Männer, Frauen, Kinder, Alte. Auch Kranke und Gebrechliche. Kube soll für die zusätzlichen deutschen Juden im Ghetto Platz machen. Verstört legt er die Nachricht beiseite. Wie soll er das schaffen? Das ist unmöglich. Schon jetzt vegetieren achtzigtausend Juden aus Minsk und Umgebung in katastrophalen Zuständen in den Holzhütten und den wenigen verrotteten Steingebäuden dahin. Das Ghetto ist völlig überfüllt. Wohin mit den zusätzlichen Juden? Wie soll er sie unterbringen? Unvorstellbar. Heftig protestiert er in einem Fernschreiben gegen diesen geplanten Neuzugang und schildert die desaströse Lage im Ghetto. Man soll sie woandershin transportieren.

In Berlin ist man über Kubes Beschwerde verärgert. Für sie ist er nicht der richtige Mann am Ort. Man zweifelt an seiner Eignung für dieses Amt, an seiner nötigen Ostfestigkeit. Doch eine Ablösung ist unmöglich. Es gibt keinen, der nach Weißruthenien will. Allen ist es dort zu gefährlich. Außerdem hat Hitler persönlich ihn dorthin befohlen. Da ist nichts zu machen. Man telegrafiert zurück: »Schaffen Sie Platz. Egal wie.«

Kube muss handeln. Er will nicht als Weichei gelten. Er entschließt sich zu einer drastischen Maßnahme und befiehlt der SS und der Polizei, neuntausend Minsker Juden aus dem Ghetto herauszuholen und sie außerhalb der Stadt zu erschießen. Dann ist Platz für die Deutschen aus dem Reich.

8

Spät am Abend, Gustav, Gertrud und Erika sind gerade vom Baumaterialplatz Speer, von Siemens und Teves zurückgekehrt, kauert Demski zusammengesunken auf seinem Hocker. Sein eingefallenes Gesicht ist aschfahl. Sie haben Angst, dass er auf den Boden sinkt. In der Hand hält er mehrere Papiere.

»Gestellungsbescheid«, stammelt er.

Gustav nimmt ihm die Blätter aus der Hand und liest: »10.11.1941. Ankündigung Evakuierung. Umsiedlung zum Arbeitseinsatz im Osten. Sammelstelle Levetzowstraße, ehemalige Synagoge. Mitzubringen: alle Papiere. Kennkarte, Versicherungsverträge, Wertpapiere, Kauf- und Verkaufsverträge, Kontoauszüge, Geburtsurkunde, Heiratsurkunde, Stammbuch. Mitnahme für den Transport: pro Person 1 Handgepäck und 1 Koffer. Gewicht bis zu 50 kg. Essgeschirr: Tasse, Teller, Topf und Löffel. Feste Schuhe, warmer Mantel. Dazu pro Person 50 Mark für die Fahrtkosten. Möbel oder sonstige Gegenstände der Wohnung dürfen bis zur Abholung nicht verkauft, verschenkt oder beschädigt werden. Die Wohnung ist in einem sauberen Zustand zu hinterlassen. Abholung am Abend, 12.11.1941.«

Beigefügt ist für jede Person ein Fragebogen, den sie ausfüllen müssen. Sechzehn Seiten Vermögenserklärung. Auch für Erika.

In zwei Tagen also werden sie abgeholt. Auch Gustav und Gertrud fühlen ihre Kräfte schwinden. Jetzt ist die Falle zu. Da kommen sie nicht mehr raus.

Vielleicht kehren wir nach unserem Arbeitseinsatz wieder zurück, redet sich Gustav ein.

Am nächsten Morgen erscheint ein Angestellter der Berliner Verwaltung, notiert die Zählerstände für Gas, Strom und Wasser, stellt alles ab, plombiert die Zähler, fordert einen Restbetrag von einunddreißig Mark fünfundfünfzig, notiert in seinem Quittungsblock »evakuiert« und geht.

Jetzt haben die Heimanns kein Gas, keinen Strom und kein Wasser mehr.

Gemeinsam füllen sie die sechzehn Seiten der Vermögenserklärung aus. Aufs Genaueste müssen sie für jede Person alles eintragen. Ob sie ein Haus besitzen, was es wert ist. Ob sie ein Auto besitzen, was es wert ist. Die Anzahl und Größe der Räume ihrer hinterlassenen Wohnung. Das Auto mussten sie längst abgeben, die Wohnung längst räumen. Eintragen müssen sie auch den Wert ihrer Einrichtung. Eine Einrichtung, von der bei ihrer Zwangsräumung fast nichts übrig blieb. Die Anzahl ihrer Tische, Stühle, Schränke, Teppiche, von denen sie bei ihrer Einquartierung bei Blümchen kaum etwas mitnehmen konnten. Dazu die Anzahl und den Wert der Töpfe, Pfannen, Schüsseln, Teller, Tassen und des Bestecks. Die Stückzahl und den Wert ihrer hinterlassenen Kleidung. Ihrer Anzüge, Röcke, Blusen, Schuhe, Taschentücher, Krawatten. Dick angemerkt ist am Ende der Listen: »Mit Überschreiten der Reichsgrenze sind Sie staatenlos. Ihr gesamter Besitz geht in das Eigentum des Staates über.« Zwei Stunden benötigen sie für das Ausfüllen der Listen.

Im letzten jüdischen Laden in der Kaiser-Friedrich-Straße kaufen die Heimanns mit ihren verbliebenen Lebensmittelkarten Proviant für ihre bevorstehende Abwanderung. Viel ist es nicht. Doch es muss für ein paar Tage reichen. Den Verkäufer kennen sie. Bei ihm haben sie immer eingekauft. Er redet nicht viel. Er weiß Bescheid. Auch er hat einen Gestellungsbescheid erhalten. Soll wie sie in den Osten evakuiert werden. Wohin, das weiß auch er nicht.

Dann packen sie ihre Koffer und Rucksäcke. Zuerst legt Gustav seinen Heine in den Koffer. »Deutschland. Ein Wintermärchen«, das »Buch der Lieder« und Heines Sammlung »Die Heimkehr«. Sie stopfen warme Mäntel, Jacken, Schuhe in die Koffer. Dazu ihr Essgeschirr, Tasse, Teller, Topf und Löffel.

Und alles, was in dem Gestellungsbescheid vorgeschrieben ist. Dazu Briefe, Fotos und ihren Proviant. Erika will ihre Bücher einpacken, hat dafür in ihrem Koffer und Rucksack aber nicht genügend Platz. Immer wieder packen die Heimanns neu, nehmen etwas heraus, stopfen etwas anderes hinein. Ehe Gustav sein Fotoalbum in den Koffer zwängt, betrachtet er die alten Aufnahmen: Er bei seiner Einschulung in die Volksschule, die große Schultüte im Arm. Er mit seinen Eltern im Schlosspark Charlottenburg. Sein Hochzeitsbild mit Gertrud. Er mit Gertrud vor ihrer Heine-Buchhandlung. Erika als Baby in Gertruds Armen.

Endlich sind die Koffer und Rücksäcke fertig gepackt. Mehr können sie nicht hineinquetschen. So vieles, was ihnen lieb ist, müssen sie in der Wohnung zurücklassen. Die Betten sind abgezogen, Gertrud und Erika bringen noch den Küchenabfall zu den Tonnen im Hof und wischen die Mülleimer aus. Sie sind abholbereit. Demski dämmert auf einem Hocker dahin und murmelt: »Im düstern Auge keine Träne. Sie sitzen am Webstuhl und fletschen die Zähne …«

»Sein Heine«, sagt Gertrud zu Gustav.

»… Deutschland, wir weben dein Leichentuch«, tropft es von Demskis Lippen. »Wir weben hinein den dreifachen Fluch. Wir weben, wir weben! Ein Fluch dem Gotte, zu dem wir gebeten in Winterskälte und Hungersnöten. Wir haben vergebens gehofft und geharrt, er hat uns geäfft und gefoppt und genarrt.« Seine Stimme zittert, als er den zweiten und dritten Fluch gegen König und Vaterland rezitiert, doch er lässt nicht eine Zeile aus und endet: »… Altdeutschland, wir weben dein Leichentuch, wir weben hinein den dreifachen Fluch – wir weben, wir weben!«

Am Abend pocht es heftig gegen die Wohnungstür. Zwei Gestapomänner in Zivil dringen herein, reißen die Kleiderschränke auf, sehen unter die Betten, kontrollieren, ob sie Juden versteckt haben. Sie nehmen ihnen ihre Ausweise ab und stoßen sie aus ihrer Unterkunft. Die Heimanns und Demski haben gerade noch Zeit, ihre Mäntel überzuziehen und ihr Gepäck zu schnappen. Sie schauen sich noch einmal um. Ihre Wohnung verlassen sie wie vorgeschrieben in einem besenreinen Zustand. Die Gestapomänner versiegeln die Tür und drängen sie nach draußen auf die Reichsstraße, in die regnerische Novembernacht, vorbei an den gaffenden Hausbewohnern.

Auch vor den Nachbarhäusern haben sich Schaulustige versammelt und sehen sich den Abtransport an. Auf der Straße steht ein schwarzer Lieferwagen, dahinter Blümchens Taxi. Blümchen springt aus seinem Wagen und umarmt sie. Diesmal ohne einen kecken Spruch. Sein Gesicht ist grau.

»Ick wollt euch zur Sammelstelle fahrn, aber die Hundsfott ham's mir vabotn. Allet Jute, und bleibt jesund.«

Die Gestapomänner reißen sie auseinander und treiben die Heimanns und Demski in den Lieferwagen, zu den Familien mit ihren Kindern, die bereits auf der Ladefläche kauern. Alle mit ihrem Gepäck und dem gelben Stern an der Kleidung. Dann geht es ab zur Sammelstelle in der Synagoge Levetzowstraße, die auf den Tag vor drei Jahren in der Pogromnacht nur wenig beschädigt wurde. Jetzt wird der mächtige, repräsentative Bau mit seinen vier dicken, hohen Säulen von Scheinwerfern grell angestrahlt und tritt massiv aus der kalten Nacht hervor. Die Heimanns sind nie in diese Synagoge gegangen. Für sie hatte dieser Betraum keine Bedeutung. Sie haben sich nie als Juden gefühlt, sie waren Deutsche, Berliner. Mit dem jüdischen Glauben hatten sie nichts zu tun, fühlten sich nie zu ihm hingezogen. Das Judentum und seine Feiertage kannten sie nur aus den Zeitungen. Und trotzdem müssen sie jetzt ihre Heimstadt verlassen.

Als Gustav sich in der zusammengezwängten Menge umschaut, fragt er sich, wer von diesen Menschen mit den gelben Sternen je in dieser oder in einer anderen Synagoge war. Wohl kaum jemand, vermutet er.

Mit ihren Einsatzwagen hat die Polizei alle Straßen um den Bau herum weiträumig abgesperrt. Vor dem Eingang warten ein Lieferwagen hinter dem anderen, mit Planen verdeckte Lkws, sogar Busse und Transporter von Speditionen. Haben sie ihre menschliche Fracht ausgeladen, fahren sie ab, um neue Ladung zu holen. Schon fährt der nächste Wagen mit Deportierten vor. Vor der Sammelstelle drängen sich Männer, Frauen, Jugendliche und Alte, Familien mit ihren Kindern, auch Greise in Rollstühlen. Sogar Kranke auf Tragen. Im strömenden Regen stehen sie geduldig mit ihren Koffern, Kartons, Taschen und Rucksäcken vor der Sperre neben dem Säulenportal und warten auf ihren Einlass. Nur gruppenweise lassen Schutzpolizisten die Ankommenden durch das Gitter passieren. Auch Gustav, Gertrud und Demski müssen sich einreihen.

Dann stehen sie in einem hell ausgeleuchteten Hof. Wieder müssen sie warten, bis sie durch einen Seiteneingang in den Vorraum der Synagoge dürfen. Auch hier blendendes Scheinwerferlicht. Und überall Polizisten, Gestapo in Zivil und SS-Männer. Von den kaum verständlichen Lautsprecherdurchsagen kann Gustav nur das Wort »Schleuse« verstehen. Sie stehen also vor der Schleuse, die in den ehemaligen großen Gebetsraum führt. Bevor sie jedoch in diesen Hauptsaal dürfen, müssen sie sich in einer endlos langen Schlange an zusammengeschobenen Tischen anstellen und auf ihre Abfertigung warten. Hinter jedem Tisch sitzen Beamte und Angestellte von Ämtern. Vom Einwohnermeldeamt, Arbeitsamt, Finanzamt, Zollamt. Sie werden in die Transportlisten eingetragen und erhalten eine Evakuierungsnummer, die sie sich um den Hals hängen müssen. Dazu die Wagennummer ihres Sonderzuges Da 54.

Was heißt »Da«? Deutsche Auswanderer? Deutsche Abwanderer? Deutsche Aussiedler? Gustav wagt nicht zu fragen.

Die Heimanns und Demski erhalten die Wagennummer 12. Auch sie müssen sie an einer Schnur um ihren Hals hängen. In die Transportlisten wird gestempelt: »Evakuiert nach Minsk«. Jetzt wissen sie, dass es übermorgen nach Minsk geht. Minsk, wo ist denn das? In Polen, in Russland, in der Ukraine?

In Weißrussland, sagt man ihnen. Weißrussland, das haben sie seit Juni oft in den Sondermeldungen der Wehrmacht gehört, seit dem Krieg gegen Russland.

»Aber da ist doch alles zerstört«, sagt Gustav.

»Eben deshalb«, gibt man ihm zur Antwort. »Zum Wiederaufbau der Stadt.«

Wiederaufbau mit dem über achtzigjährigen Demski und der vierzehnjährigen Erika?

Für die Reichsbahn ist die Deportation ein normaler Geschäftsvorgang. Anstelle des üblichen Tarifs dritte Klasse gewährt sie den ermäßigten Preis für Gruppenreisen. Pro Person und Kilometer vier Pfennige. Das macht pro Person fünfzig Mark, die sie laut Vorschrift mitbringen mussten.

Man kontrolliert das Gepäck. Was zu viel wiegt, wird weggenommen. Dann wird der Rest durchsucht. Gustav, Gertrud und Demski müssen ihre Koffer und Rucksäcke öffnen. Man wühlt in ihren Sachen herum und nimmt heraus, was sie nicht mitnehmen dürfen. Briefe, Fotos, Taschenkalender. Auch das Fotoalbum nimmt man Gustav ab. Ohne sein Fotoalbum ist seine Vergangenheit weg, und ohne seinen Taschenkalender weiß er nicht mehr, welcher Tag es ist. Auch seine drei Heine-Bände nimmt man ihm ab und wirft sie in einen Karton zu anderen Büchern. Er fühlt sich wie amputiert.

Danach müssen sie ihre Kennkarten abgeben, ihre Einwohnermeldungen, Steuerbelege, Arbeitsbücher, Lebensmittelkarten und Kontoauszüge. Alles werfen die Abfertiger in große Körbe und Kartons. Auch ihre Vermögenserklärung müssen sie vorlegen. Sie wird in einem dicken Aktenordner abgeheftet.

Dann Leibesvisitation. Gestapoleute tasten sie ab, greifen in die Taschen ihrer Kleider, entdecken Gustavs Brieftasche mit dem restlichen Geld für die Zeit nach ihrer Ankunft und nehmen sie an sich. Im Saum ihrer Mäntel suchen sie nach Versteckten. Sie finden nichts und sind enttäuscht. Nun müssen die Heimanns und Demski auch ihre Armbanduhren abgeben. Für sie gilt ab jetzt keine Zeit mehr. Sind zeitlos. Erika reißt man ihr Kettchen vom Hals, die Glasperlen kullern auf den Boden.

Zum Schluss muss Gustav ein Papier unterschreiben, auf dem steht: »Ich, der unterzeichnete Jude Gustav Israel Heimann, und meine Familie bestätigen hiermit, Feinde des deutschen Volkes zu sein und als solche kein Anrecht mehr auf das von uns hinterlassene Eigentum, auf Möbel, Wertgegenstände und Konten zu haben. Unsere deutsche Reichsbürgerschaft ist hiermit aufgehoben, und wir sind ab dem 14. November 1941 staatenlos.« Auch Demski muss so etwas unterschreiben.

Endlich dürfen sie und alle anderen in den Hauptsaal, den ehemaligen Gebetsraum. Doch nur in jeweils kleinen Gruppen, um alles unter Kontrolle zu halten. »Durchschleusung« wird das genannt. Sie dauert bis weit nach Mitternacht.

Der riesige Saal ist überfüllt von Menschen. Lärm, Gestank, Schreien, Weinen schlägt ihnen entgegen. Gustav hört, dass hier mehr als eintausend Menschen zusammengepfercht sind. Die großen Fenster sind verriegelt und vergittert. Eine Flucht ist unmöglich. Auf dem Steinboden reihen sich Strohsäcke, Matratzen und Feldbetten für Kranke und Gebrechliche aneinander. Auf der Empore wird auf dem Gestühl geschlafen. Die völlig erschöpften Einsatzkräfte mit ihren weißen Armbinden hasten hin und her. Helfen, wo sie können. Das ist ihnen nur in den wenigsten Fällen möglich.

In einer Ecke haben Mitarbeiter der Jüdischen Gemeinde große Kessel mit heißer Suppe aufgestellt und verteilen sie in Wehrmachtskochgeschirr. Wieder langes Anstehen an der Essensausgabe für einen Schlag heißes Essen. Der Blechnapf muss im Hof mit kaltem Wasser gespült werden. Obwohl es die Gestapo verboten hat, steckt das Hilfspersonal kleinen Kindern heimlich Obst und Süßigkeiten zu.

Wo gehen alle diese Menschen aufs Klo? In den wenigen Toiletten sieht es entsetzlich aus. Zum Erbrechen.

Keine Ruhe in der Nacht. Schreiende Babys. Stöhnen und lautes Beten von den Alten. Scheppernde Durchsagen aus

Lautsprechern, die keiner verstehen kann. Immer wieder drängen neue Menschen herein und rufen nach Familienangehörigen. Einige stürzen sich von der Empore herab, in der Hoffnung, beim Aufschlag tot zu sein. Krankenschwestern eilen herbei, meist vergebens. Dazu gibt es stille Selbstmorde durch Veronaltabletten. Sanitäter tragen die Leichen hinaus.

Auf einmal steht Gustav in dem Gewühle vor Hedwig Broh und ihrer Tochter Edith vom Kaiserdamm. Beide waren seine Kundinnen. Die Mutter kaufte besonders Bücher von Ringelnatz und ihre Tochter Kästners »Emil und die Detektive« und »Pünktchen und Anton«. Nun werden sie mit ihm nach Minsk deportiert. Gustav hätte sie beinahe nicht erkannt, so erbärmlich sehen sie aus. Sie können kaum sprechen vor Verzweiflung. Kurz darauf hört er seinen Namen. Er dreht sich um. Flanter und seine Frau Erna! Das Buchhändlerehepaar von der Suarezstraße. Mit ihnen hat er oft telefoniert, besonders, als eine Schikane nach der anderen folgte. Sie haben besprochen, wie sie sich verhalten sollen. Niedergeschlagen schleppt sich Flanters Schwester heran, Hertha Waldo. Auch sie führte eine Buchhandlung. Am Friedrich-Karl-Platz gegenüber vom Schloss Charlottenburg.

»Ihr alle auch nach Minsk?«, fragt Gustav wie betäubt. Sie nicken stumm.

Am nächsten Tag beginnt die »Ausschleusung«. Durch Lautsprecher werden die Transportnummern aufgerufen, von eins bis über eintausend. Das dauert bis zum Nachmittag. Es geht zum Bahnhof Grunewald, einem beliebten Ort für Ausflügler. Die Heimanns kennen diesen idyllischen Vorortbahnhof gut. Zu diesem hübschen kleinen Fachwerkbau, auf dessen Dach eine Wetterfahne mit einer Lokomotive weht, sind sie oft mit Erika gefahren, um durch den Grunewald bis zum Wannsee zu wandern. Von diesem Bahnhof aus wurden auch Gustavs Eltern nach Litzmannstadt deportiert. Nun müssen die Heimanns mit all den anderen dorthin, um nach Minsk transportiert zu werden.

Vor der Sammelstelle stehen lange Reihen verdeckter Lastwagen bereit. Kleinkinder, Alte, Gebrechliche und Kranke, die die acht Kilometer lange Strecke zu Fuß nicht schaffen, werden auf die Ladeflächen gehoben. Alle anderen müssen sich bei strömenden Regen mit ihrem Gepäck durch die Stadt schleppen, begleitet von Schutzpolizisten. Damit keiner ausbricht und flieht, halten sie ihre Gewehre und Pistolen bereit. Nach einer Stunde quengelt Erika: »Ich muss mal.«

»Das geht jetzt nicht«, sagt Gustav. »Halte durch. Im Bahnhof gibt es Toiletten.«

Viele schieben erschöpft vollgepackte Kinderwagen vor sich her, auf denen Kinder hocken. Männer humpeln auf Krücken.

Den Polizisten geht der Marsch nicht schnell genug, sie treiben die lange Karawane mit Stößen ihrer Gewehrkolben zur Eile an. Vorwärts, vorwärts!

Sie ziehen durch vornehme Viertel, vorbei an Tennisplätzen und Villen. Neugierige stehen an den Zäunen und betrachten sie. Nach vier Stunden kommen sie völlig durchnässt in der Dunkelheit an. Im Bahnhof darf Erika nicht zur Toilette. Keiner darf aufs Klo. Sofort werden sie seitlich vom Gebäude über eine schräge Rampe zum Bahnsteig hinaufgedrängt. Scheinwerfer tauchen den breiten Perron in ein blendend weißes Licht. Vor wildem Gestrüpp hat sich eine Kette bewaffneter SS-Männer postiert. Mit ihren Hunden achten sie darauf, dass keiner aus dem Gewühl flieht. In den Villen dahinter stehen Bewohner an den erleuchteten Fenstern und sehen zu.

Wieder ertönen scheppernde Durchsagen aus einem Lautsprecher. Erst nach einigen Wiederholungen kann Gustav verstehen, dass sie sich nach der Reihe ihrer Wagennummern aufstellen sollen. Die Nummer 1 befindet sich vorn hinter der Lokomotive, die 20 am Ende des Zuges. Die Heimanns haben die 12. Also irgendwo in der Mitte. Alles rennt hin und her. Jeder will dort stehen, wo er einsteigen muss. Dazwischen verteilen wieder Helfer der Jüdischen Gemeinde aus Kesseln heiße Bohnensuppe und Tee, aus großen Körben Proviantpäckchen. Ein paar Scheiben Kommissbrot, bestrichen mit Margarine und belegt mit Käse. Dazu für jeden eine Flasche Wasser. Wasser haben die Heimanns zwar schon zu Hause eingepackt, aber eine zusätzliche Flasche können sie gut gebrauchen. Erika kann nicht mehr an sich halten, sie hockt sich mit anderen etwas abseits auf das Pflaster und entleert sich.

Lange müssen sie im Regen und in der Kälte auf das Eintreffen des Zuges warten. Die Jüdische Gemeinde hat auch Sanitäter organisiert, die sich um zusammengebrochene Alte kümmern und sie betreuen. Endlich hört man entfernt eine Dampflok pfeifen, und langsam fährt der Zug rückwärts ein. Zuerst zwei Personenwagen zweiter Klasse, dann mehrere Güterwagen und schließlich zwanzig alte Personenwagen dritter Klasse. Alle greifen nach ihrem Gepäck, rennen vor und zurück, schubsen, stoßen, fallen über Gestürzte. Jeder sucht die Nummer seines Wagens, hastet in der Menge hin und her.

Wieder hören sie Lautsprecherdurchsagen: »Koffer in die hinteren Güterwagen! In die Personenwagen nur Handgepäck!« Und: »Schnelle Einwaggonierung! Die Ablassung erfolgt pünktlich! Beeilung! Beeilung!«

Immer diese Eile, diese Hast. Als könnte man sie nicht schnell genug loswerden.

Transportführer schreien Anweisungen, Helfer mit weißen Armbinden nehmen verwirrten Menschen ihre Koffer ab, schleppen sie nach hinten zu den Güterwagen, schieben im Laufschritt die mit Gepäck vollgepackten Kinderwagen. Auch die Koffer der Heimanns werden von Reichsbahnern in die Waggons geworfen. Dann eilen Gustav, Gertrud, Erika und Demski zu ihrem Wagen Nummer 12 und halten sich dabei an den Händen, um sich nicht zu verlieren.

In jedem Abteil haben auf den Holzbänken acht Personen Platz. Alle Abteile in ihrem Waggon sind voll besetzt. Kein Platz mehr für die Heimanns. Immer noch drängen sich Menschen in ihren Wagen. Wütendes Geschimpfe. Da zwängen sich einige wieder heraus; sie haben sich in der Wagennummer geirrt. Jetzt ist auf einer Holzbank etwas Platz für die Heimanns. Dicht an dicht hocken sie nun und warten auf ihre Ablassung. Die Fenster werden verriegelt, die Abteiltüren verschlossen. Keiner kann mehr raus. Sie sehen, wie ein Trupp Polizisten mit Stahlhelmen an ihnen vorbei zu den Personenwagen zweiter Klasse am Zugende marschiert, bewaffnet mit Gewehren, Pistolen und sogar Maschinenpistolen und Handgranaten an ihren Koppeln.

»Unsere Zugbegleiter«, befürchtet Gustav.

Spät am Abend fährt der Osttransport endlich los. Durch die hell erleuchteten Bahnhöfe Zoologischer Garten, Alexanderplatz, Schlesischer Bahnhof. Später Frankfurt/Oder. Dann rollen sie hinaus in die Finsternis.

Im Ghetto grassiert durch die Verlausung das tödliche Fleckfieber. Kube hat Angst um seine arbeitsfähigen Juden, die er der Wehrmacht, der SS und den deutschen Firmen zur Verfügung stellen muss. Er muss etwas tun gegen diese verheerende Seuche und ordnet eine Versammlung von weißrussischen nichtjüdischen Ärzten an. Sie sollen ihm raten, was er gegen das mörderische Fleckfieber machen kann.

Bei dieser Versammlung fällt Kube eine junge, sehr schöne Ärztin auf. Sie hat gewelltes braunes Haar, dunkle Augen und eine wunderbare schlanke Figur. Er will sie ansprechen, doch sie entschwindet seinem Blick. Den ganzen Tag über kann er sie nicht mehr ausfindig machen. Auch in der Anwesenheitsliste kann er ihren Namen nicht feststellen. Er muss wissen, wer diese schöne junge Frau ist. Sein Karlchen muss ihm helfen.

Nach der Versammlung gelingt es seinem Adjutanten tatsächlich, die Personalien der Ärztin zu ermitteln. Sie heißt Tatjana Kalita, ist fünfundzwanzig Jahre alt und wohnt in Minsk. Wildenstein fordert sie auf, am nächsten Tag bei seinem Chef vorzusprechen. Doch die Kalita weigert sich, zum Generalkommissar zu gehen; sie habe Wichtigeres zu tun, sie müsse sich um Minsker Kranke und Verletzte kümmern. Wildenstein gesteht Kube seine Pleite. Gekränkt und missachtet befiehlt dieser seinem Karlchen, der Kalita mit polizeilichen Maßnahmen zu drohen, sollte sie sich nochmals weigern, zu ihm zu kommen. Ihr bleibt nichts anderes übrig, als zu ihm zu gehen. Selbstbewusst steht sie vor ihm, verärgert, weil er sie von ihrer Arbeit abhält.

»Du bist also praktizierende Ärztin«, beginnt Kube.

»Ich bin nicht Ihr Dienstmädchen, das Sie duzen können«, kontert sie.

»Also, was ist? Ärztin oder nicht?«

»Bis zu Kriegsbeginn hatte ich eine eigene Praxis«, antwortet sie und fügt bitter hinzu: »Doch die Deutschen haben meine Praxis geschlossen und mir verboten, weiter als selbstständige Ärztin zu arbeiten.«

»Und was machst du jetzt?«

»Ich bin arbeitslos und suche eine Anstellung. Und jetzt möchte ich wieder gehen. Meine Patienten warten auf mich.«

Ganz schön keck, diese hübsche Weißruthenin, denkt Kube. Deutlich lässt sich die Kalita anmerken, wie sehr sie ihn und die Deutschen verachtet.

»Bist du verheiratet?«, fragt Kube.

»Nein.«

»Schön. Hast du Eltern und Geschwister?«

»Mein Vater und mein Bruder sind an der Front. Und meine Mutter wurde nach Deutschland zur Zwangsarbeit deportiert.«

Kube ist erstaunt darüber, dass sie »Zwangsarbeit« und »deportiert« sagt statt »zur freiwilligen Arbeit verschickt«, wie es offiziell heißt. Diese Offenheit imponiert ihm. Er wird immer gieriger auf sie.

»Warum bist du in Minsk geblieben und nicht wie die meisten anderen nach Osten geflohen?«

»Nach den deutschen Bombenangriffen musste ich hier die Verwundeten pflegen.«

»Warum arbeitest du nicht in einem unserer Lazarette? Da braucht man so tüchtige Ärztinnen wie dich.«

»Ich hatte mich beworben, doch man wies mich ab.«

»Warum?«

»Weil ich gesagt habe, dass ich Kommunistin bin.«

»Da hast du Glück gehabt, dass man dich nicht gleich erschossen hat.«

»Dann hätte man mich eben erschossen.«

»So eine schöne, junge Frau. Wär schad um dich gewesen.«

»Die Deutschen haben schon viele schöne, junge Frauen erschossen.«

»Womit verdienst du denn jetzt deinen Lebensunterhalt?«

»Irgendwo verdiene ich immer ein bisschen. Außerdem bin ich davon überzeugt, dass die Deutschen bald aus Minsk fliehen müssen.«

Er ist verblüfft über ihre Ehrlichkeit ihm, dem Generalkommissar, dem obersten Chef der Zivilverwaltung, gegenüber. Diese Frau ist wunderbar, glüht es in Kube. Er fühlt, wie er sich in sie verliebt. Er muss sie haben. Sie darf ihm nicht wieder entwischen.

Er schlägt ihr vor, bei ihm als Hausgehilfin zu arbeiten. Brüsk lehnt sie ab. Auch das imponiert ihm. Ihm gefällt, wie entschieden sie ihm widerspricht und sein Angebot in den Wind schlägt. Das reizt ihn umso mehr. Er legt noch ein Scheit drauf und schlägt ihr vor, als sein persönliches Dienstmädchen zu arbeiten. Damit hätte sie keine finanziellen Probleme mehr. Wieder lehnt sie entschieden ab.

Er muss zu einem stärkeren Mittel greifen und macht ihr klar, dass ihre Verweigerung polizeiliche Konsequenzen haben wird. Sie sei arbeitslos, dazu auch noch Kommunistin, und lehne eine Anstellung ab. Eine Verhaftung sei unausweichlich.

Sie schweigt, ihre dunklen Augen funkeln wütend. Verweigern kann sie nicht. Sonst übergibt er sie dem SS-Sicherheitsdienst. Dann wäre es aus mit ihr. Bei einer Festnahme kann sie auch die Kranken nicht mehr versorgen. Sie wären alleingelassen. Doch als sein persönliches Dienstmädchen könnte sie ihn vielleicht dazu überreden, dass er sie für die Pflege ihrer Patienten sorgen lässt.

Nach seinem Versprechen, sich um ihre Kranken zu kümmern, stimmt sie widerstrebend zu. Kube triumphiert. Nun hat er sie. Alles Weitere wird sich nach und nach ergeben.

Unglücklich und missmutig verrichtet sie ihre Arbeit als sein Dienstmädchen und leidet darunter, mit ihm schlafen zu müssen, wenn er es wünscht.

Im Generalkommissariat spricht sich seine neue Liebschaft schnell herum. Alle wissen davon, munkeln und tuscheln. Kube schert sich nicht darum. Auch die anderen verheirateten Männer und Frauen haben hier ihre Bräute und Liebhaber. Darüber dringt kein Wort nach draußen. Alle halten gut zusammen. Auch sein Karlchen schweigt eisern. Er und Kube wissen: Wenn der SD, der Sicherheitsdienst der SS, von der Affäre Wind bekommt, kann das schlimm enden.

Eines Morgens kommt Tatjana nicht zur Arbeit. Auch in ihrem Wohnraum im Keller, wo sie mit den anderen Dienstmädchen ihr Quartier hat, ist sie nicht. Spurlos verschwunden mit all ihren Sachen. Jetzt weiß er: Sie ist abgehauen. Wohin ist sie geflohen? Hat sie sich dem Minsker Widerstand angeschlossen? Dieser Untergrundgruppe »Dima« unter der Leitung der »Schwarzen Maria«, die er und andere seit Langem vergebens suchen? Oder ist sie zu den Partisanen im Wald geflüchtet?

Einen Monat später müssen in Kubes Arbeits- und Privaträumen wieder mal ein paar Telefonleitungen überprüft und repariert werden. Kube will auf keinen Fall, dass der SD ihm Techniker schickt. Da kann er sicher sein, dass man ihm eine Abhöranlage installiert. Schon einmal hat der SD seine Fernsprechtechniker angeboten, als Kubes Leitungen defekt waren. Doch er war vorsichtig genug, dies abzulehnen, und ließ einen Mann von Telefunken kommen, den ihm Tatjana empfohlen hatte. Telefunken, dachte Kube, ein deutsches Unternehmen in Minsk, das ist zuverlässig, und ließ den Mann kommen.

Er schaute sich die Sache an und reparierte die Anlage sehr gekonnt.

Bei der jetzigen Überprüfung stellen die Männer von Telefunken fest: Der von Tatjana empfohlene Techniker hatte eine Verbindung zum Ghetto gelegt. Die Widerstandsgruppe im Ghetto konnte alle seine dienstlichen und privaten Gespräche abhören. Was für ein Miststück, diese Tatjana, flucht Kube. Das nächste Mal muss ich vorsichtig sein mit meiner Geliebten. Das darf mir nicht noch einmal passieren.

Die Heimanns und Demski können nicht sagen, wie lange sie nun schon dahinrollen. Die Armbanduhren hat man ihnen abgenommen. Sie haben kein Zeitgefühl mehr. Auch seinen Taschenkalender musste Gustav abgeben. Er war es gewohnt, darin die Ereignisse des Tages und seine Planungen einzutragen. Nun ist er den Tagen völlig ausgeliefert.

Schaukelnd dämmern sie dahin. Sie spüren das Rollen des Zuges, hören den Takt der einlullenden Schienenstöße. Nur manchmal schrecken sie hoch, wenn der Wagen über Weichen hin und her ruckt. Schlafen ist unmöglich. Laut schnarchen die Männer und Frauen im Abteil, reden im Traum vor sich hin, stöhnen, schlagen um sich. Manchmal versinken die Heimanns in einen Dämmerschlaf und haben das Gefühl, der Zug fahre rückwärts, zurück nach Berlin.

Als Gustav erwacht, ist die Scheibe der Abteiltür vom Atem der Insassen beschlagen. Mit der Hand wischt er über das Glas. Über den weiten Feldern und Äckern liegt dichter Nebel. Das muss Polen sein. Unendliches Polen. Als es heller wird, sieht er niedergebrannte Dörfer. Dazwischen zerborstene Panzer. Kaum Menschen. Nur hin und wieder ein Pferdefuhrwerk mit einem eingehüllten Bauern. Manchmal auch Kinder auf Panjewagen. Irgendwann dann Warschau. Nur Ruinen, Ruinen. Jetzt wachen auch Gertrud, Erika, Demski und die anderen im Abteil auf. Langsam fährt der Zug ohne anzuhalten durch die bombardierte Bahnhofshalle, von der nur noch das Eisengerüst übrig geblieben ist. Beim Durchfahren des Stahlgerippes sehen sie auf dem Bahnsteig SS-Männer mit ihren Gewehren und erschöpfte Wehrmachtssoldaten, die auf ihrer Ausrüstung liegen und auf den Weitertransport warten.

Hunger und Durst plagen die Heimanns. Ihr eingepackter Proviant ist längst verschlungen. Kein Brot mehr, kein Käse, keine Wurst. Auch ihre Wasserflaschen sind leer. Sie wissen nicht, wie es weitergehen soll ohne Essen und Trinken. In der stickigen Luft versuchen sie, weiter dahinzudämmern, um ihren Hunger und Durst zu vergessen. Vergebens.

Nach langer Zeit rappelt der Zug über ein Gewirr von Weichen. Sie fahren in ein weites Rangiergelände hinein, vorbei an einer Dampflokomotive, die in ihrem riesigen Kessel Wasser fasst. Das meiste strömt daneben und versickert zwischen dem Schotter. Wasser! Wasser! Sie haben keinen Tropfen mehr, und da flutet es in die Erde! Der Zug rollt ein paar hundert Meter weiter und hält schließlich mitten im Rangiergelände an. Auf einem Schild steht: »Wołkowysk«. Gustav sieht durch sein Fenster ein paar Gleise entfernt einen Güterzug stehen. Vor den schmalen Luftschlitzen unter den Dächern ist Stacheldraht befestigt, die Schiebetüren stehen weit offen. Er sieht Kolonnen von Polizisten mit Gewehren und Maschinenpistolen. An den Leinen halten sie Hunde und riegeln ihren gerade eingetroffenen Zug und den Güterzug ab.

Auch die begleitenden Polizisten aus den beiden letzten Wagen rennen mit ihren Waffen heran und reihen sich in die Absperrkette ein. Gustav sieht, wie Menschen aus ihrem Zug zu den Güterwaggons getrieben, in sie hineingestoßen werden. Sie fallen, verlieren ihr Gepäck. Die Polizisten prügeln, die Menschen schreien, rennen, fliehen ihrer Verzweiflung nach allen Seiten, wollen die Absperrketten durchbrechen, werden niedergeschlagen. Schüsse, Schüsse, immer wieder Schüsse. Die Hunde kläffen wie wahnsinnig, reißen an den Leinen. Wagen für Wagen werden aus ihrem Zug die Menschen hinübergejagt zum Güterzug gegenüber.

Schließlich sind sie an der Reihe. Als ihre Tür aufgeschlossen wird, fallen ein Mann und eine Frau heraus. Der Mann bleibt auf dem Schotter liegen, die Frau versucht wegzukriechen. Sofort wird auf sie geschossen. Dann dringen Polizisten in ihr Abteil ein und prügeln Gustav, Gertrud, Erika, Demski und die anderen hinaus. Sie haben kaum Zeit, nach ihren Taschen und Rucksäcken zu greifen, müssen über den Mann vor dem Trittbrett steigen, da werden sie schon mit Gebrüll über die Gleise zum Güterzug gehetzt. Viele stolpern über die Schienen, stürzen, können sich nicht mehr erheben, und die Nachfolgenden fallen über sie. Kinder verlieren ihre Eltern, irren schreiend umher. Ein paar Männern und Frauen gelingt es, durch die Absperrung zu preschen. Die Polizisten feuern hinter ihnen her, die Fliehenden stürzen nieder, bleiben liegen.

Gustav, Gertrud, Erika und Demski werden in die Güterwagen gedrängt. Denen, die nicht schnell genug hineinklettern können, stoßen die Polizisten ihre Gewehrkolben in die Rücken. Reichsbahner hieven niedrige Bottiche in die Waggons, schieben die Türen krachend zu und verriegeln sie. Nur einen schmalen Spalt lassen sie offen. Sofort strecken sich Arme heraus, betteln um Wasser. Die Eisenbahner schlagen die Arme weg.

Etwa achtzig Menschen kauern auf den splittrigen Bohlen des Waggons. Wieder sind sie gefangen. Die Lok pfeift, der Güterzug fährt ab. Sie verlassen Wołkowysk. Auf den Gleisen bleiben eine Menge Gepäck und Tote zurück.

Ein paar Männer klettern zu dem Luftschlitz unter der Dachkante hinauf und versuchen, den Stacheldraht wegzureißen, um während der Fahrt hindurchzuschlüpfen und zu fliehen. Vergebens. Mit blutigen Händen gleiten sie wieder herab.

Demski hockt in einer Ecke. Es geht ihm schlecht. Er hat Fieber, hustet heftig, wischt sich den Schweiß von der Stirn. Während der Fahrt verschlechtert sich sein Zustand. Hitzewellen schütteln seinen Körper. Sein Husten ist bald nur noch ein

Gurgeln. Seine Kehle ist voller Schleim. Er würgt ihn hervor und spuckt das eitrige Sekret auf seinen Mantel. Er bittet um Wasser. Keiner hat Wasser. Er sammelt den Rest seines Speichels im Mund und schluckt ihn.

Auf dem Bottich in der Ecke verrichten sie ihre Notdurft. Im Waggon stinkt es unerträglich. Man ist nahe daran zu ersticken. Der Bottich ist schon nach Stunden bis zum Rand voll mit Urin und Scheiße. Wenn der Zug über Weichen ruckelt, schwappen die Extremente über den Rand und ergießen sich über die Bohlen. Einige haben ihre Mäntel ausgezogen, zusammengerollt und sie zu einem kleinen Wall um den Bottich gelegt, damit sich die Fäkalien nicht noch weiter im Waggon verteilen.

Wieder durchfahren sie langsam einen Bahnhof. Durch den Türspalt sieht Gustav Wellblechbaracken. Polizisten und Wehrmachtssoldaten bevölkern den Bahnsteig. Dann kann er auf einem Schild »Baranowitschi« entziffern. Wo liegt Baranowitschi? Welcher Tag ist heute? Wie viele Tage sind sie schon unterwegs? Der Zug beschleunigt seine Fahrt. Alle dämmern dahin in ein unbestimmtes Schicksal. Auch die Heimanns und Demski. Sie wollen von nichts mehr wissen. Sie wollen vergessen, was war, und sich nicht vorstellen, was ihnen bevorsteht. Ihr Berlin ist so unendlich weit weg. Sie wollen Berlin vergessen, können es aber nicht. Sie wollen nicht daran denken, was sie in Minsk erwartet, können es aber nicht.

Draußen ist es wieder Nacht geworden. Ihre Welt besteht aus vier Wänden, einem Dach und einem Holzboden und Dunkelheit. Sie rollen dahin.

»Wir hocken in einem Käfig«, sagt Gustav. »Wie Tiere, die man gefangen hält.«

»In Minsk lassen sie uns raus«, sagt Gertrud.

»Minsk?«, zweifelt er. »Gibt es das überhaupt? Vielleicht ist das eine Erfindung.«

Erika beginnt zu weinen. »Ich hab Angst.«

»Quäl das Kind nicht«, weist ihn Gertrud zurecht und

nimmt sie in die Arme. Demski würgt am Schleim in seiner Kehle.

Am nächsten Morgen Kaidanowa. Der Bahnhof besteht nur aus ein paar Schuppen, einige davon halb ausgebrannt. Dahinter steht auf einem zweiten Gleis ein anderer Güterzug mit offenen Waggons. Viehwagen. Über den Rand ragen dicht an dicht kahl geschorene, knochige Köpfe heraus.

»Russische Kriegsgefangene«, sagt der Mann neben Gustav. »Werden irgendwohin transportiert.«

Da werfen Wachtposten drei, vier Brotlaibe in einen Waggon. Sofort recken sich hundert nackte Arme heraus, um einen davon aufzufangen. Dann hört man entsetzliches Geschrei. Anscheinend schlagen sich die Gefangenen um die Brote, reißen es sich gegenseitig aus den Händen. Auf dem Bahnsteig stehen Militärposten gelangweilt herum, machen ihren Gesten nach abfällige Bemerkungen über die schreienden, sich prügelnden Kriegsgefangenen. Auch in Gustavs Waggon schreien die Eingesperrten, wenn sie noch die Kraft dazu haben. Strecken ihre Arme durch den Türspalt. Flehen: »Wasser – Wasser.« Keiner reicht ihnen Wasser. Ausgetrocknete brechen zusammen. Keine Sanitäter, keine Rotkreuzschwestern auf dem Bahnsteig. Dafür sieht Gustav Arbeiter, die Bretter heranschleppen. Dann hört er am Waggon nebenan ein Hämmern.

»Was nageln die da zu?«

»Vielleicht hat man die Wand oder den Boden aufgebrochen«, sagt jemand. »Während der Fahrt hinausgeschlüpft. Geflohen.«

»Während der Fahrt aus dem Zug?«

»Warum nicht?«

»Das überlebt man nicht.«

»Vielleicht doch.«

Unendlich langes Warten in Kaidanowa. Warum geht es nicht weiter? Demski geht es noch schlechter. Immer wieder sackt er zur Seite, sinkt auf die Bohlen nieder. Gertrud hebt seinen Oberkörper auf ihre Knie und legt seinen Kopf in ihre

Hände. Seine Stirn glüht. Keiner hat einen Tropfen Wasser, um ein feuchtes Tuch auf seine Stirn zu legen. Sie fasst seine Hände. Sie sind eiskalt. Er kann kaum noch atmen, keucht. Mit weit aufgerissenen Augen starrt er sie an. Seine Augäpfel sind trocken, kein Glanz mehr auf seinen Pupillen. Er kann nicht mehr sprechen, nur noch stammeln. Niemand kann verstehen, was er sagt. Er hechelt, röchelt. Sein Atem rasselt, gurgelt. Gertrud hält seine Hand, will sie mit ihrer ebenfalls kalten Hand wärmen. Sie streichelt sie wieder und wieder. Seine Augen werden glasig. Er kann sie nicht mehr halten, sie rollen nach oben. Gertrud sieht das Weiß seiner Augäpfel. Es schaudert sie. Sie fühlt, wie er sich immer weiter entfernt, wie er immer weiter davontreibt. Sein Mund steht halb offen, sein Atem wird langsamer, die Pausen länger. Er atmet immer kürzer, immer schwächer. Schnappt nach Luft. Lautlos. Noch zwei, drei kurze Schnapper, dann nichts mehr. Das Leben flieht aus seinem Körper.

Gertrud erstarrt neben ihrem toten Vater. Gelähmt und mit stumpfem Blick stiert sie auf seinen Leichnam. Seine Augäpfel sind wieder zurückgefallen, die Augen weit aufgerissen, sein Mund leicht geöffnet.

Der Zug fährt ab, verlässt Kaidanowa. Mit Demskis Leiche. Im Waggon ist es eisig kalt.

Der übergelaufene Urin aus dem Bottich ist zu einer gelblichen Schicht gefroren und der Kot darin zu schwarzen Klumpen.

»Willkommen im befreiten Minsk.« So steht es auf einem großen Transparent, das Gustav durch den Türspalt sieht, als der Zug langsam in den Minsker Güterbahnhof hineinruckelt und zwischen leeren Gleisen anhält. Kein Bahnsteig, nur Schienen und Schotter. Jetzt wird auch die Schiebetür ihres Waggons entriegelt und geöffnet. Kälte und Schneetreiben schlagen den Heimanns entgegen. Wieder ist der Zug von einer Kette Polizisten und Wehrmachtssoldaten umstellt, alle schwer bewaffnet. Das also ist das befreite Minsk. Männer in seltsamen Uniformen stürmen in ihren Waggon, brüllen: »Schnell! Schnell!«, und schlagen sie mit Stöcken hinaus. Viele der Deportierten wehren sich, kreischen, schlagen zurück. Sie wollen nicht raus. Sie weigern sich, den Waggon zu verlassen, bis sie dann doch hinausgestoßen werden. Manche verkriechen sich in die Ecken und halten ihre Arme über die Köpfe. Die Uniformierten schleifen sie zur Schiebetür und treten sie hinaus.

Gustav, Gertrud und Erika springen aus dem Wagen und greifen gierig wie die anderen, die noch einen Funken Leben im Leib haben, mit beiden Händen nach dem schmutzigen Schnee zwischen den Schienen und stopfen ihn in ihre Münder. Das kalte Zeug schmerzt an ihren Zähnen, doch sie schlucken den schmelzenden Schnee. Endlich ein wenig Flüssigkeit in ihre ausgetrockneten Leiber. Viele jedoch stehen nur apathisch da. Nach vier Tagen Transport sind sie zu erschöpft, zu geschwächt, um sich noch zu bewegen. Manche laufen verwirrt umher, wissen nicht, wo sie sich befinden; andere sinken nieder, bleiben auf dem Schotter liegen.

Dann werden die Toten auswaggoniert. Von Wagen zu Wagen packen Eisenbahner die Leichen an den Oberarmen und Füßen und werfen sie hinaus.

»Alles Abgänge«, sagen sie.

Als Gertrud ihren toten Vater neben dem Waggon liegen sieht, wirft sie sich über ihn, umklammert ihn und schluchzt mit trockenen Augen. Sie hat keine Tränen, um zu weinen. Sein Leichnam ist steif wie ein Brett. Sie lässt ihn nicht los, auch nicht, als die Eisenbahner mit einem Karren kommen, auf den sie die Leichen häufen. Mit Gewalt müssen sie Gertrud losreißen und werfen Demski zu den anderen Toten. Da stößt sie einen grauenhaften Schrei aus und will brüllend die Karre festhalten, mit der die Bahner weiterziehen. Gustav und Erika müssen sie davon lösen und sie wegführen.

Am Zugende werden aus Waggons, die man in Wołkowysk angehängt hat, Koffer, Kartons, Rucksäcke und vollgepackte

Kinderwagen herausgeschleudert. Die Koffer und Kartons platzen auf, ihr Inhalt liegt verstreut auf dem Schotter. Als die Heimanns aus den Riesenhaufen ihr Gepäck heraussuchen, hat Gertrud auf einmal den Koffer ihres Vaters in der Hand. Das Letzte, was ihr von ihm bleibt. Dann heißt der Befehl: »Aufstellen zum Abmarsch!«

Jelena hat bis jetzt in der Kaserne geputzt. Auf dem Weg zwischen den Ruinen hindurch nach Hause zu ihrer Souterrainwohnung kommt ihr wieder mal eine lange Kolonne Menschen entgegen. Sie hat erlebt, wie im Juli das Ghetto errichtet wurde, wie Minsker Juden und Juden aus dem Umland auf Lastwagen in dieses Ghetto transportiert wurden. Und im November sind ihr schon mal solche Trecks mit Juden begegnet. Von Soldaten in der Kaserne hat sie erfahren, dass sie aus Hamburg, Düsseldorf und Frankfurt am Main kamen. Woher nun diese Kolonne kommt, keine Ahnung.

Die meisten Minsker, die nach Hause oder zur Arbeit eilen, beachten die Ankommenden kaum. Sie kennen das. Sie interessieren sich nicht für die sich Dahinschleppenden. Sie haben genug damit zu tun, ihren eigenen Überlebenskampf zu bewältigen. Jelena aber bleibt im Schneetreiben stehen und sieht sich die vorüberziehenden Menschen an. Wie sie in zerrissenen und verklebten Kleidern mit verstörtem Blick über die Straße schlurfen, sich kaum noch aufrecht halten können, ihr Gepäck hinter sich herschleifen. Bewacht von deutschen, lettischen, ukrainischen und weißrussischen Polizisten.

Eine junge Frau sackt erschöpft zusammen, bald darauf ein alter Mann. Ein Polizist schießt beiden in den Kopf. Wut und Zorn steigen in Jelena hoch. Am liebsten hätte sie dem Polizisten ins Gesicht geschlagen. Doch dann würde sie auf der Stelle selbst erschossen werden.

Nach ihrem mühsamen Marsch kommen die Heimanns mit all den anderen am Ghettotor an. Über einem hohen, zweifachen

Stacheldrahtzaun verkündet ein Schild auf Deutsch und Russisch: »Jüdischer Wohnbezirk. Warnung! Bei Durchklettern des Zaunes wird scharf geschossen.« Vor dem Wachhäuschen zählen Uniformierte die rund tausend Neuzugänge und verteilen Nummern. Die Heimanns bekommen die Nummern 385 bis 387 in die Hände gedrückt. Nur langsam, in Zehnergruppen, dürfen die Menschen das Ghettotor passieren, dann geht es weiter über schlammige Pfade, auf denen sich schmutziger Schnee und Regenpfützen angesammelt haben. Sie müssen darauf achten, in dem Modder nicht auszurutschen. Auf der einen Seite des Wegs sehen sie alte, halb zerfallene Holzhäuschen und auf der anderen Seite einen Stacheldrahtverhau, hinter dem abgemagerte Gestalten lungern. Sie haben weiße Flicken an ihren Lumpen, strecken ihnen die Hände entgegen und rufen ihnen auf Russisch etwas zu.

Schließlich erreichen sie einen großen baumlosen Platz. Auf einem Blechschild steht: »Festplatz«. In der Mitte ragt ein Galgen aus schweren Balken empor, neben dem Platz stehen ein kleines Holzhaus mit der Aufschrift »Lagerleitung« und ein großes weißes Steinhaus, das aussieht, als sei es früher mal eine Schule gewesen. »Hospital«, steht auf der Fassade. Mittlerweile hat es aufgehört zu schneien, dafür weht ein eisiger Wind. Es dauert unendlich lang, bis alle Angekommenen versammelt sind. Die Heimanns können sich nicht mehr auf den Beinen halten. Ihre geschwollenen Füße brennen, ihre Knochen schmerzen, sie sinken wie die anderen erschöpft auf ihre Koffer, Rucksäcke und die nasse Erde nieder.

Die Hamburger, Düsseldorfer und Frankfurter Juden interessieren Kube nicht. Ihn interessieren nur seine Berliner Juden. Die will er sehen. Es ist das erste Mal seit seinem Amtsantritt, dass er das ihm unterstellte Ghetto betritt, begleitet von seinem Adjutanten Wildenstein und ein paar Männern seiner Schutzmannschaft. Bisher weigerte er sich, diesen grauenhaft verlausten Ort zu besichtigen, in dem sich Seuchen ausbreiten, besonders das gefährliche Fleckfieber. Davor hatte er Angst. Er fürchtete auch, von Minsker Juden angegriffen zu werden. Auch im Ghetto haben sich Partisanengruppen gebildet, um Widerstand zu organisieren. Für sie wäre er das richtige Ziel.

Geschützt von seinen Leibwächtern eilt Kube an diesem Tag so schnell wie möglich zum Festplatz. Er betritt keine der Hütten. Das Elend in diesen Quartieren will er nicht sehen. Er besichtigt nicht die Suppenküchen. Der Geruch der angefaulten Kartoffeln und schimmeligen Rüben ekelt ihn. Auch in die vereisten Latrinen schaut er nicht hinein. Er kann sich vorstellen, wie es da aussieht. Allein bei dem Gedanken daran schüttelt es ihn. Dann erreicht er den Festplatz, auf dem seine Berliner Juden hocken, liegen, kauern. Der große Galgen, an dem Ungehorsame, Arbeitsbummler und Widerständler gehängt werden, ragt aus der Menge empor.

Kube fallen blonde, blauäugige Deportierte auf. Sie sehen so arisch aus, ganz und gar deutsch. Überhaupt nicht so, wie er sich Juden vorstellt. Das kann nicht sein. In Berlin hatte er außer einem Klassenkameraden in seinem Gymnasium und seiner Schwägerin Lore nie persönlich Juden kennengelernt. Auch sie sahen nicht jüdisch aus. Er tritt auf einige dieser Berliner zu und spricht sie an. Obwohl sie nicht wissen, wer er ist, erheben sie sich und bemühen sich, aufrecht zu stehen. Er erfährt, dass sie und viele andere der Deportierten im großen Krieg von 1914/18 Frontkämpfer waren, die mit dem Eisernen Kreuz Erster und Zweiter Klasse ausgezeichnet wurden. Aus ihren Taschen holen sie ihr Eisernes Kreuz hervor und zeigen es ihm. Unbegreiflich für ihn, dass sie jetzt hier sind. Zögernd gestehen sie ein, dass sie gar nicht wissen, warum man sie hierhergeschafft hat. Ihre Eltern, Großeltern und Urgroßeltern haben schon immer in Deutschland gelebt. Berlin war ihre Heimat. Sie haben sich nie als Juden gefühlt. Kube ist verwirrt. Sicher wurden sie im Chaos der Berliner Behörden irrtümlich deportiert. Er bittet Wildenstein, ihre Namen zu notieren. Er wird dieser Sache nachgehen.

»Woher kommen Sie aus Berlin?«, will er von ihnen wissen. Sie nennen ihm Tempelhof, Wilmersdorf, Wedding, Neukölln. Als er nach ihren Berufen fragt, antworten sie »Elektriker«, »Kfz-Mechaniker«, »Schlosser«, »Schneiderin«, »Friseuse«.

»Sehr gut«, sagt Kube zu einigen. Deutsche Juden beschäftigt er gern in seinem Generalkommissariat. Sie sind sauber, fleißig und zuverlässig. Außerdem kann man sich mit ihnen auf Deutsch verständigen. »Wenn Sie in der Lagerleitung zu Ihren Arbeitsstellen eingeteilt werden, sagen Sie, dass ich Sie zu mir abkommandiert habe.«

Sie sehen ihn fragend an.

»Kube«, klärt er sie auf. »Ich werde dafür sorgen, dass Sie bei mir arbeiten.«

Auch die Heimanns spricht er an: »Und woher kommen Sie?«

»Aus Charlottenburg«, sagt Gustav.

»Und Ihr Beruf?«

»Buchhändler.«

»Schön. Sehr schön«, lobt Kube und ordnet an: »Sie kommen mit Ihrer Familie in meine Deutsche Bibliothek im Deutschen Haus.« Dann zieht er mit Wildenstein und seinen Leibwächtern davon.

Aus Lautsprechern dröhnen die erteilten Nummern. Die Aufgerufenen sollen zur Lagerleitung. Es dauert entsetzlich lang, bis die Heimanns mit ihren Nummern an der Reihe sind und vor dem Judenrat stehen. Ihre Namen werden in ein großes, dickes Buch eingetragen, sie erhalten einen Stofffetzen mit ihrer Ghettonummer, den sie später an ihre Kleidung annähen müssen. Und sie erhalten einen Arbeitspass, den sie auf keinen Fall verlieren dürfen, sonst gibt es keine Arbeit und ohne Arbeit kein Essen. Gustav wird der Bauorganisation Todt zugeteilt, Gertrud der Reichsbahn und Erika dem deutschen Kaufhaus Troll. Sie weisen den Judenrat darauf hin, dass Kube sie für sein Generalkommissariat haben will, für die Deutsche Bibliothek.

Der Lagerleiter streicht seinen Eintrag, trägt »Gk« ein und gibt ihnen die Quartiernummer 43. Man erklärt ihnen, wo sich ihr Quartier befindet: »Direkt gegenüber dem Friedhof. Nicht zu verfehlen.«

Schon drängen die Nächsten in die Lagerleitung.

Ihre Unterkunft 43 ist ein niedriges, ebenerdiges Holzhäuschen, eine schäbige Hütte. An der Eingangstür lesen sie die Namen von drei Familien und klopfen an. Nichts rührt sich. Sie treten ein. Niemand da. Die drei Räume haben keinen Bretterboden, nur festgestampfte Erde. Sie sind bewohnt und vollgestopft mit zusammengewürfeltem Mobiliar, überall liegen Koffer, Rucksäcke und Kartons herum. Die Toilette ist ein Plumpsklo mit einem Waschbecken. Nur die kleine Küche mit dem Betonboden ist noch frei. Den Heimanns bleibt nichts anderes übrig, als sich dort niederzulassen, sie sacken entkräftet zwischen dem kalten Eisenofen, dem Spülbecken und einem Tisch auf den Beton. Nach etwas Schlaf raffen sie sich auf, um zu einer Suppenküche zu gehen. Aus einem großen Kessel schöpft man in ihre mitgebrachten Töpfe dicke, verkochte Kartoffelsuppe, in der auch Kartoffelschalen schwimmen. Gierig verschlingen sie ihre erste warme Mahlzeit nach vier Tagen, während sie noch immer das Schaukeln und Rattern der Züge in ihren Körpern spüren.

Am Abend treffen nach und nach die Bewohner der Hütte von ihrer Arbeit ein. Eine Familie aus Hamburg, eine aus Düsseldorf und die dritte aus Frankfurt. Die Heimanns beklagen sich, in der Küche eingepfercht zu sein.

»Was beklagt ihr euch?«, erwidern die Hamburger. »Als wir als erste Deutsche hier eintrafen, mussten wir zuerst die Leichen der erschossenen Minsker Juden herausschaffen und sie hinüber zum Friedhof tragen. Alles war voller Blut. Auf den Tischen stand noch ihr Essen. Schwarz von Fliegen. Dann mussten wir die Ratten totschlagen. Nun hausen wir seit einer Woche in diesem Kabuff.«

Der Mann, seine Frau und seine Tochter arbeiten bei Telefunken, in einer Fabrik für Luftwaffenfunkgeräte und Radios. Er muss die beschlagnahmten Rundfunkgeräte der Minsker auf die Wellenlänge des deutschen Soldatensenders umpolen. Den Minskern ist es verboten, ein Radio zu besitzen. Seine Frau und seine Tochter müssen mit wunden Fingern feinen Kupferdraht zu Widerstandsspulen wickeln.

»Gestern hat Telefunken ein Dutzend Arbeiter als entbehrlich gemeldet«, sagt der Hamburger. »Wo die geblieben sind, kann man sich denken. Mal sehen, wann wir entbehrlich sind.«

Bei der Rückkehr ins Ghetto, so erzählt er weiter, werden sie am Tor jeden Abend streng kontrolliert, ob sie technische Teile einschmuggeln, die die Partisanen für den Bau ihrer Sende- und Empfangsanlagen benötigen. Findet man bei jemandem etwas, wird er erschossen.

Der Düsseldorfer arbeitet bei der Organisation Todt. Er muss die Brücken neu bauen, die die Partisanen gesprengt haben, Zementsäcke schleppen. Seine Frau ist bei Bosch, Zündkerzen feilen. Seine beiden Söhne bei Daimler, in einer riesigen Reparaturwerkstätte mit zwei Dutzend Hallen für Panzer und Lastwagen. Den Frankfurter nahm die Reichsbahn zum Umladen der Fracht von den Güterwagen auf Lkws. Seine Frau arbeitet im deutschen Kaufhaus Troll und seine Tochter in der Oper.

»Gibt es in Minsk eine Oper?«, fragen die Heimanns. Die anderen grinsen gallig. In der nur wenig beschädigten Oper hat man aus dem großen Zuschauerraum alle Sitze herausgerissen und dort Berge von Koffern der erschossenen Deportierten gestapelt. Dazu die Hinterlassenschaften der liquidierten Minsker. Die Tochter muss mit anderen das gesamte herrenlose Judengut sortieren und die Kleider nach Wertsachen absuchen. Blutige und verschmutzte Kleider werden gereinigt, ausgebessert und als »Spende der weißrussischen Bevölkerung für das deutsche Volk« ins Reich geschickt, berichten sie.

Dann erzählen sie den Heimanns, was alles verboten ist: im Küchenofen Feuer machen. Sich ab Einbruch der Dunkelheit bis zum Hellwerden im Freien aufhalten. Tauschhandel betreiben. Mit den Minsker Juden oder mit der Stadtbevölkerung Kontakt aufnehmen. Die gelben Sterne auf ihrer Kleidung oder die angenähten Ghettonummern verdecken. Wer gegen eines dieser Verbote verstößt, wird erschossen.

Zwei Tage später kehrt die Hamburger Familie, die bei Telefunken arbeitet, nicht von der Arbeit zurück. Bei der Leibesvisitation am Ghettotor wurde technischer Kleinkram bei ihnen entdeckt, man hat sie sofort erschossen. Nun ist ihr Zimmer frei, und die Heimanns können in ihren Raum ziehen. Als Betten dienen ihnen aufgebockte Türen. Bald darauf steht eine neue Familie vor der Tür. Sie stammt aus Brünn und soll hier einquartiert werden. Sie können nur die Küche belegen. Als Arbeitsstelle hat man ihnen die Kiesgrube am Stadtrand zugewiesen.

Auf ihren Arbeitsstellen bekommen die Juden wenigstens regelmäßig zu essen. Nicht viel, aber es reicht, um sie bei Kräften zu halten. Davon kann die Stadtbevölkerung nur träumen. Ihr werden pro Tag ein paar Gramm Butter, Fett, Hefe und Sirup zugeteilt. Dazu etwas Brot und Kartoffeln.

Die Minsker müssen von der Hand in den Mund leben. Die wenigen Lebensmittelläden sind leer, und auf den Märkten liegen auf Brettern Ziegenköpfe, Gedärme und Hufe zum Auskochen, bedeckt von schwarzen Fliegen. Dazu angefaulte Rüben und Kohlköpfe. Auch tote Katzen, um aus dem abgezogenen Fell Schuhe zu binden. Heimlich bieten Kinder unter ihren zerrissenen Mänteln deutsche Zigaretten und Schnaps an, die sie irgendwo geklaut haben. Auf dem Schwarzmarkt können die Minsker nichts kaufen. Die Preise sind irrsinnig hoch. So viel Geld haben sie nicht. Außerdem ist es verboten, auf dem Schwarzmarkt zu kaufen. Es wird hart bestraft, oft sogar mit Erschießung.

Nach einer Krisensitzung über die Hungersnot in der Stadt kommt Kube zu dem Schluss, dass der Bevölkerung nicht geholfen werden kann. Von den Bauern auf dem Land ist nichts zu holen. Sie haben selbst nichts. Und sollte man doch etwas finden und gewaltsam beschlagnahmen, würden die Partisanen den Transport überfallen und mit der Beute fliehen. Die Lebensmittellager in Minsk sind zwar voll mit Waren aus dem Reich, doch die sind nur für Wehrmacht, Polizei, SS und die Zivilverwaltung bestimmt. Er kalkuliert, dass im kommenden Winter viele Minsker erfrieren, verhungern oder an Seuchen sterben werden.

Um sich von »unnötigen Essern zu befreien«, wie Kube es nennt, ordnet er an, die geistig und körperlich behinderten Patienten der psychiatrischen Klinik Nowinki bei Minsk »von ihrem Elend zu erlösen«. Ganz im Sinne der in Berlin betriebenen »Euthanasie« befiehlt er in Absprache mit dem Leiter der Abteilung Gesundheit seines Generalkommissariats Weber, der auch sein privater Arzt ist, die Behinderten dieses »Idiotenheims« zu liquidieren.

Im Badehäuschen der Klinik lässt Kube einen Raum zu einer luftdicht abgeschlossenen Kammer herrichten, die über sechshundert Patienten darin einsperren und sie durch Autoabgase ersticken. Die frei gewordenen Betten übergibt er einem deutschen überbelegten Lazarett in Minsk. Die behandelnden Ärzte danken Kube für seine großzügige Spende.

Als Gertrud und Erika gerade im Postraum der Deutschen Bibliothek die eingetroffenen Pakete der Verlage auspacken und Gustav im »Börsenblatt für den Deutschen Buchhandel« die Neuerscheinungen durchblättert wie damals in seiner Buchhandlung, steht plötzlich Kube vor ihm. Er will nachprüfen, ob die Heimanns ihre Arbeit ordentlich machen. Sie und alle, die für sein Generalkommissariat arbeiten, haben Glück, bei ihm eingesetzt zu sein. Sie müssen erst morgens um sieben auf dem Festplatz antreten, um zu ihren Arbeitsplätzen geführt zu werden, und bekommen in ihrer Mittagspause ausreichend zu essen. Die Kolonnen für die deutschen Firmen müssen schon eine Stunde früher abmarschieren. Zudem ist das Essen dort nicht so gut.

Bei ihrem ersten Eintreffen an ihrer Arbeitsstelle staunten die Heimanns über diese Deutsche Bibliothek, die Kube im Deutschen Haus in der Siegesstraße einrichten ließ. Das nur zum Teil zerstörte ehemalige »Haus der weißrussischen Kultur« hatte zu Sowjetzeiten ein Restaurant und ein Café im Erdgeschoss. Auch sie ließ Kube wieder herrichten. Nun essen und trinken hier die Angestellten seines Kommissariats und versorgen sich im ersten Stock mit den geistigen Speisen der Bücher. In den Regalen stehen Exemplare von Hitlers »Mein Kampf«, von Goebbels' »Michael. Ein deutsches Schicksal«, von Rosenbergs »Der Mythus des 20. Jahrhunderts«. Ebenso »… reitet für Deutschland« von Laar und »Gegen die Russen« von Lindenberg. Auch Kubes Ergüsse stehen im Regal zur Ausleihe bereit. Sein »Totila« und seine gebundenen Schriften »Die Bedeutung des Ostens für unser Volk« und »Unser Drittes Reich«.

Gustav erinnert sich, dass er diesen ganzen Kram nach Hitlers Machtübernahme in seiner Buchhandlung vorrätig haben musste. Doch keinem Kunden hatte er davon je etwas verkauft. Auch hier interessiert sich keiner dafür. Nie muss er diese Bücher ausleihen. Die Angestellten Kubes lesen etwas anderes. Sie greifen zu den Knüllern »Via Mala« von Knittel, zu »Das Wunschkind« von Ina Seidel, »Volk ohne Raum« von Grimm, »Heitere Geschichten« von Spoerl und »Das Schweigen im Walde« von Ganghofer.

Kube mustert den geordneten Bestand in den Regalen, prüft die korrekt geführte Ausleihkartei, kontrolliert die sauberen Räume. Er lobt die Heimanns, dass sie seine Bibliothek so in Ordnung halten, und ist sehr zufrieden mit ihrer Arbeit.

»Sind Sie wirklich Juden?«, fragt er ungläubig.

Gustav nickt.

»Sind Sie da ganz sicher?«

»So behaupten es die Behörden.«

»Das kann nicht sein.«

Gustav zuckt mit den Schultern.

»Ich werde in Berlin nachprüfen lassen, ob Sie und Ihre Familie wirklich jüdisch sind«, sagt Kube. »Bin gespannt auf das Ergebnis.«

Kube betrachtet die Regale. »Schön, was Sie hier alles zur Verfügung haben«, lobt er und zeigt stolz auf seinen »Totila« und seine Schriften. »Aber Sie haben keinen Heine«, bemängelt er.

»Heine ist nicht beliebt im Reich.«

»Ich liebe Heine«, schwärmt Kube und beginnt zu zitieren: »›Denk ich an Deutschland in der Nacht, dann bin ich um den Schlaf gebracht, ich kann nicht mehr die Augen schließen, und meine heißen Tränen fließen.‹«

Er lässt ein paar Strophen aus und deklamiert ergriffen weiter: »›Deutschland hat ewigen Bestand, es ist ein kerngesundes Land, mit seinen Eichen, seinen Linden werd ich es immer wiederfinden.‹ – Ein großer Dichter!«

Gustav fasst sein Herz in beide Hände und sagt: »In Heines ›Nachtlied‹ heißt es auch: ›Seit ich das Land verlassen hab, so viele sanken dort ins Grab, die ich geliebt – wenn ich sie zähle, will verbluten meine Seele. Und zählen muss ich. Mit der Zahl schwillt immer höher meine Qual.‹«

Einen Moment ist Kube irritiert, entgegnet aber gleich darauf: »Ich liebe auch jüdische Witze. Kennen Sie welche?«

Gustav, der Jude, kennt keinen einzigen jüdischen Witz.

»Aber ich kenne einen«, erklärt Kube, der Antisemit, frohgemut und legt los: »Kommt ein Deutscher zu Mottel und will sich von ihm eine Hose schneidern lassen. Er fragt: ›Wann haben Sie die Hose fertig?‹ Sagt Mottel: ›In einer Woch.‹ Nach einer Woche will er seine Hose abholen. Sie ist noch nicht fertig. Mottel: ›Kommen Se in drei Tagen wieder.‹ Nach drei Tagen ist die Hose immer noch nicht fertig. Mottel: ›Kommen Se in zwei Tagen wieder.‹ Noch immer ist die Hose nicht fertig. Nach weiteren zwei Tagen ist die Hose endlich fertig. Der

Deutsche wütend: ›Gott hat die Welt in sieben Tagen geschaffen, und Sie brauchen für eine einfache Hose zwei Wochen!‹ Mottel: ›Nu schaun Se die Hose und schaun Se die Welt.‹«

Kube lacht schallend über seinen Witz. Gustav sagt nichts.

»Ich liebe jüdische Witze«, begeistert sich Kube. »Sie sind so pfiffig. So intelligent. Ich liebe auch die Musik von Offenbach und Mendelssohn. So schöne Musik. Obwohl sie Juden sind. Wir haben sie nicht verboten, wir spielen sie nur nicht mehr. Schade. Und was Sie betrifft: Auf die Antwort aus Berlin bin ich neugierig. Ich sag Ihnen Bescheid.«

Dann wünscht er Gustav einen schönen Tag und geht.

Noch am selben Tag telegrafiert Kube nach Berlin an den Chef der Sicherheitspolizei Heydrich: »Im Ghetto befinden sich Deportierte aus dem Reich, die keine Juden sein können. Darunter Frontkämpfer mit dem Eisernen Kreuz Erster und Zweiter Klasse. Auch viele blonde und blauäugige Menschen, die durch Irrtum der Behörden hierhertransportiert wurden. Sie fallen durch ihre Sauberkeit, Intelligenz und Fleiß gegenüber den russischen Juden auf und leisten als äußerst fähige Facharbeiter wesentlich mehr als die einheimischen, verdreckten Juden. Ich bin gewiss hart und bereit, die Judenfrage mit lösen zu helfen, aber Menschen, die aus unserem Kulturkreis kommen, sind doch etwas anderes als die bodenständigen vertierten Horden. Wenn es zu den nötigen Sonderbehandlungen kommt, müsste ich die Litauer und Letten mit der Abschlachtung beauftragen. Ich könnte es nicht. Ich fordere Sie um eine strenge Nachprüfung auf, ob die in meiner beigefügten Liste Genannten wirklich Juden sind. Im Falle eines behördlichen Irrtums müssen diese Menschen sofort nach Berlin zurückgeholt werden. Heil Hitler! Kube.«

Auf der Liste stehen die von Wildenstein notierten Namen und die von Kube hinzugefügten Namen der Familie Heimann.

In Berlin schüttelt man über seine Pedanterie wieder einmal

den Kopf. Heydrich antwortet ihm umgehend erbost: »Bei den Betreffenden handelt es sich ausnahmslos um Juden im Sinne der gesetzlichen Bestimmungen. Eine gründliche Nachprüfung der von Ihnen beanstandeten Fälle wäre zu zeitraubend. Es ist bekannt, dass Juden immer wieder versuchen, ihre Zugehörigkeit zum Judentum mit allen intriganten Tricks in Abrede zu stellen. Sie werden mir zustimmen, dass es im dritten Kriegsjahr für die Sicherheitspolizei und den Sicherheitsdienst kriegswichtigere Aufgaben gibt, als dem Geseire von Juden nachzulaufen. Ich bedauere, sechseinhalb Jahre nach Erlass der Nürnberger Gesetze noch eine derartige Rechtfertigung schreiben zu müssen. Heil Hitler! Heydrich.«

Anfang Dezember sollen weitere Juden aus dem Reich nach Minsk geschickt werden. Doch dazu kommt es nicht mehr. Die Wehrmacht ist bei ihrem Sturm auf Moskau im Schnee stecken geblieben. Nachschub für das Militär wird dringend benötigt. Die Gleise und Waggons müssen für die Wehrmacht frei bleiben und die Deportationen nach Minsk vorerst gestoppt werden. Kube atmet auf.

In Minsk ist der Winter 1941/42 besonders hart. Jede Nacht minus fünfundzwanzig und tagsüber minus fünfzehn Grad. Alles ist vereist und zugeschneit. Die Wasserrohre sind eingefroren und platzen. Im Ghetto gibt es kein Wasser mehr zum Kochen und Waschen. Die Latrinen sind vereist. Auch die Brunnen stecken voller Eis. Um es aufzubrechen, werfen Soldaten Handgranaten hinein. Dabei stürzen die Brunnen völlig zusammen. Auf dem Festplatz hängen die steif gefrorenen Hingerichteten wie Bretter an den Stricken.

Um nicht zu erfrieren, sägen die Juden im Ghetto alle Bäume und Holzbalkone ab und verfeuern sie in ihren kleinen Öfen. Trotz der Kälte müssen die Arbeitsfähigen jeden Morgen um sechs Uhr schlotternd auf dem Festplatz antreten und werden zu ihren Arbeitseinsätzen abkommandiert. Sie müssen beim Personenbahnhof und Güterbahnhof den Schnee von den

Gleisen schaufeln und das Eis in den Weichen aufhacken. Sie müssen die Straßen und die Wehrmachtsfahrzeuge vom Schnee befreien, in Wäldern Bäume fällen und das zersägte Holz in die Heizungskeller der Zivilverwaltung und Wehrmacht, der Polizei und SS schaffen.

Noch kann Jelena in der Kaserne in der Infanteriestraße putzen. Auf ihrem Heimweg kommt Jelena am Konzerthaus vorbei, in dem die Deutschen jetzt eine Truppensammelstelle eingerichtet haben, und hat den Klang der Sinfonien von Tschaikowsky und Schostakowitsch in den Ohren, die sie und Sascha früher hier gehört haben. Sie geht durch die Hauptstraße, den früheren Sowjetskajaprospekt, und erinnert sich daran, wie sie im vergangenen Sommer in einem kleinen Café saßen und Erdbeertorte löffelten. Nun ist es klirrend kalt, dichter Schnee liegt auf der Straße und auf dem breiten Bürgersteig. Gestern wurden lange Kolonnen von Rotarmisten durch diese Straße getrieben, zum Kriegsgefangenenlager nach Drosdy. Danach hat es die ganze Nacht hindurch geschneit. Nun liegen am Straßenrand kleine schneebedeckte Hügel. Jelena fürchtet, dass unter einem der kleinen Haufen ihr Sascha liegt, und wischt von einer Erhebung zur anderen den Schnee etwas beiseite.

Ein mit einem vereisten Lumpen umhüllter Fuß, eine steif gefrorene Uniform, ein erfrorener Rotarmist kommen zum Vorschein. Sascha, durchzuckt es sie. Ist das mein Sascha? Sie befreit sein Gesicht vom Schnee. Es ist nicht Sascha. Sie eilt zum nächsten Häuflein. Eine Hand und ein Arm, blau gefroren und erstarrt, ragen aus der Schneedecke hervor. Liegt da mein Sascha? Sie wischt auch von diesem Gesicht den Schnee weg. Er ist es nicht. Sie rennt von Schneehaufen zu Schneehaufen, schiebt hastig den Schnee von den Gesichtern der Toten. Sie spürt nicht, wie ihre nackten Hände langsam erstarren.

Nirgends kann sie ihren Sascha entdecken.

Da nähert sich ein Lastwagen der Wehrmacht. Soldaten stoßen mit ihren Stiefeln den Schnee von den steifen Leichen und werfen sie auf den Lkw. Während sie noch schnell versucht, das Gesicht des vor ihr liegenden Rotarmisten vom Schnee zu befreien, um zu sehen, ob es ihr Sascha ist, reißen die Wehrmachtssoldaten diesen starren Körper von ihr weg und werfen ihn zu den anderen auf den Wagen. Lange schaut sie dem Lkw nach. Je weiter er sich entfernt, umso mehr wächst seine Ladung.

Sie hastet zum Güterbahnhof. Vielleicht ist ein neuer Transport mit Kriegsgefangenen angekommen, vielleicht kann sie dort ihren Sascha entdecken. Doch kein Güterzug steht auf dem Gleis, nirgends offene Waggons, aus denen Kriegsgefangene ausgeladen werden. Sie sieht nur Juden mit ihren weißen Stoffflecken und gelben Sternen aus dem Ghetto, die halb gelähmt mit Schippen den Schnee von den Gleisen schaufeln.

Auf ihrem Heimweg geht Jelena auch durch den zugeschneiten Gorki-Park beim Stadttheater. Schon bei den Bombenangriffen wurden die wunderschönen Bäume zerfetzt und brannten bis auf die Stämme ab. Nun sägen die Minsker nachts heimlich die übrig gebliebenen Stämme für ihre Öfen ab, um nicht zu erfrieren. Es ragen nur noch die Stümpfe aus dem Schnee. Auch die Holzbänke verheizen sie. Sie erinnert sich, wie sie und Sascha im Sommer vor dem Einmarsch der Deutschen durch diesen Park schlenderten, sich auf einer der Bänke ausstreckten und den Müttern mit ihren Kindern zuschauten. Sie bleibt am vereisten Swisslotsch stehen und denkt daran, wie sie im Sonnenschein am Ufer saßen und die Schwäne und Enten fütterten.

Kube telegrafiert nach Berlin: »Wegen Frost Erde tief gefroren. Aushebung von Massengräbern nicht möglich. Auch nicht durch Sprengung. Liquidierung vorübergehend eingestellt.«

Trotzdem lässt Kube weiter Minsker Juden erschießen, weil sie, wie er meint, sowieso erfrieren, verhungern oder an den grassierenden Seuchen sterben werden. Die Leichen stapelt man in einer Baracke auf dem jüdischen Friedhof. Als sie gefüllt ist, schichtet man die gefrorenen Körper wie Holzscheite neben der Baracke aufeinander und lässt sie zuschneien. Im Frühjahr sollen die Erschießungen im gewohnten Umfang fortgesetzt werden.

Im März taut es. Aus dem Eis und Schnee tauchen die steif gefrorenen Leichen wieder auf. Viele, die ihre Männer, Frauen und Kinder in den Stapeln entdecken, verlieren bei diesem Anblick den Verstand. Abkommandierte Juden müssen Gräber schaufeln und die aufgetauten Leichen hineinwerfen. Schwärme von Krähen stürzen sich krächzend auf die Leichenhaufen, hacken die Bäuche auf, zerren die Gedärme heraus, picken das Gallert aus den Augäpfeln. Auf den Gruben ist es schwarz von Krähen. Die Juden schlagen mit ihren Schaufeln auf sie ein, die Vögel stieben kreischend hoch und lassen sich auf anderen Gruben nieder. Wieder schlagen die Männer mit ihren Spaten auf die Krähen ein. Und wieder flattern sie lärmend hoch und senken sich wieder herab.

9

Im April 1942 zieht die Wehrmachtskommandantur weiter nach Osten. Einheiten werden aus Minsk abgezogen und tiefer in den Osten verlegt, Kasernenunterkünfte aufgelöst und neu eintreffende Truppenverbände in Schulen und Krankenhäusern einquartiert. Auch die Kaserne, in der Jelena seit einem Dreivierteljahr putzt, wird umorganisiert. Jelena verliert ihren Arbeitsplatz. Wieder steht sie ohne Geld da, wieder muss sie Arbeit suchen.

Neu einrückende Verbände wollen sie nicht als Putzfrau einstellen. Sie haben herausgefunden, dass sie vor dem Krieg im Zentralkomitee der Kommunistischen Partei gearbeitet hat. Sie versucht es bei der Reichsbahn, bei der Reichspost, bei der Organisation Todt, bei Daimler, bei Telefunken, bei Siemens. Überall wird sie abgewiesen. Der Hunger nagt in ihr. Sie träumt nur noch von Kartoffeln und Brot.

Eines Abends betrachtet sie in der Kirchstraße vor dem deutschen Kino »Heimat« die bunten Plakate der Musikfilme »Bel ami« und »Der Kongress tanzt«. So gern würde sie mal wieder einen Film sehen. Da spricht sie ein junger rothaariger Mann auf Russisch an: »Sehr schöne Filme. Musst du sehen.«

Jelena zuckt die Schultern. »Ich hab kein Geld dafür.«

»So arm?«

»Ich suche Arbeit.«

»Komm mit«, sagt er zu ihr.

Im Hof geht sie mit ihm die eisernen Treppen hinauf in den Vorführraum. Der ebenfalls noch recht junge Filmvorführer ist gerade dabei, eine Filmrolle in den Projektor zu legen, und schaltet ihn ein. Der Apparat schnurrt und rattert, laute Musik ertönt. Durch die Projektionsluke schaut er auf die weit hinten liegende Leinwand. Dann regelt er die Bildschärfe und den Ton. Der Film läuft.

»Hier ist eine, die sucht Arbeit«, sagt der Mann neben Jelena. Der Filmvorführer nickt. Sie scheinen sich gut zu kennen. Der Mann verschwindet, sein Freund schaut prüfend auf Jelena. Trotz seines jugendlichen Alters hat er ein sonderbar alt anmutendes Gesicht. Sein dunkles, wuscheliges Haar steht ihm wirr auf dem Kopf. Sein bohrender Blick aus schwarzen Augen irritiert Jelena.

»Du suchst Arbeit?«

»Dringend.«

»Wie heißt du?

»Jelena Masanik.«

»Verheiratet?«

»Ja. Mein Mann ist an der Front. Ich habe seit fast einem Jahr nichts mehr von ihm gehört.«

»Wohnst du in Minsk?«

»Ja.«

»Allein?«

»Ist das wichtig?«

»Für mich schon. Also?«

»Ja.« Jelena ärgert sich, dass der Unbekannte sie so ausfragt, und kontert: »Und wer bist du?«

»Tschil.«

»Nur Tschil?«

»Ja.«

Jelena argwöhnt, dass dies nicht sein wirklicher Name ist. »Hast du Arbeit für mich?«, will sie wissen.

Der Filmvorführer schweigt, er scheint zu überlegen. Dann tritt er dicht an sie heran und sagt leise in das Rattern des Projektors hinein: »Vielleicht kann dir die Schwarze Maria helfen.«

Jelena erschrickt. Sie weiß, wer diese Schwarze Maria ist: Maria Borisowna Ossipowa, Anführerin der Widerstandsgruppe »Dima«. Er arbeitet also mit ihr zusammen, denkt sie. Tschil ist nur ein Deckname.

Mit dieser Schwarzen Maria und ihrer Untergrundgruppe

will Jelena nichts zu tun haben. Das ist ihr zu gefährlich. Ist sie erst einmal in den Fängen der Schwarzen Maria, kommt sie da nicht mehr raus. Sie wird auch ohne sie Arbeit finden.

Tschil sieht ihr Zögern. »Also was ist?«, drängt er und schaut durch die Projektionsluke nach unten in den Saal, um zu sehen, ob Soldaten oder SS-Leute nahe der Luke sitzen und mithören. Doch die hinteren Reihen sind leer. »Willst du nun Arbeit oder nicht?«

Jelena zögert immer noch. Ihr ist mulmig zumute. Doch sie ist auch hungrig. Schließlich nimmt sie sein Angebot an.

»Ich werde mit ihr sprechen«, sagt er. »Komm morgen wieder. Gleiche Zeit.«

Als sie Tschil verlässt, ist Jelena fest entschlossen, morgen nicht zu ihm zu gehen. Irgendwo wird sie eine andere Arbeit finden, davon ist sie überzeugt. Das hat bisher immer geklappt. Fast immer. Lass die Finger von der Schwarzen Maria, denkt sie. Lass die Finger davon. Doch schon auf dem Weg zu ihrem Souterrain beginnt ihre Entscheidung zu schmelzen. Wie soll sie überleben ohne Arbeit? So steht sie am nächsten Abend doch wieder bei Tschil im Vorführraum. Er spult gerade Filmrollen um.

»Sie will dich sehen. Morgen um acht Uhr früh im Bahnhof. Bei den Fahrkartenschaltern.«

»Wie erkenne ich sie? Ich habe sie noch nie gesehen.«

»Sie hält eine Nazi-Zeitung in der Hand. Die ›Panzerfaust‹. Sag nur ›Tschil‹. Sonst nichts.«

Obwohl sie es eigentlich nicht will, ist Jelena am nächsten Morgen pünktlich dort.

Der halb zerstörte Bahnhof ist ständig voller Menschen. Da fällt es nicht auf, wenn man sich trifft. Auch jetzt ist in der Bahnhofshalle ein Geschiebe und Gedränge. Jelena erinnert sich daran, wie sie hier vor vielen Jahren einige Nächte im Wartesaal geschlafen hat, auf der Suche nach Arbeit. Wieder tritt sie zum Bahnsteig hinaus, und wieder sieht sie die Züge Richtung Moskau fahren. Doch nun sind es Wehrmachtszüge voller Soldaten.

Neben den Fahrkartenschaltern entdeckt sie eine Frau mit einer »Panzerfaust« in der Hand. Sie trägt ein elegantes graues Kostüm, schön tailliert, und ein schickes Hütchen.

Das also ist Maria Borisowna Ossipowa, die »Schwarze Maria«, Anführerin der Partisanengruppe »Dima«. Sie ist etwa dreißig Jahre alt, hat ein volles, rundes Gesicht, blaue Augen. Ihre blonden Haare sind straff nach hinten gekämmt und zu einem Knoten zusammengebunden. Sie sieht irgendwie deutsch aus.

Jelena tritt auf sie zu und sagt: »Tschil.«

Die Ossipowa mustert sie scharf. »In deinen Fetzen nimmt dich keiner«, knurrt sie abschätzig.

Jelena weiß, ihre Kleider sind abgetragen, eingerissen und verwaschen, ihre schäbigen Schuhe ausgetreten.

»Hab nichts anderes.«

»Komm morgen wieder. Eine Stunde später. Bei den Fahrplänen.«

Am nächsten Tag wartet Jelena bei den Fahrplänen. Auf einmal steht dicht neben ihr eine Frau in einem schäbigen, zerrissenen Mantel und mit einem tief in die Stirn gezogenen bunten Kopftuch. Jelena erkennt die »Schwarze Maria« kaum wieder. Unter dem Arm trägt sie ein Bündel.

»Zug heraussuchen«, sagt die Ossipowa knapp.

Während sie so tun, als würden sie auf dem Fahrplan einen Zug suchen, und mit den Fingern über die Zeitangaben streifen, flüstert sie: »Bewirb dich bei Kube. Im Generalkommissariat. Als Putzfrau.«

Jelena zuckt zusammen. Beim obersten Chef der Zivilverwaltung soll sie sich bewerben? Das wagt sie nicht. Sie kennt das Gebäude des Generalkommissariats am Freiheitsplatz. Schon oft ist sie in einiger Entfernung daran vorbeigegangen und hat den großen Galgen mit den Gehängten gesehen.

»Melde dich in der Kantinenküche bei Chefin Ernestowna. Frag, ob sie dich brauchen kann. Für irgendeine Arbeit. Egal was, Hauptsache, du bist angestellt.«

Dann drückt sie Jelena ihr Bündel in die Hand. »Er besteht auf Sauberkeit. Kann Schlampen nicht leiden. Zieh dich um. Da drüben im Klo.«

Als Jelena das Bündel in der Hand hält, schaut sich die Ossipowa kurz um, dann zischt sie: »Bedingung: Wenn er dich nimmt, spionierst du für uns. Alles, was du herausbekommst. Kontakt über Tschil. Wenn Kube dich im Bett haben will, leg dich zu ihm.«

Jelena will protestieren. Das macht sie nicht. Spionieren und für dieses Scheusal die Beine breitmachen? Auf keinen Fall. Die Ossipowa sieht ihre Ablehnung und blickt ihr kalt in die Augen. Jelena weiß, sie duldet keinen Widerspruch.

»Nur im Bett bekommst du heraus, was wir brauchen. Wenn du nicht für uns arbeitest, geht es dir schlecht.«

Nach dieser Drohung schlendert die Ossipowa in ihrem schäbigen, zerrissenen Mantel gespielt gelangweilt davon. Jelena ist zumute, als hätte man ihr einen Knüppel auf den Kopf geschlagen. Spionieren soll sie. Im Auftrag der Schwarzen Maria. Und dazu noch mit diesem Monstrum ins Bett gehen! Das hat sie am allerwenigsten gewollt. Sie sucht Arbeit, um Geld zu verdienen. Ganz einfach Geld verdienen, wie Tausende andere auch. Aber doch nicht spionieren. Dafür kann man erschossen werden. Sie will leben, nicht erschossen werden.

Starr steht Jelena da. Sie braucht einen Moment, um sich ihrer neuen Situation bewusst zu werden. Da wird sie von Menschen angestoßen, die zu den Fahrplänen drängen. Sie muss Platz machen. Benommen geht sie in die Bahnhofstoilette. Im Abort stinkt es ekelerregend. Der beißende Gestank nach Urin und Scheiße schnürt ihr die Kehle zu. Das ist der Zustand, in den sie hineingeraten ist. Hastig packt sie das Bündel aus. Zum Vorschein kommen eine saubere Tuchjacke, zwei frische, hübsche Kleider, ein paar Wollstrümpfe und ein Paar gute Lederschuhe. Kleidung wie diese hat sie schon lange nicht mehr getragen. Die Schuhe passen überraschend gut.

Als sie sich umgezogen hat und ihre neuen Kleider im Spiegel betrachtet, überlegt sie, wie sie aus dieser Schlinge wieder herauskommt.

Irgendetwas wird ihr schon einfallen.

»Du bist doch die Erika«, hört Erika Heimann jemanden hinter sich sagen, als sie am Mittag zwei Blecheimer voll Wasser von einem der Brunnen zu ihrer Hütte trägt. Kube hat den Heimanns an diesem Tag ausnahmsweise schon am Mittag arbeitsfrei gegeben, damit sie endlich ihre Wäsche waschen können. Er wollte, dass sie saubere Kleidung tragen. Erika dreht sich um und sieht vor einer Hütte gegenüber vom Friedhof einen zusammengekrümmten Mann hocken.

»Solche Eimer könnten wir gut brauchen«, sagt er und hustet schrecklich.

Erika muss an den entsetzlichen Husten ihres Opas denken, bevor er im Güterwagen starb. Sie stellt ihre Eimer ab und schaut den keuchenden Mann an.

»Kennst du mich nicht mehr?«

Erika schüttelt den Kopf.

»Ihr seid also auch hier«, japst er. »So sehen wir uns wieder.«

»Wer sind Sie denn?«

»Wundert mich nicht, dass du mich nicht wiedererkennst. So wie ich jetzt ausseh.«

Sie weiß immer noch nicht, wer da vor ihr hockt.

»Hertzberg. Vom Café an der Ecke Reichsstraße/Kastanienallee. Bei eurer Buchhandlung.«

Jetzt erinnert sie sich. Oft saß sie mit ihren Eltern und ihrem Opa sonntags in dieser Konditorei, dort tranken sie Bohnenkaffee, Erika schlürfte ihren Kakao, und löffelten Torten. Als es ihnen noch gut ging. Zu ihrer Einschulung hatte ihr Hertzberg ein großes Stück Schokoladenkuchen geschenkt.

»Deine Eltern sind also auch hier? Und Demski.«

Sie scheut sich, ihm zu sagen, dass ihr Opa während des Transports gestorben ist.

»Mir geht es nicht gut. Ich kann nicht mehr arbeiten. Bin zu krank. Aber meine Frau arbeitet noch in der Dosenfabrik.«

Während eines neuen Hustenanfalls sagt er mühsam: »Grüß deine Eltern und Demski. Sie sollen mal rüberkommen. Und frag sie, ob sie uns deine beiden Eimer überlassen.«

Noch am selben Tag geht Jelena neu gekleidet zum Generalkommissariat am Freiheitsplatz. Ein Wachsoldat führt sie in die Kantinenküche, zur Ernestowna. Wie eine Matrone steht sie mitten in der Küche: groß, korpulent, derbes Gesicht, etwa fünfzig Jahre alt, weiße Haube, weißer Kittel. Barsch gibt sie zwei Dienstmädchen Anweisungen. Eine zweite Köchin und mehrere Köche sind an mächtigen Eisenherden beschäftigt. Sie bereiten das Mittagessen für die Angestellten des Generalkommissariats vor, rühren in riesigen Töpfen die Suppe und das Gemüse, brutzeln in großen Pfannen Koteletts. Die Küche ist erfüllt von einem betäubenden Essensgeruch, dass es Jelena ganz schwindelig wird. Schon seit Tagen hat sie fast nichts und seit Langem kein Fleisch und Gemüse mehr gegessen.

»Was willst du?«, herrscht die Matrone sie an.

Jelena trägt ihren Wunsch nach Arbeit vor.

»Hast du Läuse?«, kommt es grob von der Köchin.

»Nein.«

»Kannst du Deutsch?«

Bei ihren Arbeiten in der Kaserne haben ihr die Soldaten die wichtigsten deutschen Sätze beigebracht.

»Hast Glück. Der Chef ist da.«

Hin und wieder huschen Dienstmädchen herein. Anscheinend hat es sich herumgesprochen, dass eine Neue hier arbeiten möchte, alle wollen sie sehen. Ebenso schnell, wie sie hereinkamen, jagt die Ernestowna sie wieder hinaus. Dann weist sie die andere Köchin an: »Führ sie rauf zum Chef.«

Im ersten Stock eilen Angestellte von Tür zu Tür. Dann steht Jelena mit der Köchin in Kubes riesigem Arbeitsraum. Er ist mit einem enorm großen, dicken Teppich ausgelegt und vollgestellt mit kostbaren Möbeln. Noch nie hat sie solche Prunkstücke gesehen. In der Mitte des Raumes macht sich ein monströser Schreibtisch mit geschwungenen Beinen breit. Auf der lackierten, glänzenden Platte liegen nur wenige Papiere. Daneben ein Kistchen mit Zigarren und ein Silberschächtelchen mit Zigaretten. An der Wand hängt ein großes, in einen Barockrahmen eingefasstes Gemälde: ein Hitler-Porträt. Er blickt heldenhaft und drohend. Im Hintergrund türmen sich dunkle Gewitterwolken. In einer Glasvitrine reihen sich Flaschen mit Wein, Cognac und Likör aneinander. Daneben lädt ein wuchtiges rotes Sofa zum Niederlassen ein.

Nach einer Weile betritt der mächtige Kube den Raum. Er tritt nicht ein, er hopst herein, springt in kleinen Schritten wie ein Gummiball. Er ist fröhlich und lacht. Damit hat sie nicht gerechnet, nach all dem, was sie über seine Massenerschießungen weiß. Jelena hat ihn noch nie zuvor gesehen und ist erstaunt. Er ist viel kleiner, als sie ihn sich vorgestellt hat, um die fünfzig und etwas dicklich. Sein Kopf ist rund wie eine Kugel, seine Haare kurz geschnitten.

Die Köchin erklärt ihm, warum diese junge Frau ihn sprechen will. Er nickt und gibt ihr ein Zeichen, sie könne gehen. Gut gelaunt macht Kube einen Bogen um Jelena und setzt sich mit belustigtem Gesichtsausdruck hinter seinen massiven Schreibtisch. Dann sieht er sie plötzlich bohrend an und schweigt. Er taxiert sie. Seine dunklen Kulleraugen sitzen etwas schief im Gesicht. Sein funkelnder Blick hat etwas Tückisches.

»Wie heißt du?« Die Frage kommt wie ein Peitschenknall aus seinem kleinen Mund.

»Jelena Grigorewna Masanik.«

»Geboren wo?«

»Im Dorf Masjukowtschina bei Minsk.«

»Wann?«

»1914.«

»Dann bist du also …«

»Achtundzwanzig Jahre.«

»Kann selber rechnen«, weist Kube sie zurecht.

Jelena bereut, dem Generalkommissar ins Wort gefallen zu sein, und fürchtet, dass er sie deshalb ablehnt.

»Bildung?«

»Nach vier Klassen musste ich aus der Schule raus und arbeiten.«

»Seit wann bist du in Minsk?«

»Seit 1930.«

»Warum bist du nach Minsk?«

»Meine Eltern waren gestorben. Ich musste Geld verdienen.«

»Was hast du gemacht?«

»Ich habe bei Verwandten gearbeitet und von Juni bis vor Kurzem in einer deutschen Kaserne geputzt.«

»Warst du Komsomolzin?«

Diese Frage kennt Jelena. Das wurde sie immer gefragt, wenn sie bei den Deutschen Arbeit suchte. Darauf ist sie vorbereitet. »Nein, Herr Generalkommissar, ich war keine Komsomolzin«, lügt sie und hofft, dass Kube nicht weiß, dass man dem Komsomol mit fünfzehn als Jungkommunistin beitreten musste.

»Bist du Kommunistin?«

Natürlich ist sie Kommunistin, doch sie antwortet schnell: »Nein, nein.«

»Bist du Mitglied einer Untergrundbewegung?«

Jelena begreift seine Frage nicht. Warum fragt er so etwas? Darauf antwortet doch keiner mit Ja. Vielleicht ist es ein Trick.

»Nein, nein, auf keinen Fall«, beteuert sie. Dabei wird ihr glühend heiß bewusst, dass sie ja nun für die Ossipowa arbeiten muss. Sie hat Angst, dass Kube ihre Hitzewallung bemerkt.

Er droht: »Wenn du lügst, kann ich dich erschießen lassen.«

»Jawohl, Herr Generalkommissar.«

»Du weißt, wenn du bei uns arbeiten willst, musst du ehrlich sein. Für das stolze Deutschland dürfen nur aufrichtige Menschen arbeiten.«

»Jawohl, Herr Generalkommissar.«

Da steht er auf und tritt vor sie hin. »Zeig mir deine Hände.«

Sie streckt ihm ihre Hände hin. Er ergreift sie. Jelena erschrickt. Der Generalkommissar hat ganz weiche, warme Finger. Er betrachtet ihre großen und starken Hände, die zupacken können. Sie hat ja immer mit den Händen gearbeitet. Dann schätzt er ihren Körper ab. Sie sieht, dass er Gefallen an ihr hat mit ihrem dunkelbraunen Haar, ihren großen kastanienbraunen Augen und ihrem schönen Leib.

»Du kannst Deutsch. Sehr gut. Wer mit mir spricht, muss Deutsch können. Und er muss fleißig und sauber sein«, ermahnt er sie.

»Jawohl, Herr Generalkommissar.« Jelena nickt. »Ich bin mit allem einverstanden.«

Kube wirkt sehr zufrieden. Er geht zurück zu seinem Schreibtisch und telefoniert kurz. Jelena versteht, dass er mit dem Personalbüro spricht. Eine Angestellte tritt ein. Sie trägt einen schwarzen Rock bis über die Waden, eine bis zum Hals zugeknöpfte weiße Bluse mit einem kleinen Kreuz an einem Kettchen auf der Brust. Ihre Haare hat sie zu einem Kranz um ihren Kopf geflochten.

»Keinen SD, keine Sipo«, ordnet Kube an. Die Angestellte nickt fast unmerklich und bedeutet Jelena, mit ihr zu kommen.

Im Personalbüro schiebt sie ihr Papiere hin, die sie unterschreiben muss. Es sind Verpflichtungen, dem großen Deutschland treu zu dienen, nichts zu stehlen, keinen Kontakt mit deutschfeindlichen Personen oder Gruppen zu haben oder aufzunehmen und unverzüglich zu melden, wenn sie etwas über Widerstandsgruppen erfährt. Jelena unterschreibt. Ihr ist alles egal, wenn sie nur eingestellt wird, um wieder etwas zu essen zu haben. Mit einem schwarzen Stempelkissen nimmt die Angestellte ihre Fingerabdrücke, presst sie neben ihre Unterschriften und knallt zum Schluss einen großen Stempel mit dem Reichsadler und einem Hakenkreuz auf die Papiere. Anschließend führt sie Jelena in einen kleinen Raum, wo sie in eine Kamera schauen muss. Es blitzt, und bald darauf gleitet aus einem Kasten ein Foto mit Jelenas Gesicht. Zurück im Büro klebt sie das Foto auf einen Sonderausweis, den Jelena ebenfalls unterschreiben muss. Auf dem Ausweis steht: »Angestellte des Generalkommissars für Weißruthenien.«

Jetzt ist Jelena Putzfrau in Kubes Kantine. Ihr Arbeitstag: zwölf Stunden. Keine freien Wochenenden und Feiertage. Ihr Lohn: zwanzig Mark pro Monat. Auf dem Schwarzmarkt kostet ein Stück Seife fünfzehn Mark.

»Morgen früh um sechs in der Küche«, befiehlt die Büroangestellte.

Üblicherweise werden Einheimische nicht so schnell bei Kube angestellt. In einer langen Prozedur werden sie zuerst vom Sicherheitsdienst und von der Sicherheitspolizei streng überprüft. Man muss schließlich sicher sein, wen man sich ins Haus holt. Bei Jelena nichts davon. Als sie vor dem Generalkommissariat ihren Sonderausweis betrachtet, wundert sie sich, dass Kube sie nicht überprüfen ließ. Was ist das für eine Ausnahme? Die Ossipowa wird sehr zufrieden sein. Ihr aber ist unheimlich zumute. Sie ist auch darüber erstaunt, nicht mit den anderen Dienstmädchen im Keller wohnen zu müssen. Sie darf in ihrem Souterrain bleiben.

Nachdem Gustav und Gertrud von der Essensausgabe mit ihren drei Portionen zurückgekehrt sind, erzählt Erika ihnen von ihrer Begegnung mit Hertzberg. Sofort wollen sie zu seiner Hütte, ihn und seine Frau wiedersehen, von ihnen hören, wie es ihnen ergangen ist und wie es ihnen jetzt geht. Doch da es verboten ist, dass Juden sich in ihren Quartieren treffen, können sie sich erst am Abend in der Dunkelheit heimlich hinüberstehlen, damit sie keiner sieht.

Als sie vermummt in ihre Hütte treten, erfahren sie von den Bewohnern, dass die Hertzbergs nicht mehr da sind. Man hat ihn und seine Frau abgeholt. Ihn, weil er nicht mehr arbeitsfähig ist, und sie, weil man bei ihr während der Kontrolle am Ghettoeingang Blechstücke entdeckte, die sie sich am Körper festgebunden hatte. Sie wollte sie aus der Dosenfabrik ins Ghetto schmuggeln.

»Wofür das Blech?«, fragt Gustav.

Nur unter dem Versprechen höchster Verschwiegenheit und weil sie gute Freunde der Hertzbergs waren, verrät man ihnen: »Seit es wieder taut, graben wir unter unserer Hütte einen kleinen Tunnel. Mit unseren Löffeln. Mit den Blechscheiben der Hertzberg hätten wir besser graben können.«

Sie zeigen ihnen den geheimen Einstieg unter einem Schrank und verraten ihnen, dass der enge unterirdische Gang, durch den man nur kriechen kann, bis zum Friedhof gehen soll. Dort wollen sie eines Nachts herausschlüpfen. Sie wissen, dass auch der Friedhof mit Stacheldraht umgeben ist. Wie es dann mit ihnen weitergeht, wissen sie noch nicht. Jetzt aber graben sie sich erst einmal jeden Abend heimlich voran, ganz leise und höchstens einen Meter. Den Erdaushub in ihren Töpfen kippen sie drüben auf dem Friedhof über die frischen Gruben. Gustav und Gertrud versprechen, ihnen ihre beiden Eimer zu schenken, damit sie in ihnen den Aushub zum Friedhof schaffen können.

Um sechs Uhr muss Jelena in der Kantine die Aschekästen aus den Öfen leeren, im Hof Holz und Kohlen holen und die Küchenherde anheizen. Dann im Waschraum im Keller den Ofen unter dem großen Kessel für die Wäsche befeuern, das gesamte Parterre und die Kantine wischen. Gemeinsam mit den vier anderen Dienstmädchen muss sie das Geschirr, die Töpfe und Pfannen reinigen, Kartoffeln schälen. Kurz vor Mittag werden die Kantinentische für die Angestellten gedeckt. Nach dem Mittagessen muss Jelena mit den anderen die Tischdecken und die Wäsche des Personals waschen, sie zum Trocknen aufhängen und schließlich bügeln. Um sechs Uhr abends hat sie Feierabend.

In der Kantine steht auf einem alten Klavier ein Radio. Die Minsker dürfen kein Rundfunkgerät besitzen. Beim Einmarsch der deutschen Truppen mussten sie ihre Rundfunkempfänger abliefern. Wer trotzdem noch einen Apparat besitzt, riskiert, erschossen zu werden. Oft schalten die Angestellten am Abend den deutschen Soldatensender ein und hören die Nachrichten, Unterhaltungssendungen, Marschmusik und Volkslieder. Wenn am Nachmittag die Kantine leer ist, die Rollos der Essensausgabe herabgezogen und die anderen Dienstmädchen woanders beschäftigt sind, schleicht sich Jelena manchmal in die Kantine und dreht auf der erleuchteten Skala die Anzeige auf Radio Moskau. Es ist verboten, diesen Feindsender zu hören. Sie dreht den Ton ganz leise und legt ihr Ohr dicht an den braunen Stoffbezug des Geräts. Dann hört sie die vertraute Stimme: »Hier spricht Moskau.« Sie hört Moskau! Ihren Sender! Mit heißen Ohren und rasend schlagendem Herzen lauscht sie den Nachrichten. Dabei hat sie immer die Tür im Auge, falls sie sich öffnet und jemand hereinkommt.

Die Nachrichten melden: Die Rote Armee hat an vielen Stellen die deutschen Linien erfolgreich durchbrochen, die Wehrmacht muss sich zurückziehen, die Rote Armee hat mehrere Städte zurückerobert. Radio Moskau nennt die zurückgewonnenen Stellungen und die befreiten Städte. Hastig notiert sie alles. In der Toilette bröselt sie ihre gesammelten Kippen auf, schreibt auf die Zigarettenpapiere mit einem spitzen Bleistift ganz klein die Meldungen von Radio Moskau und dreht die Kippen mit den Tabakresten neu. Dann geht sie hinaus in den Hof, wo russische Kriegsgefangene und Juden aus dem Ghetto arbeiten. Sie sägen Holz und reparieren und säubern die Personenwagen des Generalkommissariats. Mit einem Augenzwinkern zu den Arbeitern legt sie die Kippen auf einen Mülleimerdeckel. Durch das Kantinenfenster kann sie sehen, wie sie die Kippen öffnen, die Meldungen lesen und glücklich sind, dass die Rote Armee wieder neue Siege errungen hat.

Als sie wieder mal heimlich Radio Moskau hört, betritt auf

einmal ein deutscher Offizier die Kantine, der schon öfter hier zu Mittag aß, sich zu den Angestellten setzte und sich mit ihnen unterhielt. Schnell schaltet sie das Radio aus. Doch er hat gehört, dass sie dem Feindsender gelauscht hat. Jelena wird glühend heiß. Er lässt sich an einem Tisch nieder, sieht Jelena an und schweigt. Was will er hier um diese Zeit? Die Kantine ist längst geschlossen. Es gibt kein Essen mehr. Will er mit ihr reden? Doch er bleibt stumm und sieht sie an. Schließlich steht er auf und sagt zu ihr in perfektem Russisch: »Genossin, du weißt, dass man dich dafür erschießen kann.« Dann geht er hinaus, ohne sich umzudrehen.

Wieso spricht dieser deutsche Offizier so akzentfrei Russisch? Sie ist irritiert. Wenige Tage später liegt er erschossen auf der Straße, in der Nähe des Generalkommissariats. In seiner Uniformjacke findet man einen Zettel, den man nicht entziffern kann. Und einen gefälschten Ausweis. Dienstmädchen erzählen ihr, dass er sich oft in der Kantine mit den Angestellten unterhielt und sich nach Kube erkundigte. Er wollte wissen, wann er wohin geht. Er war ein weißrussischer Spion in deutscher Uniform. Keiner weiß, wer ihn erschossen hat. Für Jelena steht fest, es können nur die Deutschen gewesen sein. Ihr wird mulmig zumute.

Schon mehrmals hat Jelena bemerkt, dass Kube sie heimlich beobachtet, wenn sie allein den Kantinenboden putzt. Besonders, wenn sie sich dabei tief bücken muss. Eines Tages packt er sie am Hintern. Erschrocken schreit sie auf.

»Still!«, zischt er.

Sie richtet sich auf, wischt sich mit ihren nassen Händen den Schweiß von der Stirn. Kube steht dicht neben ihr.

Er sagt: »Ich seh dir gern zu, wenn du arbeitest. Mir gefällt, wie du arbeitest. Du bist ein gutes Mädchen.«

Dann geht er wieder.

Am nächsten Tag stellt er sich ihr im Türrahmen breit in den Weg, sodass sie sich eng an ihm vorbeizwängen muss. Dabei streifen ihre Brüste seine Uniform. Er grinst. Als er ihr wieder im Türrahmen den Weg versperrt, nimmt er ihre Brüste in beide Hände und drückt sie. Sie überlegt, was sie tun soll. Wenn sie seine Hände wegschiebt, wird er sie dann entlassen? Das will sie nicht riskieren. Sie ist auf diese Anstellung angewiesen. Außerdem hat sie den Spionageauftrag von der Ossipowa.

Er streichelt ihre Brüste und haucht: »Willst du mein privates Zimmermädchen sein? Mein Arbeitszimmer aufräumen?«

Als er sie auf den Hals küsst, spürt sie seinen heißen Atem. »Sag Ja.«

Jelena denkt an die Ossipowa. In seinem Arbeitszimmer könnte sie einiges entdecken. Geheime Papiere, geheime Befehle. Wieder küsst er ihren Hals, nun etwas tiefer, flüstert heiser: »Du könntest dich auch um mein Schlafzimmer kümmern. Da gibt es viel zu tun.«

In ihrem Kopf schwirrt es. Wenn er angetrunken zu Bett geht, und er trinkt gern und viel, könnte sie ihm noch mehr zu trinken geben, ihn völlig betrunken machen. Vielleicht plaudert er dann etwas aus, was er nüchtern nie verraten würde. Da wäre es für sie leicht, ihm Geheimnisse zu entlocken, die sie sonst nie von ihm erfahren würde. Sie könnte ausforschen, wann und wo er wieder Aktionen gegen die Partisanen plant, wann er wieder eine Razzia durchführt, wann er wieder Minsker Juden zum Erschießen abtransportiert. Das alles könnte sie über Tschil der Ossipowa mitteilen. Dabei ist ihr klar, auf welche Gefahr sie sich einlässt. Sollte er ihren Kontakt zur Schwarzen Maria entdecken, wäre es aus mit ihr. Auch ein Verräter, der sich von Kube eine Belohnung erhofft, kann ihr den Tod bringen.

Trotzdem sagt sie: »Ja.«

»Dann lass die blöden Putzeimer stehen, geh zur Kleiderkammer, sag, du kommst von mir, und lass dich anständig einkleiden. Danach gehst du zu meinen Friseusen und lässt dir die Haare hübsch machen. Ist dir bewusst, dass diese Beförderung eine große Ehre für dich ist?«

Wie betäubt nickt sie. »Jawohl, Herr Generalkommissar.«

Noch am selben Tag ist sie sein privates Zimmermädchen. Sie hat nichts mehr mit den Arbeiten im Parterre zu tun, ihr Arbeitsplatz ist nun der erste Stock. Für Jelena eine sehr gefährliche Beförderung.

Gleich am ersten Abend bittet er sie, zu ihm zu kommen. Er wünscht, dass sie sich in seiner Dusche neben dem Schlafzimmer wäscht, betrachtet sie, während das Wasser über ihren nackten Körper fließt, und trocknet sie mit einem großen, flauschigen Tuch ab. Dann sitzen sie dicht nebeneinander auf seinem Bett, er in seinem Schlafanzug, sie in ihrem Nachthemd. Er legt seinen Arm um ihre Schultern.

»Was möchtest du trinken?«, fragt er lächelnd und zeigt auf seine Bar. Da stehen Rotwein, Cognac und Likör und alle Sorten von Gläsern.

»Cognac«, sagt sie mit zitternder Stimme. »Und Sie?«

»Auch für mich.«

Sie holt eine Cognacflasche und zwei Gläser, gießt ein und stößt mit ihm an.

»Wir wollen uns duzen«, schlägt er charmant und liebenswürdig vor. »Aber nur im Schlafzimmer.«

Sie trinken noch ein Glas und noch ein Glas. Er umarmt sie, dann sinken sie auf sein Bett nieder. Obwohl Jelena reichlich angetrunken ist, kann sie sich auf ihre Aufgabe konzentrieren.

Er streichelt sie und beginnt zu reden. Trotz seines Suffs spricht er mit deutlicher Stimme über die Partisanen und das Ghetto. Jelena hat Mühe, alles in ihrem Kopf zu behalten. Morgen früh muss sie es aufschreiben. Er löscht das Licht, legt sich auf sie und befriedigt sich in ihr. Jelena muss es erdulden.

Im selben Mai schreibt Anita mal wieder einen Brief an ihren Mann.

»Mein geliebter Wilhelm! Mein Alles! Hier gibt es immer mehr Bombenangriffe. Auch tagsüber. Zwei große Häuser ganz nah hat es schon voll getroffen. Jeden Tag habe ich Angst, dass auch bei uns Bomben einschlagen könnten. Ich wage kaum noch, in die Stadt zu fahren. Wenn unterwegs Alarm ist, wo soll ich dann hin? Goebbels hat einen Höflichkeitswettbewerb ausgeschrieben. Wegen der zunehmenden Verrohung in der Stadt. Gut so. Im Lustgarten haben kommunistische oder jüdische Jugendliche versucht, die antirussische Ausstellung ›Das Sowjetparadies‹ anzuzünden. Die Ausstellung zeigt die Wahrheit über den Sowjetkommunismus. Es gibt aber Leute, die behaupten, das sei Hetze, was ich nicht glaube. Gott sei Dank ist nicht viel passiert. Ein paar dieser Brandstifterlümmel wurden schnell verhaftet. Den Rest schnappen sie bald. Meine Lebensmittelmarken wurden jetzt noch mehr rationiert. Ich kann für mich und die Kinder nur noch das Allernötigste einkaufen. Ich hoffe, Du bist gut versorgt in Minsk. Das Leben in Berlin ist nun gar nicht mehr schön. Ich möchte zu Dir, mein Schatz. Mit den Kindern. Schnellstens. Ich halte es hier ohne Dich nicht mehr aus. – Küsse von Deinem Nitalein und von Harald, Peter und dem kleinen Willi, die Dich alle sehr vermissen.«

Jelena ist bei Kube Mädchen für alles. Sie muss seinen Arbeitsraum und sein Schlafzimmer wischen, ihm am Morgen die Wäsche bereitlegen, seine Schuhe putzen und seine Uniform ausbürsten. Sie muss auch sein Schlafzimmer nach Wanzen absuchen, sein Bett neu beziehen und seinen Schlafanzug auf der Bettdecke ausbreiten. Tagsüber findet sie in seinem Arbeitsraum mal einen Brief, mal ein Fernschreiben oder eine Aktennotiz, die sie schnell liest. Heimlich durchsucht sie seine Schreibtischschubladen, durchstöbert seine Schränke, entdeckt dabei sogar Geheimfächer und hält so manches Blatt über bevorstehende Erschießungen im Ghetto in der Hand. Notizen darf sie sich nicht machen. Zu gefährlich. Sie prägt sich alles genau ein und legt die Papiere sorgfältig an ihren Platz zurück.

Nachts verrichtet sie ihren Auftrag, wenn sie mit ihm im Bett liegt. Nach mehreren doppelten Cognacs plaudert er so manches aus, bevor er sie wieder packt. Er lallt nicht, nuschelt nicht, er spricht deutlich und klar. Trotz seines Suffs. Er redet über seine Ausgrabungen der germanischen Hügelgräber beim Schlösschen Priluki nahe Minsk. Für die Schaufelei holt er sich Juden aus dem Ghetto, oft Archäologen, und läuft zwischen ihnen auf dem Gelände herum, bewacht nur von einigen Männern seiner weißrussischen Schutzmannschaft. Günstig für einen Schuss aus einem Gebüsch, denkt Jelena. Er babbelt, dass er den Gefangenen im Gefängnis in der Panzerstraße demnächst ohne Betäubung die Goldzähne und Goldkronen herausbrechen lässt, bevor man sie erschießt. Dann nimmt er noch einen doppelten Cognac, rückt noch näher an sie heran und verkündet ihr mit seinem Alkoholatem: »Wir reißen Minsk vollständig ab. Nichts bauen wir wieder auf, nichts. Wir sprengen die restlichen Ruinen und bauen nach dem Endsieg südlich von hier eine ganz neue Stadt auf. Sie soll viel schöner werden als dein altes Minsk. Du wirst es nicht wiedererkennen.«

Er greift in die Schublade seines Nachtkästchens, holt einen skizzierten Stadtplan hervor und zeigt ihn Jelena. Diesen Plan hat sie beim Spionieren zwar schon mal in der Hand gehabt, konnte damit aber nichts anfangen. Sie sah nur einen kreisförmigen, konzentrisch angelegten Entwurf und in der Mitte ein gigantisches Zentrum.

»Hab ich gezeichnet«, sagt er. Jelena täuscht Bewunderung vor und ermuntert ihn, seine Skizze zu erklären.

»Wie ›Germania‹, das neue Berlin vom Speer«, sagt er. »Aber meine Stadt soll ›Asgard‹ heißen. Sitz der Götter. Stammt aus der germanischen Mythologie.«

Er hält sich und seinesgleichen wohl für Götter, denkt Jelena.

Mit seinen weichen Fingern fährt er über den Plan. »Am äußeren Rand die Fabriken. Zur Mitte ausgerichtet die Kasernen und die Wohnblöcke. Zum großen Versammlungsplatz hin strahlenförmig die Paradestraßen. Auf dem großen Platz eine gigantische Halle: die Volkshalle der Partei. Und im Zentrum der Stadt, wie ein Altar, ein riesiges Krematorium. Freu dich,

Lena. In dieser Stadt wirst du mit mir wohnen«, sagt er versonnen, schluckt noch einen Cognac und sackt dann plötzlich weg. Jelena ist in dieser Nacht von seinen Lüsten befreit.

Am nächsten Tag stiehlt sich Jelena in ihrer Mittagspause davon und eilt zum Kino, zu Tschil, und berichtet ihm, dass Kube bei seinen Ausgrabungen in der Nähe seines Schlösschens Priluki frei auf dem Feld herumläuft. Tschil nickt zufrieden und will diese Information schnellstens an die Ossipowa weiterleiten. Sie wird Heckenschützen organisieren. Jelena berichtet ihm auch, dass demnächst im Gefängnis den Gefangenen die Goldzähne herausgebrochen werden, bevor man sie erschießt. Tschil versichert ihr, dass die Ossipowa eine Aktion starten werde, um zuvor möglichst viele Gefangene aus dem Gefängnis zu befreien.

Wildenstein warnt Kube vor der Liebschaft mit Jelena. Sie könnte für ihn und für das Generalkommissariat gefährlich werden. Als sein persönlicher Adjutant und enger Freund habe er die Pflicht, ihn auf diese Gefahr hinzuweisen. Doch Kube schlägt die Warnung seines Karlchens in den Wind, er solle sich darüber keine Sorgen machen, er kenne seine Grenzen. Daran zweifelt Wildenstein. Er kennt die Schwäche seines Chefs für Frauen. Schon kurz nach seinem Amtsantritt bandelte er mit einer Angestellten an. Alle im Generalkommissariat wussten Bescheid und tuschelten. Wildenstein deckte ihn, wo er nur konnte.

»Denk an Tatjana«, ermahnt er ihn. »Du warst sehr unvorsichtig. Das hätte verdammt schiefgehen können.«

»Zugegeben, ich war leichtsinnig. Aber diesmal pass ich besser auf.«

»Das hast du auch bei ihr gesagt. Und diese Jelena … Ich hab da so ein dumpfes Gefühl.«

»Ich nicht. Sie ist eine wunderbare Frau. Du müsstest dir auch so eine Liebe anschaffen. Bist als Einziger immer noch allein. Das ist nicht gut für einen Mann.«

»Ich misstraue jedem Rock. Gerade hier, wo alles von Spionen wimmelt.«

»Unsinn. Frauen sind die Würze des Lebens. Ich kann mir ein Leben ohne Frauen gar nicht vorstellen.«

»Du hast doch Anita.«

»Ach, sie ist so weit weg in Berlin. Da hab ich nichts davon. Ich brauche hier etwas.«

»Aber nicht Jelena. Viel zu gefährlich. Das kann schlimm enden.«

»Du siehst Gespenster.«

»Dann nimm dir eines der harmlosen Dienstmädchen.«

»Ich hab doch ein Dienstmädchen. Jelena. Was für eine Frau! Und so verführerisch.«

»Nicht ohne Grund. Du musst sie sofort entlassen.«

Das weist Kube entschieden zurück. »Unmöglich. Sie könnte sich rächen und mich bei der SS und den Berliner Dienststellen verraten.«

Kube ist fest entschlossen, sie zu behalten, sie ganz nah bei sich zu haben. Er mag ihre wohltuende Einfachheit, ihre erfrischende Derbheit. Ihre kastanienbraunen Augen faszinieren ihn. Er ist verrückt nach ihrem starken, festen Leib.

Nach großen Besäufnissen mit Generälen, Kommandeuren und hohen Gästen aus Berlin, nach Geburtstags- und Beförderungsfeiern, auch nach den wöchentlichen Montagskonzerten im Salon hat Jelena bis in die Nacht hinein jede Menge zu tun. Sie muss das Geschirr abräumen, die Aschenbecher mit den Zigaretten- und Zigarrenresten leeren, die herumliegenden Schallplatten in ihre Hüllen zurückstecken, die halb vollen Sekt- und Weingläser ausschütten, säubern und den Salon lüften. Wenn Kube dann mit ihr allein ist, legt er, während sie noch aufräumt, den Arm um sie. Da weiß sie: Gleich geht's mit ihm wieder nach oben in sein Schlafzimmer. Dann beginnt ihre eigentliche Arbeit.

Mit ihm im Bett kann sie ihm in einer Nachtstunde mehr

über seine Pläne entlocken als andere in monatelanger Bespitzelung. Angetrunken und selbstgefällig plappert er darüber, an welchen Tagen er wohin verreisen wird, wann wieder Razzien in der Stadt gegen die Partisanen stattfinden und Aushebungen von Weißrussen zur Zwangsarbeit in Deutschland.

An einem Vormittag entdeckt Jelena beim Saubermachen in seiner Schreibtischschublade ein Blatt Papier. Sie liest: »Ziel der Operation: Aufgreifen von Widerstandskämpfern, Partisanen, Saboteuren, Spionen und ihren Verbindungsleuten und ihre Vernichtung. Einsatz aller in Minsk stationierten Wehrmachtseinheiten, Polizeiregimenter und SS-Truppen. Auch Angestellte der Zivilverwaltung unter dem Kommando des Generalkommissars Kube. Abriegelung der Stadt durch einen Außenring um vier Uhr früh. Dann planmäßige Durchkämmung. Konzentrisch von außen nach innen. Systematisches Vorrücken zum Zentrum. Bei Fluchtversuchen Gebrauch der Schusswaffe. Dauer der Großrazzia: sechs Tage. Durchsuchung der Häuser, Wohnungen, Dachböden, Keller. Überprüfung jedes Bewohners und Fahrzeugs.«

Die Großrazzia soll in zwei Tagen stattfinden. Alarm! Alarm!, dröhnt es in Jelenas Kopf. Sie muss schnellstens Tschil und die Ossipowa warnen. Wenn sie gefasst werden, ist es aus mit ihnen und auch mit ihr. Jelena zittert am ganzen Leib.

Am Abend ist Kube immer noch unterwegs auf einer Inspektionsreise durch das Land. Sie nutzt die Gelegenheit und eilt zu Tschil ins Kino. Als sie ihm von der bevorstehenden Razzia berichtet, wird er blass, obwohl er schon viele Razzien überstanden hat. Wenn man in seinem Kino etwas findet, fliegen sie alle auf.

»Ihr Netz überzieht die ganze Stadt«, fürchtet Jelena. »Die Maschen sind so eng, dass keiner entschlüpfen kann. Die Ossipowa und ihre Dima müssen vorher raus.«

Nach all den Informationen, die Tschil inzwischen von Jelena erhalten hat, vertraut er ihr an, dass er in Wirklichkeit Nikolai Alexej Pochlebaijow heißt. Die Ossipowa wollte ihn für ihre Gruppe gewinnen, da er sehr gut Deutsch spricht. Das war wichtig für ihre Organisation, denn keiner der Untergrundkämpfer verstand Deutsch. Er aber weigerte sich zunächst, für die Ossipowa zu arbeiten. Sie drängte ihn: »Wir brauchen solche Leute wie dich. Wenn wir gegen die Deutschen kämpfen, müssen wir ihre Sprache verstehen. Sonst sind wir taub und blind.«

Die Ossipowa wollte, dass er Filmvorführer im deutschen Kino »Heimat« wird. Hier treffen sich ständig Deutsche und Minsker. Hier könnten sich unverdächtig auch Mitglieder der »Dima« treffen, und Nikolai könnte, ohne Argwohn zu erregen, Nachrichten annehmen und sie an die Ossipowa weiterleiten. Eine ideale Position für eine Kontaktperson. Zu guter Letzt sagte Nikolai zu, schaffte es, im deutschen Kino Filmvorführer zu werden, und ist seitdem Mittelsmann für die Schwarze Maria.

Über die Ossipowa vertraut Nikolai Jelena an, dass sie vor dem Krieg Laborantin in einem chemischen Institut war und in den ersten Tagen bei den Kämpfen am Bug zwei ihrer Brüder verlor.

Dem Sicherheitsdienst der SS sind die Aktionen der Ossipowa bekannt. Er ist hinter ihr her und wollte sie schon mehrmals in ihrer Wohnung festnehmen. Doch Genossen haben sie jedes Mal gewarnt. Seitdem kann sie nicht mehr nach Hause. Irgendwo findet sie immer Unterschlupf.

Seit Langem weiß man von den Wachtposten des Generalkommissariats, dass Jelena an gewissen Abenden das Gebäude nicht verlässt, um in ihre Souterrainwohnung zu gehen. Das ist verdächtig. Immer wieder tuscheln Dienstmädchen darüber, dass Jelena nach Abendveranstaltungen in Kubes Schlafzimmer verschwindet und dass man sogar ihr Nachthemd auf seinem Bett fand. Inzwischen wissen alle Beschäftigten des Generalkommissariats über seine Liebschaft mit Jelena Bescheid. Vom Heizer bis zu den Abteilungsleitern. Doch niemand wagt, Kubes Affäre dessen Vorgesetztem, Reichskommissar Hinrich Lohse in Riga, zu melden. Fast jeder und jede in der Zivilverwaltung genießt wie Kube ein fröhliches Liebesverhältnis.

Am Abend sitzen die von ihren Ehepartnern im fernen Deutschland getrennten Männer und Frauen oft zusammen und trinken eine Flasche und noch eine Flasche. Was soll man nach den tagtäglichen Ärgernissen in dieser zerbombten Stadt sonst tun? Man scherzt, man lacht, rückt näher, legt einander den Arm um die Schultern und über die Hüften. Die Männer drücken die Frauen an sich und die Frauen die Männer. Da ergibt es sich von selbst, dass man sich am späten Abend zu zweit in die Zimmer verzieht. Mit deutschen Angestellten ist das kein Problem. Doch mit Minsker Beschäftigten ist es gefährlich. Trotzdem meldet keiner Kubes Liebschaft mit Jelena. Ein Bericht könnte auch ihre Poussagen mit den weißrussischen Dienstmädchen auffliegen lassen.

Das Gemunkel der Angestellten kommt auch dem Chef zu Ohren. Doch er wischt die Tratscherei beiseite. Mein Gott, so eine kleine Affäre nebenbei, na und? Schließlich hat in Minsk jeder sein Liebchen. Da ist er keine Ausnahme. Trotzdem weiß er, dass er ein gefährliches Spiel treibt, dass hinter jedem verlockenden Lächeln einer weißrussischen Frau eine Spionin stecken kann und er vorsichtig sein muss. Schon gar nicht darf der Sicherheitsdienst der SS etwas von seiner Liebschaft erfahren. Eine Minskerin in seinem Bett würde beim SD höchsten Alarm auslösen, man würde Jelena sofort liquidieren und ihn als Sicherheitsrisiko absetzen lassen.

Üblicherweise tauscht Kube jedes Vierteljahr das Personal in seinem Haushalt aus, um Konspiration und Zusammenarbeit mit den Partisanen zu verhindern. Eigentlich hätte er nach drei Monaten auch den Arbeitsvertrag mit Jelena kündigen müssen. Doch er verlängert ihn stillschweigend um ein Vierteljahr.

Als Jelena um fünf Uhr früh aus ihrer Kellerwohnung tritt, um zur Arbeit zu gehen, sieht sie überall die Soldaten, Polizisten und SS-Männer. Schon vor der ersten von mehreren Absperrungen auf ihrem Weg haben sich Massen von Menschen gebildet, die alle darauf warten, durchgelassen zu werden. Es dauert wahnsinnig lang, bis alle kontrolliert sind. Wie soll sie da pünktlich um sechs zur Arbeit kommen? Sie wird sich verspäten.

Sie sieht, wie Minsker aus der Menge herausgegriffen und auf Lastwagen getrieben werden. Wenn sie nicht schnell genug auf die Pritschen klettern, prügelt man sie hinauf. Die Menschen schreien vor Schmerzen. Ist eine Ladefläche voll, springen Polizisten mit Maschinenpistolen hinterher. Dann werden sie abtransportiert, wie Vieh zum Schlachthof. Kein Entkommen.

Jelena muss an ihren Kontaktmann Nikolai, an die Ossipowa und ihre »Dima« denken. Hoffentlich konnten sie noch rechtzeitig verschwinden. Und hoffentlich haben sie keine Hinweise auf sie, auf Jelena, hinterlassen. Das wäre ihr Ende.

Endlich ist sie an der Reihe. Die Polizisten drehen ihren Sonderausweis, von Kube persönlich unterschrieben, hin und her, betrachten die Rückseite, dann wieder die Vorderseite, geben ihn ihr wortlos zurück. Sie muss ihre Handtasche leeren. Sie tasten ihren Körper ab, ob sie irgendwo etwas versteckt hat, befingern die Naht ihres Mantelsaums und lassen sie durch. So geht das weiter von Straßenkreuzung zu Straßenkreuzung, von Absperrung zu Absperrung. Überall warten Massen von Menschen auf Durchlass. Und jedes Mal muss auch sie lange auf ihre Kontrolle warten.

Wieder und wieder sieht sie, wie Menschen auf Lastwagen gejagt und abtransportiert werden. Wieder und wieder prüfen die Soldaten und Polizisten ihren Ausweis, muss sie ihre Tasche leeren, wird sie abgetastet. Endlich darf sie die letzte Absperrung passieren. Als sie um eine Stunde verspätet im Generalkommissariat eintrifft, ist Kube nicht da. Er ist bei seinem Einsatz.

Nach ihrer Arbeit will Jelena zum Güterbahnhof. Sie hat gehört, dass dort viele der Festgenommenen nach Deutschland deportiert werden, als »Ostarbeiter«. Sie will sehen, was am Bahnhof geschieht. So nimmt sie alle Kontrollen auf dem Weg dorthin auf sich.

Das Gelände des Güterbahnhofs ist abgeriegelt. Vor den Sperren weinen, klagen, schreien Frauen und Männer. Sie flehen die Uniformierten an, ihnen ihre Töchter und Söhne zurückzugeben. Vor ihnen haben sich Soldaten mit Maschinenpistolen aufgebaut. Etwas entfernt stehen Güterwaggons. Die Dampflok pfeift, der Güterzug ruckt an und fährt los in Richtung Westen. Das verzweifelte Schreien und Wehklagen der Frauen und Männer um sie herum zerreißt Jelena das Herz. Auch sie bricht in Tränen aus. Die Polizisten treiben die schluchzenden Menschen auseinander. Wie betäubt trottet sie zurück nach Hause, wieder durch alle Kontrollen hindurch. Auch in den folgenden Tagen ist Kube in der Stadt unterwegs. Jelena fällt es schwer, sich vorzustellen, wieder mit ihm im Bett zu liegen.

Das Ergebnis der Razzia: Man beschlagnahmte Werkzeug, Radio- und Fotoapparate sowie Batterien, Verbandszeug, Medikamente, Elektro- und Kupferdrähte, Zeitschriften und kommunistisches Propagandamaterial. Tausend Minsker wurden unter dem Verdacht der Partisanentätigkeit festgenommen und außerhalb der Stadt in den Wäldern erschossen. Weitere tausend wurden als Zwangsarbeiter in das Reich deportiert. Als Belohnung für diese erfolgreiche Aktion befördert Kube seinen Adjutanten Wildenstein zum SS-Hauptsturmführer.

Nach der Razzia wagt sich Jelena wieder zu Nikolai ins Kino. Sein Lächeln verrät: Alles in Ordnung! Die Deutschen waren auch bei ihm, haben alles durchsucht, jede einzelne Filmrolle geöffnet, alle Filme herausgeholt, den Projektor auseinandergenommen. Sie konnten nichts finden. Dank Jelenas Warnung konnten sich die Ossipowa und ihre Organisation in Sicherheit bringen.

Jelena atmet auf. Nun ist auch sie nicht mehr in Gefahr. Was für eine Erleichterung!

Nikolai richtet ihr von der Ossipowa großen Dank aus. Sie habe ihr mit ihrer Meldung entscheidend geholfen. Die Ossipowa werde sie im Hause Kube auch weiter dringend benötigen.

Immer mehr Transporte treffen im Ghetto ein. Trotz andauernder Liquidierungen weiß Kube im Frühjahr nicht mehr, wie er die Tausenden weißrussischen Juden und die Juden aus dem Reich unterbringen und ernähren soll. Die Probleme wachsen ihm über den Kopf. Da kommt aus Berlin die erlösende Nachricht: Ab Mai werden die Deportierten zwar noch in Minsk ausgeladen, anschließend jedoch sofort auf Lastwagen zur Vernichtungsstätte Trostenez geschafft. Ein Teil von ihnen in Gaswagen, den grauen Kastenwagen, in denen sie während des Transportes durch die eingeleiteten Autoabgase ersticken. Und ab August rollen die Güterzüge dann direkt nach Trostenez. Vor allem aus Theresienstadt und Wien.

Trostenez, fünfzehn Kilometer südwestlich von Minsk, ist ein SS-Gut, in dessen Nähe lange und tiefe Gruben ausgehoben wurden. SS, Polizei und Wehrmacht erschießen dort im Schichtwechsel die eintreffenden Menschen. »Siedlungsgelände« nennt man die Massengräber.

Kube ist erleichtert, keine weiteren Transporte mehr aufnehmen zu müssen. Der katastrophale Zustand im Ghetto jedoch bleibt weiter bestehen. Zu viele Arbeitsunfähige durch mangelnde Ernährung, durch Krankheiten, Seuchen. Für den Stopp weiterer Zugänge bedankt er sich in Berlin mit dem Zusatz: »Mir wäre es natürlich am liebsten, wir könnten jetzt schon alle Juden in meinem Ghetto so schnell und geräuschlos wie möglich ihrem verdienten Schicksal zuführen.«

Gut, dass Anita nicht weiß, was ich hier treibe, denkt er sich. Gut, dass sie in Berlin ist. Von meinen Razzien, meinen Erschießungen im Ghetto und den Liquidierungen in Trostenez darf sie nichts erfahren.

Kube hört, dass Partisanen bei Prag Heydrich durch ein Attentat getötet haben.

Ich bin nicht Heydrich, sagt er sich. Ich bin Kube.

Anita gefällt es gar nicht, mit ihren drei Kindern so lange allein leben zu müssen, getrennt von ihrem geliebten Wilhelm. Sie will ohne ihn nicht länger in Berlin bleiben. Außerdem wird es in der Reichshauptstadt immer gefährlicher für sie. Die Bombenangriffe nehmen ständig zu. Fast jede Nacht wird die Stadt bombardiert, manchmal sogar am Tag. Sie fürchtet, dass auch ihr Haus am Hohenzollerndamm getroffen und sie mit ihren Kindern getötet wird.

Knapp ein Jahr ist er nun in Minsk und schreibt ihr oft, was für einen Ärger er hat, dass aber seine Arbeit trotzdem gut vorangeht. Stets in allgemeinen Sätzen. Nie schreibt er, was er konkret macht oder dass es ihm schwerfällt, ohne sie zu leben, dass er Sehnsucht nach ihr hat und so sehr wünscht, dass sie bei ihm ist. Kein Wort davon. Das vermisst sie in seinen Zeilen. Das schmerzt sie sehr. Zwar kommt er hin und wieder nach Berlin, um in Ministerien Dienstliches zu besprechen. Dann ist er drei, vier Tage bei ihr und bei den Kindern, ist zärtlich zu ihr und liebevoll zu den Kindern, die an ihm hängen und ihn gar nicht mehr loslassen wollen.

Bei seinen Besuchen drängt Anita ihn nie, zu erzählen, worin seine Arbeit in Minsk besteht. Sie will ihn nicht danach fragen. Sie fürchtet, die schöne, aber kurze Zeit, die sie mit ihm genießt, könnte mit ihrer Fragerei getrübt werden. Schließlich bittet sie ihn: »Ich möchte mit den Kindern zu dir nach Minsk ziehen. Dann sind wir hier nicht mehr so allein.«

»Um Himmels willen«, wehrt er ab. »Das ist viel zu riskant für euch. Die Attacken der Partisanen. Da seid ihr nicht sicher.«

»Und du?«

»Ich kann mich wehren.«

»Auch hier sind wir bei den ständigen Luftangriffen nicht sicher.«

»Berlin hat eine gute Luftabwehr.«

»Außerdem brauchen die Kinder ihren Vater. Und ich brauche dich auch.«

Das passt ihm gar nicht. Sie soll nicht wissen, was er in Minsk anordnet und wie es dort zugeht. Er will nicht, dass sie davon erfährt. Gerade bereitet er wieder eine Massenliquidierung vor. Um sich von unnötigen Essern zu befreien, sollen Ende Juli etwa zehntausend arbeitsunfähige Juden aus dem Ghetto nach Trostenez gebracht und erschossen werden. Alte, Kranke und Kinder. Darunter auch viele deutsche Juden. Dabei achtet er genau darauf, dass ihm noch genügend arbeitsfähige Juden zur Verfügung bleiben.

Kaum ist er abgereist, stellt Anita beim Reichsminister für die besetzten Ostgebiete Rosenberg einen Antrag, mit ihren Kindern bei ihrem Mann in Minsk wohnen zu dürfen. Ihr Antrag kommt wie gerufen. Auch dem Reichsminister sind mittlerweile Kubes amouröse und staatsgefährdende Affären, besonders seine Liebschaft mit seinem Dienstmädchen Jelena, zu Ohren gekommen. Das muss schnellstens beendet werden. So hat Anita überraschend Erfolg. Rosenberg lässt ihr mitteilen, dass sie mit ihren Kindern baldmöglichst zu Kube ziehen soll. Er ordnet es sogar an. Als Begründung für diese Familienzusammenführung behauptet er, der Generalkommissar könne seine schwierigen Aufgaben im Feindesland besser bewältigen, wenn er in ein harmonisches Familienleben eingebettet sei.

Anita freut sich, endlich wieder mit ihrem Wilhelm zusammenzuleben, und hat keine Ahnung, in welcher Mission sie zu ihrem Mann geschickt wird. Sofort sendet sie ihm ein Telegramm: »Komme an in zehn Tagen. Mit Kindern. Küsse, Anita.«

Kube trifft fast der Schlag. In zehn Tagen wird Anita hier sein. Mit den Kindern! Damit hat er nicht gerechnet. Bei all seinen Aktionen kann er Anita in Minsk nicht brauchen. Vor allem: Wohin mit Jelena?

Mit seinem Karlchen berät er die neue Situation. Jelena sofort zu entlassen ist ihm zu gefährlich. Sie könnte sich rächen und ihn verraten. So beschließt er einen Kompromiss: Sie darf nicht mehr für sein Schlafzimmer zuständig sein. Dafür wird Anita sorgen. Jelena soll Anita und den Kindern als Dienstmädchen zugewiesen werden und darf weiter nur sein Arbeitszimmer putzen. Ansonsten wird sie den anderen Dienstmädchen gleichgestellt.

Gefahr durch das Personal besteht für Kube aber trotzdem. Vor allem durch die Dienstmädchen. Bei Anita eine kleine Bemerkung hier, eine kleine Bemerkung da, und schon wird sie stutzig und will mehr wissen.

Ende Juli, kurz vor Anitas Eintreffen in Minsk, schreibt Kube über seine bisherigen Leistungen unter »Geheim« einen Rechenschaftsbericht nach Berlin. Der Betreff: »Partisanenbekämpfung und Judenaktion im Generalbezirk Weißruthenien.«

Kube schreibt: »Bei den Zusammenstößen mit Partisanen in Weißruthenien hat sich herausgestellt, dass das Judentum Hauptträger der Partisanenbewegung ist. Infolgedessen ist die Behandlung des Judentums in Weißruthenien angesichts der Gefährdung der gesamten Wirtschaft eine herausragend politische Angelegenheit, die nicht nach wirtschaftlichen, sondern nach politischen Gesichtspunkten gelöst werden muss. In Absprache mit SS, Polizei und Wehrmacht und mittels gemeinsamer Planungen haben wir in Weißruthenien in den letzten zehn Wochen rund 55.000 Juden liquidiert. Im Gebiet Minsk-Land ist das Judentum völlig ausgemerzt. Im Gebiet Lida sind 16.000 Juden, in Slonim 8.000 Juden liquidiert worden. Die Wehrmacht hat aus eigener Initiative, ohne mit mir Rücksprache zu halten, im Gebiet Glubokoje 10.000 Juden liquidiert, deren Ausmerzung von mir sowieso vorgesehen war. Auch das Gebiet Sluzk ist um mehrere tausend Juden erleichtert worden. Das Gleiche gilt für Nowogródek und Wileijka. Radikale Maßnahmen stehen für Baranowitschi und Hansewitschi noch bevor. In Baranowitschi leben allein in der Stadt noch immer rund 10.000 Juden, von denen 9.000 im nächsten Monat zu liquidieren sind. Vom 28. bis 30. Juli werde ich zudem rund 10.000 nicht arbeitsfähige Juden aus dem Minsker Ghetto der Erde übergeben lassen. Dann sind in Minsk noch 6.000 russische Juden und aus Deutschland 2.600 übrig, die allesamt während der Aktion bei den sie beschäftigenden Unternehmen verbleiben werden. Minsk wird auch in Zukunft den stärksten Judeneinsatz betreiben, da die Zusammenballung der Rüstungsbetriebe und die Aufgaben der Eisenbahn das vorläufig notwendig macht. Mir und dem SS-Sicherheitsdienst wäre es natürlich das Liebste, nach Wegfall der wirtschaftlichen Ansprüche der Wehrmacht das Judentum endgültig zu beseitigen. Werden sie nicht mehr benötigt, werden auch die noch verbliebenen Juden ihrer natürlichen Bestimmung übergeben. – Der Generalkommissar für Weißruthenien Kube.«

10

Anita hat die Reservierung der Reichsbahn für ihren Schlafwagen erster Klasse erhalten. Am 28. Juli geht es los. In drei Tagen. Nun muss gepackt werden. Was soll sie mitnehmen?

Zuerst ihre Theaterbücher, ihre Rollenbücher vom Thalia-Theater, an denen sie immer noch hängt. Und natürlich Wilhelms »Totila«. Dann ihre Wäsche, ihre Kleider und Schuhe. Dazu Handtücher, ihre Toilettensachen, Cremes und Parfums. Und vor allem ihr Hochzeitskleid von 1938. Das ist für sie wichtig als Erinnerung an jenen lang ersehnten Tag. Das muss sie mitnehmen. So schichtet sie das wunderschöne weiße Rüschenkleid mit Brüsseler Spitzen und drei roten, gelben und weißen aufgenähten Seidenrosen behutsam in den Koffer. Zwar ist es jetzt im Sommer auch in Minsk noch warm, doch im Winter wird es dort sehr kalt sein. Schnee und Eis. So packt sie auch dicke Mäntel, warme Strümpfe und Stiefel, Wollschals und Pelzmützen ein. Und die große Flasche Nelkenöl, um die Wilhelm sie gebeten hat. Warum soll ich Nelkenöl mitbringen?, fragt sie sich.

Zwei große Lederkoffer sind prall gefüllt. Für den Rest benötigt sie noch zwei weitere Koffer. Dahinein stopft sie die Kleider und Schuhe für Harald, Peter und Willi und ihr Spielzeug. Die Kinder sind aufgeregt und achten sehr darauf, dass ihr Ritterhelm mit dem Federbusch, ihr Holzschwert samt bemaltem Schild, der Fußball, die Kasperlfiguren und ihr bunter Kreisel nicht fehlen. Für den dreijährigen Willi packt Anita außerdem alles ein, was sie für nötig hält. In zwei riesigen Taschen verstaut sie den Reiseproviant, obwohl sie alles im Speisewagen der »Mitropa« bekommen kann.

Die übrigen Bewohner des Hauses haben sich zwar seit Wilhelms Entlassung ihr gegenüber sehr distanziert verhalten, dennoch verabschiedet sie sich bei ihnen. Kühl wünschen sie ihr eine gute Reise. Auch dem Hausmeister, mit dem sie sich immer gut verstand, sagt sie Adieu. Er drückt ihr herzlich die Hand und schenkt ihr zum Abschied sogar ein Fläschchen Kräuterlikör.

»Kommen Sie gesund an«, wünscht er freundlich. »Und kommen Sie gesund wieder zurück.«

Am frühen Abend bestellt sie ein Taxi zum Schlesischen Bahnhof. Als es vor der Tür steht, trägt ihr der Hausmeister die vier Koffer von der ersten Etage hinab auf die Straße und winkt ihr bei der Abfahrt nach.

Am Bahnhof angekommen, ruft der Taxifahrer zwei Gepäckträger mit ihren Karren herbei. Mit ihnen sucht Anita auf dem Bahnsteig ihren Schlafwagen erster Klasse und das reservierte Abteil. Das Luxuscoupé gefällt ihr sehr, den beiden Männern drückt sie für ihre Dienste Geld in die Hand und macht es sich mit ihren Kindern gemütlich.

Es ist einundzwanzig Uhr. Pünktlich fährt der Zug ab und dampft davon in Richtung Minsk.

Am selben Tag, als Anita mit ihren Kindern vom Schlesischen Bahnhof abfährt, beginnt am Morgen im Minsker Ghetto die Sonderaktion, die Kube mit den Befehlshabern der Wehrmacht und der Polizei und mit dem SS-Kommandeur der Sicherheitspolizei und des Sicherheitsdienstes besprochen hat. Auch die Minsker Kollaborateure, die sich freiwillig der Wehrmacht und SS angeschlossen haben, werden eingesetzt. Das Massaker soll drei Tage dauern, vom 28. bis 30. Juli. Dabei sollen etwa zehntausend Arbeitsunfähige liquidiert werden: Alte, Kranke, Schwache und Kinder. Siebentausend davon Minsker, dreitausend Deutsche aus dem Reich. Die Wehrmacht und die Reichsbahn sorgen für die Absperrung und für den Transport auf Lkws zur Vernichtungsstätte in Trostenez. Die Stürmung des Ghettos übernehmen die Polizei und die SS.

Um die noch benötigten Arbeitskräfte zu verschonen, lässt

Kube sie vor Beginn der Aktion zu ihren Arbeitsplätzen bei den deutschen Firmen und im Generalkommissariat ziehen. Auch Gustav, Gertrud und Erika trotten an diesem Dienstagmorgen ahnungslos in ihrer Kolonne zum Ghettotor hinaus.

Dann geht es los: Außerhalb des Ghettos stehen Dutzende von Lkws mit Soldaten, Polizisten und SS-Männern bereit, alle schwer bewaffnet mit Gewehren, Pistolen und Maschinenpistolen. Auch drei Gaswagen warten auf ihren Einsatz. Zwei der grauen Kastenwagen sind bemalt wie Rotkreuzwagen, der dritte wie »Kaiser's Kaffee« mit der lachenden Kaffeekanne. Kaum haben die Arbeitspflichtigen das Ghetto verlassen, fahren die Einsatzwagen in das Ghetto hinein, direkt zum Festplatz. Die Männer kennen ihre Arbeit: das russische Ghetto und das deutsche Sonderghetto säubern. Sie stürmen los, treten Türen ein, greifen die Nichtarbeitsfähigen, viele von ihnen noch im Schlaf, zerren sie aus den Hütten, treiben sie zum Festplatz und stoßen sie auf die Lkws und in die Gaswagen. Viele versuchen zu fliehen. Doch sie kommen nicht weit. Mehrere Schüsse werden abgefeuert, und sie stürzen nieder. Ist ein Lkw vollgeladen, fährt er los. In langen Karawanen schafft man sie nach Trostenez zur Erschießungsstätte.

Um Punkt siebzehn Uhr ist die Sonderaktion für heute nach acht Stunden Dienst beendet. Ein voller Arbeitstag, einschließlich einer Stunde Mittagspause. Nach Feierabend müssen noch die Waffen gereinigt werden, und man muss sich für morgen mit neuer Munition versorgen.

Den jüdischen Arbeitskräften wird nach ihrer Zehn-Stunden-Schicht befohlen, an diesem und am nächsten Abend nicht ins Ghetto zurückzukehren, sondern an ihren Arbeitsplätzen zu übernachten. Sie ahnen, warum, und sind voller Angst, was im Ghetto geschieht.

Am nächsten Tag heißt die Parole: Durchkämmen der bereits durchsuchten Häuser und Hütten, der Dachböden, der Keller und gegrabenen Erdlöcher unter den Hütten, der »Malinas«. Jeder Schlupfwinkel wird durchsucht und Versteckte herausgeholt. Am dritten Tag wird die Durchkämmung fortgesetzt und der Rest der Nichtarbeitsfähigen auf Lkws und in Gaswagen nach Trostenez geschafft. Ende des Massakers.

Kube zieht Bilanz: Liquidiert wurden sechstausendfünfhundert weißrussische Juden und dreitausendfünfhundert Juden aus dem Reich. Seine Sonderaktion war erfolgreich. Zugleich hat er dafür gesorgt, dass ihm die Arbeitsfähigen erhalten blieben.

Eine Stunde nach der Abfahrt macht der Zug kurz halt in Frankfurt an der Oder. Sie fahren über die Brücke; in der Dämmerung kann Anita den Fluss darunter noch sehen, dann beginnt die Nacht. Draußen ist alles finster. Nur ab und zu kann sie im Schein schwacher Straßenlaternen ein paar Häuser erkennen und sieht gelblich erleuchtete Fenster. Die Kinder schlafen in ihren Betten.

Anita will bis Schneidemühl wach bleiben. Ihr Schneidemühl, wo alles begann, muss sie noch einmal sehen.

Als sie in der Nacht dort ankommen, sieht sie nichts. Nur irgendwo ein paar düstere Lampen. Vom Theater keine Spur. Seufzend legt sie sich in ihr nach Textilstärke riechendes Bett und gleitet durch die Nacht.

Anita wacht auf. Der kleine Willi schreit, und Harald und Peter spielen zwischen den Betten Fußball. Der Zug steht. Sie zieht die bläulichen, ebenfalls gestärkten Vorhänge vor dem Fenster zurück. Draußen ist es schon hell. Auf dem Bahnsteig lagern deutsche Soldaten mit Gewehren, umgebundenen Munitionsgürteln und ihren Stahlhelmen am Koppel. Sie sind beladen mit Kochgeschirren, Feldflaschen und Gasmaskenbüchsen. Die meisten von ihnen schlafen. Anita schaut auf ihre zierliche Armbanduhr. Sieben Uhr früh. Zehn Stunden sind sie nun unterwegs. Über den Soldaten liest sie das Schild »Warschau«, und weit dahinter sieht sie Ruinen, nur Ruinen. Das soll Warschau sein?

Der Kleine schreit noch immer. Sie muss ihn trockenlegen.

Das könnte sie nebenan im »Mutter und Kind«-Abteil machen, aber dafür müsste sie sich erst vollständig anziehen. So befreit sie Willi in ihrem Coupé von seinen vollgeschissenen Windeln und legt ihm, während der Zug wieder losfährt und auf der notdürftig reparierten Brücke langsam die Weichsel überquert, neue Windeln um und wirft die alten Windeln samt ihrer Ladung zum Fenster hinaus. Nachdem sie und die Kinder sich in der vornehmen Toilette ihres Abteils gewaschen, sich angekleidet und gekämmt haben, frühstücken sie genüsslich im Mitropa-Speisewagen, wo Anita den Kleinen mit einem Brei füttert, den der Kellner fürsorglich bereitet hat.

Draußen zieht im Sonnenschein das weite Land vorbei. Äcker, Wiesen, Felder, Wälder. Hin und wieder ein Dorf, verstreute kleine Bauernhöfe. Dazwischen zerfetzte Panzer, Geschütze und ausgebrannte Lkws. Weit entfernt steigt schwarzer Rauch auf. Anita dauert die Fahrt zu lang. Sie möchte jetzt schon bei ihrem Wilhelm sein.

Wieder zurück im Abteil spielen Harald und Peter mit ihrem summenden und brummenden Kreisel und den Kasperlefiguren. Der Kleine schläft, und Anita blättert in Illustrierten und liest in ihrer abonnierten Wochenzeitschrift »Das Reich«. Sie durchfahren Bahnhöfe, auf deren Schildern sie Namen mit c und z und cz erhaschen kann, dann folgt wieder weites, flaches Land. Irgendwann überqueren sie erneut einen Fluss. Auf dem Streckenplan neben der Tür sieht Anita: Es müsste der Bug sein. Nach einem kurzen Aufenthalt in Brest geht es weiter nach Baranowitschi. Auf diese Weise vergeht ein ganzer Tag, die Kinder quengeln, der kleine Willi schreit, obwohl er nichts in den Windeln hat. Anita hat Mühe, ihn zu beruhigen. Sie ahnte nicht, dass Minsk so weit entfernt ist, dass sie so lange braucht, um zu ihrem Wilhelm zu kommen.

Am Abend wandert sie erneut mit ihren Kindern zum Speisewagen, um etwas Abwechslung zu haben. Der Mitropa-Wagen ist fast voll besetzt mit Wehrmachts- und SS-Offizieren.

Sie hört einige Gesprächsfetzen, darunter die Worte Aktionen, Sonderbehandlung, Razzia, Säuberung, Abwicklung von Personengruppen, bandenfrei.

»Bald kommt Kaidanowa«, sagt der Kellner, während er auftischt. »Letzte Station vor Minsk.«

Als Anita mit ihren Kindern in ihr Schlafwagenabteil zurückkehrt, öffnet sie auf dem Gang ein Fenster und lässt den warmen Wind durch ihre Haare wehen. Sie riecht den würzigen Tannenduft der Wälder, die vorüberziehen, und muss an den Geruch der Kiefern denken, zwischen denen sie mit ihren Kindern im Grunewald spazieren ging.

Spätabends kommen sie in Kaidanowa an. Mittlerweile ist es Donnerstag, der 30. Juli, wie Anita in ihrem Taschenkalender feststellt. In der Dunkelheit erkennt sie Schuppen, Wellblechbaracken und wieder Gruppen von Soldaten, die auf dem Bahnsteig kauern und anscheinend auf ihren Weitertransport warten. Lange steht ihr Zug. Warum geht es nicht weiter? Sie wird ungeduldig. Da hört sie eine Lautsprecherdurchsage, reißt das Fenster auf, lauscht, kann aber nichts verstehen. Wieder ertönt diese scheppernde, völlig unverständliche Lautsprecherstimme. Sie geht hinaus auf den Gang und erkundigt sich, warum es nicht weitergeht.

»Partisanengefahr«, sagt ein Offizier. »Die Strecke muss erst gesichert werden.«

Anita ist wütend. »Unmöglich«, schimpft sie. »Ich muss nach Minsk! Ich muss zu meinem Mann! Er erwartet mich.«

»Gnädige Frau«, entgegnet er freundlich. »Sie haben ein so schönes Abteil. Schlafen Sie, bis es weitergeht.«

»Ich will nach Minsk!«

»Die dreißig Kilometer sind eigentlich ein Klacks. Aber die Strecke ist bandenverseucht. Minen unter den Gleisen. Zu gefährlich. Überall nisten sich die Partisanen ein.«

Bei dem Wort »einnisten« muss Anita an Ungeziefer denken. An Läuse, Wanzen oder Ratten, die bekämpft und ausgerottet werden müssen. Der Offizier erklärt ihr, dass man auf einen Güterzug mit Umsiedlern wartet, der irgendwann eintreffen wird und den man sicherheitshalber vorausfahren lässt. Sollte er über Minen fahren, fliegt *er* in die Luft und nicht ihr Zug. Verärgert und uneinsichtig zieht sich Anita zurück und verbringt mit ihren Kindern eine quälend lange Nacht.

Am Morgen rangiert man den eingetroffenen Güterzug vor ihren Zug, und nach einer Stunde geht es endlich weiter. Anscheinend konnte der Umsiedlertransport ohne Zwischenfälle in Minsk ankommen, denn schon bald nähern sie sich der Stadt. Anita sieht Reste von gemauerten Fundamenten mit verkohlten Balken und in der Mitte rechteckige Türmchen aus Ziegeln. Das waren wohl Holzhäuschen mit ihren Kaminen. Als sie in die Stadt hineinfahren, sieht sie halb ausgebrannte Wohnblöcke, geschwärzte Fassaden, Ruinen neben Ruinen. Über das ausgebesserte Mauerwerk des Bahnhofsgebäudes ist ein großes Transparent gespannt: »Willkommen im befreiten Minsk!«

Endlich ist sie angekommen. Endlich mit ihren Kindern bei ihrem Wilhelm. Sie beugt sich aus dem Fenster. Der Bereich, in dem ihr Waggon steht, wurde von der Polizei abgeriegelt. Mitten auf dem Bahnsteig steht Wilhelm in seiner Uniform, seinem Schmuckstück. Wie oft hat sie es nach seiner Ernennung ausgebürstet! Stramm steht er da, sieht aus wie frisch gebadet, mit eingezogenem Bauch, umgeben von einigen ebenfalls Uniformierten. Auch Wildenstein ist mitgekommen, um sie abzuholen. Sie erheben den Arm zum Deutschen Gruß und schreiten auf die Waggontür zu. Er darf sie nicht umarmen. Er ist im Dienst und muss sie dienstlich begrüßen, steif und korrekt. Harald, Peter und den kleinen Willi aber darf er kurz in die Arme schließen. Wildenstein begrüßt Anita teils verkrampft, teils spielt er den Charmeur. Mit zackigen Bewegungen befiehlt Kube den begleitenden Männern, ihr Gepäck aus dem Abteil zu holen und zum Wagen zu bringen. Gemeinsam gehen sie über den Bahnsteig und durch die Absperrung hindurch, Uniformierte stehen stramm, die Hände zum Gruß an ihre Mützen gelegt.

So ungefähr weiß Anita, was sie in Minsk erwartet. Kube hat es ihr hin und wieder bei seinen Besuchen in Berlin erzählt. Als sie jetzt auf den Bahnhofsvorplatz tritt, erschrickt sie dennoch. Dass es *so* aussieht, das hätte sie nicht gedacht. Nur Trümmer! Ausgebrannte Ruinen, halb eingestürzte Fassaden, Berge von Schutt. Dazwischen ein paar alte Holzhäuser. Sie steigen in zwei große, gepanzerte Militärfahrzeuge und fahren los, die Kubes im ersten, Wildenstein folgt im zweiten Wagen. Zwischen den Ruinen sieht Anita ein paar Hütten aus Blech und Brettern, behelfsmäßig zusammengebaut aus verrosteten Metallteilen und verbogenen Rohren.

»Darin kann doch keiner wohnen!«, entrüstet sie sich.

»Warum nicht?«, entgegnet Kube. »Zum Schlafen nach der Arbeit reicht's.«

»Das ist doch nicht normal!«

»Hier schon.«

Auf Trümmergrundstücken sind von den Minskern kleine Beete mit Salat, Kohl und Rüben angelegt worden, dazwischen findet sich manchmal ein winziges Kartoffelfeld. Anstelle von Zäunen gibt es eiserne, krumm gebogene Bettgestelle oder Teile von zerschossenem Wellblech, zusammengehalten mit Draht.

Als sie vor dem Generalkommissariat halten, trifft Anita der nächste Schock. Das Gebäude am Freiheitsplatz ist ein alter grauer Bau mit zwei Etagen und einem kleinen Balkon über dem Haupteingang. Darüber hängt ein großes Transparent: »Generalkommissariat für Weißruthenien«. Abgeschirmt wird das Gebäude von hohen Palisaden mit Stacheldrahtrollen am oberen Rand. Davor stehen Posten Wache. Und vor dem Haupteingang ist eine Mauer aus Sandsäcken aufgestapelt.

»Wir müssen uns gegen die Banden schützen«, sagt Kube.

Hier also regiert ihr Wilhelm. Anita ist enttäuscht. Seinen Amtssitz hat sie sich anders vorgestellt. Was sie aber am meisten entsetzt: Nur wenige Meter entfernt vom Generalkommissariat steht ein großer Galgen. Zwei senkrechte Balken, in die Erde gerammt, und darüber quer ein dritter Balken. Daran hängen an Stricken fünf Menschen. Drei Männer und zwei Frauen. Bestürzt bleibt Anita stehen.

Kube beruhigt sie: »Das sind nur Partisanen. Die haben nichts anderes verdient.«

Anita entgegnet nichts. Sie kommt bei ihm an, und da baumeln fünf Leichen. Willkommen im befreiten Minsk.

Die Wachposten salutieren, Kube schreitet voran, Anita mit ihren Kindern hinterher, gefolgt von Wildenstein und den Gepäckträgern.

Nach drei Tagen Massaker dürfen die Heimanns zurück ins Ghetto. Auf dem Weg zu ihrer Hütte sehen sie überall eingeschlagene Scheiben und eingetretene Türen. Auf den Straßen liegen Schuhe, die Fliehende verloren haben, und Leichen. Die Heimanns wollen sie nicht sehen und wenden sich beim Vorübergehen ab.

Auch in ihrer Hütte sind die Fenster und Türen zertrümmert. Nach und nach treffen auch die Düsseldorfer, Frankfurter und Brünner von ihren Arbeitsstätten ein. Und kurz darauf steht vor ihrer Hütte eine Wiener Familie. Deren Häuschen hat man völlig zerstört. Sie müssen nun bei ihnen hausen. Aber wo? Man muss in den schon überfüllten Räumen noch enger zusammenrücken, damit die drei Wiener in irgendeiner Ecke Platz finden.

Der Mann arbeitet als Kfz-Mechaniker beim SS-Sicherheitsdienst, er muss die drei Gaswagen warten und reparieren. Die »Sonderwagen«, »Spezialwagen«, »S-Wagen«. Er muss die Kastenaufbauten überprüfen, die Gummipolster an den Flügeltüren am Heck nachbessern, damit sie luftdicht verschlossen werden können, die Schraubverschlüsse an den Auspuffen reinigen, rissige Schläuche durch neue ersetzen und ihre Einleitungen in die Kästen in Ordnung halten.

Wenn alles funktioniert, werden während der Fahrt die Abgase vom Auspuff in die eisernen Kammern geblasen. Der qualvolle Erstickungstod der Eingeschlossenen dauert etwa zehn bis fünfzehn Minuten.

Für seine Reparaturen bekommt der Wiener ausreichend Lohn, gutes Essen und ab und zu auch Gläser mit Marmelade, die er in der Hütte verteilt.

Eines Abends kommen die Düsseldorfer nicht von der Arbeit zurück. Man hat sie beim Tauschhandel erwischt. Die Wiener können nun in ihren Raum nachrücken.

Im Foyer des Kommissariats haben sich die Bediensteten zum feierlichen Empfang in einer Reihe aufgestellt: die Chefin der Kantine und des Personals Ernestowna, die Köche, der Hausmeister und die fünf Dienstmädchen, darunter Jelena. Alle tragen frisch gewaschene Arbeitskleider. Die Männer gebügelte Hosen und Jacken, die Frauen gestärkte Röcke, weiße Blusen und Schürzen. Alle sind sehr aufgeregt, besonders Jelena. Sie hat rasendes Herzklopfen und Angst, der Ehefrau des Generalkommissars gegenüberzutreten, nach all dem, was zwischen ihnen geschah. Sie weiß, dass Anita eine sehr schöne Frau ist. Sie kennt ihr großes eingerahmtes Hochzeitsfoto, das auf seinem Schreibtisch steht. Kube hat ihr außerdem erzählt, dass sie eine Schauspielerin ist. Nun also kommt die neue Hausherrin mit ihrem Gefolge herein.

Die matronenhafte Ernestowna überreicht ihr einen großen Blumenstrauß und stellt sich und die anderen vor. Anita reicht jedem die Hand und ist bemüht, sich ihre Namen zu merken. Als Letzte tritt Jelena vor Anita hin und muss sich in Acht nehmen, keinen roten Kopf zu bekommen. Anita findet diese etwa gleichaltrige, gut aussehende Frau mit ihren dunkelbraunen, lebendig funkelnden Augen sehr sympathisch und mag sie auf Anhieb gut leiden.

Kube steht gequält lächelnd daneben. Ihm ist nicht wohl in seiner Haut, das sieht man ihm an. Für ihn eine unangenehme Situation. Der mächtige Generalkommissar ist von seinen Dienstmädchen und dem gesamten Personal abhängig, davon, dass sie schweigen. Zwar hatte er mit Jelena Diskretion verabredet, doch wenn sie sich nicht daran hält, kann sie ihn hochgehen lassen. Aufgedreht sprudelt er: »Ihr werdet euch alle sehr gut verstehen.«

Von den drei Jungen ist das Personal besonders entzückt. Oft hat Kube von seinen Kindern geschwärmt und präsentiert sie nun stolz: »Das ist Harald, der Älteste, er ist sieben Jahre. Das ist Peter, sechs Jahre. Und das ist unser Jüngster, unser Willi, drei Jahre.« Dabei nimmt er ihn lachend auf den Arm und gibt dem Hausmeister ein Zeichen, Anitas Gepäck nach oben in die vorbereitete Wohnung zu schaffen.

Im zweiten Stock zeigt Kube Anita und den Kindern ihr künftiges Heim. Handwerker aus dem Ghetto haben für sie fünf Zimmer wohnlich hergerichtet. Anita staunt über die kostbaren Barocksessel, Jugendstilsofas, Rokokotischchen und Empirestühle.

»Das ist nur der schäbige Rest aus den Minsker Museen, den mir die Wehrmacht und die SS übrig gelassen haben«, bedauert Kube. »Diese Ganoven haben, schon bevor ich nach Minsk kam, das Beste an sich gerissen.«

Im Schlafzimmer sieht Anita nur einfache Ehebetten mit Messingbeinen.

»Gegen die Wanzen«, sagt Kube. »An den Metallbeinen können sie nicht hochkrabbeln. Da haben sie keinen Halt und rutschen ab. Wir haben hier alle solche Betten. Sonst könnten wir uns nicht retten vor Wanzen. Trotzdem sind wir vor ihnen nicht sicher. Oft krabbeln sie an den Wänden hoch, kriechen über die Zimmerdecke und lassen sich in die Betten fallen. Jeden Abend müssen wir vor dem Schlafengehen die Wände, die Plafonds und das Bettzeug nach schwarzen Punkten absuchen. Dagegen hilft nur Nelkenöl. Wenn du dich damit betupfst, bist du geschützt vor Wanzen und Läusen.«

Jetzt weiß Anita, warum er sie bat, eine große Flasche Nelkenöl mitzubringen.

In Kubes Arbeitszimmer nebenan klingelt das Telefon, lächelnd verschwindet er. Anita schaut hinaus zum Freiheitsplatz und sieht den Galgen mit den fünf Gehängten. Dahinter zieht eine Kolonne ausgemergelter Arbeiter vorbei, Männer, Frauen und Jugendliche. Alle tragen den Judenstern oder einen weißen Stofffetzen an ihrer zerlumpten Kleidung. Sie erinnert sich an ihre Spaziergänge mit den Kindern, bei denen sie am Bahnhof Grunewald vorbeikam und dort die vielen Menschen mit dem gelben Stern und den Koffern und Rucksäcken und vollgepackten Kinderwagen sah. Familien mit Kindern, oft auch mit Säuglingen. Und viele alte Leute. Sie warteten auf ihren Zug zur »Umsiedlung in den Osten«, wie es in den Zeitungen hieß. Anita hatte sich dabei nicht viel gedacht. Jetzt sieht sie die Kolonne vorbeiziehen. Sind darunter auch die Juden, die damals am Bahnhof Grunewald standen? Das will sie Wilhelm fragen. Einmal hat er bei einem seiner Besuche in Berlin ein Ghetto erwähnt, das er verwalten muss. Er sagte auch, dass ihm dieses Ghetto viel Ärger bereite. Wohnt sie jetzt in der Nähe davon? Sie will ihn fragen, was das für ein Ghetto ist. Sie denkt an Lore. Wären sie und Friedel mit ihrer Dorit nicht schon vor Jahren nach Argentinien abgehauen, vielleicht würden auch sie jetzt in dieser Kolonne trotten. Ihr wird übel bei diesem Gedanken. Ihr neues Heim hat sie sich anders vorgestellt.

Jelena hilft Anita beim Auspacken ihrer vier Koffer. Noch nie hat sie solche Döschen mit Tages- und Nachtcremes, Schminke und Abschminkcremes, Puderdöschen, Haarshampoos, Parfumfläschchen und Seifen gesehen. Wenn Jelena sich wäscht, reibt sie sich mit einem Klumpen Kernseife ein. Behutsam hebt sie Anitas Hochzeitskleid aus dem Koffer. Sie ist erstaunt über das weiße Rüschenkleid mit der roten, gelben und weißen Seidenrose und hängt es sorgsam mit den anderen Kleidern auf Bügel in den Schrank. Ihre eigene Wäsche legt Jelena in ihrer Kellerwohnung über einen Stuhl, ihr Handtuch und ihren Mantel hängt sie an zwei Nägel in der Wand.

Im Kinderzimmer reißen Harald und Peter hastig ihre

Spielsachen aus dem Koffer und werfen sie auf den Boden. Wenn sie nicht gleich ihren Ritterhelm mit dem Federbusch, ihr Holzschwert, die Kasperlfiguren und ihr Kaleidoskop finden, fangen sie an zu schreien.

Nachdem sich Anita und die Kinder ausgiebig geduscht haben, führt Kube sie in seinen Salon, wo er unter seinem großen Holbein-Gemälde mit dem religiösen Motiv ein üppiges Empfangsessen auftischen lässt.

Nach dieser Reise muss sich Anita die Haare machen lassen. Waschen, neue Dauerwelle, vielleicht ein bisschen aufhellen und eventuell auch Maniküre. Kube empfiehlt ihr, zu einer seiner Friseusen in seiner Dienststelle zu gehen. Die Frauen dort seien sehr gebildet und fachlich ausgezeichnet. Anita staunt, dass ihr Mann Friseusen beschäftigt. Als sie den Frisiersalon im Erdgeschoss betritt, wundert sie sich noch mehr. Es gibt dort je einen Raum für Herren und Damen, ausgestattet mit großen Spiegeln, angenehmen Sesseln, Trockenhauben, Föhnen. Dazu alle Haarpflegemittel, Shampoos und Tinkturen zum Färben. Sogar die »Minsker Zeitung« liegt aus, das Tageblatt für die deutschen Truppen. Die Beschäftigten in weißen Kitteln reden kaum, doch an ihren wenigen Worten kann Anita erkennen: Sie sind Deutsche. Eine junge blonde Friseuse deutet auf einen der Stühle und fragt nach ihrem Wunsch.

»Waschen, etwas schneiden und eine leichte Dauerwelle«, sagt Anita.

Die Blonde nickt und bedient sie sehr höflich.

Wie geschickt und geschmackvoll sie mit meinen Haaren umgeht, denkt Anita. Sie möchte mit ihr ein Gespräch beginnen, doch die Blonde geht nicht darauf ein, sie antwortet nur knapp. An ihrem Tonfall hört Anita, dass sie Hamburgerin sein könnte.

»Kommen Sie aus Hamburg?«, fragt Anita.

»Ja.«

»Ich habe dort früher gewohnt. Bin dort geboren«, sagt Anita. »Aus welchem Stadtteil kommen Sie?«

»Neustadt.«

»In welcher Straße?«, will Anita wissen.

Die Blonde hält mit dem Haareschneiden inne. Dann sagt sie leise: »Colonnaden. Nahe der Binnenalster.«

»Das kenne ich«, entgegnet Anita erfreut.

»Ich hatte dort einen Friseursalon. ›Bonheim – Deutsche Haarkultur‹.«

Was Anita schon geahnt hatte, jetzt weiß sie es: Die Blonde ist Jüdin und wurde hierher deportiert. All die Beschäftigten hier sind Juden und arbeiten für ihren Mann.

Sie ist mit der Arbeit der Friseuse sehr zufrieden. Die Blonde hat ihr die Haare sehr gut geschnitten, die Dauerwelle ist perfekt. Beim Abendessen im Speisezimmer fragt sie Wilhelm: »Was sind das für Juden, die bei dir als Friseure arbeiten?«

»Ich lasse sie aus dem Ghetto kommen. Das sind Fachleute. Jeder hier in der Dienststelle lässt sich bei ihnen die Haare schneiden. Auch ich. Auch die Sekretärinnen. Alle loben sie sehr. Bei mir bekommen sie immer frisch gewaschene Kleidung und von der Kantine gutes Essen.«

»Warum tragen sie keinen Stern?«

»Ich habe ihnen erlaubt, ihn bei der Arbeit abzunehmen. Ich kann meinen Leuten nicht zumuten, dass sie immer dieses gelbe Ding vor dem Gesicht haben. Wenn sie sich am Abend umgezogen haben und ins Ghetto zurückgehen, müssen sie den David wieder tragen.«

Kube liebt seine Kinder, er spielt gern mit ihnen. Wenn er Zeit hat. Und das ist selten. Doch an diesem Abend hat er Zeit.

»Mach mir ein Papierflugzeug, das segelt«, bettelt Harald.

»Mir auch eins«, drängelt Peter.

Kube nimmt aus dem Papierkorb neben dem Rokokotischchen ein paar Blätter, faltet sie unter den neugierigen Augen der Jungen zu zwei Flugzeugen und malt auf die dreieckigen breiten Flügel mit einem Buntstift groß die Kreuze der Luftwaffe. Noch mal kneift er die Papierkanten gut zusammen und stößt einen der Flieger zur Probe mit Schwung in die Luft. Elegant segelt er durch das Wohnzimmer und landet nach einer Kehre auf dem Teppichboden.

»Jetzt ich«, fordern Harald und Peter. Auch ihre kleinen Luftschiffe gleiten graziös über die Barocksessel, Empirestühle und den Salontisch. Die beiden Jungen jauchzen vor Vergnügen und lassen sie immer wieder neu segeln. Eines davon landet vor Anita, sie hebt es auf und entfaltet das Blatt. Es ist eine lange Liste mit Taschen, Jacken, Mänteln, Blusen, Röcken, Hosen, Schuhen, sogar Kinderspielzeug. Zu niedrigsten Preisen. Fast geschenkt. Anita staunt.

»Was ist das für eine Liste?«

»Das sind Angebote vom Kaufhaus Troll. Hier in der Stadt. Da bekommt man alles, was man sich nur denken kann«, schwärmt Kube.

»Warum ist das so billig?«

»Herrenloses Gut.«

Anita begreift nicht.

»Wir bekommen immer wieder solche Angebote«, sagt Kube.

»Wie kommen die an diese Sachen?«

»Troll sammelt sie ein und verkauft sie weiter.«

»Von wem stammen diese Sachen?«

»Von den Minskern.«

Anita versteht immer noch nicht. Die Kinder drängeln, wollen, dass ihr Papa neue Segler aus den Seiten faltet.

»Wieso von den Minskern?«, will Anita wissen.

»Alles, was bei den Razzien beschlagnahmt wurde. Was Partisanenverdächtige und die Juden hinterlassen haben.«

Anita ist entsetzt.

»Wieso?« Kube lächelt arglos. »Da ist doch nichts dabei.«

Anita wirft die Liste auf den Boden.

»Aber Nitalein, was hast du denn dagegen? Alle Deutschen kaufen bei Troll. Die Reichsbahn, die Post. Die Wehrmacht, SS, Polizei. Auch wir.«

»Aber all das hat doch früher mal jemandem gehört!«, empört sie sich.

»Ja, früher«, sagt Wilhelm. »Aber jetzt nicht mehr.«

An einem sonnigen Augusttag machen Wilhelm, Anita und Jelena einen Ausflug. Kube will Anita sein neues Schlösschen in Priluki zeigen. Chauffiert werden sie im gepanzerten Dienstwagen von einem Fahrer seiner Schutzmannschaft.

Für Jelena ist so ein Ausflug nicht neu. Sie war hier schon öfter mit Kube. Mit ihm allein. Auch über Nacht.

Anita hat sich für diesen Besuch sehr hübsch gemacht. Sie trägt ein weites aprikosenfarbenes Kleid, das ihrem Gesicht eine zarte Frische verleiht. Ihr wallendes blondes Haar fällt ihr bis auf die Schultern. Als sie durch das große, geschwungene schmiedeeiserne Tor fahren und auf der Mittelachse durch den Park auf das Schlösschen zusteuern, bleibt Anita vor Staunen der Mund offen stehen.

Es ist ein ehemaliges polnisches Grafenschloss, fünfzehn Kilometer südlich von Minsk, erbaut im italienischen Stil mit einem ausgedehnten Gut, idyllisch gelegen zwischen Hügeln, Wäldern und Feldern. Zu Sowjetzeiten benutzten die Kommunisten es als Parteischule. Nach seinem Amtsantritt beschlagnahmte Kube den Prunkbau und ließ ihn als seine Sommerresidenz herrichten. Nun gehört es ihm. Hier will er sich nach dem Endsieg mit seiner Familie niederlassen und auf dem Gut ein Pferdegestüt gründen.

Bei seiner Beschlagnahme entdeckte Kube in der Umgebung merkwürdige Hügel. Aus seinen Berliner Studien wusste er: Es sind Kurgane, Hügelgräber des Wikingerstammes der Waräger, die sich hier vor über eintausend Jahren niedergelassen hatten. Germanen siedelten hier also schon vor langer Zeit und bebauten dieses Land. Das war für Kube der Beweis, dass das Land immer schon den Ariern gehörte und sie es nun zu Recht wieder in Besitz nehmen, um ewig zu bleiben. Sofort ließ er die Hügelgräber öffnen und fand darin erstaunliche Dinge.

Die Gräber waren über tausend Jahre lang unberührt geblieben. Erstaunlich, dass hier noch nie jemand gegraben hatte. Offenbar hielt man die Hügel mit ihren alten Bäumen für natürliche Erhebungen. Umso besser für ihn, da er nun ihre Schätze rauben konnte. Dafür holte er an den Wochenenden deutsche Juden aus dem Ghetto, vor allem Archäologen. Fachlich hochgebildete Männer. Sie bekamen anständig zu essen und waren ihm dankbar, zwei Tage lang wieder in ihrem Beruf arbeiten zu können. Am Abend mussten sie zurück ins Ghetto.

In den Hügelgräbern fand Kube Knochen und Schädel seiner germanischen Urahnen. Dazu Ringe, Halsketten, Steckkämme und Scherben von Tongeschirr mit eingebrannten Mustern. Als er einige davon persönlich reinigte, kam auf Amuletten und Gürtelspangen deutlich ein Ornament zum Vorschein, ein Sonnenrad mit angewinkelten Haken. Eine Art Hakenkreuz. Für Kube das Vorbild für das ruhmreiche Hakenkreuz seiner Nationalsozialisten. Da stand für ihn endgültig fest: Von hier gehen wir nie wieder weg.

Während er Anita stolz durch sein sonnendurchflutetes Schlösschen führt, bleibt Jelena in der Eingangshalle stehen. Sie kennt das alles schon. Das aber darf Anita nie erfahren. Nur der Fahrer weiß davon. Doch er wird schweigen. Das ist so abgemacht. Er sitzt neben dem Wagen in einem Korbsessel und döst.

Anita kommt aus dem Staunen nicht mehr raus, sie kann kaum glauben, dass sie nun ein kleines, aber prachtvolles Schloss besitzt. Kube verspricht ihr, Diener einzustellen und einen Gärtner für den wunderschönen Park mit den uralten Bäumen. Er führt sie an eine Glasvitrine und öffnet sie. Fein nummeriert und mit Etiketten versehen liegen darin zwischen Knochen und Schädelteilen dunkle Bronzeringe, Ketten, Steckkämme und Amulette. Er nimmt einen Bronzering der Waräger heraus und streicht ihn zärtlich über ihren rechten Ringfinger. Er passt gut. Nicht zu eng, nicht zu weit. Gerade richtig. Anita ist gerührt und küsst ihren Wilhelm.

»Bewahre ihn gut«, sagt er zu Anita. »Er soll dich auf allen Wegen schützend begleiten.«

Dann schließt er die Vitrine.

Nach dem Rundgang treten sie hinaus auf die Terrasse, in den warmen Augusttag. Die Sonne steht hoch am Himmel. Die Schwalben stürzen sich artistisch durch die Lüfte. Auf der Wiese vor ihnen flattern im Zickzack die Zitronenfalter. Es ist windstill. Kein Blatt der hohen Eichen und der nahen Büsche bewegt sich. Die Luft steht wohlig warm. Kube und Anita lassen sich auf der Terrasse in Liegestühlen nieder und sonnen sich.

Jelena holt aus dem Keller zwei gekühlte Henkell. Anita wundert sich, dass sie weiß, wo im Keller der Sekt steht. Warum kennt sie sich hier so gut aus?, grübelt sie und dreht an ihrem neuen Bronzering. Ein Verdacht steigt in ihr hoch.

Auf einem Tablett mit zierlicher Rokokoumfassung serviert Jelena zuerst Kube, dann Anita die gefüllten Gläser, in denen die aufsteigenden Perlen mit ihren Schnüren im Sonnenlicht glänzen. Sie stoßen auf das neue Schloss an. Genussvoll lassen sie das prickelnde Nass ihre Kehlen hinabrinnen. Für sich hat Jelena ein Glas Wasser mitgebracht. Sie schauen hinaus auf den Park, auf die großen Rhododendron-Büsche mit ihren rosa blühenden Dolden, auf die mannshohen Hecken, die der Gärtner nächsten Monat beschneiden wird, und auf das dahinterliegende verwilderte Buschwerk. Jelena füllt die Gläser neu und wandert mit ihrem Tablett vom einen zum andern.

Anita stellt sich vor, wie bei ihrem nächsten Besuch ihre Kinder im Park herumtollen werden, während Kube davon schwärmt, wie wunderschön es hier nächstes Jahr im Mai sein wird, wenn alles blüht, wie sein geplantes Gestüt aussehen wird und welche Pferde und wie viele davon er anschaffen wird.

Jelena öffnet die zweite Flasche, gießt nach und reicht Kube und Anita die Gläser. Da raschelt es im Gebüsch. Zweige knacken und bewegen sich ganz leicht.

»Sicher wieder Rehe«, sagt Kube. »Manchmal grasen sie auf dem Rasen.«

»Kommen die bis hierher?«, fragt Anita.

»Oder Wildschweine. Nachts zerwühlen sie die Wiese.«

Jelena fürchtet etwas anderes.

Als sie das Schloss verlassen, schließt Jelena mit ihren Schlüsseln alle Türen ab. Wieder wundert sich Anita, dass sie sich so gut auskennt. Ihr Verdacht verstärkt sich. Wieder dreht sie sinnend an ihrem Bronzering.

Lange hat sich die Ossipowa nicht mehr gemeldet. Jelena ist erleichtert. Am liebsten wäre ihr, sie würde sich überhaupt nicht mehr melden. Da taucht Nikolai im Generalkommissariat auf. Unter dem Vorwand, sein Filmprogramm zu verteilen, sucht er Jelena. Er muss ihr eine eilige Nachricht von der Ossipowa überbringen. Er hat Glück und begegnet ihr im hinteren Teil des Gebäudes, wo es zum Waschkeller hinabgeht. Hastig flüstert er: »Morgen Abend. Acht. Potemkin-Brücke.«

Jelena weiß, was das bedeutet. Ein neuer Auftrag von der Ossipowa. Das passt ihr gar nicht. Nikolai kann nicht sagen, worum es geht. Gesetz der Gruppe ist, keine Mitglieder über Aktionen zu informieren, an denen sie nicht direkt beteiligt sind. Aus Sicherheitsgründen darf keiner mehr wissen, als unbedingt nötig ist.

Nach Dienstschluss steht Jelena am nächsten Abend pünktlich um acht Uhr auf der Potemkin-Brücke, die sich im Gorki-Park über den Swisslotsch spannt. Bei dieser Brücke hatte sie der Fahrer des Lastwagens abgesetzt, als sie damals nach Minsk kam. Hier hatte sie sich auch das erste Mal mit Sascha getroffen. Sie weiß es noch genau. Wie jetzt war es Sommer. Die Brücke war immer schon ein beliebter Treffpunkt für Liebespaare. Auch heute, trotz aller Not in der Stadt und während rundherum getötet wird, umschlingen sich an den Brüstungen Liebespaare. Sogar deutsche Soldaten treffen sich hier – verbotenerweise – mit ihren Minsker Mädchen. Zwischen den Verliebten stehen in zerlumpten Kleidern und mit Kopftüchern stumm immer wieder Marktfrauen mit ihren ärmlich gefüllten Körben und hoffen, dass ein paar der vielen Vorübereilenden stehen bleiben und vielleicht Kartoffeln, Eier, Weißkohl oder Rüben kaufen.

Jelena schaut sich um: Keine Ossipowa zu sehen. Sie schaut hinab auf den Park, wo früher die schönen alten Bäume standen, die im vergangenen Winter von den Minskern gefällt und verheizt wurden. Auch den Rasen gibt es nicht mehr. Er wurde zu Äckern umgegraben, um darauf Kartoffeln und Rüben anzubauen. Am Ufer des Swisslotsch baumeln an Laternenmasten Gehängte, die die Wehrmacht und die SS als Vergeltung wegen vermuteten Widerstandes hingerichtet haben. Jelena sieht auf die Uhr. Schon Viertel nach acht und immer noch keine Ossipowa. Ab zehn wird es dämmern, dann beginnt die Sperrstunde. Sie hat zwar Kubes Sondererlaubnis, doch würde man die Ossipowa um die Zeit noch antreffen und kontrollieren, wäre sie verloren.

Eine Gruppe von Offizieren kommt auf Jelena zu. Sie kennen sie durch ihre Arbeit in Kubes Kantine und grüßen sie freundlich: »Guten Abend, Fräulein.« Sie grüßt freundlich zurück.

Die Offiziere schlendern vorüber. Da tritt eine der Marktfrauen mit tief ins Gesicht gezogenem Kopftuch zu Jelena, stellt ihr ihren Korb vor die Füße, als wolle sie ihr den Weg versperren, und sagt laut: »Kaufen!«

Es ist die Ossipowa.

»Was wollen Sie kaufen? Alles gute Ware.«

Jelena hat verstanden und spielt die interessierte Kundin.

»Ich habe noch mehr Ware. Kommen Sie mit.« Sie packt ihren Korb und geht mit Jelena hinunter zum Ufer, wo sie nicht belauscht werden können. Kaum angekommen, befiehlt die Ossipowa: »Du musst Kube töten.«

Jelena glaubt, nicht richtig gehört zu haben, und starrt die Ossipowa entsetzt an.

»Du musst«, fordert die Ossipowa.

Durch Jelenas Körper rast Abwehr. Nein, das macht sie nicht. Sie will Kube nicht töten. Sie ist keine Heldin und will auch keine Heldin sein. Ihn ausspionieren ja, aber nicht ermorden. Sie hat sich nicht bei Kube anstellen lassen, um ihn umzubringen. Sie macht für die Ossipowa alles. Sie lässt sich von ihm betatschen, gaukelt ihm vor, seine Ergebene zu sein, geht mit ihm ins Bett, um geheime Informationen zu erhalten, die er sonst nie ausplaudern würde. Aber ihn ermorden – nein, das macht sie nicht.

»Er muss endlich weg«, faucht die Ossipowa.

Ihre Gruppe hat schon mehrmals versucht, Kube zu beseitigen. Zuerst mit Gift, mit Strychnin. Ein heimlich für die »Dima« spionierender Koch sollte es in das Essen mischen. Es hätte ausgereicht, um zwanzig Personen zu töten. Doch man fürchtete, dabei auch das gesamte weißrussische Personal zu vergiften, und blies die Aktion ab. Daraufhin wurde ein neuer Plan ausgearbeitet: Bei einer seiner Dienstfahrten sollten einige »Dima«-Leute Kube auflauern, eine Granate auf seinen Pkw werfen und mit Kalaschnikows auf ihn schießen. Doch dieses Unternehmen scheiterte. Kube hatte spontan seine Reisestrecke geändert.

»Und vor ein paar Tagen in Priluki«, berichtet die Ossipowa wütend, »hatten wir Partisanen in seinen Park geschickt. Sie versteckten sich in den Büschen, um Kube auf seiner Terrasse zu erschießen. Doch du dumme Kuh bist mit deinen blöden Sektgläsern immer in die Schusslinie gelaufen. Die Scharfschützen konnten nicht abdrücken.«

Sie beschimpft Jelena und macht ihr schwere Vorwürfe. Dann erklärt sie: »Wir haben beschlossen, ihn mit zwei Minen in die Luft zu sprengen. Du klemmst die Minen unter sein Bett. Zeitzünder.«

Auch Jelena ist davon überzeugt, dass dieser Kerl wegmuss. Zugleich denkt sie an Anita. Wenn sie Kube in seinem Bett in die Luft sprengt, wird sie ebenfalls getötet. Das will sie auf keinen

Fall. Und die Kinder, würden sie die Explosion überleben? Die Kinder können doch nichts dafür, dass sie so einen Vater haben. Außerdem: Nach dem Attentat, ob es nun gelingt oder nicht, werden sich die Deutschen fürchterlich rächen. Als Vergeltung werden sie eine Menge unschuldiger Minsker erschießen. Wie sie es immer machen, wenn Partisanen eine Bombe hochgehen lassen. Sie wäre dann schuld am Tod so vieler Menschen. Diese Last will sie nicht auf sich laden. Und überhaupt, lohnt sich ein solches Attentat? Ein anderer wird an Kubes Stelle treten und weitermorden. Was hätte ihr Attentat dann genützt? Sie lehnt es strikt ab, Kube in die Luft zu sprengen.

Zorn funkelt aus Ossipowas Augen. »Ich hab dich bei ihm eingeschleust. Du musst es tun.«

Jelena widerspricht. Sie hat ihr diese Stelle verschafft, um ihn auszuspionieren. Das macht sie, mehr nicht.

Auf einmal steht ein alter Mann neben ihnen und betrachtet interessiert Ossipowas gefüllte Körbe. Oft setzen die Deutschen alte, harmlos aussehende Weißrussen ein, um Gespräche zu belauschen. In Gegenwart dieser Kollaborateure dürfen sie keinen Fehler machen. Schnell spielt Jelena wieder die Kundin und kauft Eier und Kartoffeln. Die Ossipowa packt alles in schmutzige Blätter der »Minsker Zeitung«, Jelena zahlt, und der Alte schlendert davon. Als er weit genug weg ist, teilt Jelena der Ossipowa die neueste Information über Kubes bevorstehende Aktion mit. Er will in den nächsten Tagen gemeinsam mit Wehrmacht, Polizei und SS Partisanengruppen um Minsk auslöschen. Sie müssen schnellstens ihr Gebiet verlassen, um dem deutschen Zugriff zu entwischen.

Die Ossipowa nimmt es zur Kenntnis und entgegnet: »Jetzt bist du dran. Kube mit zwei Minen. Das ist ein Befehl der Gruppe.«

»Nein«, entscheidet Jelena brüsk.

Wortlos wendet sich die Ossipowa ab und steigt mit ihrem Korb die Treppen hinauf, um sich wieder zu den anderen Marktfrauen zu stellen.

Verwirrt bleibt Jelena zurück. Sie will Kube nicht töten, sosehr sie ihn hasst. Bei diesem Sprengstoffattentat könnten auch Anita und ihre Kinder ums Leben kommen. Sie dürfen nicht mit ihm ermordet werden. Was können sie dafür, dass er ein solcher Schlächter ist? Die Beseitigung Kubes war bei ihrer Anstellung nicht ihr Auftrag. Davon war nie die Rede.

Anita fühlt sich in Minsk allein, verloren. Sie langweilt sich in dieser Trümmerstadt. Außer der Beschäftigung mit ihren Kindern hat sie nichts zu tun. Den Haushalt erledigt ihr Personal. Zum Kochen hat sie ihre Köchin. Für den Einkauf ist das Generalkommissariat zuständig. Man lässt alles aus Deutschland kommen. In der zerbombten Stadt will sie mit der aufgezwungenen, schweigenden Begleitung von Wilhelms Schutzmannschaften nicht mehr herumlaufen. Sie hat genug von den Ruinen, den Massen von Soldaten und den verarmten Menschen, die vor den wenigen Geschäften stundenlang Schlange stehen. Dabei fragt sie sich, für was sie sich da anstellen. Es gibt doch nichts zu kaufen. Höchstens ein paar schrumpelige Kartoffeln, halb verfaulte Kohlköpfe und ekelhaftes Brot, bei dem man nicht weiß, aus was es besteht.

Mit wem soll sie ihre Zeit verbringen? Wilhelm ist sehr beschäftigt und nur abends für sie da. Und das auch nicht immer. Er hat Besprechungen in der Dienststelle oder ist auf Inspektionsreisen. Mit den meisten Dienstmädchen kann sie sich nicht unterhalten. Durch ihre zahlreichen Aufgaben haben sie keine Zeit für Gespräche, und nach Feierabend verziehen sie sich in ihre Zimmer im Keller. Außerdem können sie nur ein paar Brocken Deutsch. Abgesehen von Jelena. Sie ist auch die Klügste von allen. Obwohl sie etwas derb erscheint und gar nicht elegant. Doch sie ist intelligenter als die anderen. Als sie ihr beim Empfang vorgestellt wurde, glaubte Anita, sie könne nur putzen und Öfen heizen. Nun hat sie eine andere Meinung von ihr. Sie spricht ganz gut Deutsch, ist fleißig, sauber, pünktlich, immer freundlich und hilfsbereit. Nie meckert sie. Das kann man von den anderen Dienstmädchen nicht sagen.

Jelena hat so eine herzliche, erfrischende und direkte Art. Sehr angenehm. Sie mag diese Jelena. Außerdem kann sie gut mit ihren Kindern umgehen. Das hat Anita von der ersten Stunde an gesehen. Sie findet es schön, wie sie sich mit den Kindern beschäftigt. Wie sie mit ihnen im Kinderzimmer auf dem Boden herumkrabbelt und sich gemeinsam mit ihnen mit den vielen Spielsachen um sie herum amüsiert. Wie sie mit ihnen Bilderbücher anschaut und ihnen dabei russische Wörter beibringt, während die Kinder ihr im Gegenzug deutsche Wörter erklären. Sie mag die Kinder, und die Kinder mögen sie. Auch der kleine Willi möchte immer öfter von Jelena auf den Arm genommen werden und weint, wenn sie ihn absetzen muss, um ihre Arbeiten zu erledigen.

Da Jelena ihr Dienstmädchen ist, kann Anita oft mit ihr plaudern. Besonders abends, wenn Wilhelm auf Reisen ist, wenn die Kinder schlafen und die anderen Dienstmädchen in ihren Räumen sind, sitzen sie im Wohnzimmer zusammen und plauschen über so manches. Jelena erzählt über ihre Arbeit im Haus, über ihre Kindheit in ihrem Dorf, über ihre verstorbenen Eltern, wie sie nach Minsk kam und in Fabriken arbeitete. Sie erzählt von ihrer Heirat mit Sascha, vom Verlust ihres einzigen Kindes, das sie durch ihre Arbeit als Traktoristin verlor, und von Sascha, der schon so lange an der Front ist und von dem sie seitdem nichts mehr gehört hat. Sie weiß nicht, ob er noch lebt. Nur wenn es um Kube geht, schweigt Jelena. Anita hat dafür Verständnis. Sie versteht, dass sie nicht über die Politik ihres Mannes reden will.

Anita spricht von ihrer sorglosen und umhegten Kindheit in Hamburg, von ihrer glücklichen Zeit als Schauspielerin am Thalia-Theater und in Schneidemühl, wo sie Wilhelm kennengelernt hat. Sie erzählt von ihren Erfolgen auf der Bühne, von Berlin, ihrer schönen Wohnung beim Grunewald, ihren Eltern im bayerischen Hechendorf am Pilsensee und von ihrem

Bruder und ihrer Schwägerin, die jetzt mit ihren Kindern in Argentinien leben. Sie stellen fest, dass sie im selben Jahr, 1938, geheiratet haben. Jelena in Minsk ihren Sascha und Anita in Berlin ihren Wilhelm. Da gab es noch keinen Krieg. Sie haben das Gefühl, als würde das gemeinsame Hochzeitsjahr sie trotz ihrer gegensätzlichen Lebensläufe irgendwie miteinander verbinden. Beide sind ungefähr im selben Alter, um die dreißig, und fühlen sich einander nah.

An einem dieser Abende wagt Jelena, Anita etwas zu fragen, was ihr schon lange im Kopf herumgeht. Nun bringt sie es über die Lippen und fragt sie, wie sie so einen Mann lieben kann. So ein Scheusal, so einen Massenmörder und Verbrecher. Natürlich spricht sie diese Worte nicht aus.

Offen erklärt Anita: »Als ich von zu Hause wegzog, war ich ein Küken. Ich hatte zuvor nie einen Mann kennengelernt. Der einzige Mann, den ich kannte und liebte, war mein Vater. Dann lernte ich Wilhelm kennen. Ich war hingerissen von ihm und wollte von Politik nichts wissen. Er war so geistreich und charmant! Ich hatte gleich das Gefühl, dass wir zusammengehören. In Berlin war ich fasziniert davon, dass er alle politischen Größen kannte, mit vielen sogar per Du war. Das hat mir wahnsinnig imponiert. Ich war von Göring, Goebbels, Heß und Himmler umgeben. Das sollte so einer jungen Frau nicht gefallen? Und dann kam ein Kind nach dem anderen. Es war eben Liebe. Echte, wahre Liebe.«

Jelena kann nicht verstehen, dass Anita Wilhelms Politik noch immer nicht für falsch hält, sie nicht anzweifelt und nicht wissen will, was er hier treibt. Ist sie denn so blind? Oder hat sie absichtlich Scheuklappen angelegt, weil sie Angst hat vor einer Auseinandersetzung mit ihm?

Anita erzählt nur von privaten Kümmernissen. So vieles hat sich in ihr angestaut. Es tut ihr gut, ihr Herz auszuschütten, und so gesteht sie Jelena: »Wilhelm ist der erste Mann, den ich liebte. Und er wird der einzige für mich bleiben. Selbst wenn Wilhelm vor mir sterben würde, nie könnte ich nach ihm einen anderen Mann lieben. Obwohl er es mir mit meiner Liebe zu ihm oft sehr schwer gemacht hat. Während unserer Ehe hatte er heimliche Affären mit anderen Frauen, meistens mit seinen Sekretärinnen. Ich habe sehr darunter gelitten. In manchen Fällen wusste ich es, in anderen ahnte ich es nur. Natürlich hat er es stets geleugnet, wenn ich ihn darauf ansprach. Und sicher hatte er auch hier diese oder jene Liebschaft, während ich mit meinen Kindern in Berlin ausharrte.«

Jelena ist nahe daran, ihr zu beichten, dass auch sie mit Wilhelm im Bett gelegen hat, allerdings auf Befehl der Ossipowa. Doch im letzten Moment presst sie ihre Lippen zusammen. Ein Ausplaudern würde zu einer Katastrophe führen.

»Für ihn habe ich meine Theaterkarriere weggeworfen«, vertraut Anita ihr an. »Ich habe es nie bereut. Ich hatte ja einen Ersatz dafür erhalten. Meinen Wilhelm und meine Kinder. Und wenn ich je wieder schwanger werden sollte und es ein Mädchen wird, wünsche ich so sehr, dass sie später einmal wie ich Schauspielerin wird und dort weitermacht, wo ich mit dreiundzwanzig Jahren aufgehört habe. Meine Tochter wird dann an meiner Stelle alles, worauf ich für Wilhelm verzichtet habe, erreichen und am Theater Karriere machen und berühmt werden. Ich werde sie Anita taufen. Vielleicht nimmt sie später sogar wie ich den Künstlernamen Linden an, dann wird sie ebenfalls eine Anita Linden sein.«

»Und wenn sie sich gleich am Anfang wie du in einen Mann verliebt und alles hinschmeißt?«, wendet Jelena ein.

»Das werde ich ihr früh genug austreiben«, beharrt Anita.

Seit Anitas Ankunft lebt Jelena in einem Konflikt. Da sind einerseits die deutschen Okkupanten, die hier ewig bleiben wollen. Sie sind ihre Feinde, die die Partisanen jeden Tag angreifen, um sie aus dem Land zu jagen. Und jeden Tag gelingt es ihnen ein Stück mehr. Auch ihre Rolle als Spionin versteht Jelena als Teil dieses Kampfes. Andererseits findet sie Anita so sympathisch. Sie mag sie und die Kinder. Dabei müssten auch sie ihre Feinde sein. Doch Jelena kann Anita und die Kinder nicht als Feinde, als Okkupanten sehen. Obwohl sie es sind. Dieser Zwiespalt zerrt in ihr.

Misstrauisch beobachtet Kube, wie gut sich die beiden Frauen verstehen. Ihm gefällt das gar nicht. Hoffentlich verplappert sich Jelena nicht. Ein unbedachter Satz, und sie verrät seine Affäre mit ihr. Dann hätte er einen schlimmen Krach mit Anita am Hals. Den kann er gar nicht brauchen. Zumal sie sich so freut, endlich wieder bei ihm zu sein. Da will er sie nicht enttäuschen. Noch dazu hat er grundsätzlich etwas gegen diese Vertrautheit. Auch wenn Jelena Anitas Dienstmädchen ist, muss sie doch nicht gleich Freundschaft mit ihr schließen. Freundschaft mit dem Feind. So weit kommt es noch, dass aus einer Feindin eine Freundin wird. Dafür ist er nicht nach Minsk geschickt worden. Irgendwann muss er Anita zurechtweisen.

Einen Krach mit Anita gibt es dann aus anderem Grund. Als ihm die Kinder begeistert erzählen, wie aufregend ihre Spaziergänge mit Jelena sind, was sie dabei alles erleben, die Soldaten und Militärfahrzeuge, die ratternden Panzer und Geschütze, die Sprengung der Ruinen, ist Kube entsetzt. Er macht Anita heftige Vorwürfe, dass sie die Kinder allein mit Jelena durch die Stadt gehen ließ. Partisanen hätten sie entführen, sie als Geiseln nehmen können. Daran hat Anita gar nicht gedacht. Er befiehlt, dass Jelena ab sofort nur in Begleitung von Männern seines Personenschutzes mit den Kindern das Haus verlassen darf.

Er und Anita können nicht wissen, dass Jelena selbst der beste Schutz für ihre Kinder ist. Nirgends sind sie sicherer als an ihrer Hand. Nie würden Partisanen oder Mitglieder von Ossipowas »Dima« die Jungen in Jelenas Beisein entführen und als Geiseln nehmen. Man würde Jelena festnehmen, verhören, ihre Spionage für die Schwarze Maria aufdecken und Ossipowas Widerstandsgruppe vernichten. Was also hätte so eine Entführung der Kinder für einen Sinn? Jelena ist die

Sicherheitsgarantie für Harald und Peter. Auch für Anita, sollte sie einmal ahnungslos mit Jelena durch die Stadt gehen.

Wieder bricht ein grauenhaft eisiger Winter über sie herein, noch schlimmer als im vergangenen Jahr. Zwar ist das Generalkommissariat mit Kohlen gut versorgt, womit aber die Juden im Ghetto und die Stadtbevölkerung ihre Öfen heizen, interessiert Kube nicht. Die Bäume im Gorki-Park können die Minsker nicht mehr abholzen. Sie haben sie schon im vergangenen Winter gefällt. Auch die Balkone an den Holzhäusern haben sie abgesägt, um sie zu verheizen. Was bleibt ihnen jetzt noch? In der Stadt und im Ghetto reißen sie baufällige Schuppen und Scheunen ab und zersägen das Holz. Sie brechen die alten Dielen aus Dachböden heraus und zerlegen sie für ihre Öfen. Sie verbrennen auch einen Teil ihrer Möbel.

Sollte bei ihrem Heizen Feuer ausbrechen, zum Löschen hätten sie kein Wasser. Die Rohre sind durch den Frost zerborsten. In den Ghettoküchen kann nicht mehr gekocht werden. Zwar bekommen die Arbeitskolonnen in den deutschen Betrieben etwas zu essen und sind dort während ihrer Arbeitszeit nicht der eisigen Kälte ausgesetzt. Doch von den Eingemummten, die auf den Straßen den Schnee wegschaufeln und die Schienen und Weichen vom Eis freihacken müssen, brechen viele zusammen und bleiben liegen. Im Ghetto erfrieren und verhungern ganze Familien. Kube sorgt sich allein darüber, dass ihm vorzeitig zu viele Arbeitsfähige wegsterben könnten.

Als Chef der Zivilverwaltung gehört es zwar nicht zu seiner Aufgabe, Wehrmachtslazarette zu besuchen, dennoch sieht Kube es als seine Pflicht, mit Anita zur Weihnachtszeit die Soldaten in den drei Minsker Lazaretten zu besuchen. Eines befindet sich im ehemaligen »Haus der Roten Armee« nahe beim Weißrussischen Theater, ein anderes im ehemaligen Lenin-Haus und ein drittes in einer Kaserne in der Hauptstraße. Alle drei Lazarette sind überfüllt mit schwer verwundeten, zum Teil amputierten Wehrmachtssoldaten, meistens ganz junge Burschen, oft noch Jugendliche. Ihre Köpfe sind umhüllt mit Mullverbänden, bei Erblindeten sind die Augen verdeckt. Umwickelte Beine hängen an Schnüren in Schräglage. Vielen Soldaten fehlt ein Arm, ein Bein. Manche kauern in Gipsverbänden apathisch auf einer Matratze auf dem Boden, weil für sie keine Betten vorhanden sind.

Kube findet es gut, dass Anita mitkommt. Sie ist jung, sie ist schön, das sehen die Soldaten trotz allem gern. Und sie hat ein Herz für die Verwundeten. So gehen sie von Bett zu Bett, reichen den Männern die Hand, wenn sie dazu fähig sind, und wünschen ihnen frohe Weihnachten. Kube wechselt ein paar Worte mit ihnen, fragt, wie sie heißen, woher sie kommen, in welcher Einheit sie gedient, welchen Einsatz sie geleistet haben und wie sie verwundet wurden. Dann übergibt er ihnen als Anerkennung der Heimat Geschenke: Landserhefte, Bonbons, Kekse, Zigaretten und kolorierte Hitler-Bilder.

Anita hat eine Klampfe mitgebracht. Etwas Gitarre spielen hatte sie in ihrer Schauspielschule gelernt. Sie schlägt die Saiten an und singt dazu mit ihrer schönen Stimme Weihnachtslieder.

Viele der Soldaten geben ihnen ihre Heimatanschrift. Kube und Anita sollen ihre Familien verständigen. Andere überreichen ihnen Briefe, die sie weiterleiten sollen. Von Bett zu Bett geht Kube und sagt: »Hier muss sich keiner verlassen fühlen. Wir leben in einer Schicksalsgemeinschaft. Wir sind im Volk geborgen.«

Anita ist froh, als sie diese Tortur hinter sich hat.

Im Januar 1943 wird es noch kälter. Bis zu dreißig Grad minus. Der Atem sticht in Gaumen und Kehle. Anfang Februar kesseln die Russen Stalingrad und die 6. Armee ein. Für die Deutschen in Minsk ist Stalingrad allerdings weit entfernt. Sie werden erst unruhig, als sie hören, dass die Rote Armee immer weiter nach Westen vorrückt und sich ihre Wehrmacht immer mehr zurückziehen muss.

»Gott verhilft unseren Truppen zum entscheidenden Sieg«,

beruhigt Kube Anita. »Er beschützt unseren Führer. Ich werde ihm bis zuletzt die Treue halten. Wenn wir den Krieg nicht gewinnen, sind wir alle verloren. Die Vergeltung der Sieger wird grauenhaft sein. Aus Rache für das, was wir hier angerichtet haben, werden sie uns alle vernichten. Sie werden ihre Toten rächen. Wir müssen diesen Krieg gewinnen, um zu überleben.«

Zweifelnd blickt sie ihren Wilhelm an, doch er ist überzeugt: »Dann schaffen wir ein neues Reich. Und da bin ich mit dabei, alles neu aufzubauen. Aber erst müssen wir diesen Krieg gewinnen. Wir müssen siegen. Es bleibt uns gar nichts anderes übrig. Ich werde mit meinen Männern in den Trümmern von Minsk ausharren. Bis zur letzten Patrone.«

Anita schweigt.

Jelena ist allein in Kubes Arbeitszimmer. Während sie vorgibt, seinen Schreibtisch abzuwischen, beugt sie sich über sein Radio und lauscht heimlich den neuesten Nachrichten aus Moskau. Sie muss den Ton ganz leise stellen, damit man draußen auf dem Flur nichts hören kann. Da ertönt plötzlich die Sondermeldung: »Stalingrad von der Roten Armee befreit! Nach langem und erbittertem Heldenkampf Stalingrad von den Faschisten befreit!«

Was für ein Sieg! Freudentränen treten ihr in die Augen. Am liebsten würde sie laut jubeln und das Radio voll aufdrehen, damit es durch das ganze Haus schallt: Stalingrad befreit! Die schwerste Niederlage der Deutschen!

Da öffnet sich die Tür. Anita kommt herein.

Als Jelena sonst verbotenerweise Radio Moskau hörte, hatte sie immer die Tür im Blick. Jetzt ist sie durch ihre Freude für ein paar Sekunden nicht wachsam gewesen. Sie wurde von Anita überrascht. Hastig schaltet sie den Apparat aus. Zu spät. Anita hat bemerkt, dass sie Radio Moskau lauschte. Ängstlich starrt Jelena Anita an. Was wird nun geschehen?

Anita schließt die Tür hinter sich und kommt langsam auf sie zu. Besorgt fragt sie: »Stalingrad?«

Schon seit Tagen ahnt sie die Niederlage. Als sie nun das heimliche Glück in Jelenas Gesicht sieht, weiß sie Bescheid.

»Ist Stalingrad gefallen?«

Jelena nickt und wischt sich die Freudentränen aus den Augen.

»Schlimm, sehr schlimm«, sagt Anita. Für sie ist nun klar: Das ist das Ende. Die Deutschen werden diesen Krieg verlieren. Was macht sie dann? Wann wird die Rote Armee Minsk zurückerobern? Stalingrad ist zwar weit weg, aber bald werden die Russen vor Minsk stehen. Dann muss sie mit ihren Kindern raus aus der Stadt. Und was wird dann aus Wilhelm?

»Du weißt, dass dir mein Mann verboten hat, Radio Moskau zu hören«, sagt Anita. »Bitte sei das nächste Mal vorsichtig. Ich werde dich nicht verraten.«

Jelena ist ihr so dankbar, dass sie ihr am liebsten die Hände geküsst hätte. Doch Anita sagt nur: »Schon gut. Ich hab nichts gehört und nichts gesehen.« Sie überlegt kurz und fügt hinzu: »Wenn wir Minsk aufgeben und zurückmüssen nach Berlin, kommst du mit uns.«

Jelena glaubt, nicht richtig gehört zu haben, und schaut Anita mit ihren großen dunkelbraunen Augen ernst an.

»Dann wirst du bei uns den Haushalt führen«, schlägt sie Jelena vor. »Du kannst so gut mit den Kindern umgehen. Die Jungs mögen dich, ich mag dich, und mein Mann mag dich auch.«

Jelena weiß im Moment nicht, was sie dazu sagen soll. Meint Anita das ernst? Kann sie sich nicht denken, was nach diesem verlorenen Krieg mit Deutschland passiert?

»Komm mit uns«, bittet Anita. »Dann hätte ich dich auch in Berlin als Freundin.«

Jelena schnürt es das Herz zusammen. Nur mit Mühe bringt sie über die Lippen: »Die Rote Armee wird bis Berlin durchmarschieren und die Stadt besetzen.«

Das kann sich Anita nicht vorstellen. Doch Jelena ist davon überzeugt und ergänzt: »Wenn die Sowjets in Berlin sind, was wird dann dort aus mir? Ich werde als Kollaborateurin verhaftet werden, weil ich für den Generalkommissar gearbeitet habe. Und weil ich mit dir befreundet bin. Auch wenn die Rote Armee hier einmarschiert, werde ich als Kollaborateurin verhaftet. Wer weiß, was man dann mit mir macht.«

Anita verstummt. Nach einer Weile sagt sie leise: »Ich hätte dich so gern als Freundin in Berlin.« Dann geht sie hinaus.

Auch Kube hört an diesem Tag gemeinsam mit Wildenstein in seinem Arbeitszimmer die deutschsprachigen Dienste zuerst von BBC London, dann von Radio Moskau, und beide Sender melden: »Stalingrad von der Roten Armee befreit. Die 6. Armee vernichtet.«

Kube und Wildenstein schweigen erschüttert. Stalingrad gefallen. Ihre große 6. Armee gibt es nicht mehr. Stalingrad zu halten war ihre letzte große Hoffnung. Nun droht das Ende. Sie verbieten es sich, an die Niederlage zu denken. Sie weigern sich, davon zu sprechen. Wer so einen Gedanken ausspricht, hat schon kapituliert. Sie werden nicht kapitulieren. Niemals. Noch ist Deutschland nicht verloren. Noch gibt es eine Chance, zu siegen. Welche Chance, das weiß Kube auch nicht. Er jedenfalls wird ausharren bis zum bitteren Ende und die ihm anvertraute Stellung halten.

Am nächsten Tag werden in Minsk alle Fahnen auf halbmast gehisst. Sechs Tage lang. Und alle in seiner Zivilverwaltung müssen sechs Tage lang schwarze Armbinden tragen.

Erika findet im Ghetto auf der Erde eine kleine weiße Feder und hebt sie auf. Flaumig liegt sie in ihrer Hand. In dem Moment hört sie über sich kurze schrille Schreie, wie kleine Trompetenstöße. Sie schaut hinauf zum Himmel und sieht einen Zug von Wildgänsen. Keilförmig fliegen sie dahin, stoßen immer wieder helle Schreie aus, als würden sie sich freuen, in der Luft und frei zu sein.

Wildgänse. Erika muss daran denken, wie sie einmal vor langer Zeit ein Buch von Selma Lagerlöf gelesen hat: »Die wunderbare Reise des kleinen Nils Holgersson mit den Wildgänsen«. Den Inhalt weiß sie nicht mehr genau. Sie weiß nur noch, wie begeistert sie war, als der kleine Wichtel Nils bäuchlings auf dem Rücken einer Wildgans lag, ihren Hals umklammerte und mit ihr über ein weites Land flog. Tief unter ihm zogen die Städte mit ihren Menschen, die Seen und Wälder vorbei. Er ließ alles hinter sich und flog mit seiner Wildgans weiter und weiter. Sie fand das so schön, einfach so dahinzuziehen, durch die Wolken hindurch, über einem der blaue Himmel und die wärmende Sonne.

Wie gern wäre auch sie so ein kleiner Wichtel wie Nils und würde auf dem Rücken einer dieser Gänse aus dem Ghetto herausfliegen. Sie würden diese Stadt, dieses Land hinter sich lassen, und die Gans würde mit ihr nach Berlin zurückfliegen und sie in der Reichsstraße absetzen, direkt vor ihrer Buchhandlung.

Aber ihre Eltern, sie können doch nicht zurückbleiben.

Sie schaut wieder auf ihre Hand. Vielleicht hat eine der Gänse da oben diese kleine weiße Feder verloren, sie flatterte herab und fiel ihr direkt vor die Füße. Als Gruß aus den Lüften. Als sie erneut zum Himmel hinaufblickt, sind die Gänse verschwunden, nicht mehr zu sehen. Erika hört nur noch von fern ihre freudig erregten Schreie.

Im Ghetto hat sie noch nie einen Vogel zwitschern oder gar singen gehört. Es gibt hier keine Vögel. Nicht mal Spatzen. Es gibt ja auch keine Bäume, keine Sträucher. Die Vögel singen woanders, nicht hier. Amseln hat sie zuletzt in Berlin trällern gehört. Im Hof hinter ihrer Buchhandlung standen große Linden. Darin saßen sie und schmetterten ihre Melodien, immer wieder neue Melodien, stundenlang. Bis in den Abend, auch wenn es schon dunkel war.

Sie hat hier auch noch nie Katzen oder Hunde gesehen. Als sie in der Hütte ihrem Vater davon erzählt, sagt er: »Die finden hier nichts zu fressen.«

Er sagt Erika nicht, dass man sie erschlagen, ihnen das Fell abgezogen, sie gebraten und gegessen hat.

»Wir haben Glück«, betont ihr Vater. »Wir bekommen unser Essen bei Kube. Wir haben es gut bei ihm. Er wird uns beschützen, weil wir Berliner Juden sind.«

Da ist sich Erika nicht so sicher.

»Ich trau ihm nicht«, sagt sie. »Er ist nicht ehrlich.«

Im April ist Anita im dritten Monat schwanger. Wieder mal. Als sie im Sommer vergangenen Jahres in Minsk ankam, ahnte sie nicht, dass sie von ihrem Wilhelm schon wieder ein Kind bekommen wird. Untersucht und betreut wird ihre Schwangerschaft vom Leiter der Abteilung Gesundheit des Kommissariats Dr. Weber. Er ist auch der persönliche Arzt der Familie. Dass Weber die körperlich und geistig behinderten Kinder in der Klinik Nowinki unter dem Decknamen »Euthanasie« durch Autoabgase ersticken ließ, weiß Anita nicht. Ihr Kind wird Mitte Oktober zur Welt kommen. Anita wünscht sich so sehr, dass es diesmal ein Mädchen wird. Endlich ein Mädchen! Als sie Wilhelm berichtet, dass er wieder Vater werden wird, hüpft er vor Freude in der Wohnung herum.

»Es wird ein Junge«, triumphiert er. »Es muss ein Junge werden!«

»Es wird ein Mädchen«, setzt sie dagegen.

»Ein Junge! Ein Junge«, behauptet er.

»Wir haben doch schon drei Jungen. Lass mir doch auch mal ein Mädchen für mich.«

»Und wenn es Zwillinge werden«, kontert er listig, »dann ein Junge für mich und ein Mädchen für dich.«

Anita gibt sich geschlagen. Gleich darauf verfügt er: »Wenn es ein Junge wird, taufen wir ihn Walter. Als Erinnerung an meinen Bruder. Das bin ich ihm schuldig.«

Anita erinnert sich, dass Wilhelms jüngerer Bruder Walter im Ersten Weltkrieg als Fliegerleutnant im Alter von zweiundzwanzig Jahren von den Engländern an der Westfront abgeschossen wurde.

Anita vertraut ihre Schwangerschaft Jelena an. Sie freut

sich für sie, umarmt sie, gratuliert ihr und wünscht ihr und dem neuen Kind viel Glück. Zugleich denkt sie mit Schrecken daran, dass auch sie von Kube hätte schwanger werden können. Nicht auszudenken! Ein weißrussisches Dienstmädchen, schwanger vom Generalkommissar! Was hätte er mit ihr angestellt! Er hätte sie verschwinden lassen, wer weiß wohin.

Kube bestellt über die Dienststelle Babywäsche aus Deutschland. Seine Amtsstempel garantieren beste Qualität. Bald trifft das erste Paket ein. Anita bittet Jelena, es zusammen mit ihr im Schlafzimmer auszupacken. Eigentlich darf Jelena seit Anitas Ankunft das Schlafzimmer nicht mehr betreten. Kube hatte es ihr verboten. Aber da die Hausherrin sie darum bittet und der Chef weg ist, macht sie eine Ausnahme. Neugierig packen sie auf Kubes Bett die wollenen Strampelhöschen aus, die flauschigen Windeln, die duftenden Wickeltücher, die bunten Jäckchen. Dazu die Dosen mit dem Babypuder und den Cremes, die bunten Kugeln, die Anita über das Kinderbett hängen wird, die sich drehen und fröhlich klingen, wenn man sie antippt. Sie staunen, dass es im Reich trotz des Krieges noch so gute Babywäsche gibt. Allerdings nur für die deutschen Behörden in den besetzten Ostgebieten.

Kube macht im Ghetto einen deutschen Kunstschreiner ausfindig, der eine Wiege bauen soll. Das Holz und das Werkzeug dafür zu beschaffen ist für Kube kein Problem. Bald darauf zimmert der Jude in Kubes Garage eine schöne, bunt bemalte Wiege, bekommt für seine Arbeit den entsprechenden Tageslohn und anständig zu essen.

11

Die Lage im Land verschlimmert sich von Tag zu Tag. Kube steht vor einem Scherbenhaufen. Die Erfüllung des Auftrags seines Führers hat er sich so schön vorgestellt. Er sollte Weißruthenien unterwerfen und ausbeuten, die nichtjüdische Bevölkerung unter das Hakenkreuz zwingen, die Widerstandsgruppen und Partisanen radikal liquidieren, Weißruthenien auslöschen, damit es die Wehrmacht für immer besetzen kann. Doch alles kam ganz anders. Was ist aus seinem Auftrag geworden? Nicht er hat die Bevölkerung bezwungen, sondern sie wendet sich überall gegen ihn. Nicht er hat die Partisanen ausgemerzt, sondern sie sind drauf und dran, ihn zu vernichten.

Zwei Drittel des ihm anvertrauten Landes, das schon bei seiner Ankunft um die Hälfte reduziert war, beherrschen die Partisanen. Das verbliebene Gebiet kann er nur bewaffnet in einem gepanzerten Konvoi bereisen. Zur Sicherung vor Minen muss jedes Mal seine Schutzmannschaft mit einem Lastwagen vorausfahren, auf dessen verdeckter Ladepritsche Juden aus dem Ghetto hocken. Sollte der Lkw auf eine Mine fahren, fliegen sie zuerst in die Luft, und Kube muss umkehren. Die Partisanen haben sämtliche Brücken und die meisten Eisenbahnschienen gesprengt. Kube kann keine weißrussischen Zwangsarbeiter mehr ins Reich deportieren. Die Partisanen haben die Mühlen und Molkereien des Landes niedergebrannt, er kann nichts mehr an die Wehrmacht und an das Reich liefern. Dazu haben die Partisanen die Sägewerke in Flammen aufgehen lassen. Die Holzversorgung ist zusammengebrochen. Dutzende Angehörige seiner Landwirtschaftsabteilung wurden auf dem Land erschossen. Keiner wagt sich mehr dorthin, um die Zwangsabgaben einzutreiben. Die Partisanen verschleppen oder erschießen die Bürgermeister in den Gemeinden. Es gibt keine Verwaltung mehr. Zum Teil weigert sich die Bevölkerung, zur Arbeit zu erscheinen. Betriebe müssen stillgelegt werden. Die weißrussischen Kollaborateure fliehen aus Angst vor der näher rückenden Roten Armee. Die Partisanen überfallen Wehrmachtsstützpunkte, erschießen die Wachen, rauben die Waffen und Sprengstoff für neue Attentate. Kubes Angestellte können in der Dunkelheit nicht mehr auf die Straße gehen. Überall lauern die Scharfschützen der Partisanen. Im Kommissariat müssen sich Kube und seine Angestellten aus Angst vor Überfällen noch mehr verbarrikadieren. Für Kube eine Katastrophe. Er hat die Lage nicht mehr unter Kontrolle. Seine Verwaltung ist nicht mehr handlungsfähig.

Und je heftiger die Partisanen zuschlagen, umso brutaler schlagen Wehrmacht, Polizei und SS zurück. Sie liquidieren jeden, der verdächtig ist, Kontakt mit den Partisanen zu haben. Auch Handwerker und Facharbeiter. Alle, die für die Aufrechterhaltung der Wirtschaft unentbehrlich sind. In den Straßen häufen sich die Leichen. Aus den Gruben kriechen die Überlebenden hervor. Hunde und Schweine wühlen Leichenteile aus dem Erdreich und schleppen sie durch die Dörfer. Wehrmacht, Polizei und SS treiben Menschen in Scheunen und brennen sie mitsamt den Eingeschlossenen nieder.

Wieder beschwert sich Kube erbost in Berlin über das Vorgehen von Wehrmacht, Polizei und SS, stellt Strafanträge gegen die Schuldigen und fordert für alle harte Strafen, angefangen beim Bataillonskommandeur bis hin zum letzten Leutnant. »Ich brauche Ruhe im Land. Sonst kann ich das Territorium nicht beherrschen«, schreibt er.

Prompt erhält er vom Reichsminister für die besetzten Ostgebiete Rosenberg eine vernichtende Antwort: »Ich verbiete Ihnen, sich in militärische Kompetenzen einzumischen. Zwingen Sie Ihren Raum mit Ihren eigenen Mitteln der Zivilverwaltung. Hilfe von unserer Seite nicht möglich.«

Keine Hilfe aus Berlin. Dazu den Partisanen ausgeliefert. Jetzt fürchtet er um sein eigenes Leben, um das von Anita, seiner Kinder und Angestellten. Es wird nicht mehr lange dauern, und die Partisanen werden auch ihn und seine Familie beseitigen. Das ganze Generalkommissariat werden sie in die Luft sprengen. Es ist nur eine Frage der Zeit. Und viel Zeit bleibt ihm nicht mehr.

Schweiß tritt ihm auf die Stirn. Berlin hat ihn im Stich gelassen. Jetzt muss er auf eigene Verantwortung handeln. Er muss etwas unternehmen. Sofort. Muss etwas grundsätzlich ändern. Radikal ändern. Ohne Unterstützung aus Berlin fühlt er sich Hitlers Auftrag nicht mehr verpflichtet und nicht an den Führerbefehl gebunden, Weißruthenien auszubeuten, die Bevölkerung und das Land für das Reich und für den Krieg im Osten dienstbar zu machen und am Ende alles zu vernichten. Er entschließt sich für das Gegenteil: Er will das nichtjüdische weißruthenische Volk erhalten und es endgültig aus dem mächtigen Herrschaftsblock der Sowjetrepubliken herauslösen. Er will es von Stalins Diktatur befreien, es von dessen Knute erlösen und in glückliche Zeiten führen, um dadurch das verloren gegangene Vertrauen der Bevölkerung zurückzugewinnen. Das verwüstete Land will er wieder aufbauen, das germanischstämmige Volk als selbstständige Provinz dem Großdeutschen Reich angliedern. Sogar mit einer eigenen Regierung, wenn auch unter dem Hakenkreuz.

Er stellt sich vor, aus den germanischen Weißruthenen fröhliche Nazis zu machen, die nicht mehr Stalin dienen, sondern seinem Führer. Überall werden die glorreichen Hakenkreuzfahnen wehen, und die Weißruthenen werden im Zentrum von Minsk eine monumentale Kube-Statue errichten, ihn als Befreier lieben und verehren und ihm huldigen.

Ihm ist klar, dass Stalin seinen großen Plan auf keinen Fall dulden wird. Er wird sein Vorhaben mit aller Gewalt zu verhindern suchen. Doch Kube ist sicher, die geknechtete Bevölkerung Weißrusslands wird bei seinem Unternehmen auf seiner Seite stehen und ihn unterstützen. Das Wagnis geht er ein.

Mit Wildenstein bespricht er seine Pläne. Sein Adjutant ist skeptisch: »Das wird Stalin nie dulden.«

»Ich weiß«, wendet Kube ein. »Ich mach es trotzdem. Das Risiko geh ich ein. Und wenn wir dann gemeinsam mit dem weißruthenischen Volk gesiegt haben, werden wir tausend Jahre in diesem Land bleiben. Ich werde mit Anita und meinen Söhnen in meinem Schlösschen mit großer Dienerschaft ein neues Leben beginnen und glücklich leben. Es wird eine wundervolle Zeit werden.«

Wildenstein sagt dazu gar nichts.

Um seine Pläne zu verwirklichen, ist Kube sein Generalkommissariat am Freiheitsplatz zu klein. Er benötigt eine größere Zivilverwaltung. Aus Deutschland wagt sich niemand mehr nach Minsk, dafür wollen zusätzlich zu seinen mehreren hundert Angestellten eine Menge weitere Kollaborateure für ihn arbeiten, begeistert von seinen Zukunftsplänen. Trotz der ständigen Partisanenangriffe sieht sich Kube nach einem großen, mächtigen Gebäude um. Der monströse Bau des ehemaligen Zentralkomitees der Kommunistischen Partei Weißrusslands erscheint ihm angemessen. Es ist ein Koloss mit fünf Etagen und zweihundert Büroräumen. Die Organisation Todt setzt den riesigen, bei der Bombardierung durch die deutsche Luftwaffe nur wenig beschädigten Komplex für seine Zwecke instand und macht direkt daneben ein großes Wohnhaus mit zwei Etagen und zwölf Zimmern für seine Familie bewohnbar. Bisher musste sie sich im alten Generalkommissariat mit nur fünf Zimmern begnügen.

Anita ist wegen der Partisanengefahr zwar bang zumute, sie freut sich aber dennoch über ihr neues Heim und erklärt gegenüber Jelena: »Du kommst selbstverständlich mit. Dann wohnst du uns direkt gegenüber. Da musst du nur noch über die Straße gehen und hast nicht mehr den weiten Weg wie bisher. Ist das nicht schön?«

Jelena freut sich aus einem anderen Grund auf diesen Umzug. Sie will alles tun, damit Kube sie entgegen Anitas Erwartung nicht mitnimmt, damit sie endlich befreit ist von der Schwarzen Maria, sich endlich aus dieser Schlinge ziehen kann.

Sie überlegt, wie sie es schaffen kann, von Kube vor dem Umzug entlassen zu werden. Sie müsste etwas anstellen, damit er sie rauschmeißt. Nur was?

Ihr wird schon etwas einfallen. Sie muss weg von Kube.

Im neu errichteten Generalkommissariat veranstaltet Kube eine große Tagung und verkündet in seiner Eröffnungsrede vor allen Gebiets-, Bezirks- und Kreiskommissaren des Landes: »Wir haben große Leistungen vollbracht, auf die wir stolz sein können. Im Gebiet Minsk-Land ist das Judentum völlig ausgemerzt. Auch alle anderen Gebiete und Bezirke sind mittlerweile judenfrei. Wir haben sie im Auftrag unseres Führers ihrer Bestimmung zugeführt. Im Minsker Ghetto sind nur noch ein paar tausend Juden für unsere Firmen vorhanden. Werden sie nicht mehr benötigt, werden wir auch sie der Erde übergeben.«

Dann macht Kube eine lange Pause. Alle lauschen gespannt. Mit lauter Stimme verkündet er nun sein neues Programm: »Worauf wir aber nicht stolz sein dürfen und was eine Schande für das Deutsche Reich ist, das ist unser Umgang mit der nichtjüdischen Bevölkerung dieses Landes. Das nichtjüdische weißruthenische Volk ist ein außerordentlich gesundes und kräftiges Volk mit einer anständigen Sittlichkeit und einem Familiensinn, der auch nicht vom Stalinismus zerstört werden konnte. Es ist ein hochanständiges, fleißiges Volk, das einen ausgeprägten Sinn für Kunst und eine Freude an der Musik hat. Es lohnt sich, dieses Volk zu erhalten und es von der Diktatur Moskaus zu befreien. Ein General sagte mir einmal: ›Die Bevölkerung hier ist doch weiter nichts wert, als geprügelt oder erschossen zu werden.‹ So ein General muss zurück nach Berlin. Der hat hier nichts zu suchen.«

Konsterniert sitzen die Versammelten da. So etwas haben sie von ihrem Generalkommissar nicht erwartet.

Kube tönt weiter: »Wenn die Wehrmacht, Polizei und SS jeden erschießen, den sie für partisanenverdächtig halten, ist das eine bodenlose Schweinerei! So geht das nicht. Dieses Volk kann sich nicht gefallen lassen, dass man so mit ihm umgeht. Das lässt sich kein Volk gefallen. Da dürfen wir uns nicht wundern, wenn die Partisanen zurückschlagen. Für jede Sprengung von Eisenbahnschienen zehn Mann aus dem nächsten Dorf aufzuhängen ist sehr bequem. Doch mit solchen Methoden kann man die Menschen hier nicht gewinnen. Die Partisanengefahr ist deshalb so groß, weil wir entscheidende Fehler gemacht haben. Wir müssen die Bauern von ihren strangulierenden Zwangsabgaben befreien. Ihnen ihr Land zurückgeben. Ihre Felder, ihre Äcker und Weiden. Wir müssen sie zu freien und stolzen Bauern machen, die selbstständig ihre Höfe betreiben. Die Stadt Minsk muss, als sie noch bestand, eine schöne Stadt gewesen sein. Was hat die deutsche Luftwaffe daraus gemacht? Einen Trümmerhaufen! Auf dem die Menschen nicht mehr leben können! Wir müssen gemeinsam mit der Bevölkerung diese Stadt wieder aufbauen, sie noch schöner errichten als zuvor, damit sich die Menschen darin wieder wohlfühlen.«

Murren im Saal. Räuspern und Kopfschütteln. Sogar demonstratives Stühlerücken. Kube fährt unbeirrt fort: »Das weißruthenische Volk ist ein außerordentlich lernbegieriges und bildungshungriges Volk. Doch Wehrmacht, Polizei und SS besetzen alle Schulen und lassen die Kinder und Jugendlichen ohne Bildung. Man hat es doch nicht mit Negern zu tun, die man dumm halten muss! Wir brauchen gute Schulen. Und Universitäten. Wenn wir der Jugend die Möglichkeit zur Bildung öffnen, erobern wir uns Tausende von Herzen. Wir müssen der Bevölkerung zeigen, dass wir Nationalsozialisten besser sind als der Bolschewismus. Wir müssen zivilisiert und anständig werden, um eine vernünftige Politik zu machen und für immer hierzubleiben. Wir müssen das weißruthenische Volk respektieren. Erst dann haben wir hier eine Zukunft. Erst wenn wir aus diesem Land eine selbstständige Provinz gemacht haben, losgelöst von der Sowjetunion, befreit vom Stalinismus, erst dann haben wir gesiegt!«

Nach seiner Ansprache rührt sich keine Hand. Niemand

klatscht. Nur Entsetzen im Saal und Tuscheln: »Der betreibt Separatismus.«

Kube weiß, dass er sich um Kopf und Kragen geredet hat. Das ist ihm egal. Er musste es sagen. Es ist nun seine Überzeugung.

Unten im Garten hört Anita die Stimmen der Dienstmädchen.

Auch die Stimme von Jelena. Sie tritt auf den Balkon hinaus und sieht, wie Jelena zusammen mit den vier Mädchen die Wäsche aufhängt, die sie in der Waschküche im Keller gewaschen haben. Sie sieht, wie sich Jelena geschmeidig nach oben reckt, um an einem Pfosten eine neue Leine zu befestigen, wie sie dabei ihren Körper streckt, wie sie sich schmiegsam zu ihrem Korb hinabbeugt, ein Betttuch hervorhebt und es liebevoll an die Leine klammert.

Das alles macht sie so hingebungsvoll und bewegt sich dabei so begehrenswert, dass Anita merkwürdige Gedanken kommen. Sie kann sehen, wie schön ihr Leib ist. Plötzlich schaut Jelena zu ihr herauf und winkt ihr lächelnd zu. Da weiß sie: Einem so gewinnenden Lächeln, diesem Charme und dieser wohltuenden Ausstrahlung konnte Wilhelm nicht widerstehen. Anita ist auf einmal sicher: Ihre einzige Freundin in Minsk hat mit ihrem Mann im Bett gelegen. Wahrscheinlich auch in Priluki. Sie wusste, wo dort im Keller der Sekt stand, und kannte sich mit den vielen Schlüsseln aus. Anita ist nun überzeugt, dass Wilhelm sich in Jelena verliebt hat, während sie in Berlin war. Er entflammt immer schnell für junge Frauen. Das hat sie oft genug erlebt bei seinen Affären mit seinen Sekretärinnen. Bestimmt hatte er auch eine Liebschaft mit Jelena, bevor sie hierherkam. Das traut sie ihm zu.

Anita kann diesen Verdacht nicht abschütteln. Besonders wenn sie sich daran erinnert, wie sonderbar verklemmt er sich nach ihrer Ankunft verhielt, wenn Jelena neben ihm stand. Das war sonst nicht seine Art. Auch Jelena war immer merkwürdig gehemmt, wenn Wilhelm anwesend war. War sie mit ihr allein, verhielt sie sich ganz anders. Da war sie locker, offenherzig, spontan. Dazu fiel Anita auf, wie extrem Wilhelm sich Jelena gegenüber oft verhielt. Manchmal war er so übertrieben freundlich und liebenswürdig zu ihr, dass sie fast eifersüchtig wurde. Dann wieder reagierte er wegen Bagatellen viel zu streng, zu barsch und hart, sodass ihr Jelena leidtat. Anita verstand das oft nicht. Doch wenn sie ihn darauf ansprach, wehrte er brüsk ab.

Irgendetwas war mit den beiden. Anita fühlt das. Das treibt sie um. Das geht ihr nicht aus dem Kopf. Sie kann Jelena doch nicht fragen: Hattest du etwas mit meinem Mann, als ich in Berlin war? Und Wilhelm würde ihre Befürchtung nur lachend beiseitewischen, wenn sie versuchte, ihn mit dieser Frage zu konfrontieren. Auch Wildenstein würde nichts sagen. Die Männer halten zusammen. Nie würde er seinen Chef verraten. Sie könnte die Dienstmädchen fragen. Sie hätten seine Liebesnächte mit Jelena sicher bemerkt. Aber sie hätten Angst, dass er sie rausschmeißt, wenn sie ihn verpetzen. Wer könnte ihr die Wahrheit sagen? Verbittert stellt sie fest: Alle würden schweigen.

Aus Stalins Sicht darf die Loslösung Weißrusslands aus der Sowjetunion auf keinen Fall geschehen. Dieser Separatismus muss unbedingt verhindert werden, die Union als Block erhalten bleiben. Die Ossipowa meldet Kubes Pläne an Stalin, Stalin ordnet an, den Abspalter Kube endgültig zu liquidieren, die Ossipowa befiehlt Jelena zu einem Treffen im abgeholzten Gorki-Park am Ufer des Swisslotsch. Sie werde dort auf einer Bank sitzen, in den Händen als Erkennungszeichen die »Minsker Zeitung« und neben sich einen Kinderwagen, beladen mit einem Sack Kartoffeln.

Ängstlich geht Jelena an diesem sonnigen Nachmittag am Flussufer entlang. Bald entdeckt sie auf einer Bank eine gut gekleidete Frau in einem grauen, eng anliegenden Kostüm und mit einem ausladenden Hut, geschmückt mit einem Sträußchen Margeriten. Die feine Dame liest in der »Minsker Zeitung«, neben ihr steht ein Kinderwagen, beladen mit einem Sack Kartoffeln. Jelena tritt heran. Stumm rückt die Ossipowa ein Stück beiseite und täuscht vor, weiter in der Zeitung zu lesen. Voller Angst setzt sich Jelena neben sie.

»Der Separatist muss weg«, zischt die Ossipowa ihr zu. »Töte Kube.«

»Nein«, gibt Jelena zurück.

»Töte ihn. So schnell wie möglich.«

Wieder weigert sich Jelena. Dafür hat sie sich nicht bei ihm anstellen lassen. Sie hat ihn ausspioniert, wie sie es befahl, aber ihn ermorden, das war nicht abgemacht. Verbissen schweigt die Ossipowa.

Nach einer langen Pause flüstert sie barsch: »Ich hab gehört, er zieht um. Stimmt das?«

»Ja«, sagt Jelena kleinlaut.

»Warum hast du mir davon nichts gesagt?« Ihre Stimme klingt hart. Sie wartet Jelenas Antwort nicht ab. »Du musst mitziehen«, entscheidet die Ossipowa, ohne ihren Blick von der Zeitung zu nehmen. »Du musst bei ihm bleiben.«

Dazu wird es nicht kommen, denkt Jelena. Ich werde etwas machen, damit er mich vorher rausschmeißt.

»Zeichne für uns einen Plan von seinen Privaträumen. Das Übrige erledigen wir.«

Was hat sie vor? Will sie das Haus überfallen und Kube erschießen lassen? Womöglich auch Anita und die Kinder? Wie soll das gehen? Ihre Partisanen können unmöglich in das Haus eindringen. Posten werden die Straße absperren und das Wohnhaus Tag und Nacht bewachen. Oder plant sie, Granaten durch die Fenster zu werfen? Auch dabei könnten Anita und die Kinder getötet werden. Andererseits werden die Fenster nachts mit eisernen Läden verschlossen sein. Was hat sie vor?

»Ich erwarte schnellstens deine Skizze«, sagt die Ossipowa in einem Ton, der keine Widerrede zulässt. Dann faltet sie ihre Zeitung zusammen, steht auf und geht davon, den Kinderwagen mit dem Sack Kartoffeln langsam vor sich herschiebend.

So eine Skizze wird sie nicht anfertigen. Auf keinen Fall. Diese Zeichnung wird Jelena ihr nicht liefern. Sie hofft, dass sich die Schwarze Maria nie wieder bei ihr meldet. Sie will von ihr in Ruhe gelassen werden. Sie will von ihr nichts mehr hören. Sie will weg von ihr und von Kube.

Anita besteht darauf, dass Jelena mit ihr das neue Wohnhaus besichtigt. Direkt daneben ragt Kubes hergerichtetes größeres Generalkommissariat empor. In diesem Gebäudekomplex hatte Jelena vor über acht Jahren als Putzfrau gearbeitet, die Büroräume und Flure geschrubbt, gebückt unter den furchterregenden Stalin-Porträts. Jetzt zieht Kube hier ein.

Anita möchte von ihr beraten werden, wie sie in ihrem Wohnhaus die Räume einrichten soll. Sie kennt Jelenas guten Geschmack und vertraut ihrem Urteil. Im Erdgeschoss des Hauses werden sich wie schon im alten Bau die Küche, der Speiseraum und der große Salon für die Abendgesellschaften befinden. Hier werden dann wieder die Hauskonzerte mit weißrussischen Musikern und Sängern stattfinden. Die Wäscherei und die Schlafräume des Dienstpersonals liegen wie bisher im Souterrain.

Als sie im ersten Stock einen wunderbaren Raum mit einem Balkon betreten, ruft Anita freudig aus: »Das wird unser Schlafzimmer!«

Sie gehen nach draußen auf den Balkon und schauen in den Garten hinter dem Haus hinab. Von den im Winter abgesägten Obstbäumen sind nur die Stümpfe zu sehen, die Erde ist durch Granateneinschläge und Bombentrichter aufgewühlt. Arbeiter schaufeln die Löcher zu, legen neue Wege an und pflanzen kleine Bäumchen.

»Wie schön wird es sein, wenn dann die Sonne hereinscheint«, schwärmt Anita. »Was für ein herrlicher Raum! Wie sollen wir die Betten stellen? Am besten Wilhelms Bett zum Balkon und meins daneben zum Kinderzimmer, damit ich nachts schneller zu meinen Kindern kann.«

Sie bespricht mit Jelena, wo die Spiegel am günstigsten hängen, wohin der Kleiderschrank soll und der Schrank mit der neuen Babywäsche. Auch wo das neue Kinderbettchen stehen könnte, überlegen sie. In fünf Monaten wird, wenn alles gut geht, ihr Neugeborenes darin schlafen.

Die ganze Zeit über dröhnt in Jelenas Kopf die Stimme der Ossipowa. Wieder und wieder hört sie ihren Befehl, eine Skizze über die Räume anzufertigen. Wozu braucht sie diese Skizze? Will sie wissen, wo Kubes Bett steht, um ihn im Schlaf erschießen zu lassen? Dann wären auch die Schützen erledigt. Daran will Jelena sich nicht beteiligen. Soll die Ossipowa doch ihre Leute in das neue Generalkommissariat nebenan schicken und ihn dort beseitigen. Dann hätte sie mit dieser Geschichte nichts mehr zu tun.

In der zweiten Etage bieten sich die Räume für Kubes privaten Arbeitsraum und für Wildensteins Zimmer an. Als Adjutant muss er sich im Wohnhaus seines Chefs zu jeder Nachtstunde bereithalten.

Als Anita und Jelena wieder auf der Straße vor dem neuen Dienstgebäude und dem Wohnhaus stehen, betrachten sie den hohen Palisadenzaun mit den Stacheldrahtrollen, der die beiden Gebäude umgibt. Davor sind um den ganzen Komplex herum eine Menge Wachposten aufgestellt. Keine Chance für ein Attentat, denkt Jelena.

»Wilhelm ist bestens geschützt«, sagt Anita. »Wenn er am Morgen von der Wohnung zum Dienst geht, kann er den sicheren Weg hintenherum nehmen statt vorne über die Straße. Das wäre viel zu gefährlich. Er wird das Haus durch den Hinterausgang verlassen, den Garten durchqueren und das neue Gebäude durch den Hintereingang betreten. So kann ihn keiner sehen. Und keiner ihm auflauern.«

Jelena überlegt, ob sie der Ossipowa diesen Geheimweg verraten soll. Aber dann würde sie auch die Skizze mit den Zimmern fordern. Die will sie auf keinen Fall zeichnen.

Kube möchte den Umzug nutzen, um Jelena zu entlassen. Er möchte sie loswerden. Dann besteht nicht mehr die Gefahr, dass sie etwas über seine Liebschaft mit ihr ausplaudert. Es passt ihm gar nicht, dass sich die beiden Frauen so gut verstehen. Ständig tuscheln sie zusammen.

»Jelena ist schon so lange hier«, sagt er zu Anita. »Ich will sie auswechseln gegen ein neues Dienstmädchen. Im neuen Haus möchte ich mit einem neuen Mädchen beginnen.«

Anita aber ist dagegen. Sie bittet ihn, fleht ihn sogar an, Jelena mitzunehmen. Sie zählt alle Argumente auf, um ihn umzustimmen. Sie würden sich so gut verstehen, sie habe in allem eine geschickte Hand, sie könne so gut mit den Kindern umgehen, und die Kinder mögen sie. An ein neues Dienstmädchen müsse sie sich erst gewöhnen. Und die Kinder auch. Wer weiß, wen sie dann bekämen. Bei Jelena wüssten sie, wen sie hätten. Sie brauche Jelena. Sie sei für sie unverzichtbar. Sie sei für sie eine Vertrauensperson. Gerade das ist für Kube der Grund, Jelena loszuwerden.

So geht das lange hin und her. Schließlich führt Anita an: »Außerdem ist sie meine Freundin.«

»Schlimm genug!«, braust er auf. »Wir leben im Feindesland. Fraternisieren ist verboten. Erzähl das nicht weiter. Sie könnte wegen Kollaboration erschossen werden. Offiziell seid ihr Feinde.«

»Ich möchte nicht, dass du mir meine Freundin wegnimmst.«

Kube schweigt. Sie legt ihre Arme um seinen Hals, schaut ihn verliebt an, gibt ihm einen Kuss auf die Wange und säuselt: »Wilhelm, bitte behalte sie.«

Immer wenn Anita ihn so umzuckert, wird er weich. Das weiß sie. Auf diese Weise hat sie von ihm immer alles bekommen, was sie wollte. Auch jetzt gibt er nach und willigt ein, Jelena als Dienstmädchen zu behalten.

»Hoffentlich bereue ich das später nicht.«

Sie dankt ihm und gibt ihm noch einen Kuss auf die Wange. »Du wirst es nicht bereuen.«

Um sich aus ihrer Falle zu befreien, verfügt er: »Doch nur unter einer Bedingung nehme ich Jelena mit!«

»Und die ist?«

»Sie darf beim Umzug nichts zerbrechen«, befiehlt er streng. »Sie kommt nur mit in das neue Haus, wenn sie beim Umzug nichts zerbricht. Jelena soll unser gesamtes Porzellan einpacken, alle unsere Kristallgläser und die großen kostbaren Vasen. Wenn von alldem nichts zu Bruch gegangen ist, kann sie von mir aus mitkommen. Doch wenn nur ein einziges Glas einen Sprung bekommen hat, muss sie gehen!«

Anita ist erleichtert. Sie wird darauf achten, dass Jelena nichts beschädigt.

Jelena dagegen beschließt, etwas zu zerbrechen, damit sie sich von Kube und von der Ossipowa befreien kann. Eine neue Arbeit wird sie auch woanders finden.

Drei Tage lang packen Anita und Jelena alles in große Holzkisten, die sie mit Wolldecken und Holzwolle auslegen. Das Geschirr, die Kristallgläser, die alten, wertvollen Porzellane, die großen handbemalten Vasen aus den Minsker Museen umwickeln sie mit Tüchern. Sie hüllen das große verglaste Holbein-Gemälde mit dem religiösen Motiv und das ebenfalls verglaste Hitler-Porträt in Steppdecken und stellen beide Bilder vorsichtig in eine Kiste. Nach jedem Verpacken stopfen sie die Lücken und Ecken mit Handtüchern und Holzwolle aus, damit nichts aneinanderstößt.

Wenn Jelena nun einen Teller des wertvollen Porzellanservice fallen lassen würde, wenn sie die Verglasung des Hitler-Porträts eindrücken oder die hübsche gläserne Tänzerin mit dem abstehenden Spitzenröckchen, die Kube so sehr liebt, zerbrechen würde – dann wäre sie befreit von Kube und von der Ossipowa. Als Anita kurz aus dem Zimmer geht, legt sie Kubes kleine, zierliche Tänzerin auf den Boden der Kiste und wuchtet eine schwere Vase auf das gläserne Geschöpf. Jelena hört das Knirschen. Erleichtert atmet sie auf. Schnell presst sie Holzwolle in die Freiräume. Beim Auspacken wird Kube seine zerbrochene Tänzerin entdecken, er wird wütend sein und sie entlassen. Anita wird traurig sein und bedauern, dass sie das Haus verlassen muss. Und sie wird froh sein, von der Ossipowa und von Kube befreit zu sein.

Männer der Schutzmannschaft tragen die gepackten Kisten zu den Lastwagen. Die Ladeflächen hatte Anita zuvor mit Steppdecken auslegen lassen, damit die kostbare Fracht beim Transport nicht erschüttert wird. Und Jelena wünscht sich, dass während der ratternden Fahrt durch die tiefen Schlaglöcher noch mehr kaputtgeht als nur die kleine Tänzerin.

Endlich ist alles im neuen Haus eingetroffen.

»Du wirst sehen«, sagt Anita freudig zu Jelena, »es ist nichts zerbrochen, und du wirst bei uns bleiben.«

Beim Auspacken will Kube dabei sein. Er will alles genau kontrollieren. Er will sehen, ob tatsächlich nichts zerbrochen ist. Jede Tasse, jeden Teller, jede Suppenterrine, jedes einzelne Stück beäugt er genau. Mit seinem Fingernagel tippt er an den Rand der Kristallgläser und lauscht dem Klang. Nichts hat einen Sprung bekommen. Den großen Vasen klopft er mit dem Lauf seiner Pistole leicht an den Bauch. Auch sie sind in Ordnung. Sie packen die Bilder aus. Alle Verglasungen sind heil. Nichts ist kaputtgegangen.

Als Anita die letzte schwere Vase aus einer Kiste heben will, stellt sie fest, dass sie nicht stabil steht. Etwas Unebenes liegt darunter. Anita nimmt die Vase heraus: Auf dem Kistenboden liegt die hübsche gläserne Tänzerin in Scherben! Zerbrochen die Tänzerin, die ihr Wilhelm so liebt! Sofort hat Kube Anitas Schreck bemerkt und kommt heran.

»Was ist los?«

Stumm deutet Anita auf die bunten Glassplitter. Er ist entsetzt. Wütend reißt er die Scherben aus der Kiste, hält sie in seiner zitternden Hand. Er ist außer sich vor Zorn. Am liebsten würde er Jelena schlagen. Er schreit sie an: »Du hast nicht aufgepasst! Das war dein letzter Tag bei uns!«

Jelena weicht ein paar Schritte zurück.

Anita tritt zwischen die beiden. Sie muss ihre Freundin schützen. Sie will Jelena auf jeden Fall im Haus behalten. Für sich und für die Kinder. Sie sagt: »Das ist mein Fehler. Ich habe diese Kiste gepackt. Da ist mir deine Tänzerin unter die Vase gerutscht. Verzeih mir. Es tut mir leid, es ist meine Schuld. Jelena kann nichts dafür.«

Jelena ist fassungslos. Damit hat sie nicht gerechnet.

Anita spielt weiter die Komödie. Schließlich ist sie Schauspielerin. Nochmals entschuldigt sie sich bei Wilhelm für ihre Ungeschicklichkeit und fragt ihn unterwürfig: »Wirfst du mich jetzt raus, weil ich etwas zerbrochen habe? Oder behältst du mich trotzdem?«

Jelena kann nicht glauben, dass Anita für sie den Blitzableiter spielt. Sie weiß, dass Anita sie mag und dass sie sie als Dienstmädchen behalten will. Dass sie aber so spontan alle Schuld auf sich nimmt, das hätte sie nie gedacht. Das ist ihr gar nicht recht. Sie hätte sofort widersprechen und zu Kube sagen sollen: Nein, ich war es! Ich allein. Doch sie ist von Anitas Vorpreschen so überrascht, dass sie stumm bleibt. Außerdem wäre es für Anita sehr peinlich gewesen, sie vor ihrem Mann so zu brüskieren.

Jetzt ist sie wieder nicht frei. Jetzt muss sie weiter bei Kube bleiben.

Das Ghetto hängt an Kube wie ein Klotz am Bein. Für ihn ist es ein wirtschaftliches Unternehmen. Da gilt wie für alle Betriebe die Kosten-Nutzen-Rechnung. Ergibt eine Bilanz mehr Kosten als Gewinn, stößt man das Unternehmen ab. Anfangs, als ihm noch mehrere zehntausend Juden zur Vermietung an die deutschen Firmen und Einrichtungen der Truppen zur Verfügung standen, brachte das Ghetto befriedigende Erträge. Da war dieser »Jüdische Wohnbezirk« rentabel. Jetzt aber, da die meisten Arbeitskräfte in den Gruben in Trostenez und um Minsk herum verscharrt sind und ihm nichts mehr nützen, kann er kaum noch etwas erwirtschaften.

Er nimmt ein Blatt Papier zur Hand und teilt es in zwei Hälften. Auf der einen Seite die Einnahmen, auf der anderen die Ausgaben. In der Spalte »Einnahmen« notiert er die Beträge, die ihm aus der Vermietung seiner restlichen Arbeitskräfte, aus der Verwertung des herrenlosen Judengutes, der herausgebrochenen Goldzähne der ermordeten Juden zufließen. In der Spalte »Ausgaben« notiert er die Kosten für die Verwaltung und den Erhalt des Ghettos, für die geringste Reparatur der Hütten, die billigste Verpflegung und Kleidung für die noch Lebenden, die Bekämpfung des Ungeziefers. Kube addiert die beiden Spalten, er rechnet und stellt fest: Die Kosten sind katastrophal höher als die Einnahmen. Die Bilanz vernichtend. Sein Ghetto ist nicht mehr rentabel. Es ist zu einem Zuschussbetrieb geworden. Zu einem Verlustgeschäft. Es ist bankrott. Er muss es auflösen. Das Ghetto muss geräumt werden mitsamt den übrig gebliebenen Juden, hauptsächlich arbeitsunfähige Kranke, Alte und Kinder. Alles unnötige Esser. Außerdem stehen die Russen schon vor Smolensk. Nur dreihundert Kilometer entfernt. Sie dürfen nicht sehen, was er im Ghetto getrieben hat. Keine Zeugen. Nichts von diesem Ghetto darf übrig bleiben.

Jelena findet in Kubes Schreibtisch das Blatt mit seiner Kalkulation und daran angeheftet seine Order an Wehrmacht, Polizei und SS, das Ghetto ab 14. September zu räumen. Das ist in vier Tagen. Mit zitternden Händen legt sie die beiden Blätter zurück. Sie muss sofort zu Nikolai. Die Ossipowa muss schnellstens benachrichtigt werden.

Nikolai wird bleich, als er von der Ghettoräumung hört. Für Jelena ist damit ihr Auftrag erledigt. Sie hat ihre Informationspflicht erfüllt. Die Ossipowa soll sie nun in Ruhe lassen. Sie will sie nicht mehr sehen.

12

Einen Tag vor der Ghettoräumung wird verkündet, dass alle Juden im Ghetto entlassen werden. Die Juden aus Minsk und Umgebung werden befreit, die Juden aus dem Reich in ihre Heimatstädte zurückgebracht. Für eine ordnungsgemäße Rückführung sollen sie sich am nächsten Tag um fünf Uhr früh mit ihrem Gepäck auf dem Festplatz versammeln und sich ruhig verhalten.

Die Heimanns fragen sich: Wieso werden wir auf einmal freigelassen und dürfen wieder zurück nach Berlin? Das können sie nicht begreifen. Doch wenn es Kube angeordnet hat, wird es wohl so sein.

»Ich trau ihm nicht«, sagt Erika. »Er ist nicht ehrlich.«

Trotzdem nehmen sie sich fest vor, an die Freilassung zu glauben, und packen wieder mal ihre Sachen. Gegen alle Zweifel. Auch viele andere trauen der Ankündigung nicht und verstecken sich in den Kellern und in den Malinas.

Um fünf Uhr früh stehen die meisten mit ihrem Gepäck auf dem Festplatz bereit. Viele glauben tatsächlich, dass sie freigelassen werden. Trotzdem macht sich Unruhe breit. Da beginnen Wehrmacht, Polizei, SS und Angestellte von Kubes Zivilverwaltung mit der Räumung des Ghettos.

Die Soldaten prügeln die Menschen auf die bereitgestellten Lkws. Die Getäuschten wehren sich, schreien, schlagen um sich. Widerstand, Tumult, Chaos brechen aus. Schnell werden die Menschen niedergeknüppelt und zum Erschießen nach Trostenez transportiert, zu den frisch ausgehobenen Gruben, zum »Umsiedlungsplatz«.

Nun fahren die drei grauen Gaswagen vor. Bemalt als »Rotkreuzwagen« und als »Kaiser's Kaffee« mit der lachenden Kaffeekanne. Die Menschen wissen, was das für Kastenwagen sind. Sie wehren sich dagegen einzusteigen, brüllen, schlagen auf die Uniformierten ein, werfen sich auf den Boden, versuchen wegzurennen. Nur mit Gewalt können die Soldaten sie in die Gaswagen hineinzwängen. Auch den Wiener, der für den SS-Sicherheitsdienst die Gaswagen reparierte, prügeln sie mit seiner Familie in einen der Kastenwagen. Und auch Gustav, Gertrud und Erika pressen sie in einen der »Spezialwagen« hinein. Dann verriegeln die Fahrer die eisernen Flügeltüren, schließen an den Auspuffen die Schläuche an, die in das Innere der Kästen führen, setzen sich zu ihren Beifahrern ans Steuer, geben Vollgas und fahren los nach Trostenez.

Beim Verlassen des Ghettos schaukeln die luftdicht verschlossenen Gaswagen. Die Eingesperrten schlagen gegen die Wände. Doch nicht lange. Nach wenigen Minuten wird es still im Laderaum.

Nach der Leerung des Festplatzes treten die Räumkommandos in Aktion. Sie durchsuchen alle Hütten und Steingebäude und holen die Versteckten heraus, aus den Kellern und den Malinas. Das ganze Gelände ist unterhöhlt von diesen Erdtunneln. Um sicher zu sein, dass ihnen niemand entkommt, werfen sie Handgranaten in die Malinas und halten Flammenwerfer hinein. »Ausräuchern« lautet die Devise. Tatsächlich kriechen noch halb verbrannte Überlebende heraus. Kaum tauchen sie auf, werden sie von Schüssen aus Maschinenpistolen niedergestreckt.

Am dritten Tag werden alle Holzhütten niedergebrannt. Die, die sich immer noch irgendwo verkrochen haben, verbrennen. Die meisten Steingebäude werden gesprengt, auch wenn sich noch Menschen darin befinden. Drei Tage dauert die Räumung. Dann gibt es das Ghetto nicht mehr. Am Ende steht über dem ehemaligen »Jüdischen Wohnbezirk« eine riesige schwarze Rauchwolke.

Wenn Anita von ihrem Wohnzimmer und vom Schlafzimmer aus dem Fenster schaut, sieht sie die schwarze Wolke, die über der Stadt liegt. Brandgeruch erfüllt die Luft und breitet sich in den Straßen aus. Auch wenn sie alle Fenster schließt, dringt der ätzende, scharfe Geruch nach verbranntem Holz und Teerpappe in alle Räume. Da ist auch ein süßlicher, ekelhafter Dunst, der ihr die Kehle zuschnürt. Der Geruch von verbrannten Menschen. Er kriecht auch in ihre Gedanken. Sie weiß, was dort unter dieser Wolke geschah. Vom ersten Tag an hat man im Haus davon erzählt. Und vom ersten Tag an sah sie die verdeckten Lastwagen mit den Menschen unter den Planen aus der Stadt hinausfahren, dazwischen die Gaswagen. Diese »Sonderwagen« hatte sie schon in den ersten Tagen nach ihrer Ankunft gesehen.

Alle reden über die Räumung des Ghettos. Doch Wilhelm schweigt. Immer wieder fragt sie ihn, kein Wort von ihm. Wenn er am Abend die Wohnung betritt, verbreitet er diesen süßlichen, würgenden Geruch von verbranntem Menschenfleisch. Auch wenn er sich vor dem Schlafengehen geduscht hat, quillt aus seinen Poren immer noch dieser ekelerregende Dunst. Sie kann nicht mehr neben ihm im Bett liegen. Sie ist erfüllt vom Widerwillen, ihn zu berühren. Zum ersten Mal schaudert es sie vor ihm, widert seine Nähe sie an.

»Was hast du denn?«, fragt er.

Sie schafft es nicht, ihm zu antworten, dass er nach verbrannten Menschen stinkt, und windet sich heraus: »Meine Schwangerschaft. Ich fühl mich nicht wohl.«

»Nur das?«, fragt er.

Sie schweigt und wendet sich von ihm ab.

»Was hast du denn?«, fragt er nochmals.

Zum ersten Mal in fünf Jahren nimmt sie an diesem Abend ihr Bettzeug und verlässt ihr gemeinsames Schlafzimmer. Sie geht in das Kinderzimmer zu ihren drei Jungen, schließt fest das Fenster, legt eine Matratze auf den Boden und deckt sich mit ihrem Bettzeug zu. Die Kinder finden es schön, dass ihre Mutter bei ihnen schläft. Nun können sie ihr lange erzählen, was sie am Tag erlebt haben und was Jelena alles mit ihnen unternommen hat.

Seit sie vor einem Jahr in Minsk eintraf, bemerkt sie mehr

und mehr, wie verändert Wilhelm ist. Sie hat das damals nicht so ernst genommen und dachte, es gehe vorüber. Sie glaubte, es seien die Schwierigkeiten mit seiner Zivilverwaltung. Doch es war etwas anderes. Es war sein blutiges Handwerk, das er ausübt. Mit Schrecken spürt sie nun, dass sie ihn nicht mehr berühren kann. Mein Gott, wen habe ich da geheiratet?, fragt sie sich schaudernd.

Sie denkt daran, wie sie sich vor zehn Jahren kennengelernt haben. Sie auf der Bühne als ganz in Weiß gekleidete Braut Swanhilde. Die liebende Heldin. Und er, der Dichter, im Glanz seines Triumphes. Sie denkt daran, wie sie in Liebe zueinander zerflossen. Und nun flieht sie seine Nähe, will ihn am liebsten nicht mehr sehen. Aber sie müssen doch morgen und übermorgen und all die nächste Zeit zusammenleben. Wie schafft sie das nur? Wie soll es je wieder gut zwischen ihnen werden? Sie kann doch nicht von ihm wegrennen. Sie sind schließlich verheiratet. Angst durchfährt sie: Hoffentlich wird das Kind in ihrem Bauch nicht so wie er!

Nach Stunden schläft sie endlich ein. Als sie am frühen Morgen von ihren Kindern geweckt wird, stellt sie erleichtert fest, dass er schon aus dem Schlafzimmer verschwunden und zu seinem Dienst geeilt ist.

Am Vormittag berichtet sie Jelena davon, dass sie aus dem Schlafzimmer ausgezogen ist, und wundert sich, dass sich Jelena darüber so freut. Sie versteht nicht, warum Jelena darüber froh ist.

»Das ist gar nicht schön«, wehrt Anita ab.

»Warum hast du das Schlafzimmer verlassen?«

»Wilhelm schnarcht so schrecklich.«

»Dann wirst du auch weiter bei den Kindern schlafen?«

»Vorerst ja. Ich kann sein Schnarchen nicht ertragen.«

Jelena ist erleichtert.

Am nächsten Tag steht auf einmal Nikolai im Erdgeschoss und flüstert Jelena zu: »Heute vor dem Kino, sieben, Ossipowa.«

Dabei drückt er ihr, um keinen Argwohn im Haus zu erwecken, ein altes Kinoprogramm in die Hand.

Jelena ist verärgert. So sehr hat sie sich gewünscht, die Ossipowa würde sich nicht wieder melden. Mehr als einmal hat sie ihr deutlich gesagt, dass sie Kube nicht töten will. Auch die befohlene Skizze über Kubes Wohnräume hat sie nicht gemacht und will sie auch nicht machen. Nun muss sie doch wieder zu ihr. Sie ist ihr ausgeliefert. Jelena bleibt nichts anderes übrig, als zu dem Treffen zu gehen.

Wieder hätte sie die Ossipowa beinahe nicht erkannt. Wie ein Soldatenflittchen hat sie sich hergerichtet. Sie trägt ein rüschiges rosafarbenes Kleid, Schuhe mit sehr hohen Absätzen, nach oben frisierte Haare mit weißen Haarspangen. Die Lippen sind knallrot geschminkt, die Augenbrauen stark nachgezogen. Niemand würde ahnen, dass sie die Schwarze Maria ist. Sie gibt Jelena ein Zeichen, sich vor die Plakate der Filme »Die große Liebe« mit Zarah Leander und »Quax, der Bruchpilot« mit Heinz Rühmann zu stellen. Es soll so aussehen, als würden sie sich darüber unterhalten, in welchen Film sie gehen wollen.

»Du hast die Zeichnung nicht geliefert«, presst die Ossipowa zwischen zusammengebissenen Zähnen hervor. »Du bist in meiner Schuld. Jetzt muss es schnell gehen. Er muss weg.«

Dass er wegmuss, damit ist Jelena einverstanden. Aber nicht durch sie. Sie will nicht die Attentäterin sein. So verrät sie der Ossipowa Kubes Geheimweg hinter dem Haus durch den Garten bis zum Hintereingang des neuen Generalkommissariats und ist erleichtert, dadurch Anitas Leben und das ihrer Kinder zu retten.

»Eine gute Gelegenheit«, versucht sie, die Ossipowa zu überzeugen. »Da können ihn die Partisanen erschießen oder eine Granate auf ihn werfen.«

Die Ossipowa schüttelt den Kopf. »Zu gefährlich für meine Leute, sich in den Garten zu schleichen. Wir machen es mit zwei Minen unter seinem Bett. Sie sind bei den Partisanen im Wald schon angefordert.«

Jelena wird kalkweiß. Die Ossipowa weiter: »In drei Tagen liegen die Minen bereit. Bei Tschil. Du holst sie ab und klemmst sie unter sein Bett. Steck sie in deinen Büstenhalter, wenn du sie ins Haus schmuggelst. Da greifen die Posten nicht hin.«

Jelena schweigt. Die Ossipowa droht: »Wenn du wieder ablehnst, werden wir dich verschwinden lassen. Wie im vergangenen Jahr unseren Genossen in Wehrmachtsuniform. Auch er hat sich geweigert, Kube zu beseitigen.«

Jelena erinnert sich: Als er in der Kantine saß, hatte sie ihn für einen Deutschen gehalten. Bis er aufstand und sie in perfektem Russisch davor warnte, Radio Moskau zu hören. Kurz darauf lag er erschossen in der Nähe des Generalkommissariats. Jelena hatte geglaubt, die Deutschen hätten ihn umgebracht.

»Wir mussten es tun. Er hat unseren Befehl verweigert.«

Jelena erfasst ein Taumel. Sie kann kaum noch stehen. Sie muss sich an die Mauer hinter ihr lehnen. Die Ossipowa hat ihn erschießen lassen. Einen ihrer eigenen Leute!

»Ja oder nein?«

Aus dem Saal hört Jelena die lärmende Musik des Films. Sie zögert noch immer.

Die Ossipowa wiederholt: »Ja oder nein? Du weißt, was ein Nein für dich bedeutet.«

Der Boden schwankt unter ihren Füßen. Sie muss sich an einer Mauerecke festhalten. Sie steht nun wirklich mit dem Rücken an der Wand. Die Ossipowa wird auch sie erschießen lassen, wenn sie ablehnt. Schweiß tritt aus ihren Poren. Die Kleider kleben ihr an der Haut. Ihr ist heiß und kalt zugleich. Sie hat Mühe zu atmen.

Sie hat keine Wahl. Sie muss zustimmen, ob sie will oder nicht. Sie denkt an Anita, die im neunten Monat schwanger ist. Gestern ist sie aus dem Schlafzimmer ausgezogen und übernachtet nun nebenan im Kinderzimmer bei Harald, Peter und Willi. Dort können sie und ihre Kinder die Explosion überleben. Sie wird nicht neben ihm liegen, wenn die Dinger hochgehen.

Leise sagt sie: »Ja.«

»Du weißt, wenn die Sache auffliegt, sind wir beide erledigt«, sagt die Ossipowa mahnend. »Und die Organisation. Wir alle. Auch Tschil. Man würde uns die Haut am lebendigen Leib abziehen.«

Jelena hat das Gefühl, sich erbrechen zu müssen.

»Das ist ein Befehl der Gruppe«, sagt die Ossipowa, dreht sich abrupt um und geht ohne Gruß davon.

Jelena hat das Gefühl, ihr Körper sei aus Watte. Es dauert eine Weile, bis sie sich von der Wand lösen und wieder stehen kann. Beschwingt kommt ein Pärchen heran. Ein deutscher Soldat und eine junge Minskerin. Fröhlich kaufen sie zwei Karten und verschwinden lachend im Kino.

Auf dem Nachhauseweg verschwimmt alles vor ihren Augen. Auf was hat sie sich da eingelassen? Ob das Attentat nun gelingt oder nicht, die Deutschen werden sich rächen. Sie werden sie, Jelena, erschießen und als zusätzliche Vergeltung auch noch viele unschuldige Minsker, die nichts mit dem Attentat zu tun haben. Sie ist dann schuld an ihrem Tod.

In einem Wald in der Nähe von Minsk beladen Partisanen den Handkarren von Maria Gribowskaja mit Kartoffeln, Kohlköpfen und Gemüse in geflochtenen Weidenkörben, einem Eimer mit Preiselbeeren, Schachteln mit Eiern und fünf Kürbissen. Dann drücken sie ihr zwei Minen in die Hand. Sie sind rund und so klein, dass jede in eine hohle Hand passt. Auf der einen Seite sind sie flach, auf der anderen gewölbt. Es sind magnetische Minen, die an Metall haften. Die alte Gribowskaja hat zwei der Kürbisse ausgehöhlt und legt je eine Mine hinein. Die beiden Kürbisse versteckt sie ganz unten in ihrem Handkarren, darüber packt sie die gefüllten Körbe und obendrauf die Preiselbeeren und die Eier. Sie hat sich als Bäuerin verkleidet, um vorzutäuschen, ihre Ware in der Stadt verkaufen zu wollen. Nun muss sie die Minen in ihrem Wägelchen nach Minsk schmuggeln, zu Nikolai.

Nach ungefähr zehn Kilometern erreicht sie das Flüsschen, an dem das Partisanengebiet endet. Am anderen Ufer beginnt das besetzte Territorium. Bevor sie das Partisanengebiet verlässt, küsst sie die Erde. Dann bekreuzigt sich die Kommunistin und Atheistin, fleht Gott um seinen Beistand an, stapft durch das niedrige Wasser und zieht ihren Karren hinter sich her. Angst steigt in ihr auf. Jetzt beginnt der gefährliche Teil ihres Weges. Jetzt kann sie jederzeit von Wehrmachtssoldaten und Polizisten kontrolliert werden.

Nach zwei Stunden sieht sie von Weitem das Dorf Wjatschech nahe der Straße nach Minsk. Dort haben die Deutschen einen Kontrollposten eingerichtet. Als sie sich nähert, springen zwei Polizisten hinter ihr aus dem Gebüsch und richten ihre Maschinenpistolen auf sie. Sie ist nicht überrascht. Das kennt sie. Langsam marschiert sie mit ihrem Wägelchen weiter. Die Polizisten gehen hinter ihr her. Nahe dem Kontrollposten treten vier Polizisten auf die Straße und warten auf sie, ebenfalls mit vorgehaltenen MPs. Als sie vor ihnen steht, versperren sie ihr den Weg. Die beiden Polizisten hinter ihr, die vier vor ihr, alle richten ihre Waffen auf sie.

»Woher?«, fragen sie barsch.

»Von meinem Garten.«

»Wohin?«

»In die Stadt.«

»Warum?«

»Meine Ernte verkaufen.«

Sie fordern ihren Ausweis, blättern hin und her, prüfen ihn lange, geben ihn wortlos zurück. Einer tastet ihre Kleider ab, während die anderen schussbereit um sie herumstehen.

Sie befehlen ihr, ihren Karren zu leeren. Mit einigen deutschen Brocken versucht sie ihnen zu erklären, dass die Preiselbeeren und die Eier dabei zerdrückt werden können. Die Polizisten scheren sich nicht darum, sie wühlen rabiat im Eimer und in den Schachteln herum, wühlen in ihren Körben herum, schütten die Kartoffeln, die Kohlköpfe, den Eimer mit den Beeren auf die Straße und werfen ihre Eier hinterher. Sie liegen als gelber Brei im Sand.

»Kannst deine Eier jetzt als Omelette verkaufen«, juxt einer der Polizisten. Die anderen lachen.

Nass geschwitzt vor Angst fürchtet die Gribowskaja, sie könnten nach den beiden Kürbissen greifen und die Minen entdecken, doch sie fordern: »Wodka!«

Sie hat keinen Wodka, nur ein paar Rubel. Damit sollen sie sich Wodka kaufen.

»Wir sind sechs. Wir brauchen sechs Flaschen«, schnauzt einer und schlägt ihr ins Gesicht.

Sie taumelt, sammelt ihre ausgekippte Ware ein und packt alles zurück in ihr Wägelchen, erleichtert, dass die Polizisten nicht die beiden Kürbisse in die Hand nahmen.

»Hau ab«, mault einer und tritt mit seinem Stiefel gegen ihren beladenen Karren, dass er beinahe umgekippt wäre. Sie ist froh, davonzukommen. Der gelbe Brei im Sand bleibt zurück.

Es ist Mitte September. Dichte Regenwolken hängen tief über den Hügeln und Wäldern. Schon beginnt es zu dämmern. Ab der Dämmerung beginnt die Sperrstunde. Dann darf sie sich nicht mehr auf der Straße blicken lassen. Sie muss sich eine Schlafstelle suchen. Morgen früh soll es dann weitergehen nach Minsk.

Etwas abseits im Feld sieht sie im Nebel eine Scheune. Da muss sie die Nacht verbringen. Das Holztor hängt halb aus den Angeln. Auch wenn sich hier schon jemand verkrochen hat, geflohene Juden aus dem Ghetto, Partisanen oder auf der Lauer liegende SS-Männer, sie darf nicht weiter, sie muss hier übernachten. Mit Mühe zwängt sie ihr Wägelchen durch das Tor.

Im Dunkel der Scheune kann sie nach und nach einen großen Haufen Stroh erkennen. Keiner raschelt in seinem Versteck, keiner kommt aus der Finsternis auf sie zu. In einer Ecke ertastet sie eine große, steife Plane. Sie breitet sie über ihren Karren und wirft ein paar Arme voll Stroh darüber. Dann zieht sie das quer hängende Tor hinter sich zu, bis es am Holzrahmen lehnt, und kriecht in den Strohhaufen. Von all ihrer Angst und dem langen Marsch ist sie so erschöpft, dass sie bald darauf einschläft.

Sehr früh am nächsten Morgen wird sie von Schüssen aus dem Schlaf geschreckt. Sie lauscht. Wieder hört sie Gewehrschüsse, doch weit entfernt. Sie fröstelt.

Auf allen vieren kriecht sie zum Tor. Es lehnt unverändert am Rahmen. Während der Nacht ist also keiner hereingekommen. Durch einen Spalt späht sie hinaus. Draußen hüllt dichter Nebel alles ein. Es sind keine Schüsse mehr zu hören.

Zitternd vor Kälte und vor Bangen, was ihr heute noch bevorsteht, befreit sie ihr Wägelchen vom Stroh und von der Plane. Jetzt erkennt sie, es ist eine alte, verdreckte Pferdedecke. Sie bekreuzigt sich erneut und macht sich auf den restlichen Weg in die Stadt.

An der Stadtgrenze muss sie an einem besonders strengen Kontrollposten vorbei. Wieder fordern Polizisten mit Stahlhelmen und Maschinenpistolen ihren Ausweis, prüfen ihn penibel, betrachten die Rückseite ihres Papiers, dann wieder die Vorderseite, vergleichen ihr Gesicht mit dem Foto auf dem Dokument, fordern sie auf, das Kopftuch abzunehmen. Sie nimmt ihr Kopftuch ab. Ein weiteres Mal vergleicht man ihr Foto mit ihrem Gesicht. Ihr Ausweis ist echt, sie hat nichts zu befürchten. Schließlich gibt man ihn ihr zurück. Die Gribowskaja atmet auf und will weiter.

»Halt!«

Wieder befehlen ihr die Polizisten, den Wagen auszuräumen. Sie erstarrt vor Schreck.

»Los! Los!«

Einer der Männer stößt ihr den Lauf seiner Maschinenpistole in die Hüfte: »Los!«

Sie muss ihre Körbe auf die Straße stellen. Wieder grapschen die Polizisten darin herum. Die fünf Kürbisse lässt sie in ihrem Karren liegen. Da holt einer der Männer die oberen drei Kürbisse heraus. Ihr Herz schlägt ihr bis zum Hals. So laut, dass sie fürchtet, die Polizisten könnten es hören. Die Polizisten betasten die drei Kürbisse und klopfen sie mit den Fingerknöcheln ab. Angst schnürt ihr die Kehle zu. Wenn sie jetzt die beiden ausgehöhlten Kürbisse entdecken …

»In Ordnung«, sagen sie und lassen die Kürbisse mit den Minen im Wagen liegen. Betäubt vor Panik stellt sie die Körbe mechanisch in ihr Wägelchen zurück und hält dabei ihren Kopf gebeugt. Die Männer dürfen jetzt nicht in ihr Gesicht sehen. Es ist kalkweiß. Gebückt zieht sie weiter.

Am Nachmittag erreicht sie das Kino »Heimat« in der Kirchstraße. Nikolai wartet schon ungeduldig.

Unter dem Vorwand, wieder mal sein Kinoprogramm zu verteilen, betritt Nikolai am Montagvormittag nach strenger Kontrolle Kubes Wohnhaus. Er muss dringend mit Jelena sprechen. Als ihm auf dem Flur zwei Dienstmädchen entgegenkommen, drückt er ihnen seine Filmvorschau in die Hand.

Verwundert sehen sie das Blatt an. »Das haben Sie uns schon gegeben.«

»Letzte Woche, als Sie hier waren.«

»Haben Sie nichts Neues zu bieten?«

Die beiden kichern, geben ihm seine alte Vorschau zurück und verschwinden.

Immer noch keine Jelena in Sicht. Er versucht, sie in der Küche anzutreffen. Auch hier keine Jelena. Nur die Ernestowna steht an einem der Herde.

»Sie schon wieder?«

Schnell macht er auf dem Absatz kehrt und will hinaus in den Garten. Da kommt ihm Jelena entgegen. Hastig flüstert er ihr zu: »Minen. Heute, Nachmittagsvorstellung.«

Dann schlendert er gezwungen locker aus dem Haus.

Wieder mal bittet Jelena Anita, mit den Kindern am Nachmittag ins deutsche Kino gehen zu dürfen. Anita wundert sich zwar, dass Jelena so oft mit Harald und Peter Filme schaut, ist aber froh, dass die Jungen am Nachmittag für eine Weile aus dem Haus sind.

»Was wird denn gespielt?«, will sie wissen.

»›Pat und Patachon im Paradies‹.«

»Das haben sie doch schon vorige Woche gesehen.«

Jelena windet sich heraus: »Sie betteln, den Film noch mal zu sehen.«

»Na, meinetwegen.«

So nimmt Jelena Harald und Peter an die Hand und zieht mit ihnen los zum Kino.

Der Saal ist mit deutschen Soldaten halb gefüllt. Jelena setzt die Kinder in eine der hinteren Reihen und steigt im Hof die Eisentreppe zum Vorführraum hinauf. Nikolai legt gerade die erste Filmrolle in den Projektor und schaltet ihn an. Laut schnarrt der Apparat. Er verschließt die Tür, und Jelena blickt durch die kleine Luke am Projektionsstrahl vorbei, um zu sehen, ob die Kinder noch auf ihren Plätzen sitzen.

Aus einer Metallkiste holt Nikolai die beiden Kürbisse unter Filmdosen hervor und nimmt die Minen heraus.

Jelena staunt, wie unscheinbar die runden Dinger aussehen. Wie leicht gewölbte Pfannkuchen. Und so klein wie eine Handfläche. Nikolai erklärt ihr leise, wie sie die Minen zünden muss. Es ist ganz einfach. Schnell steckt sie die mit Kürbisfleisch verschmierten eisernen Scheiben in ihren Büstenhalter. Als sie das kalte Metall auf ihren warmen Brüsten spürt, zuckt sie zusammen. Ein beängstigendes, fast schmerzendes Gefühl durchfährt sie.

Nikolai drängt mit unterdrückter Stimme: »Morgen um elf beim Theater. Ich warte nicht.«

Jelena geht hinunter zu den Kindern und setzt sich neben sie. Während sie den Film schauen, drücken die Minen bedrohlich auf ihre Brüste. Die lustigen Possen auf der Leinwand nimmt sie gar nicht wahr. Pat, dürr und groß, und Patachon, klein und dick, dazu beide komisch doof, stolpern in ihrem Himmelsparadies von einer grotesken Situation in die andere. Während die Kinder und die Soldaten im Saal prusten vor Lachen, schreit in Jelenas Kopf eine schrille Stimme: Wenn man die Minen auf dem Rückweg bei dir entdeckt … wenn man die Minen beim Hineinschmuggeln ins Haus in deinem Büstenhalter findet … wenn man dich beim Anheften der Minen unter seinem Bett überrascht …

Endlich treten sie aus dem dunklen Zuschauerraum hinaus in die Sonne. Die Kinder sind noch ganz aufgedreht von dem Spaß auf der Leinwand, imitieren quiekend und quäkend Pat und Patachon und finden nur nach und nach zurück in die Minsker Wirklichkeit. Während sie mit Harald und Peter an den Händen und den beiden Minen auf ihren Brüsten an den Ruinen entlanggeht, erzählt Jelena ihnen wie schon so oft das Märchen vom russischen Frühlingsprinzen.

»Ich kann auch etwas«, sagt Harald freudig.

»Was denn?«

»Ein Lied. Maikäfer flieg! Dein Vater ist im Krieg, deine Mutter ist in Pommerland, Pommerland ist abgebrannt, Maikäfer flieg.«

»Ich kann auch ein Lied«, schreit Peter und rattert los: »Ri-ra-rutsch, wir fahren in der Kutsch. Wir fahren weit ins Land hinaus und schmeißen alle Juden raus. Dann sind sie endlich futsch. Ri-ra-rutsch.«

»Habt ihr das in der Schule gelernt?«

»Nicht gelernt. Das singen alle.«

Jelena spürt wieder das kalte Metall auf ihren Brüsten. Sie muss die Minen so schnell wie möglich aus ihrem Büstenhalter herausholen. So geht sie, bevor sie die Kinder zu Anita zurückbringt, kurz in ihr Souterrain schräg gegenüber von Kubes Haus. Sie bittet die beiden Jungen, im vorderen Raum einen Moment zu warten, eilt in das hintere Zimmer, verschließt die Tür, zieht die Vorhänge vor das Fenster, reißt die Eisenklumpen von ihren Brüsten und versteckt sie in ihren Stiefeln. Dann zwingt sie sich zur Ruhe und führt die Kinder zurück zu Anita. Zapplig erzählen sie ihrer Mutter von Pat und Patachon und ihren lustigen Späßen im Paradies. Bevor Jelena geht, erinnert Anita sie daran: »Sei pünktlich zurück. Zum Konzert müssen wir für unsere Gäste noch eine Menge vorbereiten.«

Kube ist ein großer Musikliebhaber und veranstaltete schon im alten Generalkommissariat in seinem Salon regelmäßig Hauskonzerte mit weißruthenischen Künstlern. Für diese Musikabende ließ er aus der Ruine des Konservatoriums einen großen Bechstein-Flügel heranschaffen. Er war vom Schutt verdreckt und völlig verstimmt, sonst aber gut erhalten. Aus dem Ghetto holte Kube einen Wiener Pianisten, um den Flügel zu säubern und neu zu stimmen. Spielen durfte der Jude darauf nicht, und nach seiner Arbeit musste er wieder zurück ins Ghetto.

Jelena wurde angewiesen, vor den Konzerten die Ledersessel im Salon zusammenzurücken und neben den Flügel eine wuchtige Vase mit langstieligen, üppigen Blumen zu stellen. Für Kubes offizielle Anlässe und zum persönlichen Bedarf lieferte eine deutsche Gärtnerei in Minsk je nach Jahreszeit Flieder, Chrysanthemen oder Gladiolen aus ihrem Treibhaus, das man auf einem Ruinengrundstück errichtet hatte. Außerdem war Jelena dafür verantwortlich, neben der Bibliothek ein großes Büfett aufzubauen und es bis zur Eröffnung mit einer großen weißen Tischdecke zu verhüllen.

Anita wählte die Kammermusikstücke, Lieder und Opernarien aus, die Kube besonders gern hört. Nach seinen Vorgaben lud sie Minsker Pianisten, Geigenspieler und Sänger ein, die auf Deutsch Lieder von Schubert und Brahms und Arien von Mozart und Verdi vortrugen. Es traten auch deutsche Pianisten und Opernsänger aus dem Reich auf und Schauspieler, die Schiller-Balladen rezitierten. Im Auftrag von »Kraft durch Freude« tourten sie zur Truppenbetreuung durchs Land und waren froh, dadurch den Bombenangriffen in der Heimat zu entkommen.

Anita verschickte auch die Einladungskarten an die deutschen Behördenleiter, an die Chefs der deutschen Firmen in Minsk und der Reichsbahndirektion, an Wehrmachtsoffiziere, an den orthodoxen Metropoliten und an hohe Gäste aus Berlin, wenn sie in Minsk auf Dienstreise waren. Vertreter des Sicherheitsdienstes und der SS wurden grundsätzlich nicht eingeladen.

Auch heute, beim ersten Konzert in Kubes neuem Wohnhaus, ist das so. Doch an diesem Abend zieht der Rauch vom immer noch brennenden Ghetto mit seinem unangenehm süßlichen Geruch in den Salon. Schnell schließt Anita die Fenster, der Gestank ist trotzdem zu riechen. Unter ihrem schwarzen, schulterfreien Abendkleid wölbt sich deutlich ihr Bauch. Es ist nicht zu übersehen, dass sie hochschwanger ist. Die Locken ihrer langen blonden Haare liegen auf ihren nackten Schultern. Sie ist sehr schön anzusehen.

Kube stellt sie den Gästen als großartige Schauspielerin vor. Mit pathetischer Bühnengeste präsentiert er seine Gemahlin: »Hier die Königin des Hauses. Sie lässt meine Minsker Hütte zu einem Palast erstrahlen!«

Gezwungen lächeln sie sich an. Die Königin des Hauses hat vor nunmehr fünf Tagen das gemeinsame Schlafzimmer verlassen. Schnell fügt Kube triumphierend hinzu: »Und in einem Monat werden Sie hier einen vierten kleinen Kube schreien hören.«

Dann hält er wie üblich eine spaßige Rede und macht wieder darauf aufmerksam, dass er ein Theaterdichter sei und das Drama »Totila« geschaffen habe.

Heute singt ein Kinderchor des Waisenhauses weißrussische Volkslieder, spielt ein Minsker Cellist das »Largo« von Händel und gurrt eine Minsker Sängerin auf Deutsch »Leise flehen meine Lieder« und »Schlaf, mein Prinzchen, schlaf ein«.

Nach dem enthusiastischen Schlussapplaus springt Kube

auf und ruft freudig: »Was für ein wundervolles Konzert!« Er lobt die weißrussischen Waisensänger, rühmt die gestaltungsfähige Stimme der Minsker Sängerin, würdigt ihre Einfühlung in die deutsche Liedkunst und preist den Cellisten für sein Nachempfinden innigster Gefühle.

Nun beginnt der gemütliche Teil des Abends. Kube zeigt auf Jelena, die an diesem Abend ein hübsches schwarzes Kostüm trägt und darüber ein weißes Spitzenschürzchen. »Sie ist der gute Geist meines Hauses«, sagt er lobend. »Wenn Sie etwas brauchen, wenden Sie sich an Jelena, sie erfüllt Ihnen jeden Wunsch. Sie sorgt für alles.«

Er gibt ihr das Zeichen, die große Tischdecke über dem Büfett sorgfältig wegzuziehen. Zum Vorschein kommen Aufschnitt, Würste, Fleischklöße, Käse, Salate, Kuchen, Flaschen mit Rotwein, Weißwein, Cognac, Likör. Sogar Sekt steht da.

Wie üblich bleibt man auch heute nach der Veranstaltung noch lange gut gelaunt beisammen, plaudert, bedient sich am Büfett und lobt die Sängerin und den Cellisten. Dabei serviert Jelena den Gästen die Getränke. Wenn sie vor Kube und Anita steht und ihnen das silberne Tablett mit den Gläsern reicht, darf sie nicht an die Minen denken. Sie muss sich darauf konzentrieren, dass ihre Hände nicht zittern, die Gläser nicht wackeln und sie nichts verschüttet. An der Oberfläche der voll eingeschenkten Sektgläser kann man jedes kleine Zittern der Hände erkennen.

Spät verlassen die letzten Gäste den Umtrunk. Endlich kann Jelena ihr Serviererinnenkostüm ablegen, in ihre Arbeitskleidung schlüpfen und in ihr Souterrain zurückeilen.

Nach dem Hauskonzert fasst Anita einen Entschluss und kehrt in das gemeinsame Schlafzimmer zurück. Zuerst war sie davon überzeugt, nicht mehr neben ihrem Mann liegen zu können. Sie musste weg von ihm. Sie konnte nicht anders. Dann zweifelte sie an ihrer Entscheidung. Inzwischen hält sie die getrennten Nächte nicht mehr aus. Sie muss zurück zu ihrem

Wilhelm. Sie kann sich nicht vorstellen, die Nächte weiter getrennt von ihm zu schlafen. Unmöglich, nicht mehr zu ihm zurückzukehren. Sie sind doch verheiratet. Ein Ehepaar muss zusammenbleiben. Auch in schlimmen Zeiten. Das haben sie sich geschworen. Ihr Ekel vor ihm wird sich legen. Davon ist sie überzeugt. Sie liebt ihn zu sehr. Trotz allem.

Die Kinder sind traurig, dass sie wieder auszieht. Sie fanden es schön, die Mutter bei sich zu haben. Jetzt aber will sie die Jungen wieder verlassen. Harald und Peter bitten sie, flehen sie an zu bleiben. Anita schüttelt den Kopf. Der kleine Willi klammert sich an ihre Beine. Sie muss seine Händchen mit Kraft lösen. Als Anita mit ihrem Bettzeug wieder im Schlafzimmer erscheint, umarmt Wilhelm sie erleichtert.

»Bist wieder zur Besinnung gekommen«, sagt er und drückt sie an sich. »Ich wusste, dass du zurückkommst. Bist doch mein Nitalein.«

Sie hat Tränen in den Augen. »Es tut mir leid. Entschuldige.«

»Sicher freut sich auch unser Jüngster, dass du wieder bei mir bist«, sagt Kube und streicht zärtlich über ihren dicken Bauch. »Er spürt, dass du zurückgekommen bist.«

»Es tut mir so leid. Ich weiß nicht, was in mich gefahren ist.«

Bevor Kube zu Bett geht, weist er an, zusätzliche Wachtposten um sein Generalkommissariat und sein Wohnhaus aufzustellen, um die Eingänge noch strenger zu kontrollieren. Sie müssen alle, auch das Hauspersonal, genau durchsuchen. Man kann vor keinem mehr sicher sein. Dann sinken sie eng umschlungen in den Schlaf.

In ihrem Souterrain angekommen, holt Jelena aufgewühlt die Minen aus den Stiefeln, um die Zündzeit einzustellen. Damit sie erst dann explodieren, wenn Kube in der folgenden Nacht schon eine Weile schläft, entscheidet sie sich für eine Zündzeit von vierundzwanzig Stunden. Um zwei Uhr nachts sollen sie ihn in seinem Bett zerfetzen.

Auf dem Gehäuse sind drei Markierungen für die auszuwählende Zündzeit von sechs, zwölf oder vierundzwanzig Stunden, und auf einer drehbaren Scheibe befindet sich ein Pfeil. Man dreht den Pfeil auf die gewünschte Stundenzahl und zieht einen Ring aus den Minen, um sie zu aktivieren. Durch das Herausziehen wird die Trennwand zwischen zwei Kammern geöffnet, chemische Substanzen fließen ineinander, vermischten sich, und bei einem gewissen Sättigungsgrad explodiert der Sprengstoff. So geht das. Jelena dreht den Pfeil auf die Vierundzwanzig und muss nun bis zwei Uhr nachts warten, um dann den Ring aus den Minen zu ziehen.

In der Zwischenzeit verbrennt sie im Ofen alle wichtigen Papiere. Nach der Explosion werden die Deutschen in ihre Wohnung eindringen und alles durchsuchen. Sie dürfen nichts finden, was ihre Verbindung zur Ossipowa verraten könnte. Danach bereitet sie die wenigen wichtigen Sachen vor, die sie morgen früh beim Verlassen ihrer Wohnung mitnehmen muss: Saschas blaues Baumwollhemd, Kubes unterschriebenen Sonderausweis, um die Polizeikontrollen an der Stadtgrenze passieren zu können, ihre festen Schuhe für ihren Marsch durch den Wald zu den Partisanen und warme Kleidung. Nach dem Verlassen von Kubes Haus morgen Vormittag wird sie keine Zeit mehr haben, in ihre Wohnung zurückzukehren.

Endlich ist es zwei Uhr nachts. Sie zieht die Ringe aus den Minen. Jetzt sind sie aktiviert. Ihr ist schlecht vor Aufregung. Nun wird man sehen, ob die Dinger mit Kube in die Luft gehen. Völlig erschöpft und nass geschwitzt fällt sie auf ihr Bett und ist froh, dass Anita nicht mehr neben Kube schläft und die Nacht geschützt bei ihren Kindern verbringt.

Noch immer betäubt von der gestrigen Aufregung und müde nach der kurzen Nacht schlüpft Jelena am nächsten Morgen in Saschas blaues Baumwollhemd, das sie so oft beschützte. Auch an diesem entscheidenden Tag soll es sie beschützen wie eine weiche Rüstung, die alle Gefahren abwehrt. Sie schnürt ihre festen Schuhe, steckt die Kennkarte mit ihrem Foto und

Kubes Sonderausweis ein und packt die Babywäsche für Anitas viertes Kind, die sie durchgewaschen hat, in ihre große Tasche. Die beiden Minen stopft sie, wie schon auf dem Weg in die Wohnung, links und rechts in ihren Büstenhalter. Beim Durchlass werden die Wachen zur Kontrolle in ihre Tasche mit den Strampelhöschen, Lätzchen und Windeln greifen, nicht aber ihre Brüste abtasten.

Sie zieht ihren alten Mantel über und lässt zum letzten Mal den Blick durch den Raum gleiten. Da sind das Regal mit ihrem wenigen Geschirr, das wackelige Tischchen, der Hocker, der Ofen, der sie im Winter vor dem Erfrieren rettete, der Waschtrog, in dem sie ihre Wäsche und zuletzt die Babysachen wusch, das selbst zusammengenagelte Lattengestell des Trockners. Nie wieder wird sie in diesen Raum zurückkehren. Jetzt nicht mehr umdrehen, nicht mehr zurückblicken, raus aus diesem Keller. Einfach los.

Als sie die Türschwelle überschreitet und die Tür hinter sich zuzieht, werden ihre Knie weich. Nur mühsam steigt sie die Stufen zur Straße hinauf. Entfernt sieht sie das Weißrussische Theater, wo Nikolai um Punkt elf mit einem Auto auf sie warten wird, um mit ihr aus der Stadt zu fliehen. Es ist kurz vor sieben.

Sie geht hinüber zu Kubes mit Bretterzaun und Stacheldraht umwehrtem Wohnhaus und Generalkommissariat, erschrickt, hält kurz an. Heute stehen zwei neue Wachtposten beim Durchlass, die sie nicht kennt und die sie nicht kennen. Für sie ist sie eine Fremde. Normalerweise wissen die Wachen, wer sie ist, und lassen sie nach einer lässigen Kontrolle durch. Doch jetzt ist alles anders.

»Guten Morgen«, grüßt sie die beiden freundlich.

»Ausweis.«

Sie ist verstört über diesen barschen Ton und zeigt ihnen Kubes Sonderausweis, den sich beide hin- und herreichen.

»Tasche«, fordert der eine und zeigt auf ihre große Tasche, der andere ergänzt: »Auch die kleine.«

Sie wühlen in der Babywäsche und in ihrer Handtasche herum. Jelena hat Angst, dass man sie nun abtastet. Keine Leibesvisitation, hofft sie bibbernd und muss sich Mühe geben, ihre Nervosität zu unterdrücken. Ein Gezappel hätte sie verdächtig gemacht.

Wortlos geben die Wachen ihr die Taschen und den Ausweis zurück, wie benebelt geht sie weiter.

Kotzübel ist ihr vor Schreck. Aber Saschas blaues Baumwollhemd hat sie wieder einmal beschützt!

Auch vor dem Hauptportal steht ein fremder Kontrollposten. Bereitwillig hält sie ihm ihre beiden Taschen hin. Er durchsucht den Inhalt und findet nichts Verdächtiges.

»Passieren«, sagt er knapp.

Endlich ist sie im Haus. Bis spätestens halb elf muss sie die Minen unter Kubes Bett anbringen und dann schnell verschwinden. Irgendwie. Aber wohin bis dahin mit den Minen? Sie kann sie doch nicht irgendwo im Haus ablegen. Sie ist gezwungen, die Dinger während ihrer Arbeit am Körper zu tragen. Es schaudert sie.

Mit dem Sprengstoff an ihren Brüsten macht sie sich an die Arbeit. Zum letzten Mal leert sie die Aschekästen, heizt die Öfen, putzt die Schuhe der Familie, poliert Kubes Stiefel auf Hochglanz, macht Kubes Arbeitszimmer sauber, stets darauf bedacht, nicht zu früh mit allem fertig zu werden. Dann putzt sie im Parterre den Flur und die Küche. Immer wieder schaut sie auf die Uhr. Erst nach zehn Uhr kann sie sich zum Schlafzimmer hinaufstehlen, das sie ohne Anitas Erlaubnis nicht betreten darf. Erst dann ist Kube im Dienst, Anita in der Stadt und Harald und Peter in der deutschen Schule. Nur die Dienstmädchen, die beiden Köchinnen und der kleine Willi bleiben im Haus.

Nach seinem Frühstück mit Anita und den drei Kindern im Salon, wo gestern das Hauskonzert stattfand, drückt Kube allen noch schnell einen Kuss auf die Stirn und eilt zusammen mit Wildenstein hinüber in die Dienststelle. Er benutzt den sicheren Weg hinter dem Haus durch den Garten zum Hintereingang seines Generalkommissariats.

Als Jelena auf den Knien die Küchenfliesen wischt, fangen die Minen auf einmal an zu zischen.

Entsetzen rast durch ihren Körper. Nun zerreißen sie mich!, denkt sie voller Angst und wagt nicht mehr, sich zu bewegen. Erstarrt wartet sie auf die Explosion. In ihren Ohren rauscht das Blut. Es pulsiert unter ihrer Schädeldecke. Jetzt explodieren die Scheißdinger! Viel zu früh! Sie hatte doch die Zündzeit richtig eingestellt. Warum zischen sie auf einmal?

Gleich zerfetzt es sie. Was soll sie tun? Die Minen aus ihrem Büstenhalter reißen und sie zum Fenster hinauswerfen? Dann explodieren sie auf der Straße. Oder einfach die Explosion abwarten? So oder so ist es aus mit ihr.

In Jelenas Ohren dröhnt es irrsinnig. Sie ist fast ohnmächtig vor Angst. Sie wollte Kube in die Luft sprengen, nun krepiert sie bei der Explosion. Es kann sich nur noch um Sekunden handeln. Wenn Anita oder die drei Kinder jetzt in die Küche kämen, sie wäre gerade noch imstande zu schreien: Raus, raus, gleich explodieren die Minen!

Sie zischen immer noch. Vielleicht spürt sie es gar nicht, wenn es sie zerreißt. Vielleicht sieht sie nur einen grellen Blitz, und dann ist alles schwarz.

Auf einmal herrscht Stille. Kein Zischen, kein Geräusch mehr. Ist das die Sekunde vor der Explosion?

Gelähmt kniet sie auf den Fliesen. Noch immer hält sie den nassen Putzlappen in der Hand.

Nichts geschieht. Alles still. Langsam kommt Jelena wieder zu sich. Sie lebt noch. Als sie sich wieder zu bewegen wagt, schlägt sie sich mit den Händen auf beide Ohren. Da wird ihr klar: Sie hat sich das Zischen nur eingebildet. In ihrer Angst, die Minen würden während ihrer Arbeit explodieren, hörte sie schon die Zündung rauschen.

Klatschnass vor Schweiß und außer Atem lässt sie sich

auf die Fliesen nieder, vor ihr der Putzeimer und der eingeschäumte Lappen. Da kommt Anita herein und sieht Jelena wie ein Häuflein Elend auf dem Boden.

»Was ist passiert?«, fragt sie erschrocken. »Bist du krank?«

Jelena nickt.

»Soll ich einen Arzt holen?«

Jelena wehrt ab. »Geht schon wieder.«

»Geht gar nicht. Das seh ich doch. Was hast du denn?«

»Weiß auch nicht. Mir ist nicht gut.«

»Du musst dich erholen.«

Wieder nickt Jelena. Der Augenblick ist günstig, sie um einen freien Tag zu bitten. Voller Mitleid gibt Anita ihr für heute frei. Aber noch kann Jelena nicht gehen. Noch hat sie nicht die Minen unter Kubes Bett geklemmt.

Anita macht die Jungen für die Schule fertig, die Kube für die Kinder seiner Angestellten und anderer deutscher Behörden einrichten ließ. Harald geht dort in die dritte Klasse, Peter in die zweite. Kubes Chauffeur fährt in seinem gepanzerten Dienstwagen vor und holt die beiden Jungen ab. Als sie das Haus verlassen, sieht Jelena ihnen nach. Hoffentlich überleben sie, wünscht sie.

Gleich wird Anita nach nebenan zur Dienststelle gehen, sich dort von ihrer Friseuse eine neue Dauerwelle legen, die Augenbrauen zupfen, sie mit einem Stift ein bisschen nachzeichnen und etwas Maniküre machen lassen. Der kleine Willi wird solange bei den Köchinnen in der Küche bleiben. Anschließend wird Anita mit ihrem frisch ondulierten Haar zu einem weißrussischen Maler gehen. In Kubes Auftrag malt er ein großes Porträt von ihr in ihrem Hochzeitskleid von 1938. Als sie es zur heutigen Sitzung aus dem Schrank holt, ist es halb elf. Sie verabschiedet sich von Jelena: »Gute Besserung. Und einen schönen freien Tag.«

Jelena reicht ihr die Hand.

»Bis morgen«, sagt Anita.

»Ja, bis morgen«, sagt Jelena. Schmerzvoll presst sich ihr

Herz zusammen. Auch wenn Anita die Explosion im Kinderzimmer überlebt, wird sie ihre Freundin nie wiedersehen.

Anita geht davon, über ihrem Arm die große Tüte mit ihrem Brautkleid. Das ist das letzte Bild, das Jelena von ihr im Kopf bewahren wird.

Kaum ist Anita weg, huscht Jelena auf Zehenspitzen die Treppe hinauf und sieht schnell in alle Zimmer, ob eines der Mädchen in den Räumen ist. Dann betritt sie eilig das Schlafzimmer und schließt leise die Tür hinter sich. Jelena weiß, dass Kube im Bett nahe der Balkontür schläft. Als sie die zerwühlte Decke auf Anitas Bett sieht, ist sie entsetzt. Ihr Bett ist wieder benutzt! Sie hat also doch wieder neben ihm geschlafen! Jelena war so froh, dass sie ausgezogen war. Das war ihre Chance, das Attentat zu überleben. Und nun ist sie in der vergangenen Nacht wieder zu ihm zurückgekehrt, in ihr Bett, direkt neben seinem. Die blöde Kuh!, flucht Jelena. Wäre sie nur im Kinderzimmer geblieben!

Der Gedanke, dass es nun auch ihre Freundin zerreißen wird, schnürt Jelena die Brust zusammen. Sie kann es nicht mehr verhindern. Sie muss die Minen unter sein Bett heften, und zwar schnell.

Hastig und mit rasendem Herzen drückt sie die Magnetminen unter die eiserne Matratzenunterlage. Eine unter das Kopfteil, die andere platziert sie in der Mitte des Eisengestells. Um auszuprobieren, ob sie herunterfallen, rüttelt sie am Bett, setzt sich darauf und wippt auf und nieder. Die Minen bleiben haften. Dann schaut sie unter das Bett, ob man sie sehen kann. Man sieht sie. Ganz deutlich. Das ist jetzt nicht mehr zu ändern. Länger darf sie nicht im Schlafzimmer bleiben.

Die ganze Aktion hat nicht einmal eine Minute gedauert, aber ihr schien sie endlos lang. Jetzt raus aus dem Zimmer. Da hört sie schwere Schritte die Treppe hochkommen. Sie sitzt in der Falle! Wenn sie jetzt das Zimmer verlässt, werden sie sich begegnen. So bleibt sie stehen und greift hastig nach einer Uniformhose, die neben dem Bett auf dem Boden liegt. Sie ist zerrissen. Im nächsten Moment wird die Tür geöffnet, und eine Wache kommt herein. Wie ein Automat hält Jelena dem Mann die Hose hin und fragt mit belegter Stimme: »Wissen Sie, wo ich hier Faden und Nadel finde?«

Schroff schnauzt er: »Es ist Ihnen verboten, das Schlafzimmer zu betreten!«

»Die gnädige Frau«, stottert Jelena, »hat mir aufgetragen, die zerrissene Hose zu holen und sie zu nähen.«

Er tritt an das Bett heran, wirft Kopfkissen und Decke beiseite, um zu sehen, ob sie darunter etwas versteckt hat. Er kann nichts entdecken und scheucht sie hinaus. Jelena taumelt aus dem Zimmer, die zerrissene Hose in der Hand. Sie schwankt die Treppe hinab. Sie hat das Gefühl, sich übergeben zu müssen. Als ihr bewusst wird, dass sie alles geschafft hat, beruhigt sich ihr Magen. Die Hose wirft sie im Parterre auf den Boden. Als sie an der Küche vorbeihastet, kommt der kleine Willi heraus.

»Ich will mit dir gehen«, verlangt er. »Ich will nicht bei der Köchin bleiben. Nimm mich mit!«

Er klammert sich an ihre Beine. Sie will sich von ihm lösen, doch seine kleinen Finger krallen sich in ihre Waden.

»Nimm mich mit!«, brüllt er. »Ich will bei dir sein!«

Wieder versucht sie, sich von ihm zu befreien. Umso mehr bohren sich seine Fingernägel in ihre Haut. Jelena ist verblüfft, was für eine Kraft der Kleine hat. Da erscheint eine der beiden Köchinnen in der Tür.

»Du bleibst hier«, befiehlt sie streng. Endlich lässt er los. Kreischend bleibt er zurück.

Kaum ist Jelena auf der Straße, eilt sie zum Treffpunkt. Aber nicht zu schnell, damit sie sich nicht verdächtig macht. Um Punkt elf trifft sie am Weißrussischen Theater ein. Da steht schon der Lkw mit Nikolai. Am Wagen hat er vorne und hinten ein Kennzeichen der Wehrmacht angeschraubt. Sie steigt ein, und los geht es, raus aus der Stadt, zu den Partisanen.

Nach wenigen Metern fährt ein deutscher Personenwagen hinter ihnen her. Zuerst denken sie sich nichts dabei. Doch als sie rechts abbiegen, biegt auch der Pkw rechts ab, und als sie links abbiegen, biegt auch er links ab. Es ist ein Personenwagen, wie ihn das Generalkommissariat und der Sicherheitsdienst benützen. Nikolai fährt langsamer. Der Pkw bleibt hinter ihnen. Jelena und Nikolai wird es mulmig. Voller Angst sehen sie sich an: Verfolgt er uns? Werden wir bespitzelt? Ist das Attentat verraten worden? Vielleicht fährt der Pkw so langsam hinter ihnen her, weil die Insassen das Wehrmachts-Kennzeichen prüfen? Wenn sie entdecken, dass es gefälscht ist, wird man sie stoppen.

Nikolai biegt versuchsweise nach rechts ab. Wieder folgt ihnen dieser Wagen. Ganz klar, sie werden verfolgt. Nun müssen sie ganz ruhig bleiben. Nicht die Nerven verlieren. Durch den Rückspiegel kann Nikolai die Deutschen im Auto sehen. Sie tragen Uniformen. Er kann nicht erkennen, welcher Dienststelle sie angehören. Jelena darf nicht zu oft in den Seitenspiegel blicken. Das würde sie verdächtig machen. Sie müssen ganz arglos erscheinen, obwohl beide vor Angst am ganzen Körper schlottern. Starr fahren sie einfach weiter geradeaus. Schon haben sie sich ihrem Schicksal ergeben, gleich wird man sie überholen, sie stoppen, sie aus dem Führerhaus zerren, da biegt der Pkw plötzlich links ab und verschwindet. Was für eine Erleichterung! Die lähmende Angst fällt von ihnen ab.

An der Stadtgrenze kontrolliert die deutsche Polizei wie üblich. Jelena zeigt ihren echten Ausweis und Passierschein, von Kube persönlich unterschrieben, Nikolai hält seinen gefälschten Ausweis und Passierschein hin. Die Polizisten blättern, prüfen, blättern, vergleichen ihre Gesichter mit den Fotos auf den Dokumenten, dann geben sie ihnen die Papiere zurück und salutieren kurz: »Passieren.«

Ein Soldat wünscht Jelena sogar aus Respekt vor Kube einen schönen Tag und nennt sie »gnädiges Fräulein«. Jelena dankt ihm mit einem erzwungenen Lächeln, dann fahren sie weiter.

Sie fahren den Weg zurück, auf dem die Gribowskaja die Minen in die Stadt geschmuggelt hat. Auch sie müssen an den beiden Kontrollposten ihre Papiere vorzeigen und werden durchgelassen. Nach etwa dreißig Kilometern erreichen sie jenen kleinen Fluss, an dem das Territorium endet, das die Deutschen noch beherrschen und an dessen anderem Ufer das Partisanengebiet beginnt. Nikolai schraubt die Kennzeichen ab und steckt sie ein. Den Lkw lassen sie stehen und durchwaten den Fluss.

Jelena streift dankend über Saschas blaues Baumwollhemd. Nun müssen sie durch den Wald.

Als Anita an diesem sonnigen Septembertag von ihrer Porträtsitzung zurückkehrt, geht sie als Erstes in ihr Schlafzimmer, öffnet weit die Balkontür, lässt die Sonne herein und packt die große Tasche aus, die Jelena ihr heute früh gebracht hat. Die Windeln, die Strampelhöschen, Jäckchen und Lätzchen, die Jelena so liebevoll gewaschen und getrocknet hat, als wären sie für ihr eigenes Baby. Wenn das Neugeborene die Wäsche zum ersten Mal am Leib trägt, soll alles frisch duften.

Anita sortiert die Sachen auf Kubes Bett, da fällt ihr auf, dass seine zerrissene Uniformhose verschwunden ist. Sie war in der Nacht vom Stuhl gefallen. Anita wollte sie heute früh auf den Stuhl zurücklegen und später den Riss nähen. Das Bücken fiel ihr aber so schwer, dass sie die Hose liegen ließ. Nun ist sie weg. Sonderbar. Es darf doch keines der Dienstmädchen ins Zimmer. Auch Jelena nicht. Nicht ohne ihre Erlaubnis.

Anita setzt sich auf das Bett, streicht die Babywäsche glatt, faltet sie zusammen und schichtet sie aufeinander. Immer wenn sie einen kleinen Stapel fertig hat, steht sie auf, legt ihn in den Schrank, setzt sich wieder auf das Bett ihres Mannes und beginnt, einen neuen kleinen Stapel aufzuschichten, während sich das Baby in ihrem Bauch bewegt.

Sie denkt an Jelena und ihren plötzlichen Schwächeanfall. Es wird ihr guttun, nach langer Zeit mal wieder einen freien

Tag zu haben, um sich zu erholen. Was sie wohl heute macht? Morgen wird sie es mir berichten, denkt Anita.

Als ihr ein Jäckchen auf den Boden fällt, will sie sich bücken, um es aufzuheben. Doch mit ihrem dicken Bauch schafft sie es nicht. So kniet sie sich nieder und will danach greifen, da rutscht es unter das Bett. Mit Mühe kriecht sie hinterher. In dem Moment stürmen Harald und Peter ins Schlafzimmer und sehen ihre Mutter halb unter dem Bett.

»Ich komm auch unter das Bett«, ruft Harald freudig.

Peter stimmt ein: »Ich auch.«

Keuchend richtet sie sich auf, das Jäckchen in der Hand.

»Wo ist Jelena?«, wollen die Jungen wissen. »Sie wollte mit uns zum Fluss gehen.«

Sie vertröstet die beiden auf morgen, wenn Jelena wieder da ist. Dann wird sie wieder mit ihnen spazieren gehen.

Wieder hat Kube Ärger mit dieser Rechnung über hundertachtzehn Reichsmark vierunddreißig für die gelieferten fünfzig Fässer Chlorkalk. Erneut liegt die Rechnung auf seinem Schreibtisch, versehen mit dem roten Stempel »Sofortige Überweisung an die Zentral-Handelsgesellschaft Ost, Minsk«.

Kube weigert sich, diesen Betrag zu zahlen. Er hat diesen Chlorkalk bei der Handelsgesellschaft nicht bestellt. Also zahlt sein Generalkommissariat nicht. Bestellt hat diese Mengen Kalk der Kommandeur des Sicherheitsdienstes und der Sicherheitspolizei. Die SS benötigte ihn, um ihn über die Leichen in den Massengräbern in Trostenez zu kippen, damit sie nicht auch nach ihrem Tod noch Seuchen verbreiten. Es sind die Leichen von den Erschießungen bei der Ghettoräumung durch die SS und die Wehrmacht. Dreißigtausend Minsker Juden und aus dem Reich haben sie bei dieser Aktion liquidiert. Nun verweigert die SS die Bezahlung des Chlorkalks mit der Begründung, das Ghetto unterstehe dem Generalkommissar, und dieser habe die Ghettoräumung angeordnet. Das trifft zu. Aber für die Erschießung der Juden war die SS zuständig. Also soll sie auch zahlen. Kube schickte die Rechnung schon mehrmals an die SS zurück, und sie sandte sie immer wieder an Kube retour. Mittlerweile ist die Rechnung übersät mit den Stempeln »Eingang«, »Überweisungs-Aufforderung«, »Weitergeleitet«, »Eingang«, »Überweisungs-Aufforderung«, »Weitergeleitet«. So geht das nun schon seit Tagen hin und her.

Kube ist klar, dass die SS über die Leichen in den Gruben Chlorkalk schütten muss. Das ist nötig für die Hygiene, für die Sauberkeit, damit keine Epidemien entstehen. Das ist in Ordnung. Aber nicht auf Kosten seiner Zivilverwaltung. So drückt er einen neuen Stempel auf die Rechnung: »Zurück an den KdS Kommandeur des Sicherheitsdienstes und der Sicherheitspolizei«.

Damit ist für ihn diese Angelegenheit ein für alle Mal erledigt.

Spät am Abend kommen Jelena und Nikolai bei den Partisanen an. Versteckt im Wald haben sie ein kleines Dorf für über zweihundert Männer, Frauen und Kinder gebaut. Ganze Familien sind hier untergebracht. Die Hütten sind halb in die Erde eingegraben und mit Tannenästen bedeckt. Es gibt vier Feldküchen, bei denen die Öfen nur mit gänzlich trockenem Holz befeuert werden dürfen, damit kein Rauch aufsteigt. Die deutschen Aufklärungsflugzeuge dürfen keinen Rauch entdecken. Sofort würden sie das versteckte Dorf mit Tieffliegern bombardieren.

Es gibt eine kleine Telefoninstallation, eine Krankenstation und in einer Erdhütte ein improvisiertes Lazarett mit mehreren Ärzten. Und natürlich ein unterirdisches Lager für Munition, Gewehre, Maschinengewehre und Sprengstoff. Darunter auch Kohlenminen, die sie in Kohlenhalden verstecken. Werden sie vom Tender in die Feuerung der Lokomotiven geschaufelt, fliegt die Lok in die Luft, und die Bahnstrecke ist tagelang blockiert.

Auch Mengen von Minen lagern hier. Spezialisten sprengen

damit Eisenbahngleise, Brücken, Elektrizitäts- und Wasserwerke. Bei den Partisanen gibt es auch Spezialisten für das lautlose Töten von Wehrmachtssoldaten in den Außenposten, die sie in deutschen Uniformen überfallen. Sogar eine kurze Start- und Landepiste für kleine Flugzeuge haben sie in einer Waldlichtung angelegt. Hier landen die russischen Maschinen, um sie mit Waffen, Munition, Nahrung, Kleidung und Medikamenten zu versorgen. Als die Piste noch nicht angelegt war, sprangen in dieser Lichtung Fallschirmtruppen ab.

Gleich nach ihrem Eintreffen werden Jelena und Nikolai mit Wodka und einer großen Schüssel heißem Borschtsch begrüßt. Die dicke, würzige Suppe tut ihnen gut und wärmt sie auf. Den ganzen Tag haben sie nichts gegessen. Dazu gibt es ein Stück Speck und eine Kante trockenes Roggenbrot. Speck mag Jelena gar nicht. Trotzdem beißt sie nach all ihren Aufregungen und Anstrengungen und dem langen Marsch durch den Wald kräftig hinein. Plötzlich schmeckt ihr der Speck. Während sie kaut, taucht die Ossipowa auf. Sie ist kurz vor ihnen angekommen. Sie begrüßt Nikolai herzlich, Jelena dagegen kühl, fast feindlich. Jelena ist irritiert und enttäuscht. Sie kann sich ihr Verhalten nicht erklären. Sie hat doch ihren Auftrag erfüllt.

Maria Gribowskaja, die die Minen von den Partisanen zu Nikolai geschmuggelt hat, ist noch nicht eingetroffen.

Neben einigen Partisanen wird Jelena auch eine Ärztin vorgestellt. Sie heißt Tatjana Kalita.

»Sie ist vor knapp zwei Jahren aus Minsk zu uns gekommen«, sagen die Partisanen. »Davor hat sie bei Kube gearbeitet. Ihn ausspioniert. Sie hat es geschafft, von ihm eine Telefonverbindung zu uns zu installieren. Dadurch haben wir eine Menge über ihn erfahren.«

Jelena erfährt, dass sie zusammen mit Nikolai, der Ossipowa und der Gribowskaja mit einem kleinen Flugzeug nach Moskau in den Kreml gebracht werden soll. Zu Stalin. Jelena erschrickt. Mit dem NKWD, mit Verhören und Gefängnis hat sie schon vor vielen Jahren ihre Erfahrung gemacht. Warum soll sie jetzt zu Stalin gebracht werden? Was habe ich falsch gemacht?, fragt sie sich. Soll ich bestraft werden? Zu Stalin kommandiert zu werden bedeutet nie etwas Gutes. Meistens verschwindet man dann in einem Gefängnis und kommt nie wieder heraus. Sie hat Angst vor Stalin. Was hat er mit ihr vor?

Als Erstes fällt ihr ihre befohlene Liebschaft mit Kube ein. Auf Kollaboration steht die Todesstrafe. Sie hat mit dem Feind im Bett gelegen, um ihn auszuspionieren. Das war ein Auftrag der Ossipowa. Wenn die Ossipowa dies nun vor Stalin abstreitet? Dazu wäre sie fähig. Jelena traut ihr alles zu. Zu ihrer Verteidigung kann Jelena nur anführen, dass sie dadurch so manche Information von Kube erhalten hat, die der »Dima« sehr genützt, sie sogar vor der Aufdeckung bewahrt hat. Für den Widerstand Spionage zu betreiben ist doch patriotisch und dient dem Sieg! Oder wird Stalin sie bestrafen, weil sie mit Anita so eng befreundet war? Freundschaft mit dem Feind. Auch das ist Kollaboration.

Die Partisanen stellen ihr kleines Rundfunkgerät auf den Landessender Minsk ein, den Sender der Deutschen. Mit Jelena, der Ossipowa und Nikolai hockt eine Gruppe Partisanen um den Apparat und hofft auf Neuigkeiten. Es ist jedoch erst Mitternacht. Sie haben noch Zeit. Die Minen werden erst um zwei Uhr explodieren.

Es folgen die Nachrichten. Die üblichen deutschen Meldungen. Dann der Wetterbericht, Hinweise auf Sperrstunden und für den Luftschutz neue Verdunkelungsvorschriften. Nach diesen Nachrichten geht Kube gewöhnlich zu Bett. Und Anita liegt nun wieder neben ihm! Jelena kann es immer noch nicht fassen, dass sie zu ihm in das Schlafzimmer zurückgekehrt ist. Wie konnte sie sich wieder neben dieses Scheusal legen? Unbegreiflich. Das wird ihr Tod sein.

Sie hören weiter das Programm im Radio. Unterhaltungsmusik, Marschmusik. Um ein Uhr wieder die Nachrichten. Es kann noch keine Sondermeldung kommen. Weiter das normale

Programm. Musik, Musik, Musik. Erst um zwei Uhr werden die Minen explodieren.

Wie fast jeden Abend sitzt Kube noch bis Mitternacht mit seinem Adjutanten Wildenstein in seinem Arbeitszimmer zusammen. Sie besprechen die katastrophale Lage. Smolensk, nur dreihundert Kilometer östlich von Minsk, und das ganze Gebiet um die Stadt mussten geräumt werden. Auch all die anderen Städte östlich von Minsk sind gefallen. Der Rückzug läuft auf vollen Touren. Aufgelöste, zersprengte Einheiten der Wehrmacht, der SS, der Reichsbahn und Bautrupps der Organisation Todt flüchten in Richtung Westen. Die Lage ist beschissen. Die Armee zerfällt. Das ganze Unternehmen Barbarossa ist im Arsch.

Minsk ist seit Tagen überlaufen von zurückströmenden deutschen Truppen. Und in welch erbärmlichem Zustand die Soldaten sind! Sie sind erschöpft, übermüdet, verdreckt und verlaust, die meisten verwundet. Die Amputierten schleppen sich auf provisorischen Krücken dahin. Sie haben zerfetzte Uniformteile am Leib, kaum noch Waffen, keine Munition mehr. Und ihre Fahrzeuge sind durchlöchert vom Beschuss, die Scheiben zertrümmert. Viele bleiben auf der Straße liegen, weil der Motor krepiert oder der Tank leer ist. Kein Tropfen Sprit mehr in den Kanistern. Auch in Minsk gibt es keinen Sprit mehr. Alle Straßen sind verstopft. Wohin mit all diesen Truppen? Die Lazarette und die Kasernen sind hoffnungslos überfüllt. Man kann die Soldaten auch nicht mehr im geräumten Ghetto unterbringen. Die Holzhäuser wurden niedergebrannt, die meisten Steinbauten gesprengt. Und in den restlichen Bauten herrschen Seuchen. Bleiben nur die wenigen Schulen und die Kirchen. Sie sind mit Stroh ausgelegt, damit die flüchtenden Truppen wenigstens eine Nacht darin schlafen können. Doch am nächsten Morgen müssen sie wieder raus und weiterziehen nach Westen, weil neue abgerissene Armeehaufen in die Stadt drängen, immer mehr, immer mehr. Kein totaler Sieg, eine totale Katastrophe ist das.

Die meisten Minsker stehen am Straßenrand und grinsen. Unverhohlen zeigen sie ihre Freude. Anfangs ließen Kube und die SS diese schadenfrohen Minsker noch erschießen. Das nützt jetzt auch nichts mehr. Die Kollaborateure haben die Hosen voll. Fast alle, die für die Deutschen arbeiteten und hofften, dass Kube sie von Stalin befreit und ihr Weißrussland aus der Sowjetunion herauslöst, sind nach Westen abgehauen. Der Rest hat Angst vor der immer näher rückenden Roten Armee. Wenn sie Minsk zurückerobert, werden sie als Erste geschnappt. Dann werden sie baumeln oder in der Grube liegen.

Um Mitternacht verabschiedet sich Wildenstein. »Gute Nacht. Bis morgen.«

»Bis morgen, Karlchen«, gibt Kube müde zurück.

Wildenstein geht in sein Zimmer nebenan, Kube schaltet den Soldatensender Minsk ein, um die Mitternachtsnachrichten zu hören. »Frontbegradigung«, »Rückwärtige Verteidigung«, »Heldenhafte Kämpfe«. Er kann diesen Quatsch nicht mehr hören und wechselt auf der schwach beleuchteten Sendeskala zur deutschsprachigen BBC London, um die Wahrheit zu erfahren. Er hört, dass die Rote Armee beiderseits der Pripjet-Mündung bei Tschernobyl den Übergang über den Dnjepr erzwang und damit tief in die deutsche »Panther-Stellung« eingebrochen ist und dass die Rote Armee Tschernigow zurückerobert hat. Tschernigow ist von Minsk nicht weit entfernt. Dabei quatschen die eigenen Leute immer noch vom Endsieg. Gut, dass Anita diesen Feindsender nicht hört, denkt Kube. Sie wäre sonst völlig verzweifelt. Noch dazu so kurz vor ihrer Entbindung.

Schon vor ein paar Tagen haben Angestellte seines Kommissariats und anderer Dienststellen ihre Koffer gepackt, um mit der Wehrmacht ins Reich zu fliehen. Würden sie bleiben, würden sie bei der Rückkehr der Russen erschossen oder nach Sibirien deportiert werden. Bald wird auch er sein Minsk räumen müssen. Minsk aufgeben? Nie! Er will hier ausharren. Und wenn das letzte Gebäude in Trümmer fällt, nie wird er Minsk aufgeben. Wildenstein kann nach Westen abhauen, wenn er will. Sich irgendwie durchschlagen. Doch er, der Generalkommissar, wird die Stellung halten. Und wenn es sein Leben kostet.

Er schaltet BBC London aus, löscht das Licht und geht hinab zu seiner Anita. Es ist eine Viertelstunde nach Mitternacht. Genug für heute.

In dieser Nacht hat sich Anita früher als sonst niedergelegt. Durch ihre Schwangerschaft ist ihr nicht wohl. Dazu geht ihr so vieles im Kopf herum. Am liebsten würde sie die Bettdecke über sich ziehen und nichts mehr hören und sehen. Trotzdem lauscht sie in ihrem kleinen Kofferradio BBC London. Paukenschläge künden die Nachrichten an, während Kube einen Stock höher in seinem Büro mit Wildenstein zusammensitzt. Zwar hatte er ihr verboten, diesen Feindsender einzuschalten, doch sie schert sich nicht darum.

Sie lauscht, wie der Sprecher auf Deutsch mit starkem englischen Akzent die Niederlagen der Wehrmacht an allen Fronten meldet. Die eindringliche Stimme des Nachrichtensprechers macht ihr klar, wie aussichtslos die Lage ist. Smolensk ist gefallen. Nun stürmt die Rote Armee auf Minsk zu. Bald werden sie hier sein. Und dann? Der Krieg ist verloren.

Sie hat in den Straßen die Truppen gesehen, die aus Smolensk flohen. Alle nach Westen. Zerrissen, zerlumpt. Viele hatten keine Stiefel mehr an den Füßen, schleppten sich barfuß dahin. Und das jetzt, Ende September. So viele waren verwundet, trugen Kopfverbände, humpelten auf einem Bein, benützten ihre Gewehre als Krücken. Viele brachen aus Erschöpfung zusammen. Kamen aus eigenen Kräften nicht mehr hoch. Das war die große siegreiche Wehrmacht.

Anita kann nicht schlafen. Mit offenen Augen liegt sie da und starrt in die Dunkelheit. So viele Sorgen lärmen in ihr. Sie versteht ihren Wilhelm nicht. Sie kann nicht begreifen, was er im Ghetto angerichtet hat. Das bedrückt sie wahnsinnig. Sie muss ihn endlich zur Rede stellen. Das hätte sie schon längst tun müssen. Andererseits will sie nicht immer mit ihm streiten. Sie hat Angst, ihn zu verlieren. Sie spürt, wie sich das Baby in ihrem Bauch bewegt. In drei Wochen wird sie entbinden. Sicher wird es diesmal ein Mädchen und nicht wieder ein Junge.

Anita grübelt darüber nach, in welches Krankenhaus sie im Oktober gebracht werden soll. In eine Minsker Klinik möchte sie auf keinen Fall. Wer weiß, was sie da mit ihr machen. Kube hat zwar speziell für die Deutschen ein Hospital herrichten lassen, aber nicht die besten Ärzte dafür erhalten. Sie wurden in den Minsker Lazaretten und an der Front eingesetzt. Außerdem gibt es in Minsk kaum qualifizierte Gynäkologen. Auch bezweifelt Anita, dass das deutsche Krankenhaus hygienisch sauber ist. Ständig gibt es Epidemien in der Stadt. Am liebsten würde sie nach Berlin fliegen und ihr Kind im Krankenhaus des Ostministeriums gebären. Aber das ist wegen der ständigen Bombenangriffe auf Berlin unmöglich. Wohin soll sie, wenn es so weit ist? Wo soll sie hin mit ihrem Kind im Bauch?

Wahnsinn, in diese zusammenbrechende Welt ein neues Menschenleben zu setzen. Dazu in dieser Trümmerstadt. In diesem Schutthaufen, den sie am liebsten heute noch verlassen möchte. Sie hat genug von diesem Minsk. Sie muss weg. Doch wohin? Zurück nach Berlin kann sie nicht. Ihr Haus wurde bei einem Bombenangriff getroffen, dort steht jetzt nur noch eine ausgebrannte Ruine. Ihre schöne Wohnung am Hohenzollerndamm gibt es nicht mehr. Das hat Wilhelm durch ein Fernschreiben erfahren. Auch nach Hamburg kann sie nicht. Ihre Geburtsstadt wurde im Feuersturm niedergebrannt. Die Engländer und Amerikaner haben sie eingeäschert. Ein Glück, dass ihre Eltern nach Hechendorf gezogen sind, nach Bayern. Wären sie in Hamburg geblieben, wären sie wahrscheinlich im Bombenhagel umgekommen.

Sie möchte zu ihren Eltern nach Hechendorf. Und Wilhelm

muss mitkommen. Was hat er denn hier? Nur Ärger. In letzter Zeit hat Wilhelm viel weniger gelacht als früher. Diese Stadt macht ihn kaputt. Sein Amt richtet ihn zugrunde. Soll er doch den Kram von anderen machen lassen. In Hechendorf auf dem Land am schönen Pilsensee könnten sie mit ihren Kindern wieder zur Ruhe kommen. Sie würde ihre Eltern versorgen, Wilhelm könnte sicher irgendwo Arbeit finden, und die Kinder könnten im Sommer mit neuen Freunden im See schwimmen. Am liebsten würde sie sofort alles zusammenpacken und mit ihm und den Kindern abhauen aus dieser mörderischen Stadt. Sonst werden sie die Russen packen. Sie muss fliehen. Sofort.

Anita weiß: In Wilhelms verschlossener Nachttischschublade liegt ein Trommelrevolver. Mit fünf Patronen. Einmal hat er ihn ihr gezeigt. Dabei drehte er mit dem Daumen die Trommel und sagte: »Wenn wir diesen Krieg verlieren, was Gott nie zulassen wird, und der Russe steht vor der Tür, sind diese fünf Schuss für uns. Nach der Niederlage des Deutschen Reiches und unseres nationalsozialistischen Ideals hat das Leben keinen Sinn mehr. Die Kinder können es nicht verstehen. Aber du verstehst es. Ich werde unserem Leben ein Ende setzen, unbesiegt bis in den Tod. Ich werde einem nach dem anderen die Mündung dieses Revolvers an die Schläfe halten und abdrücken. Erst Harald, danach Peter, dem kleinen Willi und dir. Dann werde ich den Lauf in meinen Mund stecken und schießen. Da spürt man nichts mehr.« Er legte den Revolver zurück und verschloss die Schublade wieder.

Immer muss sie an diesen Revolver denken, der in seiner Nachttischschublade liegt. Fünf Patronen. Für ihr ungeborenes Kind braucht er keine Patrone. Da reicht eine für sie.

Anita kann nicht schlafen.

Sie hört, wie er ins Bad geht. Als er nach einer Weile leise ins Schlafzimmer kommt, macht er kein Licht. Sie liegt von ihm abgewandt, tut, als würde sie schon schlafen. Anita hört, wie er seine Nachttischschublade öffnet, in der der geladene Trommelrevolver liegt. Bewegungslos bleibt sie liegen. Sie hört, wie er seinen Revolver aus der Schublade nimmt. Jetzt erschießt er mich!, denkt sie. Und dann die Kinder. Aus, alles aus. Aus und vorbei. Anita bleibt fast das Herz stehen, sie hält den Atem an. Dann legt er den Revolver in die Schublade zurück, schiebt sie langsam zu und schließt ab. Sie atmet wieder.

Behutsam und ganz leise legt er sich in sein Bett, direkt neben sie. Anita liegt immer noch von ihm abgewandt, mit dem Rücken gegen ihn. Sonst hat sie sich nach seinem Niederlegen zu ihm hingedreht, sich mit ihm noch unterhalten, über dies und jenes gesprochen. Sonst haben sie sich noch aneinandergeschmiegt und sich liebkost. Aber heute: Nein, sie will nichts mehr hören, nichts mehr sehen. Sie will nur noch schlafen, schlafen. Sie hat keine Lust, noch ein Wort zu sprechen. So bleibt sie mit dem Rücken zu ihm liegen, ein wenig abgerückt von ihm.

Kube hört unten auf der Straße den Lärm der Armeefahrzeuge. Alle rattern eilig nach Westen. Nach Westen, nach Westen, nur nicht den Russen in die Hände fallen. Ein Inkubus hockt auf seiner Brust, drückt ihm die Luft ab. Wie ein Karussell drehen sich die Bilder in seinem Hirn. Immer im Kreis herum und immer die gleichen Bilder. Die Erinnerungen bohren hartnäckig. Er dreht sich in seinem Bett nach rechts, und schon sind die Gedanken wieder da. Er dreht sich nach links, auch da packen sie ihn. Immer tiefer sinkt er in seine Grübeleien, wie in ein Netz, das sich eng um ihn zusammenzieht.

Er erinnert sich, wie er nach Weißruthenien kam. Er flog mit der Junkers über das Land. Unter ihm die Felder, die Wälder, die Flüsse und Seen und die ausgebrannten Dörfer, die Ruinen der Städte. Dazwischen Dörfer, die in Flammen standen. Die Feuer konnte man vom Flugzeug aus gut sehen. Das ist nun mein Land, dachte er. Ab morgen werde ich der Generalkommissar für Weißruthenien sein. Dann bin ich der Herr hier. Er weiß noch genau, wie er hinabschaute auf all die Zerstörung. Er nahm sich fest vor, dieses verwüstete Land wieder aufzubauen und sich mit Anita und seinen Kindern für immer hier niederzulassen. Das Volk wollte er von Stalin befreien, von der Diktatur und vom Bolschewismus. Aus dem Land eine eigene Provinz unter dem Hakenkreuz Adolf Hitlers machen. Sogar mit einer eigenen Regierung. Aus dem Volk fröhliche Nationalsozialisten machen und es in eine glückliche Zukunft führen. Die Weißruthenen würden es ihm froh danken und ihn, Kube, als ihren Befreier verehren und ihm huldigen. Anita und seine Söhne würden mit ihm in seinem wunderschönen Schlösschen in Priluki glücklich leben. Und jetzt weiß er nicht, wie es morgen mit ihm weitergehen soll.

Ich hätte Journalist bleiben sollen, denkt er reuevoll. Sicher wäre ich sogar ein Dichter geworden. Ich hatte schon so große Erfolge mit meinem »Totila«. Ich hätte noch viele Dramen schreiben können. Ich wäre von Premiere zu Premiere gereist, wäre berühmt gewesen, überall hätte man mich gefeiert. Wie damals als Gauleiter. Ich hätte die Stelle des Kurators der Universität in Königsberg annehmen sollen. Da wäre ich jetzt mit meiner Anita in Königsberg. Da hätte ich ein schöneres Leben als in diesem verfluchten Minsk. In Königsberg hätte ich meinen Geschichtsstudien nachgehen können. Aber ich wollte kämpfen, siegreich an der Front für meinen Führer kämpfen.

Er erinnert sich, was er in seinem »Totila« geschrieben hat. Als er zum Generalkommissar für Weißruthenien ernannt wurde, stand für ihn fest: Totilas Krönung zum König der Goten ist meine Ernennung zum Generalkommissar. Totilas Einmarsch in Italien ist mein Einzug in Weißruthenien. Totilas erstrebter Sieg über Italien ist mein Wunsch, dieses Land zu besiegen. Seinen Totila lässt er sagen: »Es ist Germanenlos, vom Feind umstellt, wie Edelwild zu Tod gehetzt zu werden.« Auch er ist jetzt vom Feind umstellt. Er ist nun das Edelwild, das zu Tode gehetzt wird. Totila klagt: »Der Goten Sonne sinkt. Das Volk der Goten hätt in Gotland bleiben sollen. Es war ein Unglück, dass wir hierherzogen.« Auch er erkennt, dass seine Sonne sinkt. Er hätte in Deutschland bleiben sollen. Es war ein Unglück, hierherzuziehen.

Am Ende heißt es: »Totila, du gehst den letzten Gang. Das Schicksal deines Volkes ist entschieden.« Geht auch er jetzt seinen letzten Gang? Ist das Schicksal Deutschlands entschieden? Seinen Totila ließ er sagen: »Uns steht der Tod vor Augen. Ohne Sieg erwartet uns der letzte Kampf. In wen'gen Wochen liegen wir alle mit Weibern, Kindern, Greisen erschlagen auf dem Feld.« Jetzt fürchtet er, dass sie alle von den Partisanen und der Roten Armee erschlagen werden. Anstatt »Gotenkönig« dröhnt in ihm »Totenkönig«, anstatt »Gotentreue« »Totentreue«, anstatt »Gotenvolk« »Totenvolk«.

In seinem Stück hat er auch geschrieben: »Wir hören nicht die Fanfaren des Gerichts. Uns schreckt nicht Furcht vor rächender Vergeltung. Uns peitscht nicht des Gewissens scharfe Geisel.« Er muss an all die Erschießungen denken, die er angeordnet und organisiert hat. An die Erschießungen von Männern, Frauen und Kindern. Ich hätte die Fanfaren des Gerichts hören sollen, wirft er sich vor. Mich hätte die rächende Vergeltung schrecken, die scharfe Geisel des Gewissens peitschen sollen. Totila fällt im Kampf um Rom. Falle ich im Kampf um Minsk? Totila trifft ein feindlicher Pfeil, er wird ermordet. Wird man auch mich ermorden? So pocht es in seinem Hirn. Mein Stück darf so nicht enden. Ich muss es umschreiben. Mein Totila darf nicht sterben. Er muss siegen und überleben. Morgen werde ich mein Stück umschreiben, entscheidet er.

Ganz sanft legt er seine Hand auf Anitas Schultern, streichelt sie wie jedes Mal, kurz bevor er einschläft, und sagt leise: »Schlaf gut, mein liebes Nitalein.«

Bald darauf schlafen beide ein.

Ein Riesenknall! Dann noch einer! Anita reißt die Augen auf. Feuer! Das ganze Zimmer voller Feuer! Alles brennt! Ein Luftangriff der Russen! Zwei Bomben auf das Haus! Alles brennt! Der Vorhang zum Balkon, der Kleiderschrank, der Wäscheschrank mit der Babywäsche, alles steht in Flammen. Auch die beiden Betten brennen. Anita springt aus ihrem Bett, muss raus aus dem Feuer, stolpert über die Trümmer, die auf dem Boden herumliegen. Überall Trümmer. Sie brüllt: »Wilhelm, es brennt!« Schreit: »Schatz! Schatz! Es brennt! Komm!«

Sie muss hinaus auf den Flur. Doch die herausgerissene Zimmertür liegt quer. Sie kann nicht hinaus! Ihr Nachthemd und ihre Haare haben Feuer gefangen. Sie schreit, schlägt um sich, reißt sich das brennende Nachthemd vom Leib, ist nackt. Schlägt auf ihre brennenden Haare, hat schwarze Büschel in der Hand. Sie taumelt zurück zum Balkon. Die Glastür ist zerbrochen. Sie steigt über die Scherben durch den brennenden Vorhang, steht draußen auf dem Balkon. Doch sie kann nicht in den Garten hinunterspringen, nicht in ihrem hochschwangeren Zustand. Mit ihrem dicken Bauch. Sie muss zur Tür ins Kinderzimmer. Ihre Kinder! Sie fällt über brennende Sessel, erreicht die Tür, sie ist offen. Da rennen ihr schon Harald und Peter entgegen, beide stumm vor Entsetzen. Ihnen ist nichts passiert. »Wo ist Willi?«, kreischt Anita. Der kleine Willi kriecht völlig verwirrt aus einem Kleiderschrank hervor. Sie packt ihre Kinder und zerrt sie hinaus auf den Flur. In dem Moment steht Wildenstein im Schlafanzug vor ihr und wirft ein großes Tuch über ihren nackten Körper.

»Der Chef!«, brüllt er, stürzt durch das Kinderzimmer in das lodernde Schlafzimmer, mitten hinein in die Flammen. Da erst wird ihr bewusst: Wilhelm liegt im Feuer!

Wildenstein kann vor Hitze und Rauch fast nichts sehen. Er stolpert über etwas. Es ist sein Chef! In einer riesigen Blutlache! Kube ist halb verbrannt, sein linker Arm abgerissen, die linke Brustseite weggerissen, und aus seinem offenen Bauch quellen Blut, Schaum und Gedärme hervor. Am Rumpf hängen noch die Beine. Sein Kopf ist kaum mehr zu erkennen. Wildenstein packt ein Bein, um ihn aus dem Feuer zu ziehen. Da reißt es an der Hüfte ab. Nun brennt auch Wildensteins Schlafanzug. Er packt das andere Bein und schleift den zerfetzten Körper hinaus auf den Flur. Zieht eine riesige Blutspur hinter sich her.

Mit weit aufgerissenen Augen starrt Anita auf die Überreste

ihres Mannes, unfähig, zu schreien. Unterdessen reißt sich Wildenstein seinen brennenden Pyjama vom Leib und steht nur noch in seiner langen Unterhose da. Im Treppenhaus tasten sich im Qualm die Dienstmädchen, die beiden Köchinnen, Kubes Chauffeur und der Hausmeister zu ihnen hoch. Alle in ihren Nachthemden und Schlafanzügen. Verstört und am ganzen Leib schlotternd. »Was ist passiert? Wo hat die Bombe eingeschlagen?«

Anita steht da, das Gesicht voller Ruß, das Haar halb verbrannt, mit dem Tuch um ihren Körper, umgeben vom Personal. Sie ist gelähmt, erstarrt vom Schock. Ihr ist nichts passiert. Nichts! Nur ein paar Brandwunden am Leib und auf dem Kopf und die blutenden Risse an den nackten Füßen, von den Glasscherben. Sonst nichts!

Wildenstein will das Feuer löschen. Die Wanne im Badezimmer ist immer mit Wasser gefüllt. Als Vorsorge für den Fall, dass die Partisanen mal wieder die Leitungen sprengen. Er schöpft zwei Eimer Wasser und schüttet sie in die Flammen. Sinnlos. Aussichtslos. Er taumelt zurück, sinkt auf den Treppenstufen nieder. Hustet. Er ist nahe daran, bewusstlos zu werden. Rauchvergiftung. Die Dienstmädchen kümmern sich um ihn. Nun kommen die Wachen vor dem Haus und vom Generalkommissariat mit Feuerlöschern angelaufen und bekämpfen die Flammen. Auch die Polizisten vom nahen Revier treffen ein. Es kommen Soldaten. Plötzlich ist das Haus voller Menschen. Die Ernestowna führt Anita und die Kinder nach unten in die Küche, gibt ihnen zu trinken, versorgt sie mit Kleidern. Dann bringt Kubes Chauffeur sie in das Gästehaus des Generalkommissars, zum »Haus Potsdam« in der Nähe des Freiheitsplatzes.

So ist Anita nach dem Tod ihres Mannes nun mit ihren Kindern Gast seines Gästehauses. Erst jetzt erinnert sie sich wieder an jenen Traum, der sie kurz nach Wilhelms Abflug nach Minsk überfiel. Der Traum von ihrem brennenden Schlafzimmer. Warum hat sie das damals geträumt? Ihr kommen sonderbare Gedanken.

Sprengstoffexperten treffen ein. Sie untersuchen den Schutt des Schlafzimmers und finden Metallreste. »Ein oder zwei Minen«, stellen sie fest. Sie finden auch Reste von den Zeitzündern der Haftminen und fragen alle aus. Keiner weiß etwas.

Am liebsten würde Anita mit ihren Kindern sofort am nächsten Morgen mit dem Zug zu ihren Eltern nach Bayern, nach Hechendorf fahren. Doch in ihrem Schockzustand und so kurz vor der Entbindung kann sie unmöglich reisen. Sie könnte während der Fahrt einen Zusammenbruch erleiden oder eine Frühgeburt. Auch mit dem Flugzeug kann sie Minsk nicht verlassen. Dafür ist die Luftlage zu unsicher. Außerdem benötigt man sie noch zur Aufklärung dieses Verbrechens. Sie muss Aussagen machen über Personen, die sie verdächtigt.

Nochmals befragt das Sprengstoffkommando Anita, Wildenstein und die Bediensteten streng. Alle, die die Nacht im Haus verbrachten, können es nicht gewesen sein.

»Wer dann? Gibt es andere Angestellte, die außerhalb des Hauses wohnen?«

Die Einzige, die nicht im Haus schläft, ist Jelena. Das Kommando eilt zu ihrer Souterrainwohnung schräg gegenüber. Sie brechen die Tür auf. Jelena ist weg! Mitten in der Nacht weg. Jetzt ist alles klar.

Anita kann nicht glauben, dass Jelena ihren Mann in die Luft gesprengt hat. Das kann nicht sein. Sie war ihre Freundin. Nie hätte sie das getan. Unmöglich. Und wenn sie es doch war? Anita ist fassungslos.

Der SS- und Polizeiführer und Generalmajor der Polizei, SS-Gruppenführer Curt von Gottberg, telefoniert mit dem Reichsminister für die besetzten Ostgebiete Alfred Rosenberg in Berlin und meldet ihm die Ermordung Kubes. Umgehend bestimmt Rosenberg Gottberg als Nachfolger Kubes. Er ist ab sofort der neue Generalkommissar für Weißruthenien und hat alle Vollmachten. Noch in derselben Stunde befiehlt Gottberg eine schonungslose Razzia. SS, Polizei und Wehrmacht riegeln Straßen ab, dringen mitten in der Nacht in Häuser ein und holen die Bewohner heraus. Sie greifen jeden auf, der ihnen unterkommt. Männer, Frauen und Kinder, auch Alte, prügeln sie auf Lkws und transportieren sie zum Erschießen nach Trostenez. Auf Gottbergs Befehl hin werden dreitausend Minsker erschossen, die nichts mit dem Attentat zu tun haben.

Am Tag nach dem Anschlag fällt im Kino »Heimat« die Filmvorstellung aus. Auch der Filmvorführer ist verschwunden. Man ist erstaunt, dass er mit dem Attentat etwas zu tun hat. Man fahndet nach ihm, nach Jelena und der Schwarzen Maria. Sie sind nirgends aufzutreiben.

Bei den Partisanen im Wald ist es kalt geworden. Die Gruppe um Jelena, die Ossipowa und Nikolai zieht sich in eine wärmende Erdhütte zurück. In das Dach aus Balken, Brettern und Zweigen hat man eine hohe Antenne montiert. Dennoch wird der Empfang des kleinen, selbst gebastelten Rundfunkgeräts immer wieder durch kurze Störungen unterbrochen. Noch immer läuft das Musikprogramm des Landessenders Minsk. Es ist halb zwei. Sie warten. Immer mehr Partisanen drängen in die Erdhütte und hocken sich dicht aneinander. Hin und wieder müssen Frauen über die Kauernden hinwegsteigen, um nach ihren schlafenden Kindern zu sehen. Im Radio läuft Musik, Musik, Musik. Die Zeit dehnt sich schrecklich.

Um zwei Uhr werden sie aus ihren Gesprächen gerissen: Sondermeldung! Alle lauschen mit angehaltenem Atem der Stimme des Sprechers: »Heute, am Mittwoch, den 22. September 1943, ist um ein Uhr dreißig der Generalkommissar für Weißruthenien, Wilhelm Kube, gefallen. Verbrecherische jüdisch-bolschewistische Banden verübten einen feigen, heimtückischen Anschlag auf den Generalkommissar. Wilhelm Kube starb den Heldentod durch zwei Minen, die eine weibliche Person unter seinem Bett versteckte.«

Die Partisanen jubeln so laut, dass man den nachfolgenden Sprechertext nicht verstehen kann. Freudig springen sie auf und umarmen Jelena, die Ossipowa und Nikolai. Sie öffnen bereitgestellte Flaschen Wein und Wodka und lassen sie kreisen. Jelena will nicht trinken, sie interessiert nur: Was ist mit Anita? Hat sie überlebt? Sie war in ihr Schlafzimmer zurückgekehrt. Hat sich wieder neben ihn gelegt. Und die Kinder? Haben sie überlebt? Trotz ihrer warmen Jacke fröstelt sie.

Die Partisanen debattieren hin und her: Warum sind die Minen eine halbe Stunde vor der eingestellten Zeit explodiert? Sie können nicht wissen, dass Jelena bei ihrer Arbeit am Vormittag die Minen an ihren Brüsten trug und sie dadurch erwärmte.

Dann erfolgt wieder eine Unterbrechung des Programms: »Wie wir soeben erfahren, haben die Gattin des Generalkommissars, Frau Anita Kube, und ihre drei Kinder den Anschlag überlebt.«

Anita lebt! Und auch die Kinder! Gott sei Dank! Jelena atmet auf, sie ist erleichtert. Ihre Freundin lebt. Wie ist das möglich? Sie lag doch direkt neben ihm. Trotzdem ist ihr nichts passiert. Nun nimmt auch Jelena einen kräftigen Schluck aus der Wodkaflasche, muss aber ihre Freude unterdrücken. Sie darf ihre Erleichterung nicht zeigen. Schon gar nicht der Ossipowa, die ihr gegenübersitzt und sie die ganze Zeit beobachtet. Für die Ossipowa ist auch Anita eine Okkupantin, eine Feindin, die vernichtet werden sollte.

Während die Partisanen fröhlich feiern, sind Jelena und Nikolai trotz ihres Erfolges bedrückt.

Was wird nun geschehen? Die Deutschen werden sich schrecklich rächen. Sie werden noch in dieser Nacht viele unschuldige Minsker festnehmen und erschießen. Beim Gedanken daran stellt Jelena die Flasche beiseite. Darauf mag sie nicht trinken. Da kommt im Radio die Nachricht, dass SS-Gruppenführer von Gottberg als Kubes Nachfolger eingesetzt wurde. Gottberg ist ein Schlächter. Er ist dumm, brutal und gnadenlos. Die Zeit unter Gottberg wird noch schrecklicher werden als unter Kube. Jelena fürchtet, dass Gottberg noch zügelloser morden wird als Kube. Sie hat den Okkupanten einen führenden Kopf abgeschlagen, aber schnell ist ein anderer, schlimmerer Kopf nachgewachsen.

Tags darauf erfahren sie, dass Gottberg bei einer Razzia dreitausend Menschen erschießen ließ. Eins zu dreitausend. Und sie ist schuld am Tod dieser vielen unschuldigen Menschen. Sie hat die Minen unter das Bett geheftet. Sie hat es getan. Natürlich wollte sie, dass Kube beseitigt wird. Dass sie ihn in die Luft sprengte, darüber empfindet sie keine Reue. Es ist ihr eine Genugtuung, wenn sie bedenkt, wie viele er ermorden ließ. Dass jetzt so viele Menschen ermordet wurden, die nichts mit ihrem Attentat zu tun haben, bedrückt sie jedoch sehr. Natürlich wussten alle, dass die Deutschen entsetzlich zurückschlagen würden. Das haben die Partisanen und die Ossipowa in Kauf genommen. Das ist Alltag in Minsk.

Sie fragt sich: Hätte ich damals vor dem Kino das Attentat ein drittes Mal verweigern sollen? Die Ossipowa hätte ihre Drohung wahr gemacht und mich erschießen lassen. Dann wäre ich jetzt tot, und ein anderer hätte Kube in die Luft gesprengt. Hat dieses Attentat einen Sinn gehabt? Hat es sich gelohnt? Was haben wir damit erreicht? Was hat es genützt? Wird es nun besser? Im Gegenteil. Es wird noch schlimmer werden. Das alles darf sie nicht laut sagen. Und schon gar nicht der Ossipowa gegenüber. Bei ihr gibt es keine Diskussionen. Sie ist starr in ihren Überzeugungen. Jeder Zweifel ist für sie Verrat am Widerstand.

Jelena kann sich über ihr Attentat nicht freuen. Es quält sie, dass so viele Minsker wegen ihrer Tat erschossen wurden. Die Partisanen bemerken, wie bedrückt sie ist. Sie spüren, dass sie Gewissensbisse plagen. Sie wollen sie ermuntern, klopfen ihr auf die Schulter, reden auf sie ein, um sie wieder aufzurichten. Vergebens. Mit ihrer Schuld muss sie nun leben.

Noch immer ist Maria Gribowskaja nicht bei den Partisanen eingetroffen. Alle warten auf sie. Da erfahren sie, dass die Deutschen sie in Minsk verhaftet und erschossen haben.

Seit der Explosion ist Anita wie versteinert. Sie ist völlig apathisch. Sie kann nicht einmal weinen. Es ist, als sei mit der Explosion etwas aus ihr herausgerissen worden. Sie sitzt nur stumm da und schüttelt den Kopf. Man glaubt, sie sei verrückt geworden. Immer wieder stoßen ihre Kinder sie an: »Mama, sag doch was.« Sie wäscht sich nicht, kämmt sich nicht, bis die Ernestowna eingreift und sie wäscht und kämmt. Sie will ihr Wohnhaus nicht mehr betreten. Sie will vorerst im Gästehaus ihres Mannes bleiben. Erst nach drei Tagen kommt sie wieder zu sich. Sie muss jetzt allein sein. Mit ihren Kindern. Sie braucht Ruhe. Obwohl sie sich vor dieser Ruhe fürchtet. Wenn es still wird, fängt sie an zu denken und zu grübeln. Dann bohrt es in ihrem Kopf. Dann kommen die Fragen, die vielen Fragen. Vor ihnen hat sie Angst.

Warum hat Jelena das getan? Ihre Freundin Jelena, der sie alles anvertraute und die ihr alles eingestand – bis auf ihren Plan, ihren Mann zu töten. Sie nahm auch ihren Tod und den Tod ihrer Kinder in Kauf. Sie haben sich so gut verstanden, und dann bringt sie Wilhelm um und beinahe auch sie. Das kann Anita nicht begreifen. Das wird sie nie verstehen. Wie Jelena sich so verstellen konnte! Dabei war sie immer so ehrlich. Unfassbar für Anita. Wo mag sie sich jetzt verstecken? Sicher wird man sie irgendwo aufspüren. Sie wird vorgeführt werden, öffentlich. Anita will ihr nicht gegenübertreten. Das kann sie nicht. Sie will sie nicht mehr sehen. Gottberg wird sie erschießen lassen oder auf dem Freiheitsplatz aufhängen. Das könnte sich Anita nicht ansehen. In der Stunde ihrer Hinrichtung wird sie sich irgendwo tief verkriechen.

Anita antwortet wieder auf die Fragen der Untersuchungskommission, beginnt wieder zu essen und liest die Beileidstelegramme, die ihr Freunde ihres Mannes senden. So viele Telegramme. Auf einmal hat ihr Mann viele Freunde. Doch Hitler und Himmler kondolieren ihr nicht.

Die »Minsker Zeitung« verkündet auf der Titelseite in großen fetten Buchstaben: »Ein Kämpfer fiel – sein Geist lebt«.

Bald darauf hält sie die Todesanzeige in den Händen, die sie aufgegeben hat und die in der »Minsker Zeitung« und in vielen anderen Zeitungen im Reich erschienen ist. Wieder und wieder liest sie den Text: »Durch den Mord einer jüdisch-bolschewistischen Verbrecherin wurde mein geliebter Mann, unser treu sorgender Vater, Träger des Goldenen Ehrenzeichens der NSDAP, mitten aus frohem Schaffen im sechsundfünfzigsten Lebensjahr getreu seinem Eid für Führer und Volk von meiner Seite gerissen. – Anita Kube«. Anita weiß, dass Jelena keine Jüdin ist, trotzdem musste sie es so formulieren. Das wurde verlangt.

Anita muss raus aus Minsk, raus aus Weißrussland, wird nun entschieden. Vielleicht plant man auch auf sie ein Attentat. Sie muss in Sicherheit gebracht werden. Der Kommandeur der Minsker Ordnungspolizei und SS-Brigadeführer Eberhard Herf lädt Anita und ihre Kinder nach Prag in seine Villa ein. Herf war ein enger Freund ihres Mannes. Er verehrte ihn sehr. Oft besprachen er und Kube die nächsten Aktionen gegen die Juden und Partisanen. Sie verstanden sich sehr gut. Auch privat saßen sie oft mit Anita beisammen und lachten viel. An diesen Abenden musste Jelena den Imbiss und die Getränke servieren. Nach ihrer Runde musste sie den Salon verlassen. Dann erst erzählten sie weiter.

Nun kann Anita mit ihren Kindern in Herfs Villa wohnen und in zwei Wochen in einer Prager Klinik entbinden. Später wird man sehen, wie es weitergehen soll mit ihr.

13

Endlich landet am Samstag die erwartete zweimotorige Tupolew auf der nahe gelegenen planierten Waldwiese. Sie bringt für die Partisanen neue Waffen, Munition, Arzneien, Verbandszeug und Kartons mit Lebensmitteln. Nachdem alles ausgeladen ist, werden die verwundeten Partisanen auf Tragen in die Maschine gehoben und auf den Boden und in Hängematten gelegt. Nun können Jelena, Nikolai und die Ossipowa in die Tupolew klettern. So oft hatte Jelena damals auf dem Feld sehnsüchtig den Zügen nachgeschaut, die nach Moskau fuhren. Einmal im Leben nach Moskau! So oft hatte sie in Minsk auf dem Bahnsteig vor den Zügen gestanden und die Schlafwagen berührt, mit dem Gefühl, Moskau schon ein Stück näher gekommen zu sein. Die blauen Segelschiffe auf den spitzenverzierten Gardinen vor den Fenstern leuchteten, und sie stellte sich vor, im Zug wie auf einem Segelschiff durch die Nacht nach Moskau zu gleiten.

Nun reist sie tatsächlich nach Moskau. Sie fliegt sogar. Zum ersten Mal in ihrem Leben.

Sie müssen sich entlang der Wände, in denen es keine Fensterluken gibt, auf schmale Holzbänke setzen. Jelena fühlt sich wie in einem großen Metallsarg. Der Pilot bindet jedem von ihnen einen schweren grünen Sack auf den Rücken. Es sind Fallschirme für den Fall, dass sie bei einem Beschuss durch deutsche Jäger abspringen müssen. Zu Jelenas Füßen liegen in dicke Verbände gewickelte Partisanen, und dicht über ihr stöhnt eine verwundete Partisanin in ihrer Hängematte. Sie hat eine angebrochene Wirbelsäule. Jelena hat Saschas blaues Baumwollhemd angezogen. Sie ist davon überzeugt, es wird sie auch dieses Mal beschützen.

Die Tupolew startet mit voller Kraft. Die beiden Propeller dröhnen. Schnell steigt die Maschine in die Höhe und schaukelt dabei gewaltig. Manchmal sackt sie plötzlich ab, als würde sie in ein Loch fallen, droht abzustürzen. Dann fängt sie sich wieder. Jelena wird übel. Selbst wenn es Luken geben würde, sie würde es nicht wagen, in die Tiefe hinabzusehen.

Wieder steigt das Flugzeug rasant mit Geheul in die Höhe. Es muss sehr hoch fliegen, um nicht von der deutschen Flak getroffen zu werden. Es steigt so steil hoch, dass sie sich an der Bank festhalten müssen, um nicht vom Sitz zu rutschen. Im Steilflug ruckt die Maschine im Zickzack nach rechts, nach links. Werden sie von den deutschen Flaks oder von Jägern beschossen und getroffen, ist es aus mit ihnen, den Absturz würde keiner überleben. Sie würden in der zerschellenden Maschine verbrennen. Der Angstschweiß steht ihnen auf der Stirn. Nikolai starrt mit weit aufgerissenen Augen ins Leere, die Kommunistin und Atheistin Ossipowa bekreuzigt sich und betet. Auch Jelena hat Angst. Trotzdem glaubt sie fest daran, dass sie wohlbehalten in Moskau landen wird. Sie vertraut auf Saschas blaues Baumwollhemd. Es wird sie beschützen. Und sie hat das feste Gefühl: Ihr Sascha lebt, sie wird ihn nach dem Krieg endlich wiedersehen und ihn in die Arme schließen können. Nikolai sagt dumpf: »In einer halben Stunde sind wir in Moskau.« In dieser halben Stunde kann noch viel passieren. Doch es passiert nichts.

Die Maschine fliegt wieder ruhig. Sie sind über dem von der Roten Armee zurückeroberten Gebiet. Wie in einem Luftschiff schwebt Jelena nach Moskau. Dankend streicht sie über Saschas Hemd.

Dann endlich landen sie in Wnukowo. Die Verwundeten werden zuerst ausgeladen. Als Jelena wie betäubt die Leiter zum Flugfeld hinabsteigt, fällt sie fast in sich zusammen. Ihre Füße tasten unsicher den Boden ab. Er ist fest.

Mit einem Bus werden sie in eine abgelegene Waldsiedlung gebracht. Gleich nach ihrer Ankunft bittet Jelena die Siedlungsverwaltung, nach ihrem Sascha zu forschen. Sie soll herausfinden, wo er sich zurzeit befindet. Ist er noch an der Westfront, oder liegt er verwundet in irgendeinem Lazarett?

Seit über zwei Jahren, seit Kriegsbeginn, hat sie nichts mehr von ihm gehört. Sie weiß nicht, ob er ihr aus geheimen Gründen nicht schreiben darf oder ob er überhaupt noch lebt. Dann führt man sie, Nikolai und die Ossipowa in ihre schönen, hellen Zimmer mit Bädern. Endlich können sie sich wieder waschen, nach so langer Zeit. Sie erhalten neue, duftende Kleider und Schuhe. In einem Empfangsraum steht ein großer Tisch mit Essen bereit. Terrinen mit Suppen, Platten mit Würsten und gebratenen Hühnern, Schalen mit Salaten. Dazu Kuchen und Obst. Und Flaschen mit Wein und Wodka. Die Gläser funkeln im Schein der Kronleuchter.

Während die anderen schnell zugreifen, kann Jelena kaum etwas essen. Sie muss immer an Sascha denken. Am nächsten Tag sollen sie in den Kreml gebracht werden, zu Stalin. Sie hat Angst vor Stalin.

An diesem Samstag startet auch ein anderes Flugzeug, eine Sondermaschine. Kubes Überreste werden darin von Minsk nach Berlin geflogen. Auf Anweisung Hitlers soll in der Neuen Reichskanzlei ein großer Staatsakt stattfinden.

Auf einer Geschützlafette wird Kubes Sarg, bedeckt mit einer großen Hakenkreuzfahne, zum Minsker Flughafen am südlichen Stadtrand gefahren. Die Route ist für den Verkehr gesperrt. So rollt die Lafette mit ihren Begleitfahrzeugen auf der leeren Straße, vorbei an den Ruinen. Nur ausgesuchte Kollaborateure dürfen am Straßenrand stehen und ihre Mützen ziehen, wenn der Konvoi an ihnen vorüberzieht. Im Fond des Wagens, der die Lafette zieht, sitzen Anita, tief in Schwarz gehüllt, ihre drei Kinder und Wildenstein. Es ist die letzte Fahrt mit ihrem geliebten Wilhelm, mit ihrem lieben Vater und seinem hochverehrten Chef. Vor und hinter dem Gespann sind zum Schutz des Trauerzuges Lastwagen der Wehrmacht und der SS zum Geleit abkommandiert. Auf ihnen halten Kommandos ihre Maschinenpistolen bereit. Sollten Partisanen es wagen, Handgranaten auf die Lafette oder den Wagen mit Anita zu werfen, würden sie sofort aus ihren Fahrzeugen springen und in die Menge feuern.

Eigentlich müsste Anita beim feierlichen Staatsakt in Berlin anwesend sein. Doch das ist unmöglich. Jeden Tag können die Wehen einsetzen. Die Kondolenzbezeugungen von Hunderten Trauergästen kann sie dort nicht entgegennehmen. Es bestünde die Gefahr, dass sie während dieses Zeremoniells ihr Kind bekommt, dass man sie hinaustragen und in eine Klinik schaffen müsste. Zu peinlich.

Nachdem sie am Flughafen eingetroffen sind, wird Kubes Sarg in angemessenem Schritt und unter weihevollen Salutschüssen zur Junkers Ju 52 getragen und schnell in den Frachtraum geschoben. Aufgereiht stehen Anita, die Kinder und Wildenstein neben der Maschine. Als die drei Propeller lärmend rotieren und um sie herum die Luft aufwirbeln, flattern ihre Kleider wild, müssen sie ihre Kopfbedeckungen festhalten, damit sie nicht wegfliegen, und sich aneinanderklammern, um nicht vom Luftdruck umgestoßen zu werden. Langsam rollt die Junkers auf die Startbahn, gibt donnernd Vollgas und erhebt sich in die Lüfte. Der allerletzte Abschied ist gekommen. Die Maschine steigt höher und höher, wird kleiner und kleiner, bis sie nur noch als winziger Punkt zu sehen ist. Dann verschwindet der Punkt in den Wolken.

Noch lange steht Anita da und schaut in die Wolken. Das war ihr Leben mit ihrem geliebten Wilhelm.

Wenige Stunden darauf besteigt Anita mit ihren drei Kindern am Minsker Bahnhof den Zug nach Prag. Für sie hat man einen Sonderwagen erster Klasse angehängt. Wildenstein bleibt in Minsk. Er ist nun der Adjutant des neuen Generalkommissars Curt von Gottberg. An Gepäck nimmt sie im Gegensatz zu ihrer Reise nach Minsk vor über einem Jahr nur das Allernötigste mit. Das Wichtigste trägt sie am Leib. Den dicken Ledermantel ihres Mannes, ausstaffiert mit einem Innenfutter aus Lammfell und einem breiten dunklen Pelzkragen. Diesen wuchtigen Ledermantel will sie als wärmende Erinnerung an ihn behalten. Den will sie nie hergeben.

Nach einer angenehmen Fahrt trifft Anita in Prag ein. Der Chauffeur von Herfs Ehefrau Emilia wartet schon auf sie und bringt sie zu ihrer neuen vorübergehenden Unterkunft. Im kriegsverschonten Prag hat sich der Chef der Minsker Ordnungspolizei und SS-Brigadeführer Eberhard Herf in einer wunderschönen Villa etabliert. Fernab seines Minsker Dienstsitzes, wo er gemeinsam mit der SS und der Wehrmacht die Massenerschießungen von Juden, Partisanen und Zivilisten kommandiert. Sein geräumiger Prachtbau ist an einem Hügel gelegen, von dem man einen herrlichen Blick auf die Prager Altstadt hat. Hier ist nun Anita mit ihren drei Kindern Gast von Emilia, die sie liebevoll aufnimmt.

Sie glaubt, in einem Märchen zu leben. Nichts ist zerstört. Die schönen alten Häuser sind noch alle erhalten. Nicht wie in Minsk, wo sie nur zwischen Ruinen lebte. Tiefster Frieden überall. Nicht wie in Minsk, wo man von Partisanen erschossen werden konnte, wenn man sich auf die Straße wagte. Die Geschäfte sind voller Waren. Nicht wie in Minsk, wo die Läden weggebombt waren und man auf dem Markt nur angefaulte Rüben und schimmeliges Brot anbot. Hier kann sie sich erholen und in Ruhe ihr Kind gebären. Vorsorglich hat man bereits eine Hebamme bestellt, falls durch Anitas Schock eine Frühgeburt einsetzt.

In Prag kann man den Großdeutschen Rundfunk ohne Störungen empfangen. Auch die Direktübertragung des feierlichen Gottesdienstes im Berliner Dom und des daran anschließenden weihevollen Staatsaktes in der Neuen Reichskanzlei. Die Zeremonien werden in das gesamte Reich und ins Ausland übertragen. Emilia und ihre Dienstboten sind unsicher, ob sie Anita raten sollen, die pompöse Totenfeier anzuhören. Einerseits wollen sie der Trauernden den Schmerz ersparen, andererseits wäre es gut für Anita, zu erleben, wie ihrem Mann nach seinem Tode von den höchsten politischen Stellen gehuldigt wird.

Von ihren Zweifeln werden sie schnell befreit, als Anita sie am Montag bittet, das Radio einzuschalten. So versammeln sich vor dem Rundfunkgerät Emilia, ihre beiden Dienstmädchen, ihre Köchin, ihr Chauffeur und ihr Gärtner. Anita lauscht der Direktübertragung des Gottesdienstes und des Staatsaktes zusammengesunken in einem Sessel, ihren kleinen Willi auf dem Schoß. Harald und Peter spielen draußen auf Herfs Pferdegestüt mit den Ponys, freuen sich über die Tiere und versuchen, auf ihnen zu reiten.

Die Trauerfeierlichkeiten im Berliner Dom beginnen. Hier hatte der Chorknabe Willi Kube vor vier Jahrzehnten in den Hochämtern fröhlich sein »Halleluja« gejubelt. Nun ist sein Sarg vor dem Altar aufgebahrt, bedeckt mit einer großen Hakenkreuzfahne und überhäuft mit prachtvollen Kränzen. Im Eichensarg liegen die Reste seines zerfetzten Körpers. Der Dom ist bis auf den letzten Platz gefüllt. Die gesamte politische und militärische Prominenz hat sich in ihren Galauniformen versammelt. In der ersten Reihe sitzen Anitas Eltern, Kubes Eltern, seine beiden Söhne aus erster Ehe Horst und Wulf-Dieter, auch seine geschiedene Frau Margarete. In den Reihen dahinter haben sich die ehemaligen Mitarbeiter von Kubes Gauleitungen Ostmark und Kurmark niedergelassen, auch einige Abteilungsleiter seiner Minsker Zivilverwaltung. Die restlichen Stuhlreihen füllen die zahlreichen Ehrengäste. Viele SA- und SS-Uniformen. Es wird nur geflüstert, hin und wieder hört man ein Hüsteln. Zwei Minuten vor Beginn des Gottesdienstes nehmen Göring, Goebbels und Reichsminister Rosenberg in der ersten Reihe ihre Plätze ein. Hitler und Himmler fehlen. Warum? Die Zeremonie der Totenfeier erster Klasse, der prächtige Gottesdienst ist erfüllt von viel Chorgesang. Man gedenkt Wilhelm Kubes und seiner unsterblichen Seele. Die Zeremonie gipfelt in einer rühmenden, salbungsvollen Rede des Reichsbischofs.

Nach Abschluss der kirchlichen Prozedur geht es in einem

monströsen Geleit zur Neuen Reichskanzlei in die Vossstraße. Dank stundenlangem Proben ist der Mosaiksaal majestätisch ausgeleuchtet. Die Standarten- und Fahnenträger der SA und SS und ein Ordenskissenträger des Ostministeriums haben Aufstellung genommen. Kubes Sarg wird auf einen schwarz verhängten Katafalk gehoben. Zu beiden Seiten brennen Pylone, ihre Flammen spiegeln sich auf dem Marmorboden. Auch der Mosaiksaal ist überfüllt von Trauernden. Die Staatskapelle setzt ein und intoniert den »Einzug der Götter in Walhall« aus »Rheingold« von Richard Wagner. Darauf der erste Satz der fünften Symphonie von Beethoven, der »Schicksalssymphonie«. Schließlich hält der Reichsminister für die besetzten Ostgebiete, Alfred Rosenberg, Kubes oberster Dienstherr, mit seiner teigigen, tranigen Stimme eine langweilige Trauerrede. Zur Begrüßung spricht er Kubes tief verschleierte Mutter mit »Frau Anita Kube« an. Der Reichsminister hält sie für die Witwe des Verstorbenen. Der Protokollchef hat versäumt, dem Minister mitzuteilen, dass die Gemahlin des toten Generalkommissars so kurz vor ihrer Entbindung nicht nach Berlin kommen konnte.

Überschwänglich lobt Rosenberg Kubes Taten und betont: »Er ist auf dem Felde des Kampfes um das Reich gefallen.« Seinem Tonfall ist anzuhören, dass er selbst nicht daran glaubt. Dennoch allgemeines Kopfnicken im Mosaiksaal. Am Ende seines Sermons steckt er an das Ordenskissen das Ritterkreuz zum Kriegsverdienst mit Schwertern, das Hitler Kube posthum verliehen hat. Dabei senken sich feierlich die Fahnen und Standarten über seinen Sarg. Gleichzeitig spielt das Orchester eine Strophe des Liedes vom »Guten Kameraden«. Vereinzelt werden Taschentücher hervorgeholt und Tränen aus den Augen gewischt. Besonders bei den Familienangehörigen. Am Ende ertönen als Nationalhymnen das Horst-Wessel-Lied und das Deutschlandlied. Dann geht es zum Ehrenhof, wo eine Kompanie mit ihrer motorisierten Lafette bereitsteht. Die engsten Familienangehörigen werden in luxuriöse Wagen des

Ostministeriums gebeten. Die Kompanie sitzt auf, der Konvoi fährt zum Friedhof der evangelisch-lutherischen Kirchengemeinde nach Berlin-Lankwitz. Als gläubiger evangelischer Christ steht ihm dieser Kirchhof zu. Hier werden Kubes Überreste beigesetzt.

Während der Übertragung ist Anita hin- und hergerissen. Sie will nichts davon hören und horcht dennoch genau hin, damit ihr nichts entgeht. Sie will sich am liebsten in eine Ecke verkriechen und ist doch fasziniert von der grandiosen Ehrung ihres Mannes. Das hören jetzt alle im ganzen Reich und im Ausland, stellt sie befriedigt fest. Das hören jetzt auch alle in Minsk. Und vielleicht sogar Jelena. Ihnen allen wird bewusst werden, was für ein großartiger Mensch ihr Wilhelm war.

Durch Anitas Gedanken zieht die Klage Ophelias, die sie damals im Schauspielunterricht üben musste. »Oh welch edler Geist ist hier zerstört. Das Auge des Klugen, die Zunge des Gelehrten, der Arm des Kriegers, die Blüte und Hoffnung des Staates, der Spiegel der Sitte, das Muster der Bildung – alles dahin, alles dahin!« Und auch Ophelias und ihr Eingeständnis: »Ich, der Frau'n elendeste und ärmste, die Honig sog von seinen Worten, wollte vormals nichts wissen von den Mahnungen der anderen und hörte sie in meiner Schwärmerei nur wie verstimmte Glocken. Wehe mir, wehe! Dass ich nicht voraussah, wie es kommen musste!«

Noch lange nach der Sendung bleiben alle in Herfs Villa beisammen, loben die großartigen Verdienste Kubes und verfluchen die Attentäterin. Als man seine Leistungen verherrlicht, stimmt Anita eifrig zu. Als man Jelena den Tod wünscht, schweigt sie.

Vor ihrer Fahrt zum Kreml geht Jelena noch mal zur Siedlungsverwaltung, um zu erfahren, ob man schon eine Nachricht über Sascha erhalten hat. Nein, keine Information über Sascha. Jelena ist verzweifelt. Sie will nicht daran glauben, dass er nicht mehr leben könnte. Sie muss ihn wiedersehen. Zwar sind in diesem Krieg schon so viele getötet worden, an allen Fronten. Aber nicht Sascha. Nicht ihr Sascha. Er muss überlebt haben. Er muss! Schon sieht sie sich selbst auf der Suche nach ihm. In ihrer Einbildung läuft sie alle Fronten ab und sucht ihn so lange, bis sie ihn gefunden hat. Und sie wird ihn finden. Davon ist sie überzeugt. Sie wird sein blaues Baumwollhemd anziehen, und es wird sie zu ihm führen. Das Glück hat ihr immer beigestanden, wenn sie sein Hemd trug. Als sie beim Bombardement auf Minsk im Keller hockte und beinahe verschüttet wurde, trug sie sein Hemd. Als man sie mit den Minen im Büstenhalter beim Durchlass ins Haus nicht abtastete, trug sie sein Hemd. Als sie auf dem Flug nach Moskau fürchtete abzustürzen, trug sie sein Hemd. Und alles ist gut gegangen. Deshalb wird sie auch bei ihrer Suche nach Sascha sein Hemd tragen.

Da erfährt sie, warum sie nach Moskau gebracht wurde, um vor den gefürchteten Stalin zu treten. Sie befürchtete das Schlimmste. Doch nun sollen sie und die Ossipowa von ihm mit dem Orden »Heldin der Sowjetunion« ausgezeichnet werden! Und Nikolai mit dem Lenin-Orden. Sie sollen Stalin berichten, wie sie ihre Tat vollbracht haben. Besonders Jelena soll dem furchteinflößenden Stalin schildern, wie sie Kube in die Luft gesprengt hat. Also doch keine Verhaftung wegen Kollaboration. Keine Abschiebung in ein Arbeitslager, in irgendeinen der Gulags oder gar Todesstrafe.

In der Waldsiedlung stattet man sie mit besonders feinen Kleidern aus, dann werden sie zum feierlichen Empfang im Kreml gefahren. Die endlosen Moskauer Prospekte und Chausseen sind verstopft von Militärfahrzeugen. Das Land befindet sich noch im Krieg, Moskau muss immer noch verteidigt werden. Auf den breiten Bürgersteigen drängen sich ärmlich gekleidete, müde Menschen. Die Stadt mit ihren hohen Häusern ist grau und staubig. Nur monströse Betonklötze, über deren trostlose Fassaden riesige Transparente gespannt sind. In knallroten Buchstaben verkünden sie »Glorreicher Sieg!«, »Die Partei kämpft!«, »Ewiger Ruhm unserem Großen Genossen Stalin!«. Dann fahren sie über den menschenleeren Roten Platz und durch ein Tor in das Gelände des Kremls hinein. Vor einem der vielen Paläste halten sie an.

Sie werden in einen Prunkbau geführt. Auf Marmorböden geht es vorbei an Marmorwänden durch Fluchten von Fluren, vorbei an zahllosen geschwungenen Haltern mit leuchtenden Lampen aus Kristallglas, vorbei an schweren Türen mit geschnitzten Füllungen, durch Galerien, vorbei an großen, bis zum Boden reichenden Spiegeln in goldenen Rahmen. Sie durchqueren einen barocken Saal mit schwerem Stuckwerk und wuchtigen Deckengemälden, von denen funkelnde Kronleuchter herabhängen. Schließlich gelangen sie in einen Salon, dessen Wände mit rotem Samt bedeckt sind. Ringsum leuchten auch hier an den Wänden Lampen aus geschliffenem Glas.

Jelenas Füße schmerzen. Sie muss sich setzen. Doch nirgends gibt es dazu eine Gelegenheit. Es herrscht ein stummer Befehl, in diesem Salon stehen zu müssen. Ein älterer Mann in Livree fordert sie auf, sich in einer Reihe aufzustellen. Sie sind voller Erwartung. Gleich kommt der große Stalin herein. Es öffnet sich ein schweres Eichenportal. Doch herein kommt nicht Stalin, sondern ein altes Männlein. Schleppend nähert sich ihnen eine magere Gestalt mit einem langen weißen Spitzbart.

»Kalinin«, flüstert Nikolai Jelena zu. »Der Vorsitzende des Präsidiums des Obersten Sowjets.«

Mit leiser Stimme begrüßt er Jelena, die Ossipowa und Nikolai und reicht jedem seine dürre, kalte Hand. »Ich bedauere, Ihnen sagen zu müssen, dass Genosse Stalin durch Arbeitsüberlastung verhindert ist, Sie persönlich zu empfangen. Ich werde ihn vertreten.«

Die Ossipowa und Nikolai sind sehr enttäuscht. Jelena nicht. So gerne hätten sie den legendären Generalissimus erlebt. Jelena nicht. Kalinin hält eine kurze, vernuschelte Ansprache und steckt Jelena und der Ossipowa zitternd den Orden »Heldin der Sowjetunion« an die Brust, den fünfzackigen Stern aus purem Gold mit dem knallroten Band an der Spange. Als er Jelena den Orden anheftet, versteinert sich Ossipowas Gesicht. Keine Freude, kein anerkennendes Lächeln. Nikolai erhält den Lenin-Orden, das runde Medaillon mit dem Lenin-Porträt an den beiden überkreuzten roten Bändern. Nach der Ordensverleihung würdigt die Ossipowa Jelena mit keinem Blick.

Auf einen kurzen Wink Kalinins bringt der Livrierte auf einem goldenen Tablett vier kleine Gläser mit Wodka herein. Sie wünschen der ruhmreichen Roten Armee einen schnellen Sieg an allen Fronten, der friedlichen Sowjetunion ewiges Bestehen und allen Völkern ewigen Frieden. Dann kippen sie den Wodka in ihre Kehlen. Jelena verschluckt sich und muss laut prusten. Das war's im Kreml, sie können gehen.

Auch nach dieser Auszeichnung spricht die Ossipowa kein Wort mit Jelena. Und wenn Jelena sie darauf ansprechen will, wendet sie sich ab. Sonderbar.

Kurz danach erfährt Jelena, dass Kube beim Staatsakt in Berlin posthum mit dem Ritterkreuz mit Schwertern ausgezeichnet wurde. Nun gut, denkt sie, wenn Kube für seine Taten so geehrt wurde, dann kann ich auch für seinen Tod mit dem Orden »Heldin der Sowjetunion« ausgezeichnet werden. Dennoch ist ihr nicht ganz wohl dabei. Auch der Mörder Trotzkis wurde für seine Ermordung des Gründers der Roten Armee mit diesem Orden von Stalin geehrt.

Nach ihrem Kreml-Besuch werden sie zu Radio Moskau gebracht. In einem Studio müssen sie erzählen, wie sie Kube in die Luft gesprengt haben. Die Sendung wird in der gesamten Sowjetunion ausgestrahlt. Jelena wird also auch in Minsk zu hören sein. Und Anita, so glaubt sie, wird am Apparat sitzen und zuhören, auch wenn sie kein Russisch kann. Aber wie steht sie dann vor ihr da, ihrer Freundin, die ihr alles anvertraut hat? Jelena fühlt sich beschämt, dass sie Anita so hintergehen musste. Sie fühlt sich ihr gegenüber als Verräterin, trotz ihres Ordens »Heldin der Sowjetunion«.

Als Jelena im Rundfunkstudio über ihre Tat berichtet, schneidet ihr die Ossipowa immer wieder das Wort ab, fährt dazwischen, um ihre Geschichte vorzubringen, lässt Jelena nicht ausreden, damit sie umso länger sprechen kann. Sie stellt es so dar, als hätte sie Kube ganz allein in die Luft gesprengt. Da der Moderator nicht weiß, wer bei dem Attentat wie beteiligt war, lässt er die Ossipowa reden. Jelena will bei dieser Direktübertragung keinen Streit beginnen, will keine Rangelei vor dem Mikrofon und schweigt bei Ossipowas Einmischungen. Zwar ärgert sie sich über ihre Wichtigtuerei, doch ist ihr ihr Vordrängen auf den ersten Platz am Ende gleichgültig. Sie hat ihre Tat überlebt und ist dafür mit diesem hohen Orden ausgezeichnet worden. Den kann ihr keiner streitig machen. Auch nicht die Ossipowa.

Zwei Wochen nach ihrer Ankunft in Prag setzen bei Anita die Wehen ein. Pünktlich, als wäre nichts geschehen. Der Chauffeur bringt sie in die Entbindungsstation einer Prager Klinik, begleitet von Emilia und ihren beiden Dienstmädchen. Und genau um die errechnete Zeit bringt Anita bei einer normalen Geburt ohne Komplikationen einen vierten gesunden Jungen zur Welt. Als sie ihr warmes Baby in den Armen hält, ist sie trotz allen erlittenen Leides sehr glücklich und wagt kaum, das weiche, nackte Bündel an sich zu drücken.

Schon zu Beginn ihrer Schwangerschaft verlangte Kube: »Sollte es ein Junge werden, werden wir ihn Walter taufen, als Erinnerung an meinen toten Bruder. Das bin ich ihm schuldig.« Und wie es ihr Mann wünschte, lässt sie ihr Kind auf den Namen Walter taufen und schreibt an Hitler: »Als letztes schönstes Vermächtnis meines geliebten Mannes, der voller Kraft, Frohsinn und großer Herzensgüte war, wurde mir mein Junge Walter geboren. Heil Ihnen mein Führer! – Ihre Anita Kube«.

Jetzt will sie so schnell wie möglich zu ihren Eltern nach Hechendorf. Das aber ist mit dem Säugling unmöglich. Sie muss bleiben, bis der kleine Walter die Reise überstehen kann. In Prag ist sie im Oktober 1943 noch sicher. Noch sind die Russen hier nicht zu befürchten. Noch nicht.

Kurz nach ihrer Rückkehr in die Waldsiedlung nimmt man Jelena beiseite und führt sie in einen Sitzungsraum. Allein steht sie in ihrem blauen Baumwollhemd vor einem Tisch, auf dem man zu einem Empfang eine Flasche Sekt und eine Flasche Wodka vorbereitet hat. Dazu ein kleiner Imbiss: Brot, Wurst, Käse, Gurken. Da geht die Tür auf.

»Sascha!«

Sie rennt auf ihn zu, wirft sich ihm an den Hals, umarmt ihn, bedeckt sein Gesicht mit Küssen, weint, schluchzt: »Sascha ... endlich, du bist am Leben ... du bist gesund ...«

Doch er steht nur da, ohne Reaktion. Sie spürt seine Kühle. Vor ihr steht Sascha, und doch ist er es nicht. Verwirrt lässt sie von ihm ab. Sie begreift seine Abwehr nicht. Sie setzen sich, sitzen sich gegenüber.

»Was ist los, Sascha? Was ist los?«

Lange schweigt er, den Kopf von ihr abgewendet. Dann, ganz langsam, beginnt er zu sprechen, sehr leise, den Blick zur Wand gerichtet. »Ich lebe mit einer anderen Frau zusammen. Ich dachte, du lebst nicht mehr. Bist tot. Meine neue Frau erwartet ein Kind von mir.«

Dabei sieht er sie nicht einmal an. Sie hört seine Stimme, aber es ist nicht Saschas Stimme. Sie hört seine Worte, aber so kann ihr Sascha nicht sprechen. Sie sieht ihn vor sich, aber der da ist nicht ihr Sascha, den sie liebte, auf den sie über zwei Jahre lang gewartet hat. Und nun sagt er zu ihr, er dachte, sie sei tot; sagt, er lebe nun mit einer anderen Frau zusammen, und sie erwarte sogar ein Kind von ihm.

Sie taumelt, als hätte man ihr mit einem Hammer auf den Kopf geschlagen. Über zwei Jahre lang hat sie sich nach ihm gesehnt, und nun sagt er solche Sätze. Sie kann nicht glauben, dass er ihr so etwas angetan hat. Ein brennender Schmerz durchschneidet ihr Herz, zerreißt ihre Brust. Als sie danach greift, hat sie ihren Orden in der Hand. Darunter fühlt sie sein blaues Baumwollhemd. Plötzlich hat es seinen Schutz verloren.

»Wenn ich zurück bin in meinem Zimmer«, sagt sie mit tonloser Stimme, »werde ich dein Hemd ausziehen und es wegwerfen. Ich will auch dich nicht mehr sehen.«

Sie staunt über sich selbst, dass sie so etwas sagen kann. Da scheint er zu begreifen, was er ihr angetan hat. Er sieht ihr zum ersten Mal ins Gesicht. Tränen verschleiern seinen Blick. Er steht auf, kommt auf sie zu, will sie umarmen. Sie wehrt ihn ab.

Er beteuert: »Ich verlasse die neue Frau. Ich will zu dir zurückkehren.«

»Und das Kind?«

»Ich verlasse beide. Ich will zu dir zurück!«

Immer wieder versucht er, sie zu umarmen, will sie umschlingen. Er weint, fleht sie an, wieder zu ihr zurückkehren zu dürfen. Er bittet um Verzeihung.

Sie nimmt alle ihre Kräfte zusammen, steht mit einem Ruck auf und sagt zu ihm, obwohl es ihr so wehtut: »Geh. Geh sofort. Ich will dich nicht mehr sehen.«

Enttäuscht hält er inne, starrt sie ein paar Sekunden lang an, dann dreht er sich um, geht aus dem Raum und schließt die Tür hinter sich. In diesem Augenblick möchte Jelena brüllen vor Schmerz.

Noch an diesem Abend wirft sie Saschas blaues Baumwollhemd in einen Mülleimer. Sie will keine Erinnerung mehr an ihn haben.

14

Neun Monate nach Anitas Ankunft in Prag muss Minsk geräumt werden. In Panik fliehen die Deutschen Ende Juni 1944 aus der Stadt in Richtung Westen, soweit eine Flucht überhaupt noch möglich ist. Die meisten Eisenbahnlinien, Brücken und Straßen haben die Partisanen gesprengt, um den Deutschen den Rückzug abzuschneiden. Kaum ein Durchkommen. Als die letzten Einheiten ihre Quartiere räumen, erreicht die Rote Armee Trostenez. Dort lodern noch die großen Scheiterhaufen, auf denen ein Sonderkommando die Erschossenen verbrannte. Nur Stunden später rückt sie in die Ruinenstadt ein und kann die Übriggebliebenen von Wehrmacht, SS und der Zivilverwaltung fassen, die es nicht mehr rechtzeitig schafften, aus der Stadt zu fliehen.

Als Anita dies von Emilia erfährt, sorgt sie sich um Wildenstein. Er blieb als Gottbergs treu ergebener Adjutant in Minsk. Was ist aus ihm geworden? Auch das Schicksal von Herf ist ungewiss. Emilia hat von ihm keine Nachricht erhalten. Sie ist verzweifelt. Noch ist Anita in Prag sicher, doch es beginnen schon die ersten Evakuierungen. Busse bringen die Menschen nach Dresden.

Die Rote Armee dringt über die Karpaten in die Tschechoslowakei vor. Die Front rückt auf Prag zu. Die Russen kommen näher. Jetzt wird es auch für Anita gefährlich. Die Russen dürfen sie nicht fassen. Vor allem darf sie nicht von der Weißrussischen Front aufgegriffen werden. Das weißrussische Militär weiß sehr genau, wer ihr Mann war und was er getrieben hat. Sie kann nicht länger in Prag bleiben, muss raus aus der Stadt. Sie beginnt, ihre Koffer zu packen. Ihr muss es gelingen, irgendwie aus der Stadt herauszukommen. Sie muss zu ihren Eltern nach Hechendorf. Vielleicht hat sie Glück und kommt noch einmal davon. So wie sie das Attentat überlebt hat. Der kleine Walter ist gerade ein Jahr alt. Sie muss mit ihm die gefährliche Reise wagen. Willi ist fünf, Peter und Harald acht und neun Jahre. Sie müssen es schaffen.

Ende Oktober 1944 ist es so weit. Emilia beauftragt ihren Chauffeur, Anita mit ihren Kindern zur Sammelstelle zu bringen. Die beiden Dienstmädchen schleppen das Gepäck, Emilia findet einen Bus, der nach Passau fährt, redet auf den Fahrer ein, weist auf Anita Kube und schildert ihm ihr Schicksal. Als der Fahrer ihren Namen hört, reißt er die Augen auf. Er hat vom Attentat auf Kube gehört, diesem Generalkommissar, den er besonders schätzte und dessen Taten er bewunderte. In Prag war man seit dem Attentat auf Heydrich besonders hellhörig. Und da steht nun Kubes Witwe vor ihm. Für ihn ist klar: Die Kube muss mit! Er befiehlt vier Flüchtlingen, seinen überfüllten Bus zu verlassen.

Für Anita und ihre Kinder sind nun Plätze frei. Dank des Ruhmes ihres Mannes, der bis hierher reicht. Mit herzlichen Umarmungen verabschiedet sie sich von Emilia. Auch die beiden Dienstmädchen und den Chauffeur umarmt sie. Sie wünschen ihr viel Glück für die Reise.

»Wie kommen Sie nun weg?«, fragt Anita.

Emilia winkt ab. »Wir werden uns irgendwie durchschlagen.« Mit Tränen in den Augen fügt sie hinzu: »Ich hoffe, mein Mann lebt noch.«

Ein letztes Winken aus dem Fenster, dann verlässt der Bus Prag.

Bis Passau sind es dreihundert Kilometer. Der Fahrer hat die Fahrzeit auf acht Stunden geschätzt, wenn sie überall glatt durchkommen. Anita hält den kleinen Walter, gehüllt in eine Wolldecke, im Arm. Auf der Hälfte der Strecke fängt er an zu weinen und zu schreien. Anita kann ihn nicht beruhigen. Sie ahnt, warum er schreit. Dann weiß sie es. Ihre Hand, mit der sie seinen Po stützt, ist nass. Er hat die Windeln voll. Schon riecht man es. Es stinkt scharf. Die Menschen um sie herum beginnen zu meutern, beschimpfen sie wegen des Gestanks.

Im Bus kann sie ihn nicht neu wickeln. Dafür hocken alle zu eng aneinander. Außerdem, wohin mit den vollgeschissenen Windeln? Die Meuterei ihrer Nachbarn wird so heftig, dass der Fahrer auf einem Parkplatz anhalten muss. Auf dem Asphalt kann sie den Kleinen trockenlegen, pudern und neu wickeln. Die vollen Windeln stopft sie in einem Papierkorb. Der Kleine ist still, die Fahrt kann weitergehen.

Nach acht Stunden Schaukelei treffen sie mitten in der Nacht in Passau ein. Gestrandet auf einem riesigen Platz, über den eisiger Wind weht. Da stehen sie nun, von der langen Fahrt durchgerüttelt und fröstelnd, inmitten der Menge und wissen nicht, wie es weitergehen soll. Wo können sie übernachten? Während sich die anderen Gestrandeten irgendwohin in der Dunkelheit verstreuen, gibt der Busfahrer »seiner Kube« einen Tipp: »Drüben gibt es für die Nachtschicht der Fahrer eine Kantine. Die hat durchgehend geöffnet. Da können Sie sich auf die Bänke legen. Sagen Sie, Sie kommen von mir. Baumann.«

»Und wie geht es morgen weiter?«

»Versuchen Sie es am Bahnhof. Da stehen öfter Güterzüge nach München. Ihr Gatte da oben«, dabei zeigt er zum Himmel, »wird für Ihr Glück sorgen.«

In der Kantine gibt man ihnen ein paar übrig gebliebene Essensreste. Angetrocknete belegte Brote. Dazu heißen Tee. Der Tee tut ihnen gut. Für den Kleinen hat Anita in einem Glas Haferbrei eingepackt. Die Bänke sind hart, trotzdem fallen sie übermüdet in den Schlaf, während Anita ihren in einen dicken Pullover eingewickelten Walter im Arm hält. Sie erwachen erst wieder, als die Busfahrer zur Frühschicht eintreffen, lärmend die Stühle rücken und Frühstück bestellen. Sogleich machen sich Anita und ihre Kinder auf zum Bahnhof. Tatsächlich steht da ein Güterzug nach München. Die Waggons sind voller Flüchtlinge aus Wien. Seit einem halben Jahr wird die Stadt von sowjetischen Bombern angegriffen. Die Wiener drängen raus aus der Stadt, haben Angst vor den Bomben und vor den anrückenden Russen. Auch sie wollen nach Westen.

Anita treibt den Zugführer auf, bettelt, mitgenommen zu werden. Er lehnt ab. Unmöglich. Die Waggons sind voll. Sie bietet ihm das Lammfell des Innenfutters von Kubes Ledermantel an. Es ist kalt. Er überlegt.

»Na gut«, sagt er. »Suchen Sie sich Plätze.«

Sie zieht ihren Mantel aus, knöpft das warme Lammfell los, drückt es ihm in die Hände und klettert mit den Kindern in den Waggon, der gerade vor ihr steht. Die Bohlen sind mit Stroh ausgelegt. Sie zwängt sich zwischen die hockenden und liegenden Flüchtlinge. Schimpfend rücken sie zusammen.

Vor über zwei Jahren reiste sie im Schlafwagen erster Klasse zu ihrem Mann nach Minsk. Und vor einem Jahr fuhr sie in einem luxuriösen Sonderwagen nach Prag. Jetzt kauert sie auf Stroh in einem ratternden Güterwagen, um sie herum übel riechende Flüchtlinge, die sich tagelang nicht waschen konnten. Soldaten mit stinkenden Verbänden. Die Verwundeten stöhnen, schreien manchmal auf. Neben ihr sitzt einer mit einem blutigen Kopfverband. Er schlägt mit den Armen um sich, stammelt im Fieber. Anita muss sich kratzen. Auch ihre Kinder kratzen sich. Das Stroh ist voller Flöhe.

Nun fängt der kleine Walter wieder an zu schreien und hört nicht auf. Anita riecht, was wieder passiert ist. Sie versucht alles Mögliche, um ihn zu beruhigen. Vergebens. In dieser Enge kann sie ihn nicht trockenlegen. Sie muss warten, bis sie in München angekommen sind. Doch der Zug fährt nur langsam, zu langsam. Sie hat den Eindruck, sie kommen überhaupt nicht voran. Der Kleine kreischt immer lauter. Er tut ihr leid. Sie bittet ihre Kinder, sich übereinanderzusetzen, damit sie ein bisschen Platz zum Wickeln hat. Der stechende Gestank der offenen Windel verschlägt ihr den Atem. Die neben ihr Hockenden und Liegenden drehen sich weg. Kaum ist der Kleine wieder in neuen Tüchern, quiekt er fröhlich. Wohin mit den vollgeschissenen Windeln? Sie kriecht zur Waggontür und wirft das stinkende Zeug durch einen handbreiten Spalt hinaus. Ihre anderen Jungen haben bis jetzt tapfer durchgehalten. Auch der fünfjährige Willi zeigt sich schon ganz erwachsen.

Nach drei Stunden hält der Güterzug an. Es geht nicht mehr weiter. Draußen Befehle nach allen Seiten. Man scheint in einem Bahnhof zu stehen und schiebt die schwere Tür auf. Es ist Nacht. Im schwachen Licht der Bogenlampen sieht sie Reichsbahner hin und her rennen. Sie liest das Schild »Mühldorf«. Wo ist Mühldorf? Da befehlen die Bahner: »Alle aussteigen!« Viele im Waggon müssen aus dem Schlaf gerüttelt werden. »Aussteigen! Alle aussteigen!«

So steht sie nun mit all den anderen in der Nacht auf dem Bahnsteig. Es ist eisig kalt. Was ist los? Warum geht es nicht mehr weiter?

Die Reichsbahner erklären: »Die Innbrücke wurde bombardiert. Alle Züge enden hier.«

Auf dem Bahnsteig bietet das Rote Kreuz aus einer dampfenden Feldküche irgendeine Suppe und Tee an. Während sie sich in der Menschenmenge anstellt, schwirren Gerüchte umher: Auf der anderen Innseite sollen am nächsten Tag Busse nach München bereitstehen. Also wieder irgendwo übernachten. Einige Flüchtlinge haben gehört, im Ort sei eine Turnhalle, in der man die Nacht verbringen könne. So läuft sie in der Dunkelheit mit ihren Kindern im Pulk der Flüchtlinge mit und landet tatsächlich in einer Turnhalle. Feldbetten gibt es nicht, nur den blanken, harten Parkettboden.

Am nächsten Morgen schmerzen ihre Knochen. Sie können sich kaum bewegen. Trotzdem müssen sie zum anderen Innufer hinüber. Mit ihrem Gepäck müssen sie auf einem improvisierten schwimmenden Steg den reißenden Fluss überqueren, der unter ihnen schäumt. Die Behelfsbrücke hat kein Geländer. Auf den schwankenden Planken halten sie sich gegenseitig fest und wagen nicht, in die Tiefe zu blicken. Endlich sind sie drüben, haben wieder festen Boden unter den Füßen. Auf einem Platz entdecken sie die Busse nach München. Alle sind bereits besetzt, Gepäck verstopft die Gänge. Trotzdem drängen die Menschen hinein. Geschrei, Geschimpfe, Streit. Anita hat Angst, dass sie mit ihren Kindern nicht mitkommt. Sie wendet sich an einen Busfahrer, nennt ihren Namen und hofft, dass der Name »Kube« erneut Wunder bewirkt. Doch der Mann kennt keinen Kube und zuckt nur die Schultern.

»Sie sehen doch, was los ist.«

Da knüpft sie den Pelzkragen von ihrem Ledermantel los und bietet ihn dem Busfahrer an.

»Iltis«, sagt sie.

Er hält ihn prüfend in seiner Hand und spürt die wohltuende Wärme.

»Vielleicht ist im Gang noch Platz«, sagt er und stößt die Hereindrängenden beiseite. Im Gang können sie und die Kinder sich auf den Boden hocken, die Koffer zwischen den Beinen. Immerhin, ihre Fahrt nach München ist dank des Iltiskragens ihres Mannes gesichert.

Für die achtzig Kilometer benötigen sie drei Stunden. Am späten Abend kommen sie am Münchner Bahnhofsplatz an. Es fahren keine Züge mehr um diese Zeit. Wieder die Frage: Wo übernachten? Da sieht sie das große Schild »Bahnhofmission«.

Auch hier drängen sich die Menschen. Endlich ist sie an der Reihe. Es gibt noch freie Matratzen. Sie kann bis morgen früh bleiben, dazu bekommen sie heiße Kartoffelsuppe und Tee.

Am nächsten Tag fährt nur ein Zug bis Starnberg. Nun gut, dann eben nach Starnberg. Von dort ist es nicht mehr weit bis Hechendorf. Bis zu ihrer Weiterreise will Anita vom Bahnhof aus keinen Blick auf das zerbombte München werfen. Sie hat genug Ruinen gesehen. Über ihr die eisernen Gerippe der zerstörten Glasdächer und auf den Bahnsteigen wieder Geschubse und Gedränge. Jeder schleppt Koffer, Rucksäcke, verschnürte Kartons. Immer wieder plärren aus den Lautsprechern Durchsagen, die man nicht verstehen kann. Mehrmals muss sie mit den Menschenmassen von einem Perron zum anderen hasten. Endlich sind sie am richtigen Gleis.

Der bereitstehende Zug ist schon überfüllt. Auch auf den

Plattformen stehen dicht gedrängt die Menschen. Sogar auf den Puffern zwischen den Wagen stehen oder hocken sie, halten sich irgendwo fest. Viele klettern durch die herabgedrehten Fenster, von außen geschoben, von innen gezogen. Das kann sie mit ihren Kindern nicht machen. Wie kommt sie in diesen Zug rein? Da zwängen sich mehrere von einer Plattform herunter. Sie haben festgestellt, dass sie sich im falschen Zug befinden. Das nutzt Anita, wuchtet ihre Koffer über die Eisentreppe hinauf, steigt mit den Kindern zur Plattform hoch, zwängt sich dicht zwischen die Menschen und drückt hinter sich das Scherengitter herab. Sie sind im Zug! Da fährt er auch schon los. Sie sieht das schwarze Gerippe der Bahnhofshalle entschwinden.

Auf der Plattform peitscht ihr der kalte Fahrtwind ins Gesicht, weht ihr beißende Rußteilchen der Dampflok in die Augen. Der Fahrtwind wird immer eisiger. Den kleinen Walter, in eine Decke gehüllt, presst sie fest an ihren Körper. Willi, Peter und Harald kauern zwischen ihren Beinen auf dem Eisenboden. Neben ihr hockt eine junge Frau auf einem vollen Kartoffelsack. Hamsterfahrt.

Der Zug hält an jeder Station, und jedes Mal das gleiche Drängen hinaus und herein, Fluchen und Schimpfen. Hinter Gauting fährt der Zug durch einen Wald. Da bremst er und hält an. Mitten im Wald.

Anita hört, dass die Wehrmacht hier im Schutz des Waldes immer wieder Munitionszüge abstellte. Bald darauf kamen amerikanische Tiefflieger und beschossen die Transporte. Die Ladung explodierte, die Züge standen in Flammen. Nun steht sie inmitten all der Menschen im voll besetzten Zug auf diesem Gleis. Nachdem Jelena sie nicht mit ihrem Mann in die Luft gesprengt hat, werden jetzt vielleicht die amerikanischen Tiefflieger sie und ihre Kinder zerfetzen. Anita zittert vor Angst. Viele klettern aus den Wagen und legen sich in die Schützengräben, die man seitlich am Bahndamm ausgehoben hat. Anita fürchtet, nicht mehr in den Zug zurückkommen zu können, sollte sie mit den Kindern in einem der Gräben Schutz suchen. Die junge Frau neben ihr zögert ebenfalls, unsicher, ob auch sie mit ihrem Kartoffelsack den Zug verlassen soll. Sie berichtet Anita, dass vor einer Woche der Zug mit ihr an derselben Stelle hielt. Sie sei in einen der Schützengräben gekrochen, die Tiefflieger zischten mit knatternden Salven über sie hinweg. Ihr sei nichts passiert, aber im Personenzug gab es viele Tote.

»Jetzt ist Fehlalarm«, beruhigt sie ein Mann mit einem großen grünen Filzhut und Schnüren an der breiten Krempe. »Hab ich schon öfters erlebt.«

Die Frau glaubt ihm nicht, lässt ihren Kartoffelsack stehen, steigt aus und legt sich in einen der Gräben am Bahndamm. Alle warten gespannt und schicksalsergeben auf das Herannahen der Tiefflieger. Sie kommen nicht. Fehlalarm.

»Sag ich doch«, sagt der Mann.

Die Lok pfeift kurz, der Zug fährt an. Viele in den Schützengräben schaffen es nicht mehr, aufzuspringen, und bleiben auf dem Schotter zurück. Auch die Frau, die eben noch neben ihr hockte. Mit hochgeworfenen Armen sieht sie den Zug mit ihrem Kartoffelsack davonfahren.

Bald darauf bremst der Zug und fährt nur im Schritttempo über eine Straßenbrücke. Hinter Büschen verstecken sich zwei alte Männer und ein Hitlerjunge, alle drei mit Panzerfäusten bewaffnet. Einer der beiden Alten raucht eine kurze, klobige Pfeife.

»Volkssturm«, sagt der Mann mit dem Filzhut und ruft ihnen zu: »Was macht ihr denn da?«

»Wir warten auf die Amerikaner. Auf die Panzer. Geben ihnen Zunder, wenn sie kommen.«

»Idioten!«, beschimpft sie der Mann.

Nach zwei Stunden Fahrt kommen sie am Nachmittag in Starnberg an. Endstation. Vor ihnen liegt der See. In der Sonne glitzert er wie im schönsten Frieden. Wie aber geht es jetzt weiter nach Hechendorf? Sie muss die letzte Etappe organisieren. Neben dem Bahnhof werden Lastwagen beladen. Abgerissene

Männer schleppen Fässer zu den Lkws. Anita erkennt sie an dem großen Abzeichen »O« an ihren Jacken als »Ostarbeiter«, Zwangsarbeiter. Einer der Fahrer steht neben seinem Holzgaser, sie spricht ihn an. Er muss die Öl- und Dieselfässer nach Herrsching transportieren. Für die Panzer, die dort auf ihren Einsatz gegen die Amerikaner warten.

Nach dem Innenfutter aus Lammfell und dem Iltispelzkragen ist ihr nur noch der Ledermantel geblieben. Wieder bittet Anita den Fahrer, sie und ihre Kinder bis Herrsching mitzunehmen, und bietet ihm dafür den Mantel an. Der Fahrer nickt, zieht ihn an und nimmt sie auf der Ladepritsche mit. Für den Mantel, das Letzte, was ihr von ihrem Mann noch geblieben war, macht er sogar einen Umweg über Hechendorf.

So holpert sie mit den Kindern und dem Gepäck zwischen den Öl- und Dieselfässern über Landstraßen, die von Wehrmachtsfahrzeugen verstopft sind. Der Lastwagen muss von Umleitung zu Umleitung fahren, da Brücken und Straßen bombardiert wurden. Dazu fängt es an zu regnen. Der Regen wird immer stärker. Für die fünfzehn Kilometer braucht der Holzgaser vier Stunden.

Am Abend erreichen sie Hechendorf, der Fahrer setzt sie direkt vor dem Häuschen ab, in dem nun ihre Eltern wohnen. Alle sind völlig erschöpft, zum Umfallen müde und klatschnass vom Regen. Der Fahrer hilft ihnen von der Ladepritsche herab. Als Anita vor den erleuchteten Fenstern steht, muss sie an die Briefe ihrer Mutter denken, die sie ihr nach Minsk schickte und in denen sie schrieb: »Komm mit deinen Kindern und Wilhelm zu uns.«

Jetzt kommt sie mit ihren Kindern zu ihnen, dazu noch mit einem Neugeborenen – doch ohne Wilhelm.

Vorerst bleiben Jelena, die Ossipowa und Nikolai in Moskau. Noch ist Minsk nicht befreit. Noch herrschen dort die Deutschen. Bald aber werden sie in ihre Heimatstadt zurückkehren können. Bis dahin werden sie in Moskau gefeiert. Sie geben ein

Interview nach dem anderen, für die Presse, für das Fernsehen. Sie werden in Parteigremien eingeladen, in Fabriken, Kulturhäuser, in Schulen. Und überall müssen sie erzählen. Auch dabei drängt sich die Ossipowa immer wieder vor, ergreift als Erste das Wort, hört nicht auf zu reden und lässt Jelena nur wenig Zeit, zu schildern, wie sie die Minen vom Kino abholte und sie unter Kubes Bett heftete. Jelena berichtet auch von ihrer Angst, bei ihrer Aktion entdeckt zu werden. Das hätte für sie den Tod bedeutet. Dabei verzieht die Ossipowa das Gesicht, als wolle sie sagen: Eine kommunistische Partisanin und Patriotin hat keine Angst.

Nach einem Monat wird Jelena überraschend in das Innenministerium beordert. Sie allein zum NKWD? Was soll das bedeuten? Schon wieder eine Verhaftung? Oder soll sie auch dort ihre Heldentat schildern? Männer in dunklen Lederjacken erwarten sie. Sie muss ihren Ausweis abgeben. Ihr wird mulmig zumute. Vom NKWD wird sie zum Sicherheitsdienst NKGP gefahren. Auch dort wieder Männer in dunklen Lederjacken. Sie erbleicht. Das hat sie schon damals in Minsk erlebt. Wie wird das jetzt enden? Von hier wird sie dem SMERSch überstellt, dem militärischen Abschirmdienst, Abteilung Spionageabwehr. Sie weiß, was die Abkürzung SMERSch heißt: »Tod den Spionen.« Zitternd und kalkweiß im Gesicht kann sie sich kaum noch aufrecht halten.

Sie versteht die ganze Geschichte nicht. Der SMERSch ist direkt Stalin unterstellt, demselben Stalin, der sie vor einem Monat mit dem Orden »Heldin der Sowjetunion« auszeichnen ließ. Und jetzt landet sie bei der Spionageabwehr, wo man Deserteure, Verräter, Spione und Kollaborateure, kurz: alle kriminellen Elemente verurteilt. Was hat man mit ihr vor?

Männer in grauen Anzügen mit sehr kurz geschnittenen Haaren, ausrasierten Nacken und Gesichtern wie aus Beton führen sie in ein kleines Zimmer. In der Mitte ein Holztisch mit zwei Stühlen. Wie damals in Minsk. Ein Mann, ebenfalls in einem grauen Anzug mit sehr kurz geschnittenem Haar, ausrasiertem Nacken und einem Betongesicht, tritt ein. Er gibt den anderen ein Zeichen, den Raum zu verlassen. Wie damals in Minsk. Dann setzt er sich Jelena gegenüber, legt ihren Ausweis auf den Tisch und schaltet die neben ihm stehende große Lampe an, die Jelena direkt ins Gesicht strahlt. Das Licht blendet sie so stechend hell, dass sie die Hand vor die Augen hält.

»Hand weg«, befiehlt der Mann. »Mich ansehen!«

Automatisch befolgt sie sein Kommando, muss aber ihre Augen halb geschlossen halten.

Von ihrem Ausweis liest er ab: »Jelena Grigorewna Masanik. Geboren 1914. In Masjukowtschina. Seit 1930 wohnhaft in Minsk.«

Dann legt er den Ausweis beiseite.

»Sie waren ab April 1942 Dienstmädchen bei Generalkommissar Kube. Sie sind eine Kollaborateurin.«

Jelena will aufschreien: Ich habe ihn in die Luft gesprengt! Ich habe ihn unter Einsatz meines Lebens beseitigt! Ich bin eine Heldin der Sowjetunion! Doch sie schweigt. Der kalte Blick dieses Kerls verschließt ihr den Mund.

Der Mann weiter mit monotoner Stimme: »Sie waren die Geliebte von Kube, haben mit ihm im Bett gelegen. Sie haben den heldenhaften Abwehrkampf unseres Volkes gegen die Faschisten hintertrieben.«

Wieder will sie aufschreien, doch es versagt ihr die Stimme, als hätte sie Gips in der Kehle.

Der Mann weiter: »Sie haben die Widerstandspläne unserer Partisanen ausspioniert und sie im Bett dem Schlächter unseres Volkes verraten. Sie sind eine Verräterin.«

Jetzt springt sie auf. Ihr Körper bebt so sehr, dass sie sich an der Tischplatte festhalten muss. Sie schreit ihn an: »Das ist nicht wahr! Die Ossipowa hat mir befohlen, Kube auszuspionieren! Für ihren Widerstand!« Erschöpft sinkt sie auf ihren Stuhl nieder, ihr Gesicht in beide Hände gestützt.

»Hände weg!«, brüllt der Mann. »Mich ansehen!« Er richtet die Lampe noch näher auf ihr Gesicht.

Sie nimmt ihre Hände vom Gesicht, die Hitze des Lichtes brennt auf ihrer Haut.

»Sie waren die Freundin unserer Feindin Anita Kube«, kommt es leise und schneidend von ihm. »Auch hier Kollaboration.«

Jelena möchte alles erklären, doch barsch unterbricht er sie: »Sie haben für den Feind gearbeitet. Sie sind durch Ihren Verrat unserer ruhmreichen Roten Armee in den Rücken gefallen.«

Jelena bleibt stumm. Nach ihrem Ausbruch kann sie auf eine solche Anschuldigung nichts erwidern. Ihr fehlt die Kraft dazu. Nur schwach murmelt sie: »Das ist nicht wahr. Das ist nicht wahr.«

Wie von fern hört sie seine Stimme: »Nehmen Sie Ihren Orden ab und legen Sie ihn auf den Tisch.«

Als würde eine fremde Hand ihre Hand ergreifen und sie führen, nimmt sie ihren großen goldenen Stern mit dem roten Band ab und legt ihn auf den Tisch.

»Auch die Urkunde, dass Sie diesen Orden tragen dürfen«, befiehlt der Mann.

Mechanisch holt sie die Verleihungsurkunde mit den großen, geschwungenen Buchstaben aus ihrer Tasche und legt sie neben dem Orden auf den Tisch.

»Die Auszeichnung wird Ihnen entzogen. Sie sind entehrt.«

Da liegt nun ihr Orden vor ihr. Er gehört ihr nicht mehr. Ihr Leben hat sie für dieses Attentat aufs Spiel gesetzt, nun sagt dieser Kerl, sie sei entehrt. Sie kann nicht mehr denken. Alles dreht sich in ihrem Kopf. Was ist geschehen? Was treibt man hier mit ihr? Sie tat doch nur, was ihr die Schwarze Maria befohlen hatte. Warum wird sie nun so behandelt? Was steckt dahinter? Sie begreift nichts mehr. Zuerst die Auszeichnung durch den Vorsitzenden des Präsidiums des Obersten Sowjets Kalinin, dann die wahnsinnige Enttäuschung durch Sascha und nun der Entzug ihres Ordens. Was kommt als Nächstes?

»Sie werden in die Lubjanka gebracht. Sie werden vor ein Militärgericht gestellt. Es wird Ihren Verrat verhandeln.«

Die Lubjanka, das Gefängnis des Sicherheitsdienstes NKGP, der gefürchtetste Bau in Moskau, der viele Eingangstüren hat, aber keinen Ausgang. Alle, die man dorthin brachte, sind verschwunden, für immer. Jelena muss sich an der Tischplatte festhalten, um nicht vom Stuhl zu fallen. Männer in grauen Anzügen kommen herein, reißen sie hoch, führen sie hinaus, schaffen sie in eine Zelle. Immer werden in diesem Land die Menschen verhaftet und in Gefängnisse geworfen. Das begreift Jelena nicht. Sie hat doch nichts Unrechtes getan. Nur auf Befehl der Ossipowa gehandelt. Und ihre Freundschaft mit Anita war ihre persönliche Entscheidung, aus Sympathie zu ihr. Nun wird sie dafür bestraft und hockt in diesem Loch. Eine Pritsche, ein Stuhl, ein kleines Waschbecken, ein Eimer als Klo, der nur einmal in der Woche geleert wird.

Einen Monat lang wird sie fast jede Nacht im Keller verhört. Bei grell angestrahltem Licht.

»Warum hast du für Kube gearbeitet?«

Als sie den Namen Ossipowa nennt, schlägt ihr der Assistent des Inquisitors ins Gesicht.

»Warum warst du Kubes Geliebte?«

Wieder nennt sie die Ossipowa, wieder schlägt er zu.

»Was hast du Kube verraten?«

»Nichts!«, schreit sie.

Auf ein Zeichen des Inquisitors drückt der Assistent eine brennende Zigarette auf ihren nackten Unterarm. Sie brüllt vor Schmerz. Er presst ihr ein mit Essig getränktes Tuch in den Mund, damit sie nicht mehr schreien kann.

Der Inquisitor weiter: »Warum warst du die Freundin unserer Feindin Anita Kube?«

»Sie war nicht meine Feindin.«

Wieder ein Zeichen von ihm, der Assistent entsichert eine Pistole und drückt die Mündung des Pistolenlaufs an ihre Schläfe.

»Was hast du Anita Kube verraten?«

»Nichts«, haucht sie und sackt zusammen. Man schüttet einen Eimer eiskalten Wassers über sie.

Während dieser nächtlichen Folterungen im Keller hört sie in den Zellen nebenan Menschen schreien, vor Schmerzen brüllen. Hin und wieder hört sie auch Schüsse. Jelena magert in diesem Monat so sehr ab, verliert so viel an Kraft, dass sie nicht mehr allein gehen kann und man sie auf dem Weg zum Verhör und zurück stützen muss. Dann ist der Prozess gegen sie angesetzt. Das Militärgericht verurteilt sie zu zehn Jahren Zwangsarbeit in einem sibirischen Arbeitslager. Widerspruch sinnlos. Jelena nimmt das Urteil völlig betäubt hin. Sie hat das Gefühl, als handele es sich gar nicht um sie, sondern um eine andere Person mit gleichem Namen.

Bis zu ihrer Deportation nach Sibirien wird sie in das Moskauer Gefängnis Butyrka gebracht. Da hockt sie nun zusammengesunken in einer Betonkammer wieder nur mit einer Pritsche, einem Stuhl, einem kleinen Waschbecken, einem Eimer als Klo, der einmal in der Woche geleert wird. Zweimal am Tag schiebt man ihr durch die Türklappe einen Napf mit stinkendem Brei herein.

Sie weiß nicht, wie viel Zeit vergeht. Die Uhr hat man ihr schon bei der Einlieferung abgenommen. Nur durch das Gitter ihres Fensters hoch oben unter der Decke kann sie den Wechsel vom Tag zur Nacht, von der Nacht zum Tag erkennen. Manchmal hat sie das Gefühl, man habe sie in dem Bau vergessen. Das wäre schön, wünscht sie sich, vergessen zu werden in den Akten, in den Dossiers, in den Schreibstuben, Kommissariaten, Kommandanturen, Ministerien. Nicht in ein Arbeitslager deportiert zu werden. Nicht nach Sibirien. Zeitlos verbringt sie die Tage. Sie weiß nicht, wie lange sie schon in dieser Zelle auf ihre Deportation wartet.

Während die Kinder schlafen, sitzen Anita und ihre Eltern an diesem Abend noch lange beisammen. Anita berichtet vom Attentat, wie sie unbegreiflicherweise überlebt hat, von ihrer Fahrt hierher. Ihre Eltern erzählen vom feierlichen Gottesdienst im Berliner Dom und vom wunderbaren Staatsakt in der Neuen Reichskanzlei, zu denen man sie eingeladen hatte. Ihr Vater schwärmt von diesen pompösen Feierlichkeiten und verherrlicht Wilhelm und seine Taten in den höchsten Tönen. Er überschlägt sich vor lauter Lob und betont immer wieder: »Wilhelm war ein großer, außergewöhnlicher Mann mit einem universalen Geist. Er war ein gottesfürchtiger und gläubiger Mensch und hatte ein weiches Herz und Gemüt. Zu Recht hat man ihn in Berlin so hoch gefeiert. Ich bin stolz, einen solchen Menschen als meinen Schwiegersohn gehabt zu haben.«

Anita sagt nichts darauf und fragt nach Friedel und Lore und ihrer Tochter Dorit. »Wie geht es ihnen in Argentinien?«

»Es geht ihnen gut«, sagt die Mutter. »Sie haben uns gleich nach ihrer Ankunft geschrieben. Und dann immer wieder. Einen ganzen Stapel Briefe habe ich hier. Du kannst sie morgen alle lesen. Und Fotos haben sie uns geschickt.«

Anita erinnert sich an den Brief, den sie ihr nach Berlin geschickt haben, und an die beigelegten Fotos.

»Friedel und Lore haben in ihren Briefen immer wieder nach dir gefragt«, sagt die Mutter. »Wie es dir geht in Minsk. Wie du lebst in dieser Stadt.«

In dieser ersten Nacht schläft Anita sehr schlecht. Sie ist diese Ruhe, diese Stille nicht mehr gewohnt. Neben ihr liegt der kleine Walter, zusammengerollt wie ein Häschen, und atmet ganz ruhig. Sie wagt nicht, sich zu bewegen, um ihn nicht aufzuwecken. Wenn er am Morgen aufwacht, wird es für ihn selbstverständlich sein, dass er in ihrem Arm liegt. Und wenn er später einmal über eine sommerliche Wiese läuft, wird auch das für ihn selbstverständlich sein. Und wenn er noch später nach seinem Vater fragt und wissen will, wo er ist, was soll sie ihm dann antworten? Sie wird ihm von Minsk erzählen. Doch nicht alles. Nur die schönen Geschichten. Damit das Kind keine schlechte Meinung über seinen Vater hat.

Stundenlang liegt sie da in dieser sternenklaren Nacht, die Augen weit offen, und denkt an Minsk. Immer wieder ziehen diese schwarzen Wolken vom Ghetto durch ihren Kopf. Wie schwere, langsame, dunkle Wellen. Als sie am Morgen völlig erschöpft erwacht, glaubt sie, die Erlebnisse der letzten Tage geträumt zu haben.

Sie braucht wieder klare Gedanken. Sie muss eine Weile allein sein. Sie geht hinunter zum See. Das Ufer liegt nur wenige Schritte vom Häuschen entfernt. Es ist ein mildes, sonniges Oktoberende. Sie steht auf dem Steg im Schilf. Ruhig liegt der Pilsensee vor ihr. Sie schaut hinaus auf das Wasser. Auf die schimmernde, changierende Oberfläche. Ein paar Enten durchfurchen weit draußen den glatten, glitzernden Spiegel. Diese Ruhe. Diese Stille. Dieser Frieden. Sie lässt alles beruhigend auf sich wirken. Sie erinnert sich, wie sie vor über zwei Jahren, kurz vor ihrem Umzug nach Minsk, ihre Eltern besuchte. Sie war aufgewühlt vor ihrer Reise. Zwar freute sie sich, endlich zu ihrem Mann zu fahren, sie war aber auch voller Sorgen, wie es ihr ergehen würde in dieser Stadt. Auch damals stand sie auf diesem Steg, umgeben von Schilf, vor ihr das schimmernde Wasser. Dieses lebende Wasser tat ihr gut. Es brachte ihr Klarheit. Sie musste nach Minsk. Was auch kommen mochte.

Nun schaut sie wieder auf das Wasser. Wieder sucht sie Klarheit, wie es mit ihr weitergehen soll. Lange steht sie da, sinnend, grübelnd. Ein kühler Wind kommt auf, eine kalte Böe fährt sie an und lässt sie frösteln. Nur zögernd und bang vor ihrer Zukunft wendet sie sich ab. Von ihrer Vergangenheit will sie nichts mehr wissen. Trotzdem blättert sie am Nachmittag im Album mit den Fotos aus Berlin, die sie ihren Eltern geschickt hatte. Ihre schöne, große Wohnung am Roseneck. Die Möbel, die Teppiche, die großen Gemälde, der Flügel, die große Bibliothek von Wilhelm und ihre eigene Bibliothek mit ihren versteckten Theaterbüchern. Sie blättert und blättert.

Sie sieht die Fotos vom Grunewald direkt hinter dem Haus. Nur ein paar Schritte bis zum Grunewaldsee. Wie oft ist sie dort spazieren gegangen mit Harald und Peter und mit dem kleinen Willi im Kinderwagen. Das war schön. Da hat sie mit

Wilhelm gelebt. In dieser Wohnung war sie mit ihm glücklich. Nun ist das Haus eine ausgebrannte Ruine. Alles verbrannt. Auch ihre fein beschrifteten Fotos aus ihrer Kindheit, ihrer Jugend, alle ihre Theaterfotos, ihre Bühnenauftritte, alles verbrannt, in Flammen aufgegangen und die Asche verweht. Sie kann nicht glauben, dass sie diese Wohnung, dieses Haus vor gerade mal etwas mehr als zwei Jahren verlassen hat, um nach Minsk zu fahren. Wäre sie in Berlin geblieben, hätte sie dann Bombardierung ihres Hauses überlebt? Vielleicht wäre sie mit ihren Kindern dabei umgekommen.

Sie muss in den Alltag zurückfinden, Ämterkram erledigen, sie muss für ihre Eltern sorgen. Dazu braucht sie ein Fahrrad. Sie muss ein Fahrrad kaufen.

Bei einem Händler im Ort findet sie ein geeignetes Rad. Als er die Rechnung ausschreibt, nennt sie ihren Namen.

»Kube?«, sagt der Mann und schaut sie groß an. »So hieß doch auch der Gauleiter, den die Kommunisten in Minsk umgebracht haben. Sind Sie mit ihm verwandt?«

»Das war mein Mann.«

»Was? Das war Ihr Mann? Unser Kube!« Er greift nach ihren Händen, schüttelt sie. »Mein Beileid, gnädige Frau! Mein herzliches Beileid!«

Er schwärmt von ihrem Wilhelm. »So ein Mann! Was für ein Mann! Und dann dieses Ende. Schrecklich.« Dann zerreißt er die ausgeschriebene Rechnung. »Nein, von der Gemahlin unseres Gauleiters nehme ich kein Geld. Das Fahrrad schenke ich Ihnen.« Er hält kurz inne. »Nein, nicht dieses Rad. Das ist nicht gut genug für Sie. Für Sie nur das Beste!«

Im Laden holt er das teuerste Rad hervor und überreicht es ihr. »Das bin ich unserem Kube schuldig!«

Ein Mann tritt in Jelenas Zelle, begleitet von einem Schließer. Jetzt holen sie mich ab, denkt sie. Jetzt ist es so weit. Sie starrt den Mann an. Er sieht Nikolai ähnlich. Er kann es nicht sein, sagt sie sich. Nicht in diesem dunklen Betonloch. Unmöglich.

Eine Halluzination. Eine Erscheinung ihrer Phantasie. Der Fremde macht einen Schritt auf sie zu. Er stockt, zweifelt, in der richtigen Zelle zu sein. Er will nicht zu mir, denkt Jelena. Er hat sich geirrt. Er meint nicht mich.

»Jelena?«, fragt er zögernd.

Da erkennt sie seine Stimme.

»Nikolai, bist du's?«

Er ist es tatsächlich.

»Komm mit«, sagt er. »Du bist frei.«

Sie versteht nicht, was er da redet. Wieso frei? So plötzlich? Beinahe hätte sie zu ihm gesagt: Ich kann nicht mitkommen, ich muss auf meine Deportation nach Sibirien warten. Der Schließer drängelt.

Nikolai nimmt sie am Arm und führt sie aus der Zelle. Dann geht alles sehr schnell. Im Büro für Entlassungen bekommt Jelena alles zurück, was sie abgeben musste: ihre Tasche, ihren Ausweis, ihre Uhr, ihren Orden und die Urkunde mit den großen, geschwungenen Buchstaben. Man schiebt ihr den Entlassungsschein hin, den sie unterschreiben muss. Sie liest das Datum: 10. Juli 1944. Sie war also acht Monate im Gefängnis. Immer noch ungläubig hält sie den Orden, die Urkunde und den Entlassungsschein in den Händen. Wie ist das alles möglich?

Auf der Straße erklärt ihr Nikolai: »An deiner Verhaftung war die Ossipowa schuld. Sie hatte bestritten, dich zu Kube geschickt zu haben. Sie hatte behauptet, du seiest freiwillig zu Kube gegangen, um ihm ihre Widerstandsaktionen zu verraten. Sie hatte behauptet, du habest alles, was sie dir anvertraut hat, Kube verraten.«

»Warum hat sie das getan?«, will Jelena wissen.

»Sie wollte den Orden für sich allein haben und ihn nicht mit dir teilen. Sie wollte die alleinige Heldin sein. So hat sie dich denunziert. Verleumdet. Damit du verschwindest. Als ich das erfuhr, ging ich zum Innenministerium, zum NKWD, dann zum NKGP, in die Lubjanka und hier in die Butyrka. Ich hab dich rausgeboxt. War nicht leicht.«

Jetzt kommt Jelena wieder zur Besinnung. Sie umarmt ihn immer und immer wieder und küsst sein Gesicht und seine Hände.

»Und wo ist die Ossipowa jetzt?«

»Sie ist wieder in Minsk.«

»Wieso Minsk?«

»Unsere Truppen haben die Stadt befreit. Jetzt braucht man sie dort für den Wiederaufbau der Partei. Sie arbeitet in Minsk im Obersten Sowjet von Weißrussland.«

»Wurde sie nicht festgenommen?«

»Nachdem ich beim NKWD war, hat man sie dort verhört.«

»Kam sie nicht ins Gefängnis?«

»Sie wurde freigelassen.«

»Musste sie ihren Orden abgeben?«

»Sie durfte ihn behalten.«

»Keine Strafe?«

»Nichts.«

Jelena versteht das nicht. Wenn die Ossipowa wieder in Minsk ist, will sie nicht in diese Stadt zurückkehren. Sie will die Ossipowa nie wiedersehen.

»Musst du auch nicht«, sagt Nikolai. »Du wirst erst mal zur Erholung auf die Krim geschickt. Zur Kur in ein Sanatorium am Meer. Es ist schon alles vorbereitet. Du bist rehabilitiert und bekommst eine lebenslange Pension.«

Kurz nach Kriegsende kommen im Mai 1945 die Amerikaner nach Hechendorf und richten im Gemeindehaus ihr provisorisches Quartier ein. In der Küche teilen sie für Bedürftige kostenlos Essen aus.

Auch Anita holt für ihre Eltern, für sich und ihre Kinder in mitgebrachten Töpfen warme Suppen, Kartoffeln, Gemüse und Fleisch. Bei der Essensausgabe fällt ihr jedes Mal ein junger Mann in blauer Arbeitskleidung auf, der sie anstarrt. Irgendwie kommt er ihr bekannt vor. Irgendwo hat sie diesen Mann schon mal gesehen.

Als sie wieder ihre Töpfe hinreicht, stockt der Mann. »Ich kenn dich«, sagt er ihr. »Du bist Frau Kube aus Minsk.«

Anita steht da wie vom Blitz getroffen.

»Wer sind Sie?«

Er gehörte zu den schwarz uniformierten Schutzmannschaften ihres Mannes. Als Kollaborateur ist er mit den Deutschen in den Westen geflohen und in einem günstigen Moment zu den Amerikanern übergelaufen. Noch arbeitet er bei ihnen als Küchenhilfe, doch er träumt davon, nach Hollywood zu reisen und in Filmen gegen die Russen zu hetzen.

»Und dann kommst du zu mir nach Hollywood«, schwärmt er. »Und berichtest, wie diese stalinistische Bestie deinen Mann umgebracht hat. Diese feige jüdische Partisanin. Darüber musst du im Fernsehen erzählen. Damit alle Amerikaner deinen Mann loben und die Russen hassen.«

Anita wendet sich von ihm ab und zieht mit ihren gefüllten Töpfen davon. Um diesem Mann nicht mehr zu begegnen, schickt sie in den darauffolgenden Tagen ihren Vater das Essen holen. Sie fürchtet, dass sich die beiden gut verstehen, wenn dieser Überläufer ihm von der »stalinistischen jüdischen Bestie« erzählt.

Eine Woche später ziehen die Amerikaner weiter. Mit dem Träumer von Hollywood.

Ein Jahr nach ihrer Begegnung mit dem Küchenjungen erlebt Anita eine neue Überraschung. Karl Wildenstein steht vor ihrer Tür. Karlchen, der Adjutant ihres Mannes. Anstelle seiner schmucken Waffen-SS-Uniform, in der ihn Anita zuletzt gesehen hat, trägt er jetzt den zerschlissenen Mantel eines Waldarbeiters. Er ist ihm zu groß und hängt an beiden Seiten herunter. Früher hatte Wildenstein immer eine stramme Körperhaltung, jetzt steht er leicht gebückt mit zusammengezogenen Schultern. Seine ehemals rosige Gesichtshaut spannt sich aschfahl über spitz hervortretenden Wangenknochen. Seine ausdruckslosen Augen treten weit hervor. In der Hand trägt er ein kleines, abgeschabtes Köfferchen aus Pappmaschee.

»Wildenstein!«, ruft Anita freudig aus. »Gott sei Dank, Sie leben!« Stürmisch begrüßt sie ihn.

Er reagiert nicht auf ihre Freude, steht nur wie leblos da und lässt sich willenlos die Hände schütteln, als wäre er eine ausgestopfte Puppe.

»Mein Gott, Wildenstein, suchen Sie eine Bleibe?«, erkundigt sich Anita.

»Nein, nein.« Er winkt müde ab. »Ich habe schon mit meiner Frau telefoniert.« Sein früherer scharfer Kommandoton ist verschwunden. Nun klingt seine Stimme leise, fast sanft. »Sie freut sich und erwartet mich in Kandern.«

Anita führt ihn in ihr Zimmer, hinauf zum ersten Stock. Beim Treppensteigen hat er Mühe, er muss keuchen. Sie bewirtet ihn mit allem, was sie gerade in der Küche hat. Hühnerbrühe, Brot, Wurst, Käse, ein weich gekochtes Ei, Nescafé. Er isst kaum etwas, knabbert nur an diesem und jenem. Die heiße Hühnerbrühe löffelt er leer und schlurft den bitteren Nescafé.

»Wie geht es Ihnen?«, will Anita wissen.

Wieder winkt er müde ab. »Es ist so viel passiert. So viel.« Nur langsam beginnt er zu erzählen.

Als Gottbergs Adjutant blieb er bis Anfang Juli '44 in Minsk. Bis zur panischen Flucht der Wehrmacht, der SS und der Zivilverwaltung. In den letzten Tagen herrschte Chaos. Die Minsker Bevölkerung und auch Wehrmachtssoldaten drangen in die Betriebe ein und plünderten alles, was sie irgendwie gebrauchen konnten. Sie raubten Kanister mit Öl und Benzin. Während man im Hinterhof des Generalkommissariats die Akten verbrannte, stürmten sie die Bürogebäude. Und das, obwohl die Angestellten in den Räumen noch bis zur letzten Minute ihren Dienst taten. Sie stürmten herein und nahmen alles mit, was ihnen in die Hände fiel. Telefone, Schreibmaschinen, Fotoapparate, Radios und jede Menge Konserven. Auch aus Kubes Wohnhaus wurde alles geplündert. Nichts blieb mehr übrig. Nur Kubes massiven Schreibtisch und den schweren Flügel im Salon ließen sie stehen und zertrümmerten sie.

Am 1. Juli verließen die letzten Transportzüge der Reichsbahn Minsk nach Westen. Die Züge waren überfüllt von Soldaten, Wehrmachtshelferinnen, Zivilisten und Verwundeten. Am selben Tag begannen die deutschen Kommandos mit den vorbereiteten Sprengungen. Nach und nach sprengten sie die Elektrizitätswerke, die Wasserwerke, die Schlachthöfe, die Heeresbäckerei. Auch das Postamt, die Fabriken, Werkstätten, Mühlen, Lager, Verwaltungsgebäude, den Bahnhof und die Krankenhäuser, sogar wenn noch Kranke darin lagen. Alles sprengten sie in die Luft, damit den Russen nichts in die Hände fiel. Nur verbrannte Erde sollten sie vorfinden.

»Mit Gottberg holte ich noch ein paar wichtige Unterlagen aus dem Generalkommissariat«, erzählt Wildenstein. »Als wir sie in unsere Taschen stopften und unsere privaten Kleider aus den Schränken nahmen, drangen Wehrmachtssoldaten, SA- und SS-Leute herein. Noch während wir in den Räumen waren, rafften sie alle Zivilkleider zusammen, die sie in die Finger bekamen. Sie wollten sogar uns die Kleider aus den Armen reißen. Klar, alle brauchten jetzt Zivilklamotten. Mussten sie austauschen gegen ihre Uniformen. In der Sekunde, als wir aus dem Kommissariat kamen, drückte der Führer eines Sprengtrupps den Griff seines Zündkastens nach unten. Gottberg brüllte ihn an: ›Du Idiot! Willst du uns in die Luft sprengen?‹ Man hatte ihm nicht gesagt, dass wir noch im Gebäude waren. Und schon sackte das Generalkommissariat in einer gewaltigen Staubwolke in sich zusammen. Mitsamt den Kerlen darin, die alles leer räumten. Beinahe wären auch wir in den Trümmern verschüttet worden.«

Erst am nächsten Tag, so berichtet Wildenstein weiter, einen Tag bevor die Rote Armee in Minsk einrückte, konnten er und Gottberg endlich aus der Stadt fliehen. Als sie ihren Mercedes starten wollten, sprang er nicht an. Man hatte die Zündkerzen gestohlen. Sie konnten nur noch bei einem Konvoi mit Verpflegungswagen aufspringen, die letzte Kolonne, die aus der Stadt rauskam. Bald darauf hauten die Kameraden mit den Verpflegungswagen und dem Proviant für hundert Personen ab, ließen die Kolonne zurück und wollten sich auf eigene Faust durchschlagen. Teile der Roten Armee hatten inzwischen die Straßen Richtung Westen abgeschnitten. Die Kolonne mit ihm und Gottberg musste in die Wald- und Sumpfgebiete ausweichen, die von den Partisanen kontrolliert wurden. Sie hatten Glück und kamen ohne Beschuss durch. Dazu waren sie auch noch gezwungen, gefährliche Umwege zu machen, da deutsche Truppen vor ihnen die Brücken gesprengt hatten.

Bei einer Sammelstelle in Polen erhielt Wildenstein den Stellungsbefehl zu einem Regiment der Waffen-SS. Er war ja seit 1940 Mitglied der Waffen-SS. Einsatz als Führer bei einer Kraftfahrstaffel im KZ Buchenwald. Inmarschsetzung sofort. Gottberg versuchte, allein weiterzufliehen. So trennten sich ihre Wege. Bis zum 11. April 1945 versah Wildenstein seinen Dienst im KZ Buchenwald. Bis zur Befreiung des Lagers durch die Amerikaner. In den Tagen bevor die Amis heranrückten, herrschte grauenvolles Chaos im Lager. In mehreren Etappen wurde es teilweise evakuiert. Die Häftlinge leisteten Widerstand und gingen bewaffnet auf ihre Bewacher los. An dem Tag, als die Amerikaner in das KZ eindrangen, konnte er, getarnt in seinen Zivilkleidern, abhauen und einer Gefangennahme entkommen.

Auf seiner Flucht in seine badische Heimatstadt versteckte er sich mehrmals in Wäldern und arbeitete kurzzeitig auf Bauernhöfen und als Waldarbeiter. Dabei gab er sich als vertriebener Flüchtling aus, der angeblich seine Papiere unterwegs verloren hatte. Jetzt ist er völlig abgerissen auf dem Weg nach Hause, nach Kandern. Unterwegs hat er vom Schicksal seines letzten Chefs erfahren. Gottberg wurde Ende Mai 1945 von den Engländern bei Flensburg festgenommen und beging in seiner Haft Selbstmord.

Anita ist wenig berührt von dem, was er über die letzten Tage in Minsk und über das KZ Buchenwald berichtet. Sie hat die Anschläge der Partisanen erlebt, die Maßnahmen ihres Mannes gegen sie und seine Räumung des Ghettos. Und schließlich das Attentat auf ihren Mann. Sie ist nur um ihn besorgt.

»Was kann ich für Sie tun?«, fragt sie bekümmert. »Kann ich Ihnen irgendwie helfen?«

»Ja«, sagt er leise.

»Wie?«

»Um bei einem Prozess nicht verurteilt zu werden, benötige ich ein paar Zeilen von Ihnen als Zeugin. Eine Bescheinigung, dass ich unschuldig bin.«

»Das bestätige ich Ihnen gern. Aber wieso ich als Zeugin?«

»Es geht nur um die Zeit, als ich Adjutant Ihres Mannes war.«

Anita denkt in Dankbarkeit daran, wie gut er sich mit ihrem Wilhelm verstand. Schon damals, als sie sich im KZ Dachau kennenlernten. Wie gern er ihren Wilhelm mochte und wie sehr Wilhelm ihn schätzte und von ihm schwärmte. Ihrem Wilhelm zuliebe will sie für sein Karlchen alles tun.

»Was schreibe ich denn da?«

»Dass ich an keiner der Ghettoaktionen und Razzien beteiligt war. Dass ich von keiner der Erschießungen wusste. Dass ich nichts wusste über die Bekämpfung der Banden, der Partisanen. Dass ich innerlich stets dagegen war. Wie auch Ihr Mann alles tat, um diese Aktionen zu verhindern.«

Anita weiß wohl, dass das alles nicht stimmt und das Gegenteil der Fall war. Dass er Wilhelm oft anfeuerte, Ghettoaktionen, Razzien und Vernichtungsaktionen durchzuführen. Auch wenn es nicht nötig war.

»Wenn Ihnen diese Bescheinigung hilft.«

»Sehr«, bestätigt er ihr. »Sehr.«

»Nun gut.«

Anita holt ein Blatt Papier und schreibt mit einem Tintenstift, den sie mehrfach zwischen den Lippen anfeuchtet, was Wildenstein ihr diktiert. Sie setzt das heutige Datum ein und unterschreibt mit »Anita Kube, verwitwete Wilhelm Kube«.

Wildenstein ist ihr außerordentlich dankbar dafür. Mit diesem Schreiben hat er das beste Leumundszeugnis für einen Prozess.

Bald darauf findet ein solcher Prozess statt. Er endet mit einem Freispruch für Wildenstein.

Nach ihrem Kuraufenthalt auf der Krim drängt es Jelena zurück in ihre Heimat Weißrussland. Doch nicht nach Minsk. Dort könnte sie der Ossipowa begegnen. Sie will sie nie wiedersehen. So nimmt sie eine Wohnung in Gomel, weit südlich von Minsk.

Im Januar 1946 erhält sie ein Schreiben vom Minsker Militärtribunal. Schon wieder ein Prozess gegen sie? Schon wieder Gefängnis? Erst nachdem sie das amtliche Schreiben ein drittes Mal gelesen hat, nimmt sie wahr, dass sie in Minsk nur als Zeugin auftreten soll. Als Unterkunft bietet man ihr ein Zimmer im »Haus Potsdam« an, in Kubes ehemaligem Gästehaus. Beim Eintreffen erzählt ihr ein Dienstmädchen, dass in diesem Haus auch eine gewisse Anita Kube mit ihren Kindern nach dem Attentat auf den Generalkommissar für ein paar Tage untergebracht war.

In dem Verfahren, zu dem sie als Zeugin geladen ist, wird deutschen Kriegsverbrechern der Prozess gemacht. Achtzehn Kommandeure der Wehrmacht, der SS und der Polizei sind angeklagt. Sie konnten nicht rechtzeitig aus Weißrussland fliehen und wurden von der Roten Armee geschnappt. Der Prozess findet im ehemaligen sowjetischen »Haus der Offiziere« statt, diesem mächtigen Bau mit den dicken Säulen vor den beiden Eingängen. Jelena erinnert sich genau. Es steht in der Nähe des Weißrussischen Theaters, gegenüber dem Park. Die Deutschen hatten darin ein Frontkino eingerichtet, zu dem nur Soldaten Zutritt hatten, und ein Lazarett. In diesem Lazarett sang Anita

Weihnachten 1942, begleitet von ihrer Gitarre, den Schwerverwundeten Weihnachtslieder vor, und Kube verteilte Kekse und Hitler-Fotos. Jetzt stehen in diesem Kolossalbau achtzehn Deutsche vor Gericht. Darunter auch der Kommandeur der Ordnungspolizei und SS-Brigadeführer Eberhard Herf. Gegen ihn soll Jelena aussagen.

Als sie den Gerichtssaal betritt, erkennt sie Herf auf der Anklagebank sofort wieder. Oft war er Gast bei Kube. Sie musste ihm aus dem Mantel helfen, sie musste ihn im Kreis von Kube, Anita und Wildenstein im Salon bedienen, ihm Wein nachschenken. Alle schwiegen, solange sie sich im Raum aufhielt, und sprachen erst wieder, wenn sie draußen war. Doch in den ausspionierten Papieren in Kubes Schubladen konnte sie lesen, was sie besprochen hatten: die nächsten Erhängungen im Ghetto, die anstehenden Razzien im Ghetto und in der Stadt, die Erschießungen in Trostenez, die Deportationen von Minsker Zwangsarbeitern ins Reich und die geplanten Aktionen gegen die Partisanen. Alles das sagt Jelena aus, während Herf sie hasserfüllt anstarrt.

Von den achtzehn Angeklagten werden vierzehn zum Tode durch Erhängen verurteilt. Auch Eberhard Herf. Vollstreckt werden die Urteile Ende Januar 1946 an mehreren großen Galgen auf der riesigen ehemaligen Pferderennbahn.

Tausende Minsker strömen zusammen, um die Hinrichtungen zu sehen. Die Verurteilten werden auf offenen Lastwagen herangefahren. Sie stehen auf den Ladeflächen, man legt ihnen die Schlingen um die Hälse, dann starten die Lkws mit Vollgas, die Verurteilten reißt es von den Pritschen, sie baumeln an den Stricken. Auch Herf. In diesem Moment stehen die Minsker stumm. Kein Jubel, kein Mützenwerfen, keine Freudenschreie. Nur Schweigen.

Anschließend geht Jelena durch das Trümmerfeld ihrer Heimatstadt. Ihre früheren Orte möchte sie nicht wieder aufsuchen. Doch dann hält sie es nicht länger aus. Sie will nun doch ihre damaligen Stätten wiedersehen. Trotz ihrer Angst, der

Ossipowa zu begegnen, geht sie zum alten Generalkommissariat am Freiheitsplatz, wo sie sich als Putzfrau beworben hatte, sich kurz darauf als Kubes Zimmermädchen zu ihm ins Bett legen musste und später mit Anita anfreundete. Das Gebäude steht da wie früher. Nur der Galgen vor dem Haus ist verschwunden. Sie geht zum neuen Generalkommissariat in der Theaterstraße und steht vor einem Schutthaufen. Gesprengt von den Deutschen kurz vor ihrer Flucht. Sie geht ein paar Schritte weiter zu Kubes ausgebranntem Wohnhaus, wo sie die Minen unter sein Bett heftete. Ihre schräg gegenüberliegende Souterrainwohnung gibt es noch. Jetzt hausen darin Minsker Obdachlose. Dann marschiert sie zum damaligen Kino »Heimat«, wo ihr die Ossipowa die Tötung Kubes befahl und sie die beiden Minen abholte. Der Bau steht noch. Das Kino heißt jetzt »Roter Oktober«. Sie steigt die Eisentreppe hinauf zum Vorführraum, in der Hoffnung, dort Nikolai zu sehen. Ein Fremder bedient den Projektor. Sie fragt ihn nach Nikolai.

»Der mit dem Lenin-Orden? Der ist jetzt Leiter des Filminstituts.«

Jelena lässt sich die Anschrift des neuen Instituts geben. Sie will Nikolai wiedersehen. Dann geht sie zum Swisslotsch, vorbei an der Potemkin-Brücke, wo sie die Ossipowa traf und sich weigerte, Kube zu töten. Es ist Ende Januar und eisig kalt. Der Swisslotsch ist wieder zugefroren. Sie will sich nicht vorstellen, wie sie hier vor langer, langer Zeit im Frühling und Sommer mit Sascha auf der Wiese saß und den Schwänen und den Müttern mit ihren Kinderwagen zuschaute. Vorbei, vorbei, redet sie sich ein und muss trotzdem daran denken.

Nach der Erhängung der Deutschen wird Jelena in die Stadtverwaltung gebeten. Man gratuliert ihr zu ihrer Auszeichnung und erklärt sie zur Ehrenbürgerin von Minsk. Für das Komitee steht fest: Wenn man nun eine solche Ordensträgerin »Heldin der Sowjetunion« in der Stadt hat, die dazu noch eine Ehrenbürgerin ist, muss eine solche Person auch mit einem hohen Amt versehen werden. So bietet man Jelena eine gehobene

Position in der neuen Kommunistischen Partei Weißrusslands an, zum Wiederaufbau der Organisation. Doch Jelena lehnt ab. Da würde sie ständig auf die Ossipowa treffen.

Man versteht ihre Absage nicht. Sie täuscht verschiedene Gründe vor, die man immer wieder zu zerstreuen versucht. Jelena bleibt dabei: keine Arbeit in der Partei. Schließlich bietet man ihr eine Stellung zum Wiederaufbau der Minsker Hauptbibliothek an.

»Aber ich hab keine Ahnung von Büchern, von Literatur.«

»Macht nichts«, sagt man ihr. »Sie sind ›Heldin der Sowjetunion‹ und Ehrenbürgerin. Das reicht. Wir stellen Ihnen Assistentinnen zur Seite. Die helfen Ihnen.«

Schnell weist man ihr zwischen den Ruinen eine wiederhergestellte Wohnung zu und zeigt ihr das Gebäude, in dem die neue Hauptbibliothek entstehen soll. Es ist das damalige »Deutsche Haus«, in dem Kube seine Deutsche Bibliothek eingerichtet hatte. Noch ist der Bau umhüllt von Gerüsten, um es wieder instand zu setzen. Doch schon bald kann Jelena in der neu entstandenen, weiß angestrichenen Bibliothek ihre ungewohnte Arbeit beginnen. Unterstützt von zahlreichen Helfern.

Sosehr sie in den Folgejahren mit den Stapeln ihr völlig unbekannter Bücher beschäftigt ist, mit den vielen Zettelkästen, Listen und der Anordnung der Regale, immer wieder steigt in ihr die Angst vor der Ossipowa hoch. Sie könnte etwas gegen sie unternehmen, nachdem es ihr nicht gelungen ist, ihr den Orden auf Dauer zu entziehen. Mehrmals begegnet sie ihr auf der Straße. Immer wechselt Jelena zur anderen Straßenseite.

Oft muss sie an Anita denken. Ob sie noch lebt? So gern würde sie sie wiedersehen und sie um Verzeihung bitten, dass sie ihren Mann töten musste. Sicher lebt sie noch. Doch wie könnte sie erfahren, wo sie jetzt lebt?

Selbst wenn sie es wüsste, sie könnte nicht nach Deutschland reisen. Und Anita würde nie noch einmal nach Minsk kommen. Unmöglich. Dabei würde sie so gern von ihr hören, wie es ihr geht, wie und wo sie ihr Baby geboren hat. Und ob es ein Mädchen geworden ist, das sie sich so sehr wünschte. Oder doch wieder ein Junge. So gern würde sie Anita wiedersehen!

1996 stirbt Jelena im Alter von zweiundachtzig Jahren in einem Minsker Krankenhaus.

Nach dem Tod ihrer Eltern zieht Anita mit ihren Kindern nach Konstanz. Von ihrer Witwen- und Opferrente kann sie zwar allein gut leben, doch um ihre vier Kinder durchzubringen, muss sie zusätzlich Geld verdienen. So nimmt sie das Angebot an, in einem Konstanzer Hotel in der Verwaltung zu arbeiten, und bezieht eine schöne, sonnige Wohnung. Ihre Söhne wachsen heran, ziehen nach und nach aus, heiraten, verlassen Konstanz, werden Chefs bei BAYER, Siemens, BMW. Nur Walter, der Jüngste, bleibt in Konstanz. »Nesthäkchen«, neckt ihn Anita. Er wird in der Stadt Konditor, dann Kassierer auf der Autofähre, die den Bodensee überquert.

Mit fünfzig Jahren stirbt Walter 1993 an Leukämie. Für Anita ist dies nach dem Tod ihres Mannes der zweite schwere Schlag, den sie nicht überwindet. Krankheiten schwächen die Zweiundachtzigjährige mehr und mehr. Sie wird immer gebrechlicher. Sie hat keine Lust mehr, zu leben.

Im Jahr darauf zieht sie in ein kleines Zimmer in einem Konstanzer Altenheim. In einer Ecke sitzt sie am Fenster, zusammengesunken in einem großen Ohrensessel. Ihre Haare sind weiß geworden, ihr Gesicht gelb wie Pergament und ihre Augen zwei dunkle Trichter. Neben ihrem Sessel steht griffbereit ihre Gehhilfe. Auf dieses Gestell muss sie sich stützen, wenn sie ihre kurzen Touren durch ihr Zimmer macht. Am Morgen vom Bett zur Toilette, von der Toilette zu ihrem Sessel und am Abend denselben Weg zurück vom Sessel zur Toilette, von der Toilette zum Bett. Durch das Fenster sieht sie die wechselnde Natur im Frühling, im Sommer, im Herbst und im Winter. Dabei dreht sie immer wieder an ihrem bronzenen, tausend Jahre alten Fingerring der Waräger, den Wilhelm ihr einst im Schlösschen in Priluki geschenkt hat.

Ihr kleines Zimmer ist vollgestellt mit Möbeln, zwischen denen sie sich mit ihrem rollenden Gestänge hindurchwinden muss. Ein Schrank, ein Bett, ein Stuhl, ein alter Sekretär aus den dreißiger Jahren mit vielen kleinen Fächern und Schubladen und vor ihrem Sessel ein kleiner runder Tisch, der überladen ist mit aufgestellten, eingerahmten Fotos. In der Mitte das Porträt ihres geliebten Wilhelm als Generalkommissar in Uniform. Sein kurzer militärischer Haarschnitt auf seinem runden Kopf und seine dunklen, wachen Augen, die den Betrachter herrisch anblicken, zeigen korrekte amtliche Pflichterfüllung. Zwischen den Fotorahmen liegen Bündel alter Briefe. Seine Briefe. Ihre Briefe.

Neben ihrem hohen Lehnstuhl ragt eine Stehlampe mit einem ausladenden Stoffschirm empor. In die umgenähte Borte hat sie, eng aneinandergereiht, ihre Fotografien aus alten Zeiten gesteckt und mit Wäscheklammern festgeklemmt. Mit ihren knochigen gelblich weißen Fingern dreht sie langsam den großen Lampenschirm und lässt die Fotos im Kreis vorüberziehen. Immer und immer wieder betrachtet sie die Aufnahmen. Sie schaut auf das Foto, das sie 1933 als junge Schauspielerin in ihrer ersten und letzten großen Rolle als Swanhilde auf der Bühne in Schneidemühl zeigt. Sie schaut auf das Foto, auf dem sie mit ihrem Wilhelm durch Franken wandert, bepackt mit einem Rucksack. Sie dreht weiter und betrachtet lange ihr Hochzeitsbild. Sie in ihrem Brautkleid mit den drei angenähten Seidenrosen. Wilhelm steht im schwarzen Frack halb hinter ihr. Sie dreht den Lampenschirm ein kleines Stück weiter. Eine Aufnahme zeigt sie mit Wilhelm an der Hochzeitstafel bei Görings Heirat mit seiner Emmy, ebenfalls eine Schauspielerin, im Berliner Luxushotel Kaiserhof. Dann ein Foto mit ihren Kindern Harald, Peter und Willi. Sie dreht weiter. Ein Bild von Wilhelm und ihr vor ihrem Schlösschen in Priluki. Ihr Minsker Salon mit dem großen Flügel. Ein Porträt von Wilhelm an seinem Schreibtisch, wie er gerade etwas unterschreibt. Eine Aufnahme aus Prag, auf der sie ihren kleinen Walter auf dem Arm hält.

Mehrmals am Tag greift sie mit ihrer mageren Hand, über der ihre Haut wie verknittertes Packpapier liegt, nach den Briefbündeln auf dem kleinen Tisch vor sich. Es sind die Briefe, die sie in Schneidemühl ihrem Wilhelm und die er ihr aus Berlin geschrieben hat mit seinen beigefügten Liebesgedichten. Sie faltet die alten Briefe und seine Liebesgedichte auseinander und liest sie immer und immer wieder.

In den ersten Jahren im Altenheim schlurft sie, gestützt auf ihre Gehhilfe, dreimal täglich in den Speisesaal. Am Morgen für ihr Frühstück, am Mittag für ihr Mittagessen und am Abend für ihr Abendbrot. Den Alten, die am langen Tisch um sie herumsitzen, erzählt sie jedes Mal von ihren Söhnen und ihren hohen Posten. Doch den schwerhörigen Greisen sind ihre Söhne egal. Sie beschäftigen sich mit ihrem Essen und zählen ihre Tabletten ab. Sie erzählt ihnen auch von Minsk, von ihrem Wilhelm. Wie er als Generalkommissar von einer Partisanin durch Minen getötet wurde und wie sie durch ein Wunder überlebt hat. Auch das wollen die Alten nicht hören. Sie wissen nicht, wo Minsk liegt, dass es dort einen Generalkommissar gab und was dieses hohe Tier machte. Sie glauben nicht, dass es ein solches Attentat überhaupt gegeben hat, denn das hätte sie neben ihm liegend niemals überleben können. Sie sind davon überzeugt, dass sie diese Geschichte erfindet, ihnen Märchen erzählt, um sich bei ihnen interessant zu machen, und wenden sich mit ihren Gebissen mühsam kauend von ihr ab.

»Die Kube spinnt«, tuscheln sie, wenn Anita den Raum verlässt.

Enttäuscht schleppt sie sich nach einiger Zeit nicht mehr zu diesen Alten in den Speisesaal und lässt sich ihr Essen ins Zimmer bringen. Nach dem Essen fingert sie wieder an ihrem bronzenen, tausend Jahre alten Warägerring, dreht den großen Lampenschirm wie ein Karussell und lässt, zusammengesunken in ihrem Ohrensessel, die Fotos ihrer Vergangenheit, ihr Leben vorübergleiten.

Sechzehn Jahre lang sitzt sie in ihrem Sessel, ohne das Heim jemals zu verlassen. Kein einziges Mal geht sie in den schönen Park, der das Heim umgibt, geht nicht zwischen den mächtigen Bäumen spazieren oder setzt sich in der Sonne auf eine Bank. Alle Angebote des Pflegepersonals, sie nach draußen zu führen, lehnt sie ab. Sie möchte sich nicht mehr bewegen, sich nicht mehr am wunderschönen Sonnenschein erfreuen, die frische Luft genießen. Nur wenn ihr Wilhelm zur Tür hereinkäme – dann, ja dann würde sie sich mit Freuden von ihm in den Park führen lassen, selbst wenn es in Strömen regnen würde.

Und immer wieder denkt sie an Jelena. Wie mag es ihr gehen? Ob sie noch lebt? So gern würde sie ihr einen Brief schreiben. Aber wohin? Sie kann doch nicht auf das Kuvert schreiben: »Jelena Masanik, Minsk«. Oder doch? Sie möchte ihr schreiben, dass sie ihr verzeiht, ihren Mann umgebracht zu haben. Dass sie vermutlich von den Partisanen dazu gezwungen wurde. Sie möchte Jelena freisprechen von ihrer Schuld. Sie möchte Jelena so gern wiedersehen! Insgeheim denkt Anita auch daran, dass ihr Wilhelm, hätte er das Kriegsende überlebt, sicher im Nürnberger Prozess zum Tode verurteilt und gehängt worden wäre, nach all seinen Taten. Das hat ihm Jelena erspart.

Anita geht es immer schlechter. Nachts wacht sie auf und torkelt im Delirium durch ihr dunkles Zimmer, stößt an die Möbel, stolpert über den Teppich, stürzt zu Boden. Oft finden die Pfleger sie am Morgen auf dem Teppich liegend und hören sie schrecklich wimmern. Sie wollen sie hochheben und ins Bett zurücklegen. Doch sie wehrt sich. Anita besteht darauf, nur von ihrem Wilhelm ins Bett zurückgetragen zu werden. Die Pfleger sind ratlos. Winselnd bittet Anita sie, ihren Mann zu holen, dann werde es ihr wieder besser gehen. Schließlich gelingt es ihnen, sie in das Bett zurückzulegen. Sie ist so erschreckend leicht geworden, wiegt kaum noch etwas. Oft schreit sie mitten in der Nacht, brüllt Unverständliches, dass es bis in den Flur hallt. Die Pfleger eilen herbei, flößen ihr Medikamente ein, auch Psychopharmaka, um sie ruhigzustellen. Dann fällt sie in tiefen Schlaf. Doch in den Nächten darauf beginnen ihre Delirien von Neuem.

Eines Nachts zieht Anita an der Lichtschnur neben ihrem Bett, greift zum Telefon auf dem Nachttisch, wählt die Nummer ihrer früheren Berliner Wohnung und japst in den tutenden Hörer: »Ich sterbe ... ich sterbe ... Wilhelm, komm ...« Das Personal befürchtet ihren nahen Tod und ruft einen Pfarrer herbei. Lallend bekennt sie ihm, dass sie an der Pforte des Jüngsten Gerichts stehe und verdammt werde. Sie habe so große Schuld auf sich geladen. Sie wusste von den Verbrechen ihres Mannes in Minsk. Die Erschießung der Juden, die Erschießung der Minsker, die Erschießung der Partisanen. Sie war nicht dafür, aber auch nicht dagegen. Sie hat nichts dagegen getan. Sie hat ihren Mann gewähren lassen, ohne Widerspruch, ohne Protest. Nun fürchtet sie die Strafe Gottes. Der Pfarrer sieht die Erlösung von ihrer Pein allein darin, alle Dokumente ihres Mannes, alle seine Briefe, alle seine Fotos sofort zu verbrennen. Sie würden satanische Energien ausstrahlen. Sie müssten vernichtet werden. Nur durch das Verbrennen seiner Briefe und Fotos, nur durch dieses Feuer würden die Flammen ihre Seele reinigen, und sie könne Ruhe finden.

Anita lässt nichts verbrennen. Sie will weiter in seinen Briefen lesen, weiter seine Fotos sehen.

Am nächsten Morgen des Jahres 2010 finden die Pfleger Anita tot und weiß wie Chlorkalk in ihrem Bett. Sie starb nur wenige Tage vor ihrem neunundneunzigsten Geburtstag.

Paul Kohl
NACHT ÜBER KÖLN
Broschur, 256 Seiten
ISBN 978-3-89705-832-3

»Der Autor verwöhnt seine Leser mit allen Zutaten, die einen Roman schmackhaft machen: straff und logisch erzählte Handlung, kluge Ermittler, witzige Dialoge und eine Lösung, die zufriedenstellt. Was dieses Buch zu einem echten Leckerbissen macht, sind die wunderbar gelungenen Schilderungen der Ereignisse im Köln des Jahres 1955.« Rheinische Post

»Ein spannendes Stück Nachkriegsgeschichte im Krimiformat.«
Westdeutsche Zeitung

www.emons-verlag.de

Paul Kohl
NAZIGOLD
Broschur, 272 Seiten
ISBN 978-3-95451-033-7

Oberbayern 1946: Anton Nafziger, Chef des Bordells »Crazy Horse« in Mittenwald, wird ermordet aufgefunden. Nur widerwillig kehrt der Münchener Kriminalkommissar Martin Gropper für die Aufklärung des Verbrechens in seine Heimatstadt zurück, in der man ihm mit Misstrauen und Ablehnung begegnet. Tatsächlich stößt er mit seinen Ermittlungen in ein Wespennest, denn Mittenwald beherbergt mehr als nur ein Geheimnis. Um seinen Fall aufzuklären, muss Gropper das Schweigen durchbrechen und die letzten Tage des Opfers ebenso durchleuchten wie das Geschehen in Mittenwald kurz vor Kriegsende.

www.emons-verlag.de

Paul Kohl
GOETHES LEICHEN
Broschur, 288 Seiten
ISBN 978-3-95451-716-9

Weimar 1783: Eine Kindsmörderin wird enthauptet, junge Burschen werden als Rekruten nach Preußen verkauft, ein Schmied und ein Bauer ermordet. Auf der Suche nach einer wertvollen Handschrift irrt Archivar Kestner im Labyrinth dieser Verbrechen umher – und erhofft sich Hilfe von Geheimrat Goethe. Doch dieser fürchtet die Aufklärung seiner Taten und weist ihn ab. Da erscheint Kestner Mephistopheles persönlich und lockt ihn in einen Keller des abgebrannten Schlosses. Jetzt wird es für Kestner höllisch heiß.

www.emons-verlag.de

Paul Kohl
HITLERS PROPHET
Broschur, 336 Seiten
ISBN 978-3-7408-0189-2

»Lesenswert ist ›Hitlers Prophet‹ vor allem, weil Paul Kohl den Tanz der Berliner auf dem Vulkan eindringlich und anschaulich schildert.«
Stuttgarter Zeitung

»Glänzend recherchiert, klug konstruiert und ungemein spannend.«
Buchmarkt

www.emons-verlag.de

Paul Kohl

111 ORTE IN BERLIN
AUF DEN SPUREN DER NAZI-ZEIT

Broschur, 240 Seiten

ISBN 978-3-95451-220-1

»Der Autor Paul Kohl führt die Leser nicht nur an Orte des Grauens, sondern auch dahin, wo mutige Menschen Zivilcourage bewiesen haben. Nachzulesen sind viele kleine Geschichten und Porträts von Tätern und stillen Helden.« Der Tagesspiegel

www.emons-verlag.de